本书为"上海市高峰高原学科建设计划成果"（编号SH1510 GFXK）

编剧学 「剧之巢」 丛书

宋捷 等著

宋捷师生戏曲剧作选

上海人民出版社

图书在版编目(CIP)数据

宋捷师生戏曲剧作选/宋捷等著. —上海:上海
人民出版社,2018
(编剧学"剧之巢"丛书)
ISBN 978-7-208-15528-2

Ⅰ.①宋… Ⅱ.①宋… Ⅲ.①剧本-作品综合集-中
国-当代 Ⅳ.①I230

中国版本图书馆 CIP 数据核字(2018)第 248709 号

责任编辑 赵蔚华
封面设计 张志全

宋捷师生戏曲剧作选
宋捷等 著

出　　版　上海人民出版社
　　　　　(200001　上海福建中路 193 号)
发　　行　上海人民出版社发行中心
印　　刷　江阴金马印刷有限公司
开　　本　890×1240　1/32
印　　张　17.5
插　　页　8
字　　数　402,000
版　　次　2018 年 12 月第 1 版
印　　次　2018 年 12 月第 1 次印刷
ISBN 978-7-208-15528-2/I·1781
定　　价　68.00 元

《印象墙头马上》剧照

《培尔·金特》剧照

《风四娘》剧照

《希望》剧照

《温莎的风流娘儿们》剧照

《倩女离魂》剧照

《马蹄声碎》剧照

《南柯记》剧照

《生存·1945》剧照

《乱世枭雄》剧照

《汤显祖与临川四梦》剧照

目　录

前　言

从书名就可以看出，这本戏曲剧本创作集，是教学的成果。

2001 年末，我告别了北京京剧院专职导演和艺术处领导的岗位，被引进上海戏剧学院创办戏曲导演专业。经过了四年的努力，于 2006 年推出首届本科毕业生三出完整戏曲大戏的毕业剧目演出，结束了戏曲导演专业不能以戏曲大戏为毕业剧目的历史，上海戏剧学院戏曲导演本科毕业剧目的优秀成果，为全国高等艺术院校开创了历史先河。我退休后，毕业大戏的创作一直延续至今。

任何一个戏，剧本是首先的。"戏曲"要比"话剧"剧本艺术元素的综合成分复杂得多。完整的戏曲剧目，剧本要符合戏曲的规律，其中包括情节结构、冲突设置、人物舒展的情怀、戏曲的唱词格律、念白的语境、唱腔的布局……其实导演学习并不包括编剧系列教学，这里就要谈一谈我的理念和所起的作用。

"任何一出成功的戏曲新作都是编、导、演在一起滚出来的"（范钧宏语）。——这是戏曲创作的规律。遵循戏曲的创作规律，我在戏曲导演的课程设置中的各类"戏曲小品"和短剧，必须自编、自导、自演——这就是让学生在自己和自己"滚"的过程中体会戏曲创作的规律。与此配套我们又设置了"戏曲编剧基础"课。这不单是为提高学生的写戏能力的素养，还要让学生体会编剧的艰难，将来懂得尊重编剧。

写了小品、小戏，不等于就可以驾驭一个完整大戏的写作。但是在教学实践中,我又发现确实有可以构思大戏能力的学生。面对社会戏曲创作的贫乏,为什么不可推他们一把呢?四年的本科教学,时间是短暂的,如果我们在毕业剧本上去选择外来编剧,就讨论剧本一项,势必消耗大量的教学时间。因此我们把毕业剧目剧本定位在自己专业内完成。这就要考验指导老师的能力和作用。

我在由演员转向编、导时,最早是转入编剧,之后才转向导演,有过一段可贵的经历。我在做演员时就开始兼学编剧了,在70年代到80年代,我最初的编剧实践得到过著名戏剧家汪曾祺、吴祖光、杨毓民等先辈老师的指导,先后在文化部、北京市文化局举办的"戏曲编剧培训班"结业,作业得到过翁偶虹、范钧宏老师的批改。那一时期创作的现代戏《银海红心》、《谁之罪》;历史故事戏《十三妹》、《精卫填海》都得到过舞台演出的实践。后来,因为考入中央戏剧学院专门学习导演,就走上了戏曲导演的专职道路。当时并没有想到自己在戏曲编剧方面的基础会在将来的导演教学中起作用,在我主持"戏曲导演教学"工作的十年中,所有戏曲剧本的指导工作是由我来完成的。由此,我也可以告慰曾对我抱有很大期望的前辈名师了!

然而,对于毕业剧目的剧本创作,不能完全归结于我自己。剧本是在教学中师、生经过反复互动在"取材"、"立意"、"情节"、"结构"的讨论中完成的构思,教学就要特别尊重学生的创作灵感和火花,挖掘他们的潜质。当然对于剧目的选择是有导向的:"从我国戏曲宝库(元杂剧、明传奇)和外国经典名著挖掘"——这里也包含了"二度"创作的意味,然后选择有一定写作能力的学生开始动笔写作。对一个仅有四年导演专业学历的本科生,创作的戏曲剧本并不成熟,这就需要我静下心来每字每句的斟酌学生们的创作,爱护他们的闪光点,保护他们的自尊心,在和学生们交流中,我亲自动笔修改、有的甚至从头翻写,这就需要我重操旧业,笔耕不辍,在学生身后多做奉献,经过与作曲老师和学生们的分场排练和老师把握的统派合乐,才有了毕业剧目的定稿本。从现发表的剧本上看,可以体现这些教学特色。可喜的是:这些剧本保证了艺术上的完整性、保证了排练场上的可操作性,思想健康,吸引观众,到大学里在为学校青年观众演出时,学生不"起堂"。有些剧目在上海电视台戏曲频道和中央电视台11频道播放,得到了很好的反响,产生了应有的社会文化艺术价值。

我在改编名著的观念上,并不仅仅局限中国元杂剧和明传奇,其中也有外国名剧的经典。这也是与我在戏曲导演教学中"东学西学,情理犹同(钱锺书语)"的理念分不开。我尤其主张用中国戏曲的形式演出外国的经典(比如《培尔·金特》、《温莎的风流娘们》)。这可以促进学习戏曲导演的学生站在中国戏曲的角度吸取西方先进文化并增强向中国的观众传播西方先进文化的能力。

引领同学们动手创作毕业大戏的剧本,并不是凭空而来的。戏曲导演专业课程设置中有"戏曲编剧基础课",在"导表演基础"课程的小品创作中"诗词意境小品"、"戏曲单人小品"、"戏曲综合(多人)小品"就为学生动笔写戏曲打下了基础。学生在教师引导、自己选题、讨论批改、自己动笔、最后在教师逐字逐句的修改后定稿。无疑,这对学生一点一点地摸清戏曲创作的规律,有着极大的推动性。在上海戏剧学院戏文系以陆军老师为旗手打造的"剧本朗读会"这个金牌项目中,我们的学生连年获奖,激发了他们青春时期的创作热情。这些作品后来以《戏曲小戏》参加上海市举办的各项展演活动也连连获奖,为他们走向社会打下了基础。

然而,随着戏曲导演专业的教学进展,我发现很多学生创作的优秀戏曲小戏传不下来,在教学进入戏曲小品创作时,后一届学生很希望从前几届学长创作中,使自己得到戏曲剧本创作规律的启示(当然当代的学生自我创作的个性决定了没有一个作品是照抄),这些范本也确实开启了一代接一代学生的新创作。在当代社会上很多戏曲院团,亦需要优秀的小戏剧本。这也是我将学生们创作的较优秀的小戏戏曲剧本编入该书的原因。我希望该书的出版,能够记录下上海戏剧学院戏曲导演专业卓有成绩的一段历史,也希望成为后届学生的教材,当然更希望这些剧本能为社会院团排演使用(当然要尊重创造者的版权)。

本书的 A 篇都是学生的毕业大戏,B 篇的两个剧本是我退休后在汤显祖逝世 400 年应北方昆曲剧院院长杨凤一之邀创作的《汤显祖与临川四梦》(昆曲本);另一个是纪念谭鑫培诞辰 170 周年,为谭孝曾、阎桂祥、谭正岩创作的历史剧《正气歌》(京剧本)。这也算是古稀之作,两个戏都是遵照历史人物主要历史事件结构的故事。我自信舞台演出可以闪现历史和艺术的光彩。C 篇是我选择了学生创作的小型戏曲,当然也是在我的指导下、经我批改后的作品。这些作品都经过舞台演出,可以看出学生在选题上的广泛、思考的深入。由于篇幅有限,大部分没有入选,希望通过出版,留下一代师生互动的戏曲创作的价值。

这里还要提出感谢的是我院杨晓辉老师(现为我院戏曲作曲专业负责人)的作曲,几乎历届毕业剧目的京剧《培尔·金特》、《希望》、《温莎的风流娘们》、《倩女离魂》、《马蹄声碎》等都是请他作曲和指挥的。他在作曲方面有较高的造诣,创作严谨,对于国外经典怎样和京剧结合及现代戏、新编历史戏中融合京剧流派等都有较深的研究,对学生的毕业剧目创作都带有无私奉献的精神,几乎每一次专家论证会上,得到的首先是音乐和唱腔的肯定。所以要特别感谢杨晓辉老师!

A篇

京剧

印象墙头马上
（根据元代白朴杂剧改编创作）

编　　剧　吴汶聪
指导老师　宋　捷

上戏戏曲学院戏曲导演 06 届毕业剧目

2006 年 3 月

谨把此剧献给所有真诚相爱,却又无法在一起的普天之下的爱人们!

人　物: 李千金(旦)　裴少俊(小生)　裴行俭(净)　李世杰(末)

　　　　张千(丑)　梅香(小旦)　乳娘(彩旦)　家院、游人等

　　　【音乐:唐代的爱情也沉浸着青春气息的主题曲。

　　　【伴唱起。

伴　唱　啊——

　　　　有美人兮见之不忘,

　　　　一刻不见兮思之若狂;

　　　　云山阻隔兮难阻情心,

　　　　渺渺茫茫兮生死同往。

第一场

　　　【舞台:双重空间,两束阴冷的"橙色"的光打在空洞洞的舞台上,剧中人像是从久远的古代时空隧道走出来的。

　　　【裴尚书和李世杰分别带着家人从台的两边上。裴尚书是一个眼有痼疾的老头儿。他由家人搀扶着,摸索着上场亮相。李世杰耳有些聋,他由家人指引着大大咧咧的上场亮相。

　　　【二人交叉念定场诗;

裴行俭	满腹诗书七步才，
李世杰	宦海沉浮须忍耐，
裴行俭	绮罗衫袖拂香埃。
李世杰	绮罗衫袖拂香埃。
裴、李	（同念）今生坐享荣华富，
裴行俭	不做文章——
李世杰	无有关系——
裴行俭	——哪里来。
李世杰	——何处来。
裴行俭	老夫——
李世杰	（大声的）老夫——

【二人似被对方声音所吓，互寻找，无有，继续念：

裴行俭	老夫工部尚书裴行俭是也。
李世杰	老夫洛阳总管李世杰。（大声的显派出来）
裴行俭	（似乎被人声打扰）老夫工部尚书裴行俭是也。
李世杰	老夫洛阳总管李世杰。（也似乎被人声打扰）
裴行俭	（挣呼）老夫工部尚书裴行俭是也。
李世杰	（挣呼）老夫洛阳总管李世杰。
裴行俭	老夫工部尚书……家院，家院快来！
李世杰	（用手把耳朵合拢）家院，家院快来！
裴、李	（同）何人在此大声喧哗，吵闹不休？快去看来！

【家人们相互回头寻找。张千、乳娘分上。

张千、乳娘	老爷，没人哪！
裴行俭	唉！近来老爷年事已高，神智恍惚，耳边常有回声不绝。
李世杰	唉！近来老爷年事已高，神智恍惚，耳边常有回声不绝。

裴行俭　夫人柳氏,早年下世。膝下一子,

李世杰　夫人张氏,早已亡故。膝下一女,

裴行俭　名唤少俊。

李世杰　名唤千金。

裴行俭　我那少俊儿三岁能言,五岁识字,七岁草字如云,十岁吟诗
　　　　应口,才貌双全!

李世杰　我那千金三岁能言,五岁识字,十岁飞针走线,才貌双全。

　　　　【两人互相炫耀,声音越说越大……似乎听到有人在和自己
　　　　争论。

裴行俭　啊?

李世杰　啊?

裴、李　(交叉)哈哈,哈哈,哈哈哈哈……

裴行俭　我儿年当弱冠,未曾娶妻;

李世杰　如今年方二八,尚未婚配。

裴行俭　前者洛阳总管李世杰前来提亲,只因我儿功名未就,焉能
　　　　成婚。

李世杰　裴行俭! 你这老儿竟然将婚事一口回绝!

裴行俭　男儿自当功名为重。

李世杰　好女子自有君子来求。日前魏国公与杜相国之子提亲,
　　　　哦……唉,老夫还是主意未定。

裴行俭　(得意)方今圣上即位三年。奉命前往洛阳,筛选奇花异卉,
　　　　趁时栽接。

李世杰　今当三月,洛阳花开,日前左司马约我春游,一同看花饮
　　　　酒……

张千、乳娘　(分别向裴行俭、李世杰禀告)老爷,马已备好。

裴、李　（听不清）啊？

张千、乳娘　（分别）老爷，马已备好。

裴、李　哦……唉！

裴行俭　只为老夫眼有痼疾，奏过圣上叫我儿少俊代我前往。

李世杰　乳娘，小姐顽烈成性，切不可让她胡乱穿梭，紧守闺门。

裴行俭　张千，一路之上，好生服侍公子，不可生事。

李世杰　魏国公若来提亲，待我回来，再议亲事，未为迟也。

裴行俭　张千，一路之上不可胡为。

李世杰　谨守闺门。

裴行俭　不可胡为！

李世杰　即刻便行，哈哈哈哈……

　　　　【收光。

第二场

　　　　【舞台上一片明媚春光，整个世界一片清新，可以清楚地听到水滴的声音。

　　　　【舞台是双重空间，裴少俊、李千金各自在自己空间行动。

裴少俊　（内唱）陌上春风——

李千金　（内唱）陌上春风——

　　　　【裴少俊和李千金分上。

裴少俊　（唱）乍吹过……

李千金　（唱）乍吹过……

【张千和梅香上。

张　千　相公!

梅　香　小姐!

张　千　嘿!这洛阳美景真是美不胜收。相公,快来呀!

梅　香　小姐,这花园的花可是真好看哪。小姐,快来看哪!

裴少俊　(唱)良辰美景莫蹉跎。

李千金　(唱)良辰美景怎消磨?

　　　　【欢乐的音乐声中,两人在自己的空间。

裴少俊　呀!今日乃三月初八,上巳节令。洛阳王孙士女,倾城玩赏。

李千金　今日乃三月初八,上巳节令。洛阳王孙士女,倾城玩赏。

裴少俊　张千,快随我游玩这洛阳名园!

李千金　梅香,快带我前去!

张千、梅香　(同)是啦!

李千金　(唱)出东厢,越画廊,穿过了荼蘼架,

　　　　　　步履匆匆,神采洋洋,衣袂裟裟。

裴少俊　(唱)观春景,舍不得扬鞭打马,

　　　　　　欢笑频频,花团簇簇,鸟语喳喳。

李千金　(唱)顾不得枝掠裙纱露湿袜,

　　　　　　都只为瞧一眼墙外繁华。

裴少俊　(唱)都只为瞧一眼墙外繁华。

张　千　相公,我在大街口捡到一个泥娃娃的脸。

梅　香　小姐,我在大门口捡到一个泥娃娃的脸。

裴少俊　司马相如。(喜欢,把玩)

李千金　文君小姐。(喜欢,把玩)

张　千　她是谁呀?

梅　香　他是谁呀?

【两人把面具慢慢带上。裴少俊和李千金相向而舞,却看不见对方。

裴少俊　西汉有一才女,名唤卓文君。

李千金　一日家中宴请贵客,请来了当世有名的才子——司马相如。

李千金　相如一曲《凤求凰》。

裴少俊　听得那文君小姐哟!

裴少俊、李千金　(合唱起舞)

《凤求凰》一曲翻做千层浪,

情系倩女与才郎;

同把那樊笼关山闯——

越墙头飞马上一马双跨效鸳鸯!

【裴少俊、李千金舞蹈后各自抱住一个面具。

张　千　啊呀,相公你怎么抱住人家老奶奶了。

梅　香　小姐,你为何抱着柱子不放啊?

【"啪"的一记耳光声,裴少俊捂着脸跳开。

裴少俊　哎呀,失态了!

李千金　啊?(回过神来)噢!这……!(欲掩饰)

【外面锣鼓吹打声响起

梅　香　(听)哎呀,小姐,又一批踏花会的人来了。

裴　福　哎呀,相公,又一批踏花会的人来了!

裴少俊　哎呀张千(兴奋地叫喊)往日在家中实实的被闷坏了……

李千金　梅香,外面笙歌嘹亮,好不热闹……

张　千　相公,前面有一堵矮墙,围墙内一片花红柳绿。

裴少俊　快,随我来啊!

梅　香　小姐,前面有一堵矮墙,墙外春色尽收眼底!

李千金　甚好,梅香,随我来!

　　　　【梅香、李千金下。

　　　　【裴少俊在张千引领下寻景到墙下。

　　　　【梅香、李千金上墙,裴少俊勒马,二人对视。

　　　　【张千调皮地把泥娃娃的面具脸给裴少俊戴上。

梅　香　呀,人声鼎沸,马嘶喧闹。他们都带着泥娃娃脸,真好玩,你
　　　　的呢?

李千金　在这里!

　　　　【突然面具落到墙下,正好被张千捡到。

张　千　相公我又捡到一只泥娃娃的脸!

梅　香　嘿! 这是我们的,还给我们! 还给我们!

　　　　【李千金一急,没站稳,从墙上摔了下去,落在裴少俊怀中。

　　　　【停顿,一刹时全部声音消失。

李千金　(惊慌失措)哎呀你是何人? 放我下来,快放我下来。(脸红
　　　　到极致)

　　　　【裴少俊未动,仍抱住不放。

　　　　【李千金又急又羞一巴掌打过去,面具掉地,二人都被对方
　　　　吸引。

　　　　【伴唱:

　　　　　　兀那画桥西,

　　　　　　猛听得玉骢嘶。

　　　　　　便好道杏花一色红千里,

　　　　　　和花掩映美容仪。

　　　　　　只疑洞府神仙会,

非是人间艳丽。

啊——非是人间艳丽。

【李千金打掉面具,二人抢面具舞蹈。

【舞蹈中李千金痴情,裴少俊怜惜,互相瞧着像过了几个世纪……裴少俊终于把面具抢到手。

【李千金忽然跌倒。

李千金　哼!

【裴少俊赶忙回身,把面具递上;李千金趁势推倒裴少俊。裴少俊爬起,欲搀扶李千金,李千金故意不接受。

张　千　(内呼)相公,相公!

【裴少俊欲下,李千金撑地欲站未成,委屈得哭出声来。

【裴少俊赶忙在衣服上擦干净手,张开双手去搀扶李千金。

【李千金用双手食指撑住裴少俊掌心站立,二人手一软,抱在一起。

裴少俊　小生裴少俊。

李千金　奴家李千金。

裴少俊　自三岁能言,五岁识字,七岁草字如云,十岁吟诗应口,才貌双全。

李千金　自三岁能言,五岁识字,七岁飞针走线,十岁通晓琴艺,才貌双全。

裴少俊　年当弱冠,未曾娶妻;

李千金　年当及笄,未曾婚配。

【两人惊呆,对视而唱

裴少俊　呀!

(唱)竟好似那答儿相识牵挂,

前生缘翻做了今世冤家；

李千金　（唱）草争香花争姹人儿胜画，

　　　　　　恨不得倚香鬟左右偎颊。

裴少俊　（唱）休道是转星眸凝望上下，

　　　　　　心儿里红浪翻早催新芽。

李千金　（唱）既待要暗偷期，鹊桥叙话，

　　　　　　爱煞他咱宁可舍了自家，舍了自家，舍了自家！

裴少俊　（唱）挥毫寄语诗胜话——

　　　　　　张千，张千，张千！

李千金　梅香，梅香，梅香！

　　　　【张千、梅香上。

裴少俊　啊张千，快取笔砚过来！（张千取出笔砚）

李千金　梅香，快取笔砚过来……

梅　香　笔砚？我哪儿去取笔砚哪？（灵机一动从张千手里抢了一支笔，交给小姐）

裴少俊　（唱）方识洛阳人胜花。（二人在面具背后写毕）

　　　　【裴少俊、李千金同时写完，让张千、梅香去交给对方。张千、梅香为难。

裴少俊　不妨事。

李千金　不妨事。

　　　　【两个人分别拿过对方写的面具，乐起，张千、梅香暗下。

李千金　（念）只疑身在武陵游，

　　　　　　流水桃花隔岸羞。

　　　　　　咫尺刘郎肠已断，

　　　　　　为谁含羞落墙头。（羞）

裴少俊　（念）深闺拘束暂闲游，

　　　　　　手拈青梅半掩羞。

　　　　　　莫负后园今夜约，

　　　　　　月移初上柳梢头。

　　　　【李千金隐下。

裴少俊　后花园相会，后花园相会，姐姐，今晚一定奉访！

　　　　【光渐暗。

第三场

　　　　【接前场；

　　　　【相府后花园；

　　　　【起更，乳娘提灯上。

乳　娘　（念）方才家院来报，今晚老爷在左司马家中春游夜宴，不回
　　　　府了，我便少不得四处照看门户。我说家院们，我说家院们
　　　　哩！关上大门（后应），再关二门（后应），最后把后花园的门
　　　　给我紧紧地关上。

后众应　晓得喽！

　　　　【乳娘下，音乐起；

　　　　【透过纱幕，李千金和裴少俊两个空间面对观众，手拿面具，
　　　　痴痴地傻傻地看着。边念，边走出纱幕；

李千金　几时得冰轮离海岛？

裴少俊　几时得月移上柳梢？

李千金　你叫裴少俊。你自三岁能言,五岁识字,七岁草字如云,十岁吟诗应口,才貌双全。

裴少俊　你叫李千金。你自三岁能言,五岁识字,七岁飞针走线,十岁通晓琴艺,才貌双全。

李千金　年当弱冠,未曾娶亲;

裴少俊　年当及笄,未曾婚配。

　　　　【张千、梅香内呼;

张　千　相公——(上)

梅　香　小姐——(上)

梅　香　小姐,日头落下去了,满天的星月又上来了。

张　千　相公,日头落下去了,满天的星月又上来了。

　　　　【紧张的音乐声中,李千金、裴少俊冲进室内换衣服;

梅　香　小姐,起大雾了。

张　千　相公,起大雾了。

裴少俊　下大雾了,好啊!

张　千　什么好啊?

裴少俊　哈哈哈哈!

张　千　哈哈哈哈。相公!

裴少俊　嘘!

　　　　【裴,张下

　　　　【李千金和梅香两人出门

李千金　(唱)原只怕夜露惊宿鸟,

　　　　　　又怕那晚风弄庭槐;

　　　　　　却未料烟云遮雾霭霭,

　　　　　　银河为我映瑶台。

且把嫦娥深深拜，

拜你不妒色，为千金雾锁云埋。

梅　香　小姐，他会来么？

李千金　一定会来！

梅　香　会嘛？天都二更了，怎么连个人影都不见啊？

　　　　【乳娘提灯上；

梅　香　哎哟！（一下滑倒在地）

　　　　【乳娘走的好好的，忽然听到声音，吓得灯笼掉地，起鬼的
　　　　音乐；

乳　娘　哎呀！女鬼娘娘啊！

　　　　（唱）女鬼娘娘请你饶了我的命，

　　　　　　　女鬼娘娘请你饶了我的命，

　　　　　　　女鬼娘娘请你饶了我的命，

　　　　　　　那么我就真的谢谢你！

　　　　【嚎叫地用咏叹调似的声音唱起来。

乳　娘　啊哟，我的女鬼娘娘哦，老身一心向善，从未做过缺德事，你
　　　　有任何冤仇都与老身无关哪！

　　　　【恰逢裴少俊从墙外跳入碰到乳娘；

乳　娘　老身给您让路了，老身给您让路了！

　　　　【梅香装鬼吓乳娘；

乳　娘　啊？（照灯）梅香——

　　　　【梅香吹灭了灯

乳　娘　好你个梅香，吓死老娘我了！说！半夜三更不睡觉，到花园
　　　　来做什么？

梅　香　我么，我梦游（调皮装梦游）

乳　娘　梦游,(黑暗中抓梅香)我叫你梦游,我叫你梦游。

　　　　【扯住裴少俊的耳朵,裴少俊疼得踹开乳娘;

乳　娘　哎哟! 好你个梅香,老娘给你吃了两碗干饭你还长劲了,
　　　　走! 跟我回去!

梅　香　……我在梦游……梦游……

　　　　【乳娘一下抓住梅香,打屁股;

乳　娘　我让你梦游,我让你梦游!

　　　　【乳娘背起梅香下;

李千金　梅香被乳娘拉去了,这……便如何是好呢? 裴少俊你怎么
　　　　还不来呀! 你再若不来,我就走了,我就走了……我,我就
　　　　回房去了。

裴少俊　姐姐!

　　　　【音乐中,二人向对方声音摸去,终于二人聚到一起;

裴少俊　(痴痴地看着她)姐姐,小生来迟了,望姐姐莫怪!

　　　　【李千金也痴痴地,瞪大眼睛看着他,充满了好奇感。

李千金　不怪!

裴少俊　小生一介儒士,承蒙不弃,杀身难报。

李千金　不报!

李千金　你的眼中怎么有我的影儿?

裴少俊　你的眼中也有我的影儿!

李千金　噢!(单纯的,痴痴地微笑)我踩住你的影子,我们就形影不
　　　　离了。

裴少俊　我踩你的影子!

李千金　我踩你的影子! 我们就形影不离了!

　　　　【踩影子舞蹈;

李千金　我们就形影不离了!

裴少俊　呀!

（唱）她朱唇微启酣娇态,

　　　　粉面含春桃花腮;

　　　　羞答答挽袖儿眉梢遮盖,

　　　　软绵绵翘玉笋拨弄裙钗;

　　　　一颦一笑勾人爱,

　　　　一嗔一怒扣心开;

　　　　春情缠绕神游灵魂外,

　　　　禁不住抱软躯温香埋!

李千金　（唱）软酥酥血涌全身身自在,

　　　　火烧烧撞击胸心心开怀。

　　　　男欢女爱原是恁般精彩,

　　　　不由人心呼口喊同上巫山云雨台!

　　　　【梅香内呼,上。

梅　香　小姐,小姐,您别磨蹭了,老妈妈就要来了。

　　　　【乳娘暗上。

乳　娘　我已经来了。

　　　　【四人在黑暗中寻找、躲避,裴少俊拉住乳娘;

乳　娘　放开! 啊? 你……哪个?

李千金　乳娘! 是我自己叫他来的。

乳　娘　不可能,说! 你是哪个? 快说!

裴少俊　小生姓裴,是寄客的书生,冒昧至此,望乞宽恕。

乳　娘　啊! 你竟把这里当成赢奸买俏的肮脏之地,这个……怎能

　　　　宽恕得了?!

梅　香　妈妈,怎么说得这么难听啊,他是个秀才!

乳　娘　啊? 定是你这贱丫头勾引来的。(抓住梅香)哇呀呀……
　　　　　(气得脸都歪掉了)

梅　香　(被扯的龇牙咧嘴的哇哇叫)妈! 小姐在墙头,他在马上,
　　　　　他们自己要好的。

乳　娘　(冲向裴少俊)呵呵,你们以为我是三岁小娃娃,一个墙头,
　　　　　一个马上,怎么好? 你们……你们放屁! 我今天,我今天要
　　　　　拉你去见官!

李千金　妈妈! 我情愿与你对质公堂!

乳　娘　小姐呀! 你真真昏了头了,为了这个穷酸饿醋的家伙,糟蹋
　　　　　自己的名声,你可是待嫁的年龄,嫁给哪个也要听老爷的,
　　　　　我把他送官也是为了你好啊!

　　　　　【乳娘拉裴少俊;

乳　娘　走!

李千金　罢!
　　　　　(唱)女儿家本是堂上寄居客,
　　　　　　　　哪有个随父相守到头白?
　　　　　　　　你今拉他官府去——
　　　　　　　　我决不泪横残粉手托腮,
　　　　　　　　舍残生也要还却鸳鸯债,
　　　　　　　　再辩是非到泉台!

裴少俊　小姐,使不得!

乳　娘　(伤心的坐在地上)哎哟……我的爸爸妈妈……你让我难过
　　　　　呀! 哟呜……呜……你怎么说这样的话来,想你虽不是我
　　　　　亲生亲养,却也喂的你这般高大,我为着哪个呀? 还不是为

了你们啊!

李千金 妈妈!

裴少俊 (突然跪地)妈妈呀!是小姐让我得知人世间还有这番真情。望妈妈成全我们这千年的姻缘,少俊此心三生不变!

乳　娘 瞧,我年轻的时候怎么没碰到这么痴情的小伙子!哎哟……这么说你是非他不嫁?

李千金 非他不嫁!

乳　娘 你是?

裴少俊 非她不娶!

乳　娘 那你上京求官,回来娶我们家小姐不就扎扎实实了吗?

裴少俊 我若回来,小姐若被别家聘走了呢?

乳　娘 哦……对头,老爷正打算将你许配杜丞相之子,不日就来邀媒下聘了。

　　　【同焦急;

李千金 (决断)妈妈!我倒有个主意,只恐妈妈不允。

乳　娘 只要你有主意,我便应允。

李千金 倒不如放我二人逃走!(两望)

乳　娘 逃走么?(惊惧,辫子、飘带全部根根竖起)

乳　娘 罢!

　　　(唱)来一个"一床锦被权遮盖"!

　　　【一副武松打虎的英雄气概,在音乐声中比画;

乳　娘 天交三更,月明星朗,四下无人,你们合计合计逃走也!(全是武生的感觉)

乳　娘 (唱)但愿你长久的爱……胜过七步才!

　　　【音乐起;

李千金　妈妈,爹爹年迈,还望多多照看……

乳　娘　只管放心。秀才,得了官别忘了回来认亲!

　　　　【收光。

第四场

　　　　【紧接前场;

　　　　【洛阳返回长安的路途,张千和梅香边喊边爬过土坡上;

梅　香　小姐!

张　千　相公!

二人同　等等我!

　　　　【马蹄声起,主题音乐进入;

梅　香　这路怎么这么难走啊?

张　千　我这是抄近道!

梅　香　那么平坦的大道你不走,偏偏要走这羊肠小道。

张　千　不抄近道,哪儿追得上他们,相公!

梅　香　小姐!

张、梅　(唱)相公啊,你慢慢飞,

　　　　　　　　你骑马,我用腿。

梅　香　我腰也疼!

张　千　我背也累!

　　　　【一阵响亮的马蹄声打破两人短暂的休息

梅　香　小姐!

张　千　相公!

（唱）求你们别再飞!

【二人坐地休息;

　【马嘶声,石头滚下山的轰隆声;

张　千　相公,前面就是鬼门峡,你可要当心啊!

梅　香　鬼门峡是什么呀?

张　千　鬼门峡你都不知道,提起鬼门峡,可……可了不得!

　　　　（扑灯蛾）鬼门峡人称锁命峡,

　　　　　　　　山势险峻地势滑;

　　　　　　　　骑马的、行路的,

　　　　　　　　古往今来多少人一不留神命丧九泉下,

　　　　　　　　命丧九泉下!

梅　香　啊? 那我不去了,不去啦!

张　千　你别怕呀,有我哪,我扶你过去。来吧!

　　　　【二人拉手过峡;

梅　香　这鬼门峡这么难走,相公、小姐是怎么过去的?

张　千　他们呀,他们是骑着骏马——飞过去的!

梅　香　哦,飞过去的。

张　千　是啊。

　　　　【二人前行;

张　千　唉,到裴府了。

梅　香　嗯,那咱们进去吧。

　　　　【深沉古怪有趣的音乐起。裴行俭上;

　　　　【张千、梅香和裴行俭行动是二度空间;

　　　　【裴行俭因眼疾撞到树上;

裴行俭　是哪个莽撞的奴才撞了老夫一个满怀?

梅　香　错了。

张　千　咱们再找找。

裴行俭　我那少俊儿在书信中言道：即刻回转。

梅　香　嗨，相公、小姐早就到了。

裴行俭　恩科将近，只是洛阳此之行耽误了些时日。

张　千　这次洛阳花会玩得可开心！

梅　香　把我家小姐也骗到这儿来了。

裴行俭　我已命家院打扫后花园，叫他安心攻读。

张　千　嗨，读些什么书啊？

梅　香　和我们家小姐腻着呢。

裴行俭　一日三餐皆让张千接送，无有我的应允不准出入，吩咐家下
　　　　人等严禁打搅！

张　千　你们住后花园，让我送饭。

梅　香　那太好啦！

张　千　那咱们进去吧。

　　　　【张千引梅香进；

　　　　【裴行俭困乏，打大哈气；

　　　　【收光。

第五场

　　　　【暗转；

　　　　【一年后；

　　　　【二度空间；

【两个奇怪的光圈相互碰撞；

【李千金因要生产，在后区呻吟；

【裴行俭坐在前区打盹；

李千金　　(唱)啊——

裴行俭　　(大叫)张千，张千！

张　千　　(上)老爷子，什么事？

裴行俭　　何人在此嚎叫，搅得老夫一刻不得安宁，快去看来。

【张千装出听的感觉

张　千　　老爷子，没人啊！

李千金　　(唱)啊——

裴行俭　　这是什么的声音？

张　千　　哦，这是咱们公子用功读书的声音。

裴行俭　　呀呸！这明明是嚎叫之声，什么读书声音？

张　千　　嗨，您不知道，咱们公子为了奋发攻读，在桌案上放了一马刺，马刺您知道吗？就是那个带尖的东西。睡着一下，刺一下，睡一下，刺一下，刺得满头是血啊，故而大叫。

裴行俭　　有这等事，待我前去看来。待我看来！

张　千　　您歇着，您歇着，您要去了，他还能安心读书吗？他要不安心读书怎么能考上状元呢？

裴行俭　　哎呀，这便如何是好！

张　千　　好办啦！您在此处休息，我里头伺候着。

裴行俭　　噢，我在此处休息，你去照看，别干坐着呀。

张　千　　那怎么办呢？

裴行俭　　得，唱两句吧！

张　千　　那您请吧！

	（唱）我的儿早就该蟾宫折桂，
李千金	（哭着）相公——我不生了，我不生了。
裴行俭	儿啊，你……忍耐了吧！
裴少俊	（急上）啊，娘子不要哭，你暂且忍耐，万籁俱静，恐被老相公听到。
李千金	啊！
裴行俭	哦？张千，这好像是女子的嚎叫！
张　千	咳！老爷您忘了，咱们公子不是在变声吗？
裴行俭	噢！倒仓啦！
	（唱）终盼来大比年开科春闱；
	【李千金痛苦的"啊——"又传来。
裴行俭	少俊！少俊！张千，快把你家公子请来！
张　千	（犹豫）老爷……
裴行俭	快去！无用的东西！
张　千	相公，老爷叫你呢。
裴少俊	哎呀，我此时怎能前去，你看娘子她……啊呀娘子她昏迷了——娘子，娘子！
裴行俭	（唱）难得他苦攻读培花育蕾，
张　千	公子！让我打她两巴掌，她就醒了。
裴少俊	谁要你胡来！（停顿）唉！我自己来！
	【欲抽，李千金苏醒。
李千金	相公？
裴少俊	（高兴）啊，娘子醒转了，娘子醒转了。
裴行俭	（唱）但愿得这一科能展芳菲。
裴少俊	娘子！娘子……好些么？

裴行俭　儿啊！儿啊你快来呀！

【张千似听到。

张　千　相公,老爷叫你呢。

裴少俊　娘子,爹爹唤我,我去去就来,去去就来。

李千金　相公……

【在舞台上背了一个身就到了。

裴少俊　爹爹在上,孩儿拜揖。

裴行俭　(慢慢苏醒)儿啊,你浑身是血,你你怎么样了?

裴少俊　啊——爹爹! 都是孩儿的不是,望爹爹宽恕! 求爹爹宽恕!

【听到此话心情大为高兴。一骨碌的爬起来。

裴行俭　哈哈哈哈哈……难得我儿如此用功,何愁今科不中! 今当
　　　　大比之年,为父命你即刻前去赴试!

李千金　啊——

【"啊——"李千金疼痛难忍。

张　千　老爷,他又疼了! 又疼了……

裴少俊　又疼了……(震在裴少俊心上)啊——爹爹! 儿的文字尚欠
　　　　揣摩,只恐今科不能成功。

裴行俭　我儿放心,此番前去定能高中。

裴少俊　不能前去。

裴行俭　即刻前往!

裴少俊　不能前去。

裴行俭　不必多言,张千! 准备行囊

【"啊——"李千金疼痛难忍,裴少俊的心也疼了一下。

裴少俊　爹爹!

　　　　(唱)爹爹催逼阎罗令,

娘子呼声刺我心；

虽说是春闱一科三年整，

分娩中妻子离夫怎能行？

催促逼迫难坏了我……

裴行俭　张千，快快伺候公子上路！（下）

张　千　是。公子——上京赴试！上京赴试！上京赴试！

裴少俊　唉！（喝断）娘子她临盆在即，我此刻怎能前去，这、这、这便
　　　　如何是好？啊张千，这便如何是好啊？

张　千　我哪儿知道啊，我只知出前门——进后门，躲在后花园里不
　　　　见人。

裴少俊　日后得见爹爹便怎么说？

张　千　要是换成我啊，准考不中！

裴少俊　不曾考中，不曾考中！哈哈哈……

　　　　【画外音："呜哇……呜哇"声声婴儿的哭声响彻世界。

张　千　相公大喜啦！男女一对双胞胎！

裴少俊　哈哈哈哈……

　　　　【收光。

第六场

　　　　【七年后；

　　　　【音乐起；

　　　　【花园内生机勃勃，又好像被门墙锁住了春意；

026

【端端和重阳分别拿着假面具上,叮叮咚咚的一会儿露个小头,一会儿戴上面具,追逐,打闹,欢喜,雀跃。整个舞台布满了欢快的音符。

【他们突然注意到大门锁着,他们俩摇大门,大门纹丝不动。重阳发现一只蝴蝶从门里飞到外面去了

重　阳　蝴蝶!

【端端把眼睛凑到门缝里看,看不见外面。和重阳两个人使出吃奶的力气把门拉开一条缝,重阳钻出去。正好碰到张千从外面上,被堵住;

张　千　你怎么出来了?

重　阳　我要出去玩!

张　千　不能出去玩,跟我回家!

【张千拉重阳进门;端端又乘机钻出大门,又被张千拉住;

重阳、端端　找爸爸、找爸爸、找爸爸。

张　千　相公代老相公上坟去了。

端　端　那你陪我们玩。

张　千　我不玩,我要看家护院。

重　阳　陪我们玩,陪我们玩,哈哈哈,陪我们玩!

张　千　(憨的)好吧,陪你们玩!

端端、重阳　好啊,玩去呀!

【无声地捉迷藏,三人下。

【阴沉沉的音乐,裴行俭上。家奴们肃然站立。气氛沉重;

裴行俭　(唱)奇怪奇怪真奇怪,

　　　　　　才子考不出状元来?

家院们　(唱)考不出状元来

裴行俭　（唱）两科春闱历七载，

　　　　　　他这是出哪门进哪门——转身一绕——

　　　　　　搞得我是"勿来塞"。

家院们　（唱）真是"勿来塞"

裴行俭　（唱）这一代弄不懂下一代，

　　　　　　他是欠教养？欠沟通？我实在不明白！

家院们　（唱）我明白，他明白，就是你不明白！

裴行俭　嗨！我儿自小聪慧，学富五车，这前三年后三年……

家院们　整整七年。

裴行俭　两科未中？嗯，想是老夫常公差在外。

家院们　多在外，少在里。

裴行俭　缺少教养？今当清明佳节，我命他代我前去祭祖。裴氏列
　　　　祖列宗：保佑我儿功名成就！老夫心中烦闷，不免去至后花
　　　　园一观，看看我儿的文章，以散心情。

家院们　（紧张地）老爷后花园风大，老爷后花园阴气太重，老爷您还
　　　　是甭去了！

裴行俭　你们闪开了！

　　　　【张千拉端端、重阳上；

端端、重阳　蝴蝶！蝴蝶！蝴蝶！

裴行俭　（两孩子把裴行俭撞倒）哈哈哈！两个娃娃过来，哦来来
　　　　来……哈哈哈……

端端、重阳　老爷爷！

裴行俭　哦？你们叫我什么呀？

端端、重阳　老爷爷！

裴行俭　哈哈哈！我真想有两个娃儿陪伴与我哇！啊呀娃娃！你们

　　　　　是谁家的孩子?

端　端　裴家的。

裴行俭　哦,裴家的? 唉……哪个裴家?

端　端　裴尚书家的!

裴行俭　裴尚书家……哪个裴尚书啊?

重　阳　裴行俭,裴尚书家的。

裴行俭　呀吓! 老夫就是裴行俭,哪有你们两个娃娃? 张千! 张千!
　　　　　你与我从实的讲来!

张　千　老爷子,他……他们是隔壁邻家大姐的孩子。

裴行俭　(拉张千)滚了过去! (对孩子)我来问你:谁是你们的父亲?
　　　　　谁又是你们的母亲? 你们到底是谁家的孩子?

端　端　妈妈! 妈妈! 妈妈!

　　　　【李千金上。

端　端　妈妈! 一个老头儿。

　　　　【顺着孩子的手指看过去;

李千金　祸,祸祸……来了!

　　　　【李千金欲避下。

裴行俭　(有威力的)转来! 你是谁家女子? 因何在此?

李千金　奴家李千金,乃少俊妻室,七载未曾拜见公公,望公公恕罪!

裴行俭　呀呀吓! 胆大一狂妇,敢称少俊妻! 何人为媒证? 谁是主
　　　　　婚人?

李千金　天地为媒证,明月主婚人。墙头马上两相悦,七载夫妻爱
　　　　　氤氲。

裴行俭　你住口! 自古成婚乃是父母之命,媒妁之言! 那有尔等私
　　　　　自苟合,分明是一刁妇,与我轰了出去!

【众家丁应声,但从中调和;

李千金　老相公啊! 想我李千金出身名门,一生清白,与少俊相亲相爱,对天可表!

裴行俭　怎么讲?

李千金　对天可表!

裴行俭　好啊! 既是对天可表! 我就与你个凭天而断!

李千金　请问怎样凭天而断?

裴行俭　将你头上玉簪取下,磨成针儿一般,若是玉簪不断,我就成全与你。

李千金　若是折了呢?

裴行俭　(凶狠地,一字一句)若是折了么——这便是天意,你即刻回转家去。

李千金　老相公!

裴行俭　轰了出去!

家　　院　是。

李千金　且慢! 我……我情愿一试!

裴行俭　怎么? 你情愿一试? 好,你与我磨来,你与我磨来! 你就与我——磨来!

　　　　【李千金拔簪;

　　　　【伴唱:

　　　　　　愁万缕,闷千叠;

　　　　　　心似煎,意怯怯;

　　　　　　轻轻儿拈掇,

　　　　　　慢慢捻捏。

　　　　　　哎呀——玉簪折却!

　　　　叮当做两截,做两截!

家院们　玉簪折断!

裴行俭　哈哈哈,玉簪折断,这便是天意!你还有何话讲?

李千金　想这玉簪乃是脆物,焉能不折? 分明是老相公要撵我出门,
　　　　你道是与不是?

裴行俭　听你之言敢是不服?

李千金　不服!

裴行俭　好,我再与你个了断! 取银瓶过来!(家院应声下)

李千金　取银瓶何用?

裴行俭　将游丝系在银瓶之上,坠入井中汲水,倘若是丝不断,瓶不
　　　　坠,我就成全与你!

李千金　若是丝断瓶坠呢?

裴行俭　若是丝断瓶坠——即刻回转!

李千金　说什么天意结缘? 分明是你故意刁难,刁难,刁难!

　　　　【李千金把瓶儿扔地上

裴行俭　轰了出去!

　　　　【家丁架住李千金;

裴少俊　(内唱)七载隐情一朝败!

　　　　【裴少俊急上,张千随上;

裴少俊　(唱)急急匆匆回家来,

　　　　　　　爹爹切莫将妻怪,

　　　　　　　原委事由说明白;

　　　　　　　千错万错儿担待,

　　　　　　　留下千金你的慈颜开!

裴行俭　小奴才!(打裴少俊)

（念"扑灯蛾"）奴才做事真狂悖，真狂悖！

　　　　恋酒色、贪淫欲坏我家规；

　　　　实只望着封三品列五卿，

　　　　谁料你、你你寡廉耻灭门楣。

裴少俊　爹爹！爹爹！

裴行俭　（接念）此事不必再言讲，

　　　　快写休书催她归。

　　　　即刻上京去赶考，

　　　　不中状元不许回。

张　千　（低头）哇呀呀呀！老相公啊！

　　　　【如大花脸的感觉，慢慢地站起来一步一步的走向裴行俭；

张　千　（充满浓厚感情的，抱拳说）想公子与少夫人夫妻做了七载，你……你怎么能叫公子说写休书就写休书。千不念，万不念，念在两个孙儿份上，有道是：生米煮成熟饭，老相公高抬贵手，饶过了他们吧！（一个项羽的乌江自刎的亮相）

裴行俭　这倒不错，嗑瓜子嗑出一臭虫来。你躲开点吧！（裴行俭一脚将张千踹趴在地）

张　千　啊哟！（趴地抬头）相公，我尽力了！

裴行俭　我叫你尽力，我叫你尽力！（打）

裴少俊　爹爹呀！想孩儿与小姐成婚数载，如今又生下两个孩儿，若是将她无故休弃，叫她孤身女子置身何地？何以为人？

裴行俭　小奴才！尔等私自苟合，怎说无故休弃！？来呀！将这妇人，送到州司衙门，问她个徒杖之罪。

　　　　【裴少俊保护住李千金；

裴少俊　爹爹呀！千错万错都是孩儿之错，你要责罚就责罚孩儿吧！

李千金　不！不要责罚于他，我情愿去州司官衙。

裴少俊　（拦住千金）我愿受罚！

李千金　我愿去官衙！

裴少俊　（坚决的）我愿—受—罚！

李千金　（坚决的）我愿去—官—衙！

裴行俭　小奴才！这是笔（掷笔于地）！这是纸——

　　　　【从空降下一白帐。

裴行俭　你与我写呀，你与我写来！

裴少俊　爹爹，恕孩儿万难从命！

裴行俭　少俊！儿啊！我儿已长大成人，不听为父之言，想当年你母下世之后，你才这大、这高，为父不续弦不纳妾，怕的是你受旁人欺辱。我们同盆而洗，同榻而眠，十数载我精心照料、呵护备至。不想你竟如此回报于我，七年来，七年来——你未曾对我讲过一句真话，这合府上下人人皆知此事，唯有我——儿啊，儿啊！似你这样不求上进，贪恋酒色，叫为父在朝何以为官，何以为人？也罢！今日你写下休书还则罢了，如若不然我就撞死在你的面前！

裴少俊　爹爹！你真是折煞孩儿了哇……

　　　　【抱住裴行俭；

裴行俭　嗨！（下）

　　　　【李千金拿过笔，走向裴少俊；

李千金　相公，你的眼中还有我的影儿么？

裴少俊　我的眼中永远是你的影儿！

　　　　【停顿，将笔交裴少俊，二人对面跪下；

李千金　（柔情的抚摩他的脸颊）还记得我们第一次相遇么？你被我

打掉泥娃娃的脸,回头看我的时候,我在想这世界上怎么会有如此俊雅的男儿,这莫非是我千呼万唤,万唤千呼出来的?

裴少俊　(沉浸在美好的回忆中)当年,你从高高的粉墙之上坠落我怀中,我想这世上怎么会有如此绝色佳人,难道是神仙姐姐下凡么?

李千金　(唱)甜蜜蜜初相见历历浮现,

　　　　　甜蜜中寒暑酿蜜蜜更甜——

　　　　　妻喜欢暖意融融初春夜,

　　　　　夫妻儿女团聚在炉边;

裴少俊　(唱)夫珍惜晨曦黄昏常相伴,

　　　　　回首一笑妻总在我眼前。

李千金　(唱)妻爱君袖底清风儒雅气,

　　　　　一举一动触到我心弦;

裴少俊　(唱)夫思念枕席相偎绵绵意,

　　　　　双目涟漪情缠缠;

李千金　(唱)妻爱君宽阔胸膛坦荡荡,

　　　　　任我撒娇任我狂欢。

伴唱入　爱河淌淌,

　　　　爱水潺潺……

　　　　爱风暖暖,

　　　　爱意翩翩;

李千金　(唱)既然是爱如潮水漫天卷,

　　　　　既然是真情永似破壳小鸟冲九天;

　　　　　又何怕一纸休书关山阻隔路途远!

　　　　　又何惧感叹一枕庄周梦不圆?

妻在家中携儿带女将你盼，

妻盼你一路平安早早回家园、

我们一家好团圆。

李千金 （真诚的，回望他）为妻暂回洛阳，永远等你——

裴少俊 （心痛的一把抱入怀中）娘子，等我回来，等我回来！

【收光。

第七场

【喜庆乐起；

【话外音：裴少俊得中头名状元啦！

【裴行俭、李世杰同在场上的不同空间；

裴行俭 什么？ 我的儿子竟然娶，娶，娶娶的是他的女儿？

李世杰 怎么？ 我的女儿竟然是被他家休，休，休回来的？

裴行俭 哎呀！ 完了，完了！

李世杰 气煞死我也！ 想当年老夫前去提亲，指望与他裴家缔结百
年之好，怎奈这老匹夫竟是一口回绝。不想这狂徒之子又
拐骗了我的女儿，一去七年，这混账的老儿，又休回了我的
女儿，这怎不气、气，气煞我也！

裴行俭 这老匹夫性情暴躁，容易激动，他骂起人来哎呀是那样的刁
钻凶狠，倘若知道我休掉他的女儿，他、他一定非得跳到泰
山顶上去不可。哎呀坏了！（缩头缩脑的）

李世杰 （打断）老匹夫！ ——

【裴行俭仿佛听到李世杰在骂他,于是想逃,但逃到哪李世
　　杰就跟到那儿骂他

李世杰　（唱）裴行俭父子实狡猾,

　　　　　　　拐骗我女走天涯,

　　　　　　　老夫七年把心挂,

　　　　　　　双泪纵横险些眼哭瞎!

　　　　　　　拐骗之罪岂能罢,

　　　　　　　奏一本请万岁杀你全家!

裴行俭　张千,张千!

　　【张千上。

裴行俭　快,快把少夫人——

李世杰　怎么?!

　　【裴行俭欲昏过去;

裴行俭　接—回—来!

李世杰　哼!

　　【收光。

第八场

　　【充满了激情的快节奏音乐。

李千金　（幕后唱）郎君得中喜讯传,

　　【空中降红色帷幔的李千金捧住一头,这是裴少俊快马传送
　　给她的信。她深情地捧着、看着;

李千金　（接唱）心似蝶儿舞翩跹——舞翩跹！

裴少俊　（话外音）青灯黄卷二十年，

　　　　　　　　今日鳌头独占先；

　　　　　　　　难忘墙头马上意，

　　　　　　　　挂红拖地结良缘。

李千金　（白）挂红拖地结良缘！

　　　　（唱）多少回凭栏远眺天外天，

　　　　　　　多少回面对清风泪洗颜；

　　　　　　　多少回懒持铜镜抬画笔，

　　　　　　　多少回梦里惊醒空流连；

　　　　　　　数尽鲜花瓣，

　　　　　　　弹断相思弦；

　　　　　　　方知别离苦，

　　　　　　　不奢凤颠鸾；

　　　　　　　到如今云破月如团圆镜，

　　　　　　　相逢便在，便在那武陵溪畔桃花源。

　　　　【李千金挥舞红帐幔，沉浸在等待的喜悦中；

裴少俊　（幕后唱）纵马飞，急扬鞭！

　　　　【裴少俊出场，李千金往高空抛帷幔，裴少俊似在百里外接
　　　　到了帷幔。

裴少俊　（唱）万水千山，总在霎那间。

　　　　【裴少俊"啪"又一挥鞭，

　　　　【两个人拉着同一帷幔，有点像磨盘，互相缠绕。

李千金　（唱）风一声，更一声，

　　　　（唱）哪顾得三更五更夜风寒；

裴少俊　（唱）山一程，水一程

　　　　　（唱）顾不得道路崎岖度关山；

李千金　（唱）急切切爬上小山埝，

裴少俊　（唱）急切切越过石崖尖；

李千金　（呼唤）相公！

裴少俊　（呼唤）娘子！

李千金　（唱）恨不得翘盼早见郎君面，

裴少俊　（唱）恨不得呀风送马儿到桃源。

　　　　　【狂风中，山路崎岖，非常难行走。

男伴唱　鬼门峡！鬼门峡，鬼门峡！

　　　　　【裴少俊在鬼门峡前马失前蹄，掉下山崖；

裴少俊　（凄惨的大叫）娘子——！

　　　　　【所有的声音全部消失；

　　　　　【似有第六感觉传向李千金；

李千金　啊——！（跌倒在地，红盖头盖住她的脸，她捂着胸口）

女伴唱　突听一声马骢嘶，

　　　　　怎的心空空洞洞……空空洞洞。

　　　　　【李千金捂住胸口挣扎的挺起身来，四处寻找；

李千金　相公，相公！你在哪里，你在哪里？

　　　　　【无人应答，李千金担心地走向山坡顶观望，生气地跺脚。

　　　　　裴少俊魂上；

裴少俊　裴少俊在此，

李千金　（听不到裴少俊声音）相公！

裴少俊　娘子！

裴少俊　裴少俊在此，娘子久候了！

【李千金仍然听不到声音。裴少俊再大声的说；

裴少俊　裴少俊在此,娘子久候了!

　　　　【李千金听不到裴少俊声音,也看不到人。两人总是交叉
　　　　而过；

李千金　相公!

裴少俊　娘子!

　　　　【裴少俊困惑为什么李千金听不见、看不到自己；

李千金　相公! 你在哪里?

裴少俊　娘子! 我在这里。

李千金　你在哪里?

裴少俊　我在这——里——

　　　　【梅香,张千捧面具上；

裴少俊　梅香,我回来了!

裴少俊　张千,我回来了!

　　　　【梅香、张千都听不到他的声音、看不见他人；

裴少俊　我回来了! 我回来了! 我回来了……天哪!!!

　　　　【裴少俊知道自己只是魂魄还乡；

　　　　【舞台上死一样的寂静。张千、梅香将面具放在地上,暗下；

李千金　(清唱)有美人兮见之不忘,

　　　　　　　一刻不见兮思之若狂;

　　　　【李千金边唱边拿起面具。裴少俊魂听到声音,看到面具；

裴少俊　(接唱)云山阻隔兮难阻情心,

　　　　　　　渺渺茫茫兮生死同往。

李千金　(似乎听到)相公,我知道你就在这里,我知道你就在这里!

　　　　【但是,李千金仍然看不到裴少俊,她追逐不到裴少俊,手持

039

两个面具奔跑着,心急如焚。裴少俊看得到李千金,两人总是交错,亦心急如焚;

裴少俊 (唱)有美人兮见之不忘,

一刻不见兮思之若狂;

云山阻隔兮难阻情心,

渺渺茫茫兮生死同往。

【李千金跌倒在地,裴少俊突然醒悟,用手抓到一个面具,戴在自己脸上;

【李千金看到了面具,看到了裴少俊,双手捧着裴少俊的脸;

李千金 相公!

裴少俊 娘子!

【两人面具碰面具,手抓手亲切地感觉到对方就在身旁;

李千金 相公!

裴少俊 娘子!

李千金 相公!

【二人紧紧抱在一起;

裴少俊 苍天在上

李千金 苍天在上

裴少俊 我与千金

李千金 我与少俊

裴少俊、李千金 天涯海角生死相随!

裴少俊、李千金 天涯海角生死相随!

【张千、梅香、众家仆持红灯上,忽然看到灵光闪处,李千金、裴少俊各自穿上拜堂时的红衣装。

【主题曲再现;

伴　唱　啊——

　　　　云山阻隔兮难阻情心，

　　　　渺渺茫茫兮生死同往。

　　　　【裴、李二人在人群中穿梭，最后消失。所有人持红灯下跪。

　　　　【定格；

　　　　【幕落。

　　　　【剧终。

京剧

培尔·金特
（根据易卜生原作改编）

编　　剧　卢秋燕
指导老师　宋　捷

上戏戏曲学院戏曲导演 06 届毕业剧目

2005 年 11 月

人　物　培尔·金特(生丑)——乡村青年

奥丝妈妈(老旦)——乡村农妇

索尔维格(闺门旦)——乡村姑娘

绿衣女(花旦)——山妖国王的掌上明珠

山妖王(花脸)——山妖王国的领袖

新娘英格丽德(花旦)——乡村农场主女儿

高农妇、矮农妇(彩旦)——两个乡村老太婆

索尔维格妹妹海尔嘉(小旦)

新郎马斯穆恩(生)

绿衣女儿子(丑)

铁匠(净)

四青年

山妖群众(武戏)

舞会群众

第一场　撒谎胡闹

【主题音乐缓缓地传来,渐渐转为欢快的晨曲。

【高农妇和矮农妇从大幕里探出头来,随着她俩干着农活,
大幕缓缓拉开。

矮农妇　愉快无比的清晨,

高农妇　我们辛勤劳动喝酒欢畅;

矮农妇　天国撒下的光芒,

高农妇　照耀在挪威的土地上。

矮农妇　有一个青年人叫培尔·金特,

高农妇　嗯! 叫培尔·金特,

高、矮农妇　一生中他狂野盲目在追求,他在追求!

　　　　【在小军鼓的伴奏下,以下念白呈说唱节奏,同时伴随两农
　　　　妇夸张的舞蹈动作。

高、矮农妇　可是,他没找到自我呀,没找到自我,

　　　　　　难道,他真像一个洋葱头,一个洋葱头,

　　　　　　剥一层呀剥一层剥两层呀剥两层剥三层呀剥三层,

　　　　　　剥到最后剥到最后剥到最后剥到最后剥到最后——他
　　　　　　没有核!

　　　　【四个青年喝得醉醺醺地上场,疯疯癫癫地边喝边唱。

四　人　(唱)培尔啊—培尔——

　　　　　　培尔小子性鲁莽;

　甲　(念)白日做梦的穷小子穷小子,

　众　(唱)撒谎吹牛称大王;

　乙　(念)惹是生非的坏儿子坏儿子,

　众　(唱)做不完的白日梦;

　丙　(念)声名狼藉的浪荡子儿浪荡子儿,

　众　(唱)胡作非为嚣张又癫狂!

　丁　(念)扯皮打谎的二流子二流子!

　　　　【四人共同抢一瓶酒,争吵不休,都表明自己的观点。

甲乙丙丁　穷小子、坏小子、二流子、浪荡子儿……

　　　　【酒瓶掉地,培尔不知从什么地方跳出来。

培　尔　(蛮横地)谁扯皮?谁打谎?

四　人　你不是到山里打猎去了么?

培　尔　当然是在打猎,(脱口而出)我是在追驯鹿!

　甲　你吹牛!

乙　你撒谎！

四　人　哈哈哈哈……大忙季节，一连几个星期不照面，可把你那个
　　　又矮又瘦又老又凶的老妈给气坏了！

　　　　【幕后传来奥丝妈妈的叫声。

奥　丝　培尔！

　　　　（幕后唱）大忙季节不照面！

　　　　【培尔欲躲。四人似乎也怕见他的妈妈，推推搡搡。

　　　　【四人下场。奥丝妈妈举着干农活的叉子冲上。

奥　丝　（唱）瞎编故事把我欺瞒，

　　　　　　　说什么东奔西颠去山里，

　　　　　　　几个星期、雪地追鹿顶着风寒；

　　　　　　　到如今你衣裳撕扯蓬头垢面，

　　　　　　　邋里邋遢、狼狈不堪，还乱七八糟满口胡言！

　　　　　　　我问你打的猎物何处去？

　　　　　　　追赶的驯鹿在哪边？！

培　尔　（白）我的好妈妈！

　　　　（唱）好妈妈呀——

　　　　　　　我在那燕汀山边见驯鹿，

奥　丝　（白）准是这样！

培　尔　（唱）背寒风我悄悄、悄悄地躲在那树后边；

　　　　　　　它溜溜的浑身膘真矫健，

　　　　　　　茸茸的犄角绕着花环；

　　　　　　　咔哧、咔哧……蹄子不停挠地面。

　　　　（白）嗨！我敢说您这辈子也没见过那么好的一只驯鹿！

奥　丝　真没见过！

培　尔　您猜怎么着？

奥　丝　怎么着？

培　尔　您的儿子"嗖——"的一声——

　　　　（唱）跃上那鹿的背——它一路狂奔在山间，

奥　丝　（白）天哪！

培　尔　（唱）它穿过冰川和峻岭，

　　　　　　　　它飞过峡谷与海湾，

　　　　　　　　金煌煌阳光多灿烂，

　　　　　　　　山上的精灵围着我们转团团。

培　尔　（白）忽然间悬崖到了尽头，

奥　丝　（白）我的天！

培　尔　（唱）刹那间天昏地暗，

　　　　　　　　我一时跌下了无底深渊。

　　　【奥丝越听越紧张。

奥　丝　（白）老天保佑！你快说下去！

培　尔　（白）我们往下冲啊冲啊，

　　　　（唱）一冲冲到大湖面，

　　　　　　　　凫到岸边把家还。

奥　丝　（抒了一口气）哎呀，亏得你没栽断膀子、摔折腿，谢天谢地，
　　　　老天保佑我的心肝儿子！哎呀，瞧你的裤子扯了这么大个
　　　　口子！唉，不过一想到你从那高的地方掉下来没出大事，
　　　　这就算不了什么啦。

　　　【培尔在一旁偷笑，蹑手蹑脚地正想溜走。

奥　丝　啊！

　　　【吓了培尔一大跳。

奥　丝　你全是瞎编的！从前我作姑娘的时候就听说过这个故事，
　　　　那骑驯鹿的也不是你——

培　尔　反正都一样。他要是做得来，我也成！

奥　丝　你——新近一群人在伦代喝醉酒打群架是不是你带头干
　　　　的？除了你谁会把铁匠阿斯拉克的胳膊打伤？

培　尔　谁跟你瞎说的？

奥　丝　卡莉说的，她说她听见叫喊了。

培　尔　对呀对呀，妈妈，可那叫喊的是我呀，我挨揍了！

奥　丝　什么！你?!丢人啊！你居然让那么一个一钱不值的醉鬼
　　　　给揍了，他再壮，难道你还是个熊小子吗？

培　尔　我揍了人也罢，挨了揍也罢，反正您也得哭上那么一场。

奥　丝　(气急败坏)我养的不是个儿子，他是头猪！
　　　　(唱)破烂的农舍谁牵挂？
　　　　　　你忍心面对这荒凉的庄稼？
　　　　　　这牛棚顶落墙塌散了架，
　　　　　　这耕牛受尽风霜难道你就不心疼它？

培　尔　(白)妈妈，别那么老念穷秧子了，咱们是倒了霉，可是总有
　　　　一天会苦尽甘来的！

奥　丝　(唱)你成天惹是非遭人骂，
　　　　　　却还是兴高采烈笑哈哈；
　　　　　　在家什么也不干，
　　　　　　喝酒打架像傻瓜；
　　　　　　姑娘们舞会你去把人吓，
　　　　　　几年来你惹下了多少祸事四邻八方一个一个上门告状
　　　　　　到我家；

活活受罪我遭人笑，

你怎不可怜你的老妈？

【培尔一直在旁边点蜡烛玩。

奥　丝　你到底有没有在听我说话?! 大白天你点什么蜡烛！

【奥丝一把夺过蜡烛吹灭了。

培　尔　（抢回去）还给我，这是我好不容易才偷来的。

奥　丝　什么，你竟然去偷！哎呀，我不活了！

【奥丝抽泣。

培　尔　我可爱美丽善良伟大的小妈妈，高兴起来吧，有朝一日我一
　　　　定会让周围这一代都对您低头哈腰，毕恭毕敬的，就等我做
　　　　出点惊天动地的事业来吧！

奥　丝　你?

培　尔　真正惊天动地的事业！

奥　丝　有朝一日你只要懂得补补你这马裤，我就谢天谢地了！

培　尔　我要当国王当皇帝！

奥　丝　天哪，这孩子真疯了！

培　尔　非当不可！只要您容我时间。俗话说：容我时间就能上天！

奥　丝　培尔！

　　　　（念）如果你不成天胡思乱想，幸许儿多少能搞出名堂，

　　　　　　　黑格镇那姑娘喜欢过你，人漂亮有田产又有家当。

　　　　　　　要是你听我话早去求她，早成了阔姑爷仪表堂堂！

培　尔　跟我走，我去求婚！

奥　丝　不劳你费心，就在你骑着驯鹿满天飞的时候，人家马斯穆恩
　　　　上门把那姑娘求到手了。

培　尔　马斯穆恩? 那个傻瓜!? 那个人人拿来开玩笑的笨蛋!?

奥　丝　可不，人家今天就行婚礼。

培　尔　行个屁！我现在就去！

奥　丝　哎——你非叫咱们把脸都丢尽了不成吗？

培　尔　放心吧，妈妈，万事都会如意的。我要背着我妈，(一下子背
　　　　起妈妈)去参加婚礼喽！

奥　丝　啊——救命啊！

　　　　【伴唱：水流湍湍，水流湍湍，

　　　　　　　　他不管妈妈呼唤；

　　　　　　　　顽劣的儿子是前世的债，

　　　　　　　　蜷曲在背上祷告平安。

　　　　【在伴唱声中过河形体动作，同时母子俩的喊叫声。

奥　丝　培尔，咱们快淹死了！

培　尔　不会的，像我这么体面的人死也得死得体体面面的。

奥　丝　天哪，我这是在哪儿啊？快放我下来！

培　尔　妈妈，咱们来做个游戏吧：我当培尔，你当驯鹿，冲啊——

奥　丝　啊——

　　　　【伴唱结束。

培　尔　到了！妈妈我把您背过了河，您不好好亲亲我吗？

奥　丝　我打死你！

培　尔　等到行婚礼那儿再说，您口齿伶俐，跟那些老古董们摆摆道
　　　　理，说说马斯穆恩是个傻瓜是个笨蛋，说说您的儿子是多么
　　　　的一表人才啊！

奥　丝　你放心，我一定会把你干的那些好事一桩不漏地全说出来，
　　　　一直说到那老头子把狗撒出来朝你身上扑！

培　尔　那我还是一个人去吧。

奥　丝　不,我一定要去!

培　尔　好妈妈,您身子骨不行。

奥　丝　谁说的,我气得能把大石头砸成面面儿,我能把火石嚼烂了!

培　尔　那您得答应我——

奥　丝　我什么也不答应!我一定要让他们知道你究竟是个什么玩意儿!

培　尔　我不会让您去的!(抄起妈妈放在磨房顶上)妈妈,我把您搁在上头。

奥　丝　培尔,快放我下来!

培　尔　妈妈!我要去干的事可不容易,您得祝福祝福我,再见吧,妈妈!

奥　丝　培尔!

培　尔　哎——您可千万别动,要不然您会嘭的一声栽下来,那时候我可就……您最好像耗子那样纹丝不动,再见妈妈!

奥　丝　培尔,你给我回来,培尔,培尔!他走了,这个骑驯鹿的,这个扯皮打谎的,嘿——你听见没有!救命啊!救命啊——

【高农妇和矮农妇从磨房里探出头来。

高农妇　是谁在喊哪?

奥　丝　是我呀。

矮农妇　哦,是奥丝啊。

高农妇　(狂笑)这可是一趟很愉快的旅行!

奥　丝　快放我下来吧。

高农妇　放她下来?

矮农妇　放她下来。

【两人把奥丝从磨房顶上弄下来。

奥　丝　培尔那个魔鬼!

矮农妇　就你那个儿子?

奥　丝　是的,我要赶快去黑格镇参加婚礼。

高农妇　黑格镇? 噢,我可听说铁匠也去参加婚礼了。

矮农妇　噢! 铁匠!

奥　丝　天哪,他们会把我的培尔给弄死的。

高农妇　对,培尔·金特会被铁匠活活打死!

奥　丝　(抡起手中的木棍欲打高农妇)你说什么!?

矮农妇　(嬉皮笑脸地劝架,轻声地)我们是说婚宴的舞会开始
　　　　了……

奥　丝　(没听清楚)你说什么!?

高、矮农妇　(高声地)我们是说——婚宴的舞会开始啦!

【舞会音乐传来,切光。

第二场　　大闹婚礼

【舞会;

【舞会群众舞蹈场面。

甲　瞧,培尔·金特来了!

乙　谁请他来的?

丙　谁也没请他来呀。

丁　等会儿他来了,谁也别理他。

【培尔上场,众人各自欢快地跳舞。

培　尔　哪位姑娘跳得最欢快?哪位愿作我的舞伴?

　　　　【有人把培尔挤出舞池,众人粗鄙地大笑。

　　甲　培尔·金特,说说看,你都能干些什么?

培　尔　我能念咒把魔鬼招来,我能在云彩里骑马……

　　乙　嘿,怪不得新娘子英格丽德有一阵子满喜欢你的!

　　丙　今天晚上她可就成了马斯的新娘了。

培　尔　你们瞧着吧,我现在就把她抢回来!

　　　　【众人停止舞蹈,诧异地看着培尔。

　　甲　他准是疯了!

　　乙　哈哈,他真是个大傻瓜!

众　人　牛皮大王! 撒谎大家!

　　甲　哎,猜猜看,我们都叫他什么?

众　人　什么?

　　甲　一只学问渊博的——猪!

众　人　(大笑)猪、猪、猪——

　　　　【在锣经中,除培尔外场上人全都定格,呈现各种造型

　　　　【伴唱:一阵阵刺耳的笑声,

　　　　　　　　一张张丑陋的脸容,

培　尔　(唱)轻蔑伴着冷嘲热讽,

　　　　　　　如同锯尺磨穿心胸,

　　　　【拿起一瓶酒一饮而尽。

　　　　【伴唱:喝酒吧,喝得醉醺醺,

　　　　　　　嘲笑吧,笑得心空空。

培　尔　(唱)任他们粗鄙猥琐来嘲弄,

053

　　　　放荡无忌我自从容。

　　【培尔把空酒瓶朝其中一个青年头上砸去。

青　年　哎哟!

　　【青年被众人扶下场。

众　人　揍他!

　　【众人和培尔打起来。培尔寡不敌众,抄起酒瓶想砸人,众
　　青年见状逃下。正在这时,索尔维格迎面朝培尔走来,突然
　　在培尔的视线里只有她一个人

　　【伴唱起:

　　　　啊——她——

　　　　低眉浅浅笑,

　　　　秋波莹莹飘;

　　　　手绢儿包着祈祷书虔诚怀中抱,

　　　　雪白的围裙裹着那苗条细腰……

培　尔　能请你跳个舞吗?

索尔维格　当然可以。

培　尔　那我们走吧。

索尔维格　不过妈妈说可别走远了。

培　尔　妈妈说? 妈妈说! 难道你是昨天刚生下来的?

索尔维格　你在笑我呢!

培　尔　喏,你还是个娃娃,还没长大呢!

索尔维格　(唱)眼前人明眸皓齿脸庞俊,

　　　　　　风趣可爱又多情。

　　【索尔维格的妹妹海尔嘉上场,正看到姐姐和一个胡作非为
　　的流氓在一起,觉得很害怕。

索尔维格　去年春天我就行过坚信礼了,我已经是个大人了!

培　尔　告诉我你的名字吧,这样我们谈起来自在些。

索尔维格　我叫索尔维格,请问你呢?

培　尔　我叫培尔·金特。

索尔维格　我的天!

培　尔　怎么了?

索尔维格　(唱)他竟是人们传说的流氓恶棍,

　　　　　　　他竟是声名狼藉的无耻小人。

培　尔　你怎么了?

索尔维格　我……

海尔嘉　(替索尔维格解围)姐姐,我们走。(拉着索尔维格往外走)

　　　　【培尔从背后吓唬他们,阻止他们离开。海尔嘉被培尔吓得
　　　　逃下场。

　　　　【培尔抢走索尔维格掉在地上的手绢,顺手一藏,手绢像变
　　　　魔术般不见了。

索尔维格　请你把手绢还给我。

培　尔　没有。

　　　　【索尔维格无力拿回手绢,避开他,要走。

培　尔　(突然很正经地)你觉得我像个流浪汉,跟我跳舞丢脸是
　　　　不是?

索尔维格　不,你不像流浪汉,我不这么认为。

培　尔　(惊讶地看着她,转而又很失落)不,我确实像个流浪汉,而
　　　　且还喝得有点醉,那是因为我心里冒了火——现在和我跳
　　　　一个吧。

索尔维格　我害怕,即便……

培　尔　害怕？怕谁啊？

索尔维格　特别怕我爸爸。

培　尔　哦,原来是这样……

索尔维格　对不起,请你让我走吧。

培　尔　我不让你走!

　　　　(念)我会变成专会吃人的山妖和半夜敲门的狼人,

　　　　天一黑就有无数的魔鬼和幽灵蹲在你的床头发出呼噜呼噜
　　　　喊喊喳喳的怪叫,那不是别人,那就是我;

　　　　我要麻痹你的意识,控制你的生命,主宰你的命运,摧毁你
　　　　的精神!

　　　　(突然意识到自己有点过分,很尴尬)……索尔维格……和
　　　　我……跳一个吧。

索尔维格　不——你太可怕了!(下场)

　　　　【培尔又沮丧地喝起酒来。

　　　　【新郎马斯穆恩上场。

马　斯　培尔,她把门反锁上了。

培　尔　(失魂落魄地)谁啊?

马　斯　我的新娘子。

培　尔　英格丽德?她在哪儿?

马　斯　阁楼上。培尔,你要是能帮我打开新娘的门,我就送你一头
　　　　公牛!

培　尔　(喝了一大口酒)走!

　　　　【培尔和新郎下场,铁匠和四青年及舞会群众上场。

铁　匠　培尔·金特在哪儿?今天我非要和他比比,看看到底谁搡
　　　　得过谁!

甲　为什么不揭穿他的谎言呢?

乙　我要把他一脚踢出去!

丙　我也要啐他一脸唾沫!

丁　揍扁他!

众　人　走!

【奥丝拄着木棍一跌一撞地冲进来。

奥　丝　你们看见培尔金特了吗? 我要狠狠揍他一顿!

铁　匠　嘿,老太太,你手里那根棍可对付不了那个流氓!

甲　对,只有我们铁匠才能打得过他!

众　人　对,看铁匠的!

铁　匠　(得意地)培尔·金特,你给我滚出来,你这个混蛋!

众　人　混蛋!

铁　匠　你这个孬种1

众　人　孬种!

铁　匠　你这个败类!

众　人　败类!

铁　匠　(招呼众人)走!

【奥丝用木棍往地上一敲,吓了众人一跳。

奥　丝　谁敢动我的儿子培尔,我老婆子就用牙咬你,就用爪子抓
你,我、我、我杀了你!

【奥丝追打众人,新郎马斯冲上场。

马　斯　完了,完了,完了! 培尔·金特他……

众　人　怎么了?

奥　丝　你把他杀死了?!

马　斯　没有,没有——瞧,他在上头,他在山上!

众　人　带着新娘?!

奥　丝　你这个畜生!

铁　匠　天那,那是顶高的悬崖,培尔·金特爬得活像只山羊!

马　斯　培尔金特把新娘像头猪似地拐走了!

奥　丝　我巴不得他从山上栽下来!

甲、乙　他犯了拐骗罪!

丙、丁　他会糟蹋了那女人!

马　斯　我的新、新、新娘!(晕倒)

众　人　哎——哎——哎!(扶住新郎)

奥　丝　培尔,当心——脚底下滑!

　　　　【收光。

第三场　　抛弃新娘

　　　　【山林一角,清晨。

　　　　【培尔上场,新娘追上,一边掉泪一边拉着扯得乱七八糟的
　　　　婚服。

新　娘　培尔,培尔!

培　尔　你走吧。

新　娘　你让我到哪里去啊?

培　尔　高兴去哪儿就去哪儿。

新　娘　(伤心地)你说什么? 培尔!

　　　　(唱)为什么对我无情义,

为什么谎言把我欺?

为什么背我翻山越岭到这里,

这一夜恩恩爱爱,甜甜蜜蜜两情依,

我与你生死缠一起,喂呀培尔呀……

天涯海角不分离!

【新娘号啕大哭。

培　尔　别哭了! 那么你有什么陪嫁吗?

新　娘　(似乎看到了一丝希望,激动地拽住培尔)我有黑格镇的农
庄,我还有别的。

【培尔推开新娘,缓缓地拿出怀中的手绢,音乐起。

培　尔　(看着手中的手绢,自言自语)可你会像她那样吗? 你会像
她那样吗?

新　娘　(妒忌地)她是谁?

培　尔　低眉浅浅笑秋波莹莹飘;

手绢儿包着祈祷书,

雪白的围裙裹着苗条的细腰……

新　娘　她是谁?

培　尔　(陷入自己的思想中,越说越激动)

我对她说我是山妖,她害怕,

我对她说我是狼人,她憎恶。

新　娘　她是谁?!

培　尔　我对她说我是魔鬼,她恐惧,

我对她说我是幽灵,她逃之夭夭。

我邀请她跳舞,她断然拒绝,

她对我说你走开,你走开,你走开!

新　娘　（越听越生气，气得直跺脚）她是谁？她是谁?! 她是谁!!

培　尔　（这才意识到新娘的存在，平静而失落地）你走吧……

新　娘　你要是丢弃我，他们会把你绞死！

培　尔　随他们去！

新　娘　你要是娶了我，你就会名利双收。

培　尔　我办不到！

新　娘　你、你勾引了我，糟蹋了我，可现在又要抛弃我！

培　尔　这是你自愿的。

新　娘　培尔！你这个畜生！

培　尔　让魔鬼把记忆带走吧！让魔鬼把女人也都带走——除
　　　　了她。

新　娘　咱们走着瞧！

　　　　【新娘大哭着跑下场。

培　尔　——除了她！

　　　　【悠悠地传来空灵的伴唱声，培尔陷入失落的怀想。

　　　　伴唱：低眉浅浅笑，

　　　　　　　秋波莹莹飘；

　　　　　　　手绢儿包着祈祷书虔诚怀中抱，

　　　　　　　雪白的围裙裹着那苗条的细腰……

　　　　【索尔维格妹妹海尔嘉到森林里采花，培尔发现了她。

培　尔　我认识你！

　　　　【海尔嘉吓得转身要跑

培　尔　（追上去拦住她）你别走！

海尔嘉　（吓得大叫）救命啊！

培　尔　我不会伤害你的！

海尔嘉　（害怕地抱着头，快哭出来了）他们说你是流氓！

培　尔　（拿出那块从索尔维格那儿抢来的手绢）我只是想让你帮我
　　　　把这个还给你的姐姐索尔维格，我再也不能回教区了，叫她
　　　　不要把我忘了。你能帮我吗？

　　　　【海尔嘉漠然地看着他。

培　尔　（掏出一颗银纽扣）瞧，这是一颗银纽扣，这是我身上唯一值
　　　　钱的东西。你能帮我吗？

　　　　【海尔嘉要拿银纽扣。

培　尔　你能帮我吗？

　　　　【海尔嘉点点头，接过手绢和银纽扣，战战兢兢地下场。

培　尔　（朝着海尔嘉的背影叮咛）替我求求她，叫她不要把我给
　　　　忘了！

　　　　【追捕的紧张音乐起，培尔慌忙逃跑。

　　　　【收光。

第四场　苦苦追寻

　　　　【山林

　　　　【奥丝和索尔维格在寻找培尔。

奥　丝　（唱）夜茫茫，风飕飕，烟迷雾嶂；

　　　　　　　苦寻找急慌慌，觅踪迹心彷徨；山路崎岖步踉跄，牵肠
　　　　　　　挂肚心急如焚欲断肠。

　　　　【画外音：抓住他，抓住培尔·金特！别让他跑了！抓住他！

奥　丝　（唱）追捕之声耳边响，

索尔维格　（唱）但愿得培尔他已把身藏。

奥　丝　（唱）真难得好姑娘把培尔体谅。

索尔维格　（唱）一句话说得我脸红心跳思绪长，

　　　　　　　　记得他率真任性的狂妄样，

　　　　　　　　记得他挚诚灼热的目光，

　　　　　　　　分明是故意把我的手帕儿抢，

　　　　　　　　步步紧逼声声叫我好心慌。

　　　　　　　　谁知他转眼把祸闯，

　　　　　　　　无奈去逃亡，

　　　　　　　　孤身逢绝境，

　　　　　　　　何处避祸殃？

　　　　　　　　情不自禁把他想，

　　　　　　　　忧心忡忡暗自神伤。

奥　丝　（唱）只怕他陷进沼泽把命丧，

　　　　　　　　又怕他跌落山间一命亡，

　　　　　　　　这山林到处是危险的屏障，

　　　　　　　　培尔啊你究竟在何方？

　　　　　　【另一空间培尔跑上场。

培　尔　（唱）躲开了追捕天罗网，

　　　　　　　　举目四望路茫茫，

　　　　　　　　沦落天涯家难奔，

索尔维格　（唱）愿上帝为他赐吉祥，

培　尔　（唱）深山老林难辨方向，

奥　丝　（唱）谁来拯救这迷途的羔羊？

培　尔　（唱）从今后家是我迷茫幻想，

奥　丝　（唱）从今后儿是我心病挂肠，

索尔维格　（唱）从今后他只能在我的心上，

培　尔　（唱）从今后她成了梦里的星光。

　　　　　【奥丝和索尔维格的空间隐去。

　　　　　【远处传来怪叫声，阴森吓人。

　　　　　【画外音（男声）：绕道而行！绕道而行！绕道而行！

培　尔　你是谁！？

　　　　　【一个山妖模样的绿衣女出现。

培　尔　你是谁？

　　　　　【画外音（男声）：你应该绕道而行，应该绕道而行。

绿衣女　山林里总有你的栖身之所。

培　尔　绕道而行？！绕道而行！

绿衣女　是啊，绕道而行。

培　尔　呆一边去，我的拳头可是不留情的！

　　　　　【绿衣女把一个红色的披风搭在培尔的肩上。培尔被绿衣
　　　　　女的美色所震惊。绿衣女为培尔披上与自己相配的披风。

　　　　　【绿衣女和培尔种种暧昧的舞蹈形体，并相互交头接耳窃窃
　　　　　私语。

绿衣女　你说话一点都不假吗？

培　尔　我们当王子的从来都不说假话。

绿衣女　你是王子！？我正好是山妖王国的公主！

培　尔　你是公主？那咱俩真是天生的一对啊！

　　　　　【两人进而相互吹牛，种种自吹自擂的形体。

培　尔　（唱）我妈奥斯是王后，

绿衣女 （唱）我爸本是多瑞沃王，

  山妖王国的名声大，

培　尔 （唱）我法力无边威震四方，

绿衣女 （唱）我吹一口气田地荒，

培　尔 （唱）我打个喷嚏风雨狂，

绿衣女 （唱）我一挥手敲碎磨坊，

培　尔 （唱）我一抬脚踏平山庄。

绿衣女 你穿得这么一身破烂，就没有点讲究的衣服穿吗？

培　尔 重要的是穿在衣服里的人。

绿衣女 我天天穿的是绸缎，戴的是金冠。

培　尔 我看到有点像亚麻和铜锈。

绿衣女 啊，有件事情我差点忘了告诉你，在我们那里，通常用另一种眼光看待事物，等你进了我父王的宫殿里，你也许会认为那是一堆破砖乱瓦。

培　尔 在我们那里也是这样。你会把一钱不值的渣滓看成价值连城的金子，你还会把闪闪发光的琉璃瓦看成肮脏破烂的长筒袜。

绿衣女 （唱）听我说听我说恶的恶的看成善，黑的黑的看成白，大的也能看成小，灰暗也能看成亮！

培　尔 （唱）嘿！听我说听我说善的善的看成恶，白的白的看成黑，大的也能看成小，灰暗也能看成亮！

绿衣女、培尔 （唱）天生咱们是一对，天生咱们是一双，天生的咱们是一双！

绿衣女 （白）培尔，给我一匹上好的婚马！

培　尔 （白）你等着！

【培尔从石缝中捡出一根树枝,趄马形体,犹如牵出一匹马。

【培尔身披斗篷,趄马形体,飒爽英姿,似乎很有身份的样子;绿衣女种种夸张的形体,欣喜若狂。

绿衣女 (白)啊,培尔,你真是太帅了!

培　尔 (白)单凭大人物骑的马就能看出他的排场!

绿衣女 (白)培尔,等等我!(追上培尔,骑上婚马)培尔,咱们走吧!

【两人双双而去,收光。

【阴森的怪叫声。高农妇和矮农妇上场,两人吓得直发抖。

高农妇 刚才你有没有听到什么奇怪的声音?

矮农妇 听到了! 听到了!

【传来奥丝的喊声:培尔!

【两农妇吓得狂跑。奥丝和索尔维格上场。

奥　丝 培尔,培尔,培尔!

高农妇 (定睛一看)哦,原来是奥丝妈妈,我还以为是谁呢!

矮农妇 (突然看到索尔维格)哟,怎么会有这么漂亮的姑娘啊!

高农妇 我看看,我看看,嗯,是很漂亮,是很漂亮。

奥　丝 你们看到我的儿子培尔了吗?

高农妇、矮农妇　哦——没有。

矮农妇 (幸灾乐祸地)哦,听说你儿子抢走了别人的新娘!

高农妇 嗯,那又是一趟很愉快的旅行!

矮农妇 他真是个没有心肝的人!

高农妇 他失掉了灵魂!

奥　丝 不,只要他能够活着回来,有朝一日他一定能做出点惊天动地的事业来。

高农妇、矮农妇　你儿子?(大笑)

奥　丝　只要我们容他时间,他就是这么跟我说的。

索尔维格　他真是这么跟您说的吗?

奥　丝　是的,姑娘,他是这么跟我说的。

矮农妇　不是这样的,你儿子一向扯皮打谎,他根本就是个胡作非为
　　　　的流氓! 流氓!

高农妇　对,我们还是等着看他上绞刑架吧!

　　　　【奥丝气得举棍要打两农妇。

索尔维格　不! 你们不要这样说他。

　　　　【两农妇莫名其妙地看着索尔维格。

　　　　【远处又传来阴森可怕的怪叫声。

奥　丝　你们快去敲响教堂的钟啊。

高农妇、矮农妇　你去你去你去……啊——(吓得团团转)山……
　　　　　　　　山……山妖! 山妖! 山妖!

　　　　【两农妇抱头鼠窜地逃下场。奥丝和索尔维格惊慌失措,忧
　　　　心如焚。

奥　丝　(对山林)培尔——

　　　　【切光。

第五场　山妖王国

　　　　【恐怖音乐。培尔步入山妖王国,看到山妖国王的宝座,兴
　　　　奋地坐在上面,种种得意的形体动作。

　　　　【灯光鬼火般闪亮,众妖出现。

众　妖　杀死他!

甲　一个基督教徒竟敢诱惑山妖国王的掌上明珠!

乙　我要把他的手指切成碎片。

丙　我要拔下他的头发,

丁　我要咬下他屁股上的肥膘,

众　妖　把他烤焦了,饱餐一顿!动手啊!

　　　　【山妖王披风落下,现身;绿衣女立于他身旁。众妖归位。

山妖王　你在追求我的女儿?

培　尔　就算是吧。

山妖王　你竟敢和我的女儿鬼混?

培　尔　那又怎么样!她答应我要你的王国来给她作陪嫁。

山妖王　可以,年轻人,不过你先要回答我一个问题,人和妖之间有
　　　　什么区别?

培　尔　在我看来,一点区别也没有;妖能做的事,我们人只要放开
　　　　胆量照样做得出来。

山妖王　说得不错,可是年轻人!

　　　　【山妖王从宝座上下来。以下山妖王的唱中,山妖王和众妖
　　　　臣不断组成不同的造型,边唱边舞,以念白以说唱节奏配以
　　　　小军鼓节奏,形体以现代舞融合京剧形体来表现。

山妖王　(唱)早晨,

众　妖　(念)早晨早晨早晨早晨早晨,

山妖王　(唱)毕竟出太阳;

众　妖　(念)出太阳出太阳出太阳出太阳出太阳,

山妖王　(唱)晚上,

众　妖　(念)晚上晚上晚上晚上晚上晚上,

山妖王　（唱）毕竟点烛光；

众　妖　（念）点烛光点烛光点烛光点烛光点烛光，

山妖王　（唱）点烛光。

若是仔细来看待，

两者肯定不相当。

可怜的人类他们总是要，

总要保持自己的真面目，

可我们山妖——

众　妖　（念）我们山妖我们山妖山妖山妖山妖山妖山妖，

山妖王　（唱）山妖为你自己就够了。

众　妖　（念）人要保持自己的真面目。

保持自己真面目，

实在太累实在太累，

山妖王　（唱）实在太累——

众　妖　（念）遇上事要讲个是和非、要讲什么是和非、讲是非，

做人还要学习还要受约束，

还要学习还要受约束，

实在太累！

山妖王　（唱）实在是太劳累——

培　尔　（唱）对对对，我真是有体会！

绿衣女　（念）处处要讲道德实在太虚伪，

时时要受约束实在吃太亏；

说什么灵魂呀讲什么真善美，

真的太疲惫呀真的太疲惫，

（唱）真的太疲惫呀——真是太虚伪！

培　　尔　（唱）你说进了我的心扉。

众　　妖　（念）可是山妖就不同了,山妖就不同啦,

　　　　　【一会变脸的山妖出场,众妖围着他舞蹈,同时在小军鼓
　　　　　的节奏里山妖变脸。

众　　妖　（念）黑的说成白,白的说成黑,（变脸）真的说成假呀,假的
　　　　　能说伪,（变脸）

　　　　　这就是山妖这就是山妖,（变脸）不要什么真面目不要什么
　　　　　真面目不要不要不要不要不要真面目!（变脸）

　　　　　我们的标准,我们的标准,你就是为自己呀你就是为自己,
　　　　　你就是就是就是就是就是为自己!

　　　　　山妖的本性他就能回归就能回归!

　　　　　【在锣鼓中,众妖插翻形体,山妖宫殿一片欢呼雀跃景象。

培尔、众妖　（念）山妖万岁!

培　　尔　（念）我要做山妖,我要做山妖!

山妖王　（念）山外的世界你能不能全忘掉?

培　　尔　（念）有什么不能忘?

　　　　　　　管他什么黑白颠倒、是真是假、是人还是妖!

绿衣女　（念）哦,爸爸,我选的驸马你看好不好?

山妖王　（唱）真是块山妖王的好材料。

培　　尔　（唱）我若是做妖王定然比你高,

山妖王　（唱）只可惜屁股后面尾巴缺少——

培　　尔　这有什么!

　　　　　【绿衣女为培尔安上尾巴。

培　　尔　（唱）不过多上了几根毛!

山妖王　（唱）山妖的实情总比名声好,

人的实情他总比名声孬。

培　　尔　知道,知道。

山妖王　(念)来来来,快来喝一杯山妖的蜜酒!

　　　　　【小妖端酒。

培　　尔　(唱)臊,臊,臊!

山妖王　培尔! 你不想把山外的世界都丢掉?

　　　　　【众妖喝酒、舞蹈。

众　　妖　(念)山妖的蜜酒! 山妖的蜜酒! 地动天摇地动天摇!

　　　　　山妖的蜜酒! 山妖的蜜酒! 做人的事情全部忘掉,做人的

　　　　　事情全部忘掉!

　　　　　【绿衣女把山妖蜜酒灌进培尔的嘴里。培尔晕晕乎乎地背

　　　　　起她,突然想起自己也曾经这样背过妈妈。

培　　尔　妈妈……妈妈!

山妖王　培尔! 你没有把山外的世界从你心里抹煞掉!

绿衣女　培尔!

培　　尔　那又怎么样,我现在想要的是你的王国,为我自己就够了!

山妖王　啊——为我自己就够了!

众　　妖　为我自己就够了! 为我自己就够了! 为我自己就够了!

　　　　　【众妖纷纷疯狂地抢宝座。

绿衣女　(尖叫)啊——(站在培尔一边)为我自己就够了!

培　　尔　(推开绿衣女)索尔维格……

绿衣女　(伤心至极)你追求的是我,我把公主的身体都给了你!

　　　　　(晕倒)

众　　妖　杀了他!

山妖王　(唱)看起来人类都一样,

本来的面目掩盖着欲望满腔，

要让他屏弃人性需下毒手，

先要挠斜他左眼的目光。

让他歪曲看一切，

才懂得混淆真假、颠倒是非与善良。

做山妖须把过去全忘掉，

再挖去右眼人的心灵那扇窗！

培　　尔　你简直疯了！

山妖王　我这是在把你培养成一名真正的山妖，难道你不想得到这座王国了吗？

培　　尔　那我问问你，我的视力什么时候能够恢复正常呢？

山妖王　永远也不能！

培　　尔　那么我只好谢绝了！

【培尔纵身跳上高台。

培　　尔　我培尔·金特也不是那么容易就给逮住的！永别了！

【培尔从高台后方跳下。

绿衣女　培尔！年底之前你就要当上骄傲的爸爸了！

【山妖王国一片哀嚎，切光。

第六场　告别爱情

【清晨，森林，伐木声。

【灯光起，培尔在盖房子。

培　尔　（试试门）对，就缺一个门闩！有了门闩，山妖和那些精灵就
　　　　进不来了，对，就缺一个门闩！

　　　　【培尔找来斧头准备去树林里伐木。

　　　　【幕后伴唱无字哼鸣起。

　　　　【索尔维格轻轻地来到培尔面前。培尔简直不敢相信自己
　　　　的眼睛，手中的斧头掉地。

培　尔　是你？真的是你！你不怕来到我身边吗？

索尔维格　可别打发我走，你托人捎信给我，我就来了！（拿出那块
　　　　曾经被培尔抢走过的手绢）这是属于你的。

培　尔　（接过手绢，欣喜若狂）上天！上天是如此地眷顾我，是什么
　　　　把你带到了我身边？

索尔维格　是……

　　　　（唱）是春风吹破沉默拂过心底，

　　　　　　宛若那轻轻的话语耳边低回；

　　　　　　是回忆乘翅膀飞到梦里，

　　　　　　惊醒时却难止心中的涟漪；

　　　　　　是妹妹的传信拨开了重重雾，

　　　　　　手绢儿驱散了心头的凄迷；

　　　　　　不觉中脚步儿带我进山里，

　　　　　　才感到有了欢乐有了生机。

培　尔　可是你的父亲……

索尔维格　（唱）永别了亲人投奔你！

培　尔　你知道我被判了多重的刑吗？他们连我能继承的那点家产
　　　　也抄光了。

索尔维格　（唱）只要两心依，富贵何须提；

培　尔　我现在是个亡命之徒,命在旦夕。

索尔维格　（唱)我只知找到你——就回到了家里,

　　　　　　　沐春风浴春雨山林中筑起新天地永不分离。

培　尔　你做这一切都是为了我?

索尔维格　是的。在这里多好啊,在这里可以听到松涛,在这里可好
　　　　　呼吸了,在这里——什么都好!（对着森林呼喊)哎——

培　尔　（同样对着森林呼喊,尽情释放满腔的兴奋之情)哎——

索尔维格　哎——

培　尔　哎——

　　　　　【整个树林里回荡着他们呼喊的回音,仿佛整个世界只有他
　　　　　们两个人。音乐起。

培　尔　索尔薇格,你来了,我这茅屋就是圣洁的了! 让我把你抱起
　　　　　来吧,允许我把你抱起来吗? 我永远也不会感到疲倦,我要
　　　　　把你抱得不贴近我的身子,你是那么纯洁,那么优美,谁能
　　　　　料到我会使你爱上了,日日夜夜我是多么地思念你。（音乐
　　　　　结束)我要拆了这简陋的茅屋,我要为你盖一座宫殿!

索尔维格　不,简也好,陋也好,我都喜欢,因为这是你的。

培　尔　（感动地)那么请进去吧。我去弄点木头,烧个火,一会儿就
　　　　　会舒适明亮起来的。

索尔维格　嗯,我等你。（进屋)

培　尔　（高兴得不知如何是好)这地面上应该兴起一座宫殿,只有
　　　　　那样才配让她住!

　　　　　【一个绿衣妖婆突然出现。

绿衣女　培尔,你好啊。

培　尔　（吓了一跳)你是谁?

绿衣女　你不会连我都不认识了吧。（学当初和培尔亲密的样子）

　　　　啊，培尔，咱俩真是（唱）天生的一对！

培　尔　是你？

　　　　【一个小山妖突然跳出来，拿一酒瓶在喝酒。

绿衣女　（对小山妖）你爸爸渴了，给他喝一口。

培　尔　爸爸？你是想说……

绿衣女　是的，你看他弯曲的小腿正如你弯曲的心灵。

培　尔　滚开！老妖婆！

绿衣女　（很伤心地）你居然叫我老妖婆?！（大哭）

　　　　我是没有你勾引我时那么年轻漂亮了！

　　　　（念"扑灯蛾"）：

　　　　这都是因为你！

　　　　我为你分娩时只能在山妖群里，

　　　　谁想你又勾引她——你始乱终弃！

　　　　你若赶走那姑娘，

　　　　把她从你心坎上、视线里彻底挖去，

　　　　培尔，就能恢复我的美丽。

培　尔　（举起斧头）我恨不得把你的脑袋劈成八瓣！

绿衣女　（怪笑）我们的脑袋是劈不破的！

　　　　【培尔的斧头掉地。

绿衣女　哦，有件事情我差点忘了告诉你，这个儿子得归你抚养；去

　　　　吧孩子，到你爸爸那儿去。

　　　　【小山妖朝培尔啐了一口。

绿衣女　看来他也不喜欢你。

培　尔　（紧握拳头）这都是……

绿衣女　都是思想和欲望引起来的！培尔,你做过山妖,还想保持人
　　　　的真正面目？那你的日子是不会好过的。我每天都会来,
　　　　我要偷偷地监视你们两个,当你把她搂在怀里连亲带吻的
　　　　时候,我也要坐在你的旁边,和她轮流同你睡觉;记住,我们
　　　　山妖为自己就够了！

培　尔　(不寒而栗)你这恶魔！

　　　　【培尔抄起斧头朝小山妖和绿衣妖婆砍去,却对其不起作
　　　　用;小山妖用酒瓶朝培尔头上一敲,培尔当即倒下。

　　　　【绿衣妖婆和小山妖怪笑,消失。

　　　　【伴唱:顷刻间俊美欢乐毁一旦,
　　　　　只留下肮脏丑陋在蔓延……

培　尔　(唱)那魔鬼虽离开我的视线,
　　　　　　　却把那毒涎吐在我心间！

　　　　(夹白)索尔维格……

　　　　(接唱)她离我咫尺间如此亲近,
　　　　　　　我离她却如隔万重山,
　　　　　　　带着满身的污垢,
　　　　　　　向她开口,说不出一言
　　　　　　　背着终生的亏欠,
　　　　　　　向她忏悔,却还要把真情隐瞒。

　　　　(念)进去？进去！会将她的纯洁玷污,
　　　　　　悔改！悔改？那得要用一生的时间,
　　　　　　绕道而行,绕道而行……对！

　　　　(唱)绕道而行别无他选,
　　　　　　要逃避罪恶难难难……

索尔维格　（从茅屋里出来）你进来吗?

培　　尔　（自言自语)绕道而行……

索尔维格　你在说什么?

　　　　　【起无字哼鸣音乐。

培　　尔　你得等我,我这儿这么暗,我身上的担子重极了。

索尔维格　我来帮你挑。

培　　尔　不,你站在原地,我得自己想办法。

索尔维格　好,那你可要快点。

培　　尔　你得等我,无论我走开多少时候。

索尔维格　我一定等。

　　　　　【伴唱:心凄迷,步难移,

　　　　　　　　　真情难诉痛别离,

　　　　　　　　　爱她怜她离她去,

　　　　　　　　　不知相逢在何时?

　　　　　【在伴唱声中,培尔用手在空中比画,似乎抚摩索尔维格的
　　　　　头发和脸颊,两人一个推磨,培尔望着她一直往后退。

　　　　　【恐怖音乐起。

　　　　　【绿衣女突然出现,拉住培尔。

绿衣女　培尔,我才是你的妻子!

　　　　　【众妖出现

众　　妖　回来吧,未来的国王!

　　　　　【众妖围攻培尔,快要把培尔制服。

培　　尔　妈妈!

　　　　　【钟声响起,众妖定格消失。

　　　　　【收光。

第七场　天国赴宴

【黄昏，培尔家。

【奥丝奄奄一息，强支拐杖，颤颤巍巍倚门而望。

奥　丝　(唱)教堂的晚钟声声传，

　　　　(夹白)天父啊圣母——

　　　　(接唱)你可曾注视人间苦难深渊？

　　　　　　　法警们抄尽了穷家田产，

　　　　　　　我的儿被逼得远走天边。

　　　　　　　培尔啊——你可知妈已是苟延残喘，

　　　　　　　不见你——妈怎能撒手人寰？

　　　　　　　妈对你——

　　　　　　　平日少温暖，

　　　　　　　管教太苛严；

　　　　　　　未见择婚配，

　　　　　　　合眼心也酸。

　　　　　　　恨病痛痛得我身疲力软，

　　　　　　　思儿心心似那火滚油煎；

　　　　　　　奄奄一息人将去……

　　　　　　　难道说培尔他永不回还？！

　　　　　　　祈上帝保佑我们母子见上一面——

　　　　　　　我还有好多话与你交谈。

【培尔上场,发出一点响声。

奥　丝　(黑暗中)培尔?

培　尔　(黑暗中)妈妈。屋子里好黑啊。

　　　　【培尔点燃蜡烛,在火光燃起的一刹那,奥丝终于和培尔
　　　　相见。

奥　丝　培尔!

培　尔　妈妈!

奥　丝　我的乖儿子总算回来了! 他们还在抓你,你快走!

　　　　【奥斯拼命把培尔推出门外。培尔又回来。

奥　丝　你在这儿生命要受到威胁!

培　尔　我的生命? 我的生命算得了什么,我觉得非得马上回来看
　　　　你一眼不可。

奥　丝　(深感欣慰地)现在我可以放心地离开你了。

培　尔　离开? 您要去哪儿,妈妈?

奥　丝　培尔,我就要咽气了。

培　尔　(突然有一种莫名的失落和恐惧)瞧,我本来以为自己至少
　　　　在这儿可以松快些。您冷吗? 您的手脚冷吗?

奥　丝　冷,不过一会儿就都过去了。瞧,他们都把咱家抄成什么样
　　　　子了,他们真是……

培　尔　又来了,我知道这都是我的不是,您又何苦老提醒我呢。

奥　丝　不,都是那该死的酒,那天你喝醉了,不知道自己在干什
　　　　么……

培　尔　妈妈,咱们把那些悲伤的不愉快的事都忘掉吧。这床好像
　　　　小了点儿,哦,这准是我小时候睡过的那张床。我记得那时
　　　　候,你总是坐在床头,给我唱催眠曲,有时候您还装做把牲

口喊回家来,这些您都还记得吗?

奥　丝　记得,记得。

培　尔　但您记得最有意思的是什么吗?

【奥丝一下子反应不过来。

培尔、奥丝　咱们那匹烈性子的阿拉伯马!(两人笑起来)

奥　丝　(白)记得吗? 那其实是我们向卡莉借来的一只猫。

培　尔　(白)记得,记得!

(唱)咱们借来一只猫,

拴在凳上把马当,

顺手拿起一棍棒,

跃马挥鞭尘飞扬,

我们赶马进溪谷,

我们赶马上山岗。

奥　丝　(白)一直赶到索利亚摩利亚城堡,

培　尔　(白)那城堡在月亮的东边太阳的西边,

奥　丝　(唱)我一面回头朝你望,

培　尔　(唱)你一面举鞭指前方,

(白)您还问我冷不冷?

奥　丝　(唱)你笑而不答心花放。

难忘那旅程好风光。

奥　丝　(幸福地)培尔,我的好儿子、乖儿子……

(唱)幸福的回忆止不住多少泪水淌——

培　尔　(唱)儿情愿再回到童年的时光,

奥　丝　(唱)转眼间毛小子变成了男子汉,

培　尔　(唱)转瞬间小妈妈变成了白发娘。

【奥丝越来越虚弱。

培　尔　您怎么了?

奥　丝　我的背又疼起来了。

培　尔　我搂着您,这样舒服些吗?

奥　丝　培尔,我希望上帝把我接走。

培　尔　(恐惧地)把您带走?

奥　丝　我希望早点走。

培　尔　(拼命引开妈妈的注意力)妈妈,您把被子裹裹好,我坐在床
　　　　头,像过去您给我唱歌那样我也给您唱歌,我也装作把牲口
　　　　喊回家来……

奥　丝　培尔,把祈祷书给我,我心里头不宁静。

培　尔　(不知如何是好,突然想到)哦,在索利亚摩利亚城堡,国王
　　　　和亲王正在举行一场宴会。妈,我赶着马车带你去赴宴吧。

奥　丝　(微笑)他们请了我吗?

培　尔　请了,请了咱们娘俩!

　　　　【培尔找来一根绳子套在木凳上

　　　　【伴唱:木凳作马床作车,

　　　　　　　且把麻绳当神鞭,

培　尔　妈,您冷吗?

奥　丝　不冷。

培　尔　黑驹子,咱们上路喽!

　　　　【伴唱:与时间赛跑,上帝作裁判,

　　　　　　　快送妈妈赴国宴飞上天!

奥　丝　(白)培尔,我听到铃铛响了。

培　尔　(唱)车铃叮当亮闪闪;

奥　丝　（白）哪来的叹息声,阴森森的吓人哪。

培　尔　（唱）松涛澎湃在山间,

奥　丝　（白）远处有光亮,是从哪儿照过来的?

培　尔　（唱）城堡窗户透光亮,

　　　　　　　引领马车奔向前。

培　尔　（白）黑驹子,使劲啊!

奥　丝　（白）你有把握没走错路吗?

培　尔　（白）这路好认!

奥　丝　（白）可这旅程好长,真叫人累得慌。

培　尔　（白）妈妈,你听到他们跳舞的声音了吗?

奥　丝　（白）听得到!

　　　　　　（唱）国王殷勤来召唤,

　　　　　　　　宾客歌舞笑声欢;

　　　　　　　　葡萄美酒一盏盏,

　　　　　　　　佳肴甜点一盘盘!

　　　　　　（白）培尔,你可把你可怜的妈妈带到快乐的盛宴来了!

培　尔　（白）妈,城堡就在眼前,我们就要进去了!广场上有一大群
　　　　　人,他们吵吵嚷嚷拥在门口,培尔·金特和他妈妈已经到来
　　　　　了!你们说什么?不准我妈妈进去?告诉你们,你们就是
　　　　　踏破铁鞋也找不到一个像她这么诚实的灵魂!至于我就算
　　　　　了,我可以原路回去,我曾撒过许多大谎,可以比得上谎言
　　　　　之父了,我曾管我妈妈叫老母鸡,因为她喜欢咯咯咯地笑,
　　　　　咯咯咯地叫唤,但是你们,一定得尊重她!把她待为上宾!
　　　　　让她开心!让她快乐!因为在我们这一带,再也找不到比
　　　　　她更好的人了!

奥　丝　（白）不！你们一定要善待我的儿子，培尔！

　　　　（唱）他是个好男儿心良善，

　　　　　　　爱自由好幻想性情天然，

　　　　　　　他敢想、敢做、敢当又敢干，

　　　　　　　定成就大事业只待时间！

　　　　【培尔突然两眼发光望向远方。

培　尔　瞧，天父来了！你们都听着，不许那么骄傲神气；欢迎奥斯
　　　　妈妈光临，欢迎奥斯妈妈光临，欢迎奥斯妈妈光临！妈妈，
　　　　你瞧，他们都放下架子了……

　　　　【奥丝身上盖的毯子掉了下来，她安详地靠在培尔身上，如
　　　　同睡着了一样。

　　　　【培尔默默地为妈妈盖好毯子，把手里的绳子放到凳子上。

培　尔　黑驹子，旅程结束了。妈妈，谢谢你给我的一切，现在你也
　　　　该谢我一谢了。（把脸颊贴在妈妈的嘴唇上，音乐起）这就
　　　　算您付给我的马车费了。妈妈，我要离开这儿，我要到海外
　　　　去——也许还要更远……

　　　　【培尔茫然地朝前方走去

　　　　【幕后唱：就这样走，就这样走，

　　　　　　　　　他已是一无所有，

　　　　　　　　　深深的眷恋埋在心底，

　　　　　　　　　纯真的爱情系在心头，

　　　　　　　　　就这样走，就这样走，

　　　　　　　　　天涯海角任漂流……

　　　　【飘起漫天大雪，渐渐压光。

　　　　【剧终。

京剧

风四娘

编剧、导演　李欣霖
指导老师　宋　捷

上戏戏曲学院 08 届毕业剧目

2008 年 3 月

人物表

风四娘　武旦　　骁尧　武生　　满云天　净　　解老二　丑

喽啰甲、乙、丙、丁　四壮士

　　写在前面的话:风四娘——一个比男子更具英雄气魄的女子;一个比男子更潇洒无羁的女子。心怀儿女情长的风四娘是古龙的,正气凛然的风四娘是我的。

序　幕

【伴唱起。

伴　唱　　(唱)骑最快的马儿将最高的山岗来登上,

　　　　　　　喝最烈的酒儿将最辣的菜色来品尝,

　　　　　　　用最利的刀儿让最狠的歹人把命丧,

　　　　　　　她就是潇洒无羁的风四娘。

【起光,舞台中心。风四娘在乱石山的客栈中沐浴,轻丝纱帐,风四娘正在沐浴的媚态;

风四娘　　(唱)月色满窗轩,花香房中添;

　　　　　　　直觉春风上眉尖,孤影谁怜见?

　　　　　　　泪遗双颊手拭干,轻揉入丝弦,寂寂红尘喧。

【解老二与众喽啰上,躲在窗边,偷看风四娘洗澡。

风四娘　　这女子沐浴这般好看,为何不进来大大方方的观赏?

解老二　　咳,你这女子竟敢闯我乱石山,莫非不知大爷我是谁?

风四娘	莫非你就是两头蛇,解不得——解老二?
解老二	不错,正是大爷。你是何人? 如此大胆,敢闯我乱石山?
风四娘	既然你是两头蛇,那我只好是索命无常了。
解老二	怎么? 你就是将满云天踢下山崖的风四娘?
风四娘	正是姑奶奶我了。

　　　　【解老二惊醒,开打。小档子。在开打过程中,收光。

风四娘　(唱)残情梦中伴,西风起波澜,柳絮惜影乱。

　　　　　无端心事梦千千,空慕天涯远,空慕天涯远。

第一场

　　　　【祁连山大盗满云天的寿辰;

　　　　【骁尧上,身段;

骁　尧　嗨,想我骁尧,乔装改扮来到祁连山,不知何日手刃满云天,

　　　　得报大仇? 正是:

　　　　(念)骁家祖训难忘记,

　　　　　　惩强除恶待何时?

喽啰甲　兄弟……(搭骁尧)

　　　　【骁尧闪身,制服甲、乙;

喽啰乙　兄弟,你这是干什么?

喽啰甲　嘿,这刚上祁连山没几天,还就长脾气了。

喽啰乙　咱们可是自家兄弟。

骁　尧　自家兄弟? 你们上看——(强扭二人头,看天)

甲、乙　是天……

骁　尧　下看——（强按二人头）

甲、乙　是地……

骁　尧　同在祁连山，人分天和地。

喽啰甲　啊呸！既然来落草，别用嘴放屁！

喽啰乙　要发财得杀人，享乐就要霸妇女！

喽啰甲　劫了买卖同分金，

喽啰乙　这就叫自家兄弟。

骁　尧　这么说你们才是满寨主——

甲、乙　铁杆的左膀右臂。

骁　尧　那么我呢？

喽啰甲　满寨主看上的，都是自己人。

喽啰乙　咱们得一个鼻子眼儿出气！

骁　尧　……呃……自己人……哈哈哈……方才是与二位开个
　　　　玩笑。

喽啰甲　什么玩笑……真是……吓我们一跳。

骁　尧　休要当真。

喽啰甲　你呀，咱这山上，可不是人人都像我们这样好说话，别总耍
　　　　你那犟脾气。

骁　尧　还望二位多多提点。

喽啰甲　今日是咱们满大当家的寿诞之日，要小心一二。

骁　尧　是是是！

　　　　【同下。

第二场

【风四娘着男装上。

风四娘　（唱）乔装改扮祁连山上——

　　　　　　　满云天作恶多逞凶强！

　　　　　　　这龙骨扇……要把他丧钟敲响，

　　　　　　　风四娘就是你索命无常；

　　　　　　　催动烈马驰骋往，

　　　　　　　见匪徒狐假虎威列两旁。

【喽啰甲、乙拦住风四娘，对黑话。

喽啰甲　旗飘哗喇喇……

风四娘　帘动雷声炸……

二人同　山上虎为王——

风四娘　拜上大当家！

喽啰乙　祁—连—山—拜……会家子、会家子、会家子。（三人同）哈

　　　　哈哈……

【风四娘就要进寨。

喽啰乙　（拦）慢着，今日进山的规矩改了。

风四娘　哦？

喽啰乙　要上得祁连山，必要先饮三大碗酒。

风四娘　怎么？饮酒？

喽啰甲　是呀……今日是我们寨主寿辰，图个喜庆不是……

凤四娘	这寨内可花费不少啊。
喽啰甲	嗨……有道是杀人眼不眨,自有银两白花花!
喽啰乙	银两我们寨中有的是,不饮酒您就上不得山。
凤四娘	这酒我是一定要饮?
甲、乙	一定要饮、非喝不可。
凤四娘	好……上酒来。
喽啰甲	得勒,兄弟,上酒喽。

【骁尧端酒上

凤四娘	(唱)小小一杯甜酒酿,
骁 尧	(背白)莫非她是凤四娘?
凤四娘	(唱)怎能醉倒我凤四娘。

【凤四娘笑,拿起酒杯就饮,刚饮到第二杯,骁尧借机将手中酒打翻。

喽啰甲	嘿……兄弟……你今天是怎么回事?
骁 尧	我马上就换酒来。(下)

【凤四娘突觉不适。

凤四娘	(唱)猛然间天旋地转不辨方向,
	莫非是酒有蹊跷防不胜防?
凤四娘	这酒中可有诈?
喽啰甲	诈倒是没有,只不过让您的武功失效几个时辰罢了。
凤四娘	却是为何?
喽啰乙	我们满寨主也得防身不是?
凤四娘	(唱)匪窟处处设罗网,

【骁尧端酒上。

骁 尧	(念)暗中相助免祸殃。

【骁尧把甲、乙拉到身后,亮出酒盘下字。

凤四娘 （唱）酒盘之下字两行,

　　　　　　烈酒让你的武功丧,

　　　　　　还功力还要靠这醒酒汤,

　　　　　　看起来寨内还有侠义在,

【凤四娘喝过解药。

凤四娘 （唱）轻合掌神清目明气又昂;

　　　　　　将计就计山寨往,

　　　　　　歹人的狗命今必亡!

【凤四娘下。

第三场

【起曲牌,厅堂之上张灯结彩,一片喜庆。

【四喽兵上,满云天上,四壮士跟在身后。

满云天 （唱）人逢喜事精神爽!

四壮士 恭喜寨主,贺喜寨主……愿寨主寿比天齐,万寿无疆,今年
的贺礼比去年整整多出两间厢房。

满云天 哈哈哈……好好好……

　　　　（唱）分金亭上变寿堂;

　　　　　　祁连山儿郎艺精壮,

　　　　　　不由豪杰喜气洋;

　　　　　　满云天威名响,

平生最喜弄刀枪；

天下的利刃归我手，

某家才得压豪强；

到如今手上的兵器有千百样，

唯有那龙骨扇未到手难遂心肠，

几番差人他们去寻访——

宝藏未收怎称王？

【风四娘上；

风四娘　（唱）索命无常前来访，

　　　　　　看恶霸今日何处藏？

　　　　（念）恭喜寨主……贺喜寨主……

四壮士　来者何人！

风四娘　乃是前来给满大寨主贺寿之人。

四壮士　贺寿之人可有名帖？

风四娘　无有名帖，

四壮士　无名之辈，寿礼留下，人往下站。

风四娘　哈哈哈哈……今乃寨主寿诞之日，众目所望，所备寿礼，定
　　　　是珍藏，俺亲自上山，诚心献上，既是小看我辈，何必自讨不
　　　　畅，告辞！

满云天　慢！小小少年郎，出言不寻常，不知有何寿礼献上？

风四娘　我有十二字，解得开献上寿礼，解不开放我下山！

满云天　讲！

风四娘　万物之神——

四壮士　万物之神？

满云天　龙……

风四娘	侠义本色——
四壮士	侠义本色?
满云天	骨……
风四娘	送风源头——
四壮士	送风源头?
满云天	扇……啊!龙、骨、扇。龙骨扇到了,龙骨扇到了……
风四娘	且慢……常言道,龙骨扇开凰怯凤。
满云天	凤凰泣血落无声,
风四娘	一厢落花凤影冷,
满云天	桃花吹落凰血红……来者是凤?
风四娘	怎么讲?
满云天	那龙骨扇自古以来皆是女子所有,方得今日之威名。
风四娘	看得出……
满云天	猜得出……
风四娘	猜得出……
满云天	看得出……
二人同	啊……哈哈哈哈哈……
满云天	那骁尧祖传的龙骨扇皆是相配与女子,姑娘因何要男儿装扮?
风四娘	满寨主说的是,可这祁连山上,俱是抢男霸女之辈,我一介小女子独自一人上得山来,如若不乔装改扮一番,又怎能见到满寨主您的尊容呢?
满云天	有某家在这祁连山一日,就无人敢动姑娘一指。
风四娘	此话当真?
满云天	自然不假。还望姑娘以原貌示人,也好献宝。

凤四娘	如此寨主稍待,我去去就来。
满云天	哈哈哈……好。

【凤四娘下场,换装。

满云天	(唱)未料想寿诞日双喜降,
	宝扇到手还伴有美娇娘;
	满云天为宝扇朝思暮想,
	到如今从天而降凤愿偿;
	想当年为夺宝把骁尧欺谎,
	踏平了龙神岭杀得那骁家百口血流似汪洋,
	龙骨扇到手谁敢不敬仰!
	今日里遂心天下称王。

众	恭喜寨主喜获宝扇;寿诞之日艳福不浅,哈哈哈……
满云天	哈哈哈……

【凤四娘上。

凤四娘	(唱)脱长袍还我俏模样,
	这恶霸贪宝物色眼迷茫;
	舞宝扇心儿内只把那骁兄思想……
	(白)满寨主,你可知这宝扇是谁家之物?
满云天	乃昔日骁家的镇宅之宝。
凤四娘	今天我就将它献给您了!
凤四娘	(唱)移莲步挨近了奸贼身旁。
满云天	(看扇子)这扇儿漂亮得很……
凤四娘	它呀……天热时分让您凉个透、也是那要命无常的索命勾!
满云天	啊……你到底是何人?
凤四娘	我就是凤四娘,人称索命无常……

满云天　啊……你……你是为那骁尧而来。

风四娘　猜着了。

　　　　【开打。

满云天　"神仙刺"伺候！

　　　　【满云天不敌。四壮士上，小档子开打。

　　　　【骁尧上，开打。

　　　　【出手。

尾　声

　　　　【满云天败上，骁尧、风四娘上。开打

　　　　【满云天战败，死。

骁　尧　四娘。

风四娘　你……你是骁大哥？方才送醒酒汤之人莫非是你？

骁　尧　正是在下。

风四娘　你？

骁　尧　那日龙神岭一战，在下本是故意败给那满云天，随后潜入祁
　　　　连山，打算今日杀他个措手不及；未曾料想，四娘你倒是先
　　　　我一步，方才那一套扇儿，舞得好。

风四娘　你都看到了？

骁　尧　正是。

风四娘　那一番违心的话，你都听到了？

骁　尧　听到了，却是不信。天下人不知你风四娘，俺骁尧岂会

不知。

风四娘　(唱)浮梦远看淡众生相，

　　　　　　共知音难断侠义肠；

　　　　　　平生最爱无羁绊，

　　　　　　但求问心无愧气昂扬。

骁　尧　好个潇洒无羁的风四娘……

风四娘　这龙骨扇……完璧归赵……你骁尧要将你祖传的宝物
　　　　收好。

骁　尧　四娘，意欲何往？

风四娘　强盗窝，那名为乱石的山岗……

　　　　【起伴唱。在伴唱过程中，骁尧身段拜谢风四娘。风四娘潇
　　　　　洒下场。

伴　唱　(唱)骑最快的马儿将最高的山岗来登上，

　　　　　　喝最烈的酒儿将最辣的菜色来品尝，

　　　　　　用最利的刀儿让最狠的歹人把命丧，

　　　　　　她就是潇洒无羁的风四娘……

　　　　【收光；

　　　　【剧终。

现代京剧

希 望

编　剧　张元逊
指导老师　宋　捷

上戏戏曲学院戏曲导演 08 届毕业剧目

2007 年 3 月

地点：西北甘肃某村的祖庙门前

时间：当代

人物　村长——共产党员，为解决村子的缺水问题想尽办法，尽职尽责。

秀荣——妇女主任，村长之女，在县城读过几年书，在打井一事上与父亲产生分歧。

萍喜——一个女娃，考上了大学，是大山里的第一个状元。

强子——村民，打井队的小队长。

泠泠——村子里面的小姑娘，把秀荣和萍喜作为自己的偶像。

中年妇女——村民，热心。

奶奶——萍喜的奶奶，具有村子里面典型的封建思想。

编剧的话：

　　一只只悲凉的信天游，一片片干涸的土地，一双双哭干的双眼，一阵阵心酸的震撼……如果有可能，我想结束这所有的挣扎与悲哀。但是现在，我力所能及的，只能将我的希望倾注到我的作品里。希望，你，我，他，给予这方人民一个希望，成就他们的希望……

　　【幕启。

　　【远远的传来一个老汉唱着陕西民歌的声音，悲凉凄惨：

　　遍地的庄稼颗粒无收，

　　哎呀呀，我的那个老天爷……

　　【光渐渐的亮起，舞台的正中上方挂着很大的牌匾上边写着"忠孝堂"，舞台前右方向有一口井，井上盖着红布，牌位上写着龙脉井三字，并且供奉着香火。

　　【下场门传来了男人的声音：

"快过来,快着点,趴下,趴……",

【话没说完,传来了"轰隆"一声巨大的爆炸声。

【众内呼:

"大栓,大栓!"

【村长内呼:

"快,快把大栓送卫生院去,快……"

村　长　(内唱)连连呼唤他不醒,

【村长满身灰土,怒气冲冲上;

(接唱)呼天不灵地不应,

求水不成且丧命——[行弦]

强　子　村长——(急上),村长,大栓他没啥事了,是给炸晕了,躺一
会儿就好了……

村　长　这是为啥?是不是又弄了个短芯子?

强　子　(语塞,苦笑)这把芯子作得短点,还不是为了省钱嘛……

【村长听了强子的话愣住,无奈地转过身。

强　子　村长,这井……还继续打吗?

村　长　打!

(唱)不打井笔笔苦账怎算清。

强　子　哎……

【村长看见了井边那桶分配给自己的水。

村　长　强子,把这桶水给大栓家送去吧。

强　子　村长,这不是分配给你家的水吗?

村　长　大栓在打井队出了事,她媳妇大着肚子不容易……

强　子　村长,那你……

村　长　咋办事跟个女娃似的,让你去你就去……去,快去……

【强子提起桶。村长示意强子走,强子无奈下场。村长看着供奉的枯井与老庙的牌匾,心乱如麻,沉思着蹲在井边。这时远远的传来了秀荣的声音。

秀　荣　(唱上)到此时顾不得爹爹颜面,

　　　　(接唱)决不能再让这噩讯频传,

　　　　　　　只知道埋头打井盲目乱干,

　　　　　　　科学二字丢一边。

　　　　　　　多少年积下了数桩惨案,

　　　　　　　我还要再出头从中阻拦。

　　　　(白)爹,这井上咋又出事了?

【村长,看了秀荣一眼,没好气地不理她,抽起了烟袋。秀荣仍是逼问着村长。

秀　荣　爹,你倒是说话,这井上出了多少次事故了?

【村长将手里的烟袋收起来,看着秀荣。

村　长　你想说啥?

秀　荣　这井再也不能打了。

村　长　那这全村上上下下吃水咋解决?

秀　荣　打井也没打出一点水来! 可是,为了打井咱村伤了多少人了?

村　长　那咱不打井,就眼睁睁地看着这地里的庄稼年年都旱死,由着村民们吃不着水?

秀　荣　爹,现在都是 21 世纪了,你看看这大山之外的世界,都说与时俱进,咱们也得学人家外面的治理办法;人家现在都是过着小康生活,而我们就是因为不懂科学,一个水字难了我们祖祖辈辈。(略顿)村长,既然大家选我当妇女主任,这事儿,我就不能不管!

村　长　好,那你说,你怎么管?

秀　荣　咱们得学人家,就像南水北调,西气东输……

村　长　照你这么说,我是要带领着全村老老少少搬出这生咱养咱的土地?秀荣,你不要以为你读过几年书就在这里教育我,我告诉你,你还差得远!

秀　荣　那,您打了多少眼井?有一口出水了么!

村　长　老天爷和列祖列宗们不会眼睁睁看着我们干死的。你爷爷那辈就在这祖庙前打出了这口龙脉井。我们打井再困难,但就算是打一百个井,只要有一口井有水那就行。你一个女娃别在这里跟着瞎掺和!

　　　　【秀荣缓和了口气。

秀　荣　爹,您得懂得科学的取水方法,科学!

村　长　科学?谁不知道科学好,可你懂吗?谁懂,这穷山毗邻的连个麻雀都不愿意飞进来;我告诉你,在这里老天爷就是个科学!

秀　荣　爹!您这么顽固不化……

　　　　【泠泠的画外音,气喘吁吁:

　　　　"秀荣姐,秀荣姐……"

秀　荣　泠泠?

　　　　【着急地跑上,看见村长和秀荣,匆匆与村长打了个招呼。

泠　泠　秀荣姐,秀荣姐快,跟我去萍喜家,有喜事,快!

秀　荣　什么,萍喜,喜事?

泠　泠　快,秀荣姐,大家伙都等着你呢,快点跟我去吧。

秀　荣　到底啥事啊?

冷　冷　哎呀急事急事……

【使劲地拉着秀荣。秀荣本欲走,但回头给爹扔下一句话:

秀　荣　爹,现在可都是 21 世纪了,如果您在打井这件事情上还是
　　　　这么顽固不化,我看,咱们这个村子是没有希望了!

【秀荣说完与冷冷一起下场。

【村长看着二人背影。

村　长　希望,这希望……

　　　　(唱)女儿声声来责难,

　　　　　　　句句字字透心寒。

　　　　　　　无水荒山连年旱,

　　　　　　　指望打井出甘泉。

　　　　　　　深山与外相差远,

　　　　　　　科学两字成空谈。

　　　　　　　空怀希望谁施展,

　　　　　　　乡民寄望于上天,

　　　　　　　老天睁眼救苦难,

　　　　　　　满怀愁苦问上天,

　　　　　　　为何不如民所愿?

　　　　　　　只盼得荒山得清泉,

　　　　　　　百姓愁眉得舒展,

　　　　　　　庄稼丰收心头宽。

【村长看着牌位发呆。强子兴高采烈的上场,看着村长发呆
的样子,禁不住吓了村长一下。

强　子　村长! 你知道吗,咱们村可出来金凤凰了,金凤凰!

村　长　金凤凰?

　　　　　　【高兴得拉着萍喜上场,手里拿着通知书。

秀　荣　爹,爹,萍喜考上大学了,爹,萍喜考上大学了!

萍　喜　村长。

　　　　　　【泠泠搀着萍喜奶奶上场。

泠　泠　秀荣姐,你等等我们。

奶　奶　村长,村长,我们萍喜考上大学了,要到外面上大学了。

　　　　　　【看见村长激动地拉着村长。

村　长　大婶,你坐。

　　　　　　【欲搀扶着她坐下。

奶　奶　不能坐,不能坐,我们得先拜祖宗,这都是祖宗保佑!

　　　　　　【拉着萍喜到后方庙前虔诚地跪拜。

秀　荣　爹,萍喜考上的可是咱们省的水利大学! 水利大学!

　　　　　　【说着把手中的通知书给了村长。村长接过通知书仔细的

　　　　　　看,很激动但似乎不敢相信。

村　长　水利大学,萍喜,不容易啊!

泠　泠　秀荣姐,啥叫水利大学啊?

秀　荣　水利大学就是学习水利建设的大学。

　　　　　　【中年妇女挎着篮子,还没上场就听见了她的声音,"好!"

中年妇女　咱们萍喜就是有志气,不愧为这方圆百里的第一个状
　　　　　元郎。

秀　荣　不对,咱们秀荣不是状元郎,是状元姐儿!

中年妇女　哦,对对对,状元姐。

泠　泠　萍喜姐姐,你是大学生了……那就算是文化人了,是不是以
　　　　　后你也就懂科学了?

中年妇女　看你个小不点,懂得还不少呢。

秀　荣　村长,怎么样,咱们萍喜也可是女娃,可有谁能比咱们萍
　　　　喜强?

　　　　【村长撇了秀荣一眼,不说话。

村　长　萍喜,以后这帮打井队打水的活你就别干了,你现在是大学
　　　　生了。

萍　喜　村长,送水的活还得我干。

中年村妇　萍喜考上大学这么大的事情,光不让人家送水这哪能行
　　　　啊,咱们可得送给这大学生点什么才行。

村　长　嗯……好。

萍　喜　不,谢谢姊子,谢谢大伙,我什么都不要。

秀　荣　萍喜,这缺水让大家愁白了头,要不是因为你,大家好久都
　　　　没这么高兴了,这是大家伙的心意,你说啥也得收下。

强　子　对,要不,咱们给萍喜办个欢送会吧,请老吴他们唱上那一
　　　　天的戏!

中年妇女　不实用,我看还是给萍喜买件衣服,这整天都是这么一件
　　　　衣服。

村　长　萍喜,你说你最想要啥?

泠　泠　我知道,我知道,萍喜姐姐可想洗澡了!

　　众　洗澡?

　　　　【大家听到洗澡二字,为难地沉默了。

奶　奶　萍喜还没到成亲时候,不能洗澡,这要是坏了规矩老祖宗们
　　　　怪罪下来,恐怕这井里再也打不上水来了……

萍　喜　不!……我不想洗澡。

　　　　【拉着衣角,像做错了事情一样。

强　子　这井怎么就是个打不出水来呢?

    ("扑灯蛾")我看这事行不通,萍喜生来是丫头;

       不是无因无情由,祖宗早把遗训留。

中年村妇 (接"扑灯蛾")

    男人一生洗三次,出生、娶亲、无常勾;

    女人生来少一次,出生嫁娶已到头。

奶 奶 (接"扑灯蛾")、

  遵循祖训应为首,保佑枯井淌水流;

  洗澡不能由性来,祖宗规矩不可丢,不可丢!

奶 奶 萍喜啊,你去上大学的时候,奶奶一定省出水让你好好洗
    个脸。

萍 喜 奶奶,不用……

秀 荣 这愿望……

    (唱)洗澡本是人常事,

      乡民开口重如山。

     改变族规如她愿,

     下定决心排万难!

    (白)村长,萍喜是我们这山沟沟里飞出的第一个金凤凰,我
    们应该满足她的愿望啊。

中年妇女 可是咱们这村有规矩啊……

萍 喜 村长,妇女主任,我知道咱们村子的规矩,我也知道咱们村
    子的难处,我考大学不为别的,只是希望以后大家不再为用
    水犯愁,如果今天因为我给大家添了麻烦,我说啥也不会答
    应的。

秀 荣 村长,萍喜今天是为了咱们吃水的问题下了苦功夫考上了
    大学,这愿望就是再难也应该实现!

强　子　祖上的规矩不能说改就改啊，那是世世辈辈传下来的。

秀　荣　村长，老规矩是老祖宗定下的，老规矩老了，是时候该改了呀；萍喜这只金凤凰虽然是飞出了这黄土沟沟，可是人家是背负了咱们全村的希望……

泠　泠　村长，要不就让萍喜姐姐洗个澡吧，等萍喜姐姐到城里学了科学回到咱们这儿，一定会领着咱们找到水源，那时候我爸爸和爷爷就再也不用打井了。

奶　奶　规矩哪能说改就改啊，祖宗再怪罪下来，就再也别想找到水源了。

中年妇女　这雨还不知道要多久才能下，这井还能不能打出水来了……

泠　泠　可是人家大学生肯定都是干干净净漂漂亮亮的！

萍　喜　泠泠……没事，将来若是我能让村子有了水，那，那比洗澡还痛快呢！

　　　　【众人拿不定主意，一起征求村长的意思。

　　　　"村长……"

村　长　（唱）祖宗遗训众人念，

　　　　　　　祖祖辈辈千代传。

　　　　　　　萍喜为众扛重担，

　　　　　　　老汉佩服又为难……

　　　　（白）大家说话都有理，萍喜这只金凤凰确实不容易，可是这村里的规矩也是大家祖祖辈辈都这么传下来的，谁也不能说改就改，要我说，大家谁也别争了，今天咱们就当着祖宗的面，这洗澡与不洗澡咱们就让萍喜抓阄决定，抓阄就是祖宗在天的天意了！

强　子　抓阄？

中年妇女　对，抓阄好，咱们谁说的都不算，不如就让萍喜在这祖庙
　　　　　　前抓阄，祖宗若是开恩，萍喜就能洗澡。

奶　奶　哦，对啊，是要听祖宗的。

　　　　　【村长看着一直没有说话的秀荣。

村　长　妇女主任，你说呢？

　　　　　【秀荣犹豫一下。

秀　荣　抓就抓！

村　长　好！那洗与不洗就全凭祖宗来定夺了。

秀　荣　等等，村长，阄由我来写！

村　长　呵呵，妇女主任还怕我不公平？好，为了公平，咱们一人写
　　　　　一张！

秀　荣　那我写洗的那张！

村　长　（看了看秀荣）成……

　　　　　（唱）手持笔不禁细思忖，

　　　　　　　　怎能够使得两头全。

　　　　　　　　心头突有主意现，

　　　　　　　　提笔开写力排众怨。

秀　荣　（接唱）悄悄观看爹爹颜，

　　　　　　　　怕是他计谋藏心间。

　　　　　　　　为了萍喜她能如愿，

　　　　　　　　我亲自，写洗字，

　　　　　　　　公公平平就来较量哪。

村　长　（接唱）满心的希望在里面，

　　　　　　　　双手拿来仔细折，

萍喜她较量老祖宗,

来来来,定要仔细的抓起来。

【村长以很快的速度写好阄,并且把秀荣的阄拿了过来认真
地着折叠好,取下了头上的帽子,把两个阄放进了帽子里,
晃了晃,放到萍喜面前。

萍　喜　(接唱)眼观双阄迟疑不定,

霎时紧张心难平,

抓阄阄本是乡情重,

伸手却在半空停……

村　长　萍喜,抓吧——

【萍喜看这帽子,犹豫着没有向前。

泠　泠　萍喜姐,你可得好好抓!

萍　喜　村长……? 妇女主任……?

秀　荣　抓吧,萍喜——

【追光打向萍喜,萍喜闭着眼睛,深吸一口气,抓了一个阄。
光暗;

【人们一起下了场。画外音　泠泠:是洗字,是洗字,萍喜
姐,你能洗澡了。老年村妇:好啊,萍喜,能洗澡了。村长:
对,是洗字,咱们就让娃娃好好洗个澡!

【追光在此亮起,秀荣看着他们下场,又看着手里的纸条,高
兴地看着,突然发现纸条上的字迹不是自己写的那张,回头
看见爹的帽子还落在老龙脉井上,过去拿起帽子,打开里面
还有一个未拆开的阄,愣住;

秀　荣　这字怎么是爹的字迹,爹写的阄上怎么也是洗字……

(唱)猛然方清醒,

106

洗字两阄间；

为保族规排众怨，

爹爹巧成全；

错把爹爹怨，

惭愧羞红颜；

爹爹最贴民心愿，

做人走在先。

【画外音　各种各样的声音说着洗澡喽,洗澡喽,洗澡喽——紧着一桶桶倒水的声音。

【秀荣看着声音传来的方向，又看这手中的纸条,光熄……

【同开始一样的苍老的声音，又唱起了小调：

"铁树那个开花花吆……看见了希望……"

【剧终。

京剧

温莎的风流娘儿们

（改编自莎士比亚同名话剧）

编　　剧　童　龙　王少颖　罗　园
指导老师　宋　捷

上戏戏曲学院戏曲导演专业 09 届毕业剧目

2009 年 3 月

剧中人物

约翰·福斯塔夫——爵士

福德——温莎的绅士

福德大娘——福德之妻

培琪——温莎的绅士

培琪大娘——培琪之妻

休·爱文斯——威尔士籍牧师

卡厄斯——法国籍医生

毕斯托尔——福斯塔夫的从仆

尼姆——福斯塔夫的从仆

罗宾——福斯塔夫的侍童

第一场

【地点　温莎附近；嘉德饭店。

【福斯塔夫酣睡的呼噜声传来……

【一段英格兰风格的手风琴为主旋律的音乐进入，节奏明
　快。女仆们调皮的趴在门边听，止不住笑；

【音乐声中毕斯托尔、尼姆和女仆们跳着当地风俗的舞蹈；

【毕斯托尔、尼姆随着音乐的节奏，边舞边念；

毕斯托尔　我是一个快乐汉，生活在美丽温莎。

尼　姆　我是一个快乐汉，任何烦恼都不怕。

毕斯托尔　不,不,不,不,还有个别扭特别大。

尼　姆　别,别,别,别,千万别提浑蛋的他。

毕斯托尔　你说的他是谁呀?

尼　姆　就是咱们的老爷福斯塔夫爵士。

　　　　　【众女仆把房门打开,福斯塔夫继续睡着;

福斯塔夫　(伸懒腰)啊……

毕斯托尔　呸!他是一个吸血鬼,更是个虚伪专家。

　　　　　他是一个贪婪鬼,看到"钱"就开花。

尼　姆　他是一个老色鬼,一见到娘儿们两眼发直像个大呆瓜。

　　　　　【福斯塔夫上从床上滚落;众女仆下。

福斯塔夫　你们刚才说我什么呢?

毕斯托尔　哦,哦,我们在说您拖欠我们的工钱——可我们还是做您
　　　　　的忠诚的仆人,真是个大呆瓜。(伸头惊叹)

福斯塔夫　难道做我的仆人,还亏待你们了么?

尼　姆　不不,您是最有身份的爵士。

毕斯托尔　高贵的名骑士。

福斯塔夫　知道这点就好,你们没看到么,自从我来到温莎,就把高
　　　　　贵带给了他们。

毕斯托尔、尼姆　(同旁白)就凭这个到处蒙骗欺诈。

福斯塔夫　什么?

毕斯托尔、尼姆　(同)我们说我们是傻瓜。

福斯塔夫　嗯,我看你们是有点傻。刚才你们看到了没有? 培琪请
　　　　　我吃饭的时候他老婆向我……

　　　　　(唱)眉目传情一眨不眨朝着我望,

　　　　　　　瞧瞧我的脚,瞧瞧我的大肚皮两眼水汪汪。

　　　　　　　从我上身看到下身……那贪婪的神气看得我心摇晃。

　　　　　　　还有个福德的老婆脉脉含情的眼光。

毕斯托尔　　正好比太阳照在粪堆上。

尼　　姆　　这个比喻好极了。

福斯塔夫　　（唱）俩娘们掌管着两个富翁钱财家当，

　　　　　　　俩娘们就是我的金矿宝藏。（停）

　　　　　（白）所以我决定，先把这俩娘们搞到手！

尼　　姆　　您想人财两得？

福斯塔夫　　对对对。

毕斯托尔　　您又想出了什么诡计？

福斯塔夫　　我写了两封情书，一封是给福德大娘，一封是给培琪大
　　　　　　娘，快给我送去吧！

毕斯托尔、尼姆　（同）两封一样的情书，同时给两个娘儿们儿。

福斯塔夫　　为什么不呢？

毕斯托尔　　给你拉皮条，鬼才给你干这种事！

尼　　姆　　这太龌龊，我还要自己的名誉！

福斯塔夫　　你们敢不服从你们的主人的命令？

毕斯托尔、尼姆　（同）嗯！

福斯塔夫　　哼，罗宾，罗宾！

罗　　宾　　来啦！（罗宾上）

福斯塔夫　　这有两封信，一封送给福德大娘，一封送给培琪大娘！快
　　　　　　给我送去。

罗　　宾　　是！

福斯塔夫　　回来，记住了吗？

罗　　宾　　记住了。

福斯塔夫　说说。

罗　宾　一封是给福德大娘，一封是给……培琪大娘……

福斯塔夫　啊……都一样，去吧。

罗　宾　是(下)。

福斯塔夫　注意保密啊！哈哈哈……你们知道现在是什么经济形
　　　势么？

毕斯托尔、尼姆　（同)什么？

福斯塔夫　他们说叫金融危机！走！(推搡二人)你们两被裁员了！

　　　【福斯塔夫下。

毕斯托尔　我们要报——仇！

第二场

　　　【幕间曲；

　　　【福德家；

　　　【福德大娘上,看信。

福德大娘　噢……！情书？

　　　【越看越气,音乐止；

　　　【培琪大娘持信上；

培琪大娘　福德太太！

福德大娘　培琪太太！我正要到您家去呢。

培琪大娘　您脸色可不大好看呀。

福德大娘　我应该满面红光才是呢。

培琪大娘　您这是怎么啦？我觉得您脸色真不大好看。

福德大娘　培琪太太！您记得上次我去您家吃饭,碰到的那个胖得
　　　　　像猪一样的自称骑士的家伙吗？

培琪大娘　啊……那个快要老死的家伙。

福德大娘　你看看这封信!（交培琪大娘信)你看了之后,就知道我
　　　　　的脸色为什么这么不好看啦!

　　　【音乐入;

培琪大娘　哈哈哈……你有一封信,（一声)我也有一封信,（一声)
　　　　　瞧,这是你那封信的孪生兄弟! 不过是换了名字。

　　　【福德大娘接信看;

培琪大娘　这两封信简直是一个印版里印出来的,同样的笔迹,同样
　　　　　的字句。

　　　【乐止。

福德大娘　他到底把我们看做什么人啦?

　　　　　（唱)哪里的风暴吹到了温莎海岸!

　　　　　　吹来这臭鲸鱼盘旋沙滩。

培琪大娘　（唱)老色鬼自命风流伸出狗脸,

　　　　　　汪汪叫吐出了无耻谰言。

福德大娘　（唱)说什么好风流早就该与他相伴,

　　　　　　说什么好风流同病相怜。

培琪大娘　（唱)那一天见面时他正襟危坐温文尔雅,

二　人　（同唱)背地里肉麻的情书把下流的曲调弹。

　　　　　　怎容他在温莎对娘儿们儿肆无忌惮,

　　　　　　只可恨男人见色口流馋涎。

　　　　　　姐妹们,娘儿们,思一思来想一想,

想一个巧计谋、好办法就像那突发的炮弹，

一个个、一串串、一个一个一串一串，

炮火连连击中他罪恶的心田！

福德大娘　哼，我一定要叫他知道知道我的厉害。

培琪大娘　要是让他欺到我们头上来，我们从此就不做人了。我们一定要向他报复。让我们约他一个日子相会……

福德大娘　对，我丈夫明天上午不在家，就约他十点到十一点到我家，让我来先捉弄捉弄他！

培琪大娘　对，把他哄骗得心花怒放，然后我们采取长期诱敌的计策，只让他闻到鱼儿的腥味儿，不让他尝到鱼儿的味道，逗得他馋涎欲滴，饿火雷鸣，吃尽当光，把他的马儿都变卖给嘉德饭店的老板为止。

福德大娘　好，为了作弄这个坏东西，我什么恶毒的事都愿意干，只要对我的名誉没有损害。啊，要是我的男人见了这封信，那还了得！他那股醋劲儿才大呢。

培琪大娘　嗳哟，你瞧，他来啦，我的那个也来啦；他是从来不吃醋的，我也从来不给他一点可以使他吃醋的理由；我希望他永远不吃醋才好。

福德大娘　那你可比我幸运得多啦。

培琪大娘　我们再商量商量怎样对付这个好色的胖骑士吧。过来。

（二人耳语，下）

【福德、培琪同上。

福　德　你听见那两个家伙告诉我们的话没有？

培　琪　听见了。

福　德　你想他们说的话靠得住靠不住？

培　琪　唉,福德大爷,那两个人是胖骑士辞退的跟班,现在没事可干了,什么坏话都会说得出来。

福　德　你请那个胖骑士吃过饭啦?

培　琪　吃过了。

福　德　我的妻子也去啦?

培　琪　当然。

福　德　他们一定在饭桌上眉来眼去,所以他就起了色心,要勾引你我的妻子。

培　琪　他要是真想勾搭我的妻子,那我就装聋作哑,什么都听不见,看他除了一顿臭骂之外,还会从她身上得到些什么!

福　德　一个男人太相信他的老婆是危险的。我可不放心让我的妻子跟别的男人在一起,搞不好,我就要戴绿头巾,当王八……那个福斯塔夫住在嘉德饭店里吗?

培　琪　是的。

福　德　我要去试探一下这老家伙。

　　　　【福德大娘、培琪大娘暗上;

培　琪　什么,哈哈哈……

福　德　这事情决不能就这样一笑置之。

培　琪　啊,亲爱的!

培琪大娘　(见培琪)亲爱的,你到哪儿去啦? 我跟你说……

福德大娘　(见福德)嗳哟,我亲爱的爷! 你有了什么心事啦?

福　德　我有什么心事! 我有什么心事? 你大概有了什么心事吧?

福德大娘　你一定又在转着些什么古怪的念头。

福　德　那天你背着我去人家里吃饭?

培琪大娘　哦天哪,那是去我家吃饭。

福德大娘　　亲爱的,你是知道的。

培　　琪　　你是知道的,本来你也答应来的,不是临时有事耽搁了么。

培琪大娘　　不能因为吃一次饭就失去了女人的贞操名誉吧!

福德大娘　　培琪嫂子,(指福德)他忘了我们都是有夫之妇了。你看
　　　　　　看……

　　　　　　【闭幕乐起;

培琪大娘　　哈哈哈哈……

　　　　　　【培琪、培琪大娘、福德大娘下;

福　　德　　培琪这家伙,真是个弹打的傻瓜,他竟然相信,我的老婆一
　　　　　　定不会背着人去偷汉子,我可不能这么大意,万一他们背着
　　　　　　我搞什么我也不知道啊,我得想个好法子去试探一下;(想)
　　　　　　对,化化妆!

　　　　　　【光渐收。

第三场

　　　　　　【接前场;

　　　　　　【嘉德饭店;

　　　　　　【福斯塔夫边走边看信;

福斯塔夫　　(唱)我的甜言蜜语让娘儿们上了当,

　　　　　　　　　她约我十点钟幽会芬芳。

　　　　　　　　　红红的唇……细细的腰,高高的奶胸……想得我
　　　　　　　　　心痒——

罗　宾　爵爷,外边有一位白罗克大爷要见您说说话,他说很想跟您
　　　　交个朋友,特意送了一瓶上等的葡萄酒来给你您解解渴。

福斯塔夫　谁? 他的名字叫白罗克吗?

罗　宾　是,爵爷。

福斯塔夫　叫他进来。管他什么白罗克还是黑罗克,只要有酒喝,都
　　　　是好罗克。

　　　　(唱)有道是酒壮色胆酒更香!

　　　　【福德化装拿酒上;

福　德　您好,爵爷!

福斯塔夫　您好,先生!

福　德　素昧平生,就这样前来打搅您,实在冒昧得很。

福斯塔夫　(拿来酒杯)不必客气。请问有何见教?

福　德　爵爷,贱名是白罗克,我——

　　　　(唱)是一个喜欢花钱的富绅士,

福斯塔夫　久仰久仰!

　　　　(唱)希望咱们以后来往经常。

福　德　(唱)今天有幸来拜望,

　　　　(白)不瞒爵爷说,我现在身上总算有点钱,您要是需要的
　　　　话,随时问我拿好了。

福斯塔夫　不错,金钱是个好兵士,有了它就可以使人勇气百倍。白
　　　　罗克大爷!

　　　　(唱)无功受禄我不敢当。

福　德　(唱)您要是不嫌烦琐听我讲,

福斯塔夫　白罗克大爷,您要是有什么要求尽管说,我一定尽量满
　　　　足您。

福　德　　（唱）就因为我爱上了福德……

福斯塔夫　　福德？

福　德　　（唱）福德的妻，就是那福德大娘；

　　　　　　　我一片痴心追得她，追得我晕头转向，

　　　　　　　我为她花钱花得如流水淌，全不在乎我的家当。

福斯塔夫　　花钱嘛，很正常，呃，她从来不曾有过什么表示吗？

福　德　　没有。

福斯塔夫　　您也从来不曾缠住她，要她有一个什么表示吗？

福　德　　没有。

福斯塔夫　　哈哈哈……那么您把这些话告诉我，是什么用意呢？

福　德　　爵爷啊，

　　　　　　（唱）那婆娘生来风流放荡，

　　　　　　　平日里却装模作样假端庄。

　　　　　　　爵爷您教养好见识广，谈吐风雅又倜傥。

福斯塔夫　　您太过奖啦！

福　德　　（唱）我特地登门求您相帮。

福斯塔夫　　我明白了，你是让我给你拉皮条啊？

福　德　　不不不，哪能啊！

　　　　　　（唱）只求您把这个女人弄到了你手上，

福斯塔夫　　唔？（唱）您心爱的人我去享用……于情于理岂不荒唐？

福　德　　啊……呵呵呵……请您明白我的意思。

福斯塔夫　　你什么意思？

福　德　　（唱）她她她……总把那有夫之妇女人的贞操、名誉挂在

　　　　　　　嘴上，

　　　　　　　我我我……不敢妄行非礼更心慌。

只要你把她的防线来攻破，

抓住把柄我再上、上、上……你就帮了我大忙！

（白）爵爷，您看怎么样？

福斯塔夫　我……呃……（表示要钱）

福　德　不瞒爵爷说，我现在带着一袋钱，因为嫌它拿着太累赘了，想请您帮帮忙，不论是分一半去也好，完全拿去也好，好让我走路也轻松一点。

福斯塔夫　白罗克大爷，

（唱）手手手，我握住了

钱钱钱，暂时收进我腰包。

保保保，下定了决心，我向您担保，

这件事情交给了我，那婆娘难以脱逃。

福　德　她逃不了？

福斯塔夫　他逃不了了，实话告诉您，我已经接到了他的约会信，她约我明天十点到十一点钟之间到她家里和她相会。

福　德　和她约会？

福斯塔夫　对。

福　德　在哪里？

福斯塔夫　在她家里，因为那个时候，她那个吃醋的乌龟丈夫不在家。哦，这么着吧，您有空的时候再来吧，我会让您知道我进行得顺利不顺利。

福　德　您认不认识那个福德？

福斯塔夫　福德？我怎么会认识这种没造化的死乌龟呢。我实话告诉您，我只要向他瞪一眼，就会把他吓坏了。我要用我的拐杖放在他的帽子上，作为降伏他的克星。白罗克大爷，您就放心吧,您一定可以跟他的老婆睡觉。哈哈哈……我还听说这个乌龟倒很有钱呢,正是出于这个目的,才去勾引这个娘们儿的。我可以用她做钥匙,去打开这个王八的钱箱,这才是我的真正的目的。有空的时候您早点来吧,我会让您知道我进行得怎么样。(下。)

福　德　真是万恶不赦的淫贼!

(唱)恨恨恨,这禽兽真正太无赖,

　　　悲悲悲,婆娘已经约好和他往来。

　　　惨惨惨,我的大好名声一旦毁坏,

　　　他们竟然约会在我家相依相偎,

　　　分明是让我戴绿帽子做乌龟。

　　　我定要找村民作见证,找朋友抓狼狈,

　　　捉奸捉鬼捉鬼捉奸……看他们面对众人缩成一堆。

　　　我快去好好做准备,

　　　明夜晚逞一逞大丈夫的雄威!

【收光。

第四场

【第二天上午;

【福德家中;

【福德大娘及培琪大娘上。

福德大娘　(内)喂,尼姆,毕斯托尔!

培琪大娘 （内）赶快，赶快——那个盛脏衣服的篓子呢？

尼姆、毕斯托尔 预备好喽！

　　　　【尼姆、毕斯托尔抬篓上；

　　　　【福德大娘、培琪大娘上。

培琪大娘 你吩咐他们怎样做，干干脆脆几句话就得了。

福德大娘 好，尼姆，毕斯托尔！我早就对你们说过了，叫你们在酿酒房的近旁等着不要走开。我一叫你们，你们就跑来，马上把这篓子扛了出去，跟着那些洗衣服的人一起到野地里去，跑得越快越好，一到那儿，就把它扔在泰晤士河旁边的烂泥沟里。

培琪大娘 听见了没有？

尼姆、毕斯托尔 听见了，听见了！

福德大娘 你就放心吧，我已经告诉过他们好几次了，他们不会弄错的。

培琪大娘 快去，快去呀！

尼姆、毕斯托尔 是！（二人下）

福德大娘 （唱）可笑那肥胖胖骑士真荒唐，

　　　　　　　　想和我姐妹们耍花腔。

　　　　　　　　温莎的娘们机灵有胆量，

　　　　　　　　想好计策将他防。

　　　　　　　　教训教训肮脏的脓包蛋，

　　　　　　　　捣一捣他的鬼心肠。

　　　　　　　　叫他知道鸽子老鸦不一样，

　　　　　　　　一定要把这个满肚子臭水的胖冬瓜煮成汤。

罗　宾 （内）福德奶奶！

　　　　【罗宾上。

罗　宾　　福德奶奶,我家主人已经从您家的后门进来了,他要跟
　　　　　　您——(分辨不出二人,终于落定福德大娘)跟您说几句话。

培琪大娘　　你这小鬼,你有没有在你主人面前搬嘴弄舌?

罗　宾　　我发誓,我绝对没有把您也在这儿的消息告诉他。

培琪大娘　　这才是个好孩子,你嘴巴闭得紧,我一定替你做一身新衣
　　　　　　服穿。

福德大娘　　好的。你去告诉你的主人,说屋子里只有我一个人。

罗　宾　　是。(罗宾下)

福德大娘　　一个!(转向培琪大娘)……一个!

罗　宾　　(内应)知道啦!

福德大娘　　(转向培琪大娘)……一个!

培琪大娘　　噢,现在我先去躲起来。(欲下)

福德大娘　　培琪嫂子,你别忘了你的戏。

培琪大娘　　你放心吧,我要是这场戏演不好,你尽管喝倒彩好了。哦
　　　　　　对了,到时候你给我使个眼色,让我知道那个胖——东瓜躲
　　　　　　在哪儿,演起来也好有个方向。

福德大娘　　放心吧,瞧我的!

　　　　　　【培琪大娘下;

　　　　　　【福斯塔夫上;

福斯塔夫　　(唱)匆匆忙忙到此地,

　　　　　　　　　偷偷摸摸慌又急。

　　　　　　　　　急不可待与娘儿们甜蜜蜜,

　　　　　　　　　怎能够放过了天赐良机。

　　　　　　【音乐入;

福斯塔夫　　噢！我天上的明珠，难道我真的把你抓住了吗？我已经
　　　　　　活得很长久了，现在让我死去吧，因为我的心愿已经完全达
　　　　　　到了。啊，这幸福的时辰！

福德大娘　　（唱）嗳哟哟，我的好爵爷啊！

福斯塔夫　　（唱）好太太，我不会把那口是心非的好话讲，

　　　　　　看到你——止不住罪恶的念头藏；

　　　　　　但愿你的丈夫他、他早把命丧，

　　　　　　我一定啊，我一定要娶你做我新娘。

福德大娘　　（唱）做您的新娘——爵爷呀，

　　　　　　我怎么做得像？

福斯塔夫　　（唱）像像像就是那法兰西宫廷里，

　　　　　　找不出一个女人有这样的光芒！

　　　　　　眼睛闪闪比那金刚钻还亮；

　　　　　　额角秀美——戴上那威尼斯流行的新式帽子还要把

　　　　　　钻石镶。

福德大娘　　（唱）我只是青布包头的村婆娘，

　　　　　　哪里配艳丽的打扮着盛装？

福斯塔夫　　唉！

　　　　　　（唱）虽然是命运不曾照顾你，

　　　　　　绝世的姿容难掩藏；

　　　　　　高挑的身材谁能比得上？

　　　　　　三围恰恰仪态万方。

福德大娘　　（唱）过奖过奖太过奖，

福斯塔夫　　（唱）爱你爱你心发狂！

福德大娘　　（唱）爵爷你当面别说谎，

你爱那培琪嫂子比我强。

福斯塔夫　　（唱）放着大堂光亮亮，

难道我偏偏栖身那倒楣的、黑魆魆的小门房？

福德大娘　　（唱）天知道——

天知道我对您爱在心上，

接到了情书百转柔肠；

为见面我把多少办法想，

别叫我白费心思——

福斯塔夫　　我只爱你一个——福德大娘！

【罗宾画外音：

罗　　宾　　（内呼）福德奶奶！福德奶奶！培琪奶奶来了，培琪奶奶
来了。

福德大娘　　爵爷，培琪奶奶来啦！

福斯塔夫　　什么？这……这来得真不是时候，快把我藏起来……快！

培琪大娘　　（内呼）福德嫂子！福德嫂子！福德嫂子！

【福德大娘把福斯塔夫藏在石膏像后。培琪大娘上；

培琪大娘　　福德嫂子，你干了什么事了？你的脸从此丢尽，你再也不
能做人了！

哦！什么事啊？

福德大娘　　什么事呀，好嫂子？

培琪大娘　　嗳哟，福德嫂子，你嫁了这么个好丈夫，为什么要让他对
你起疑心？

福德大娘　　对我起什么疑心？

培琪大娘　　你丈夫他、他、他——

（唱）找来了法官、仆役、名人、记者人多势众，

　　　　　　赶回家来脚步匆匆；

　　　　　　咬定了此时你和奸夫会面，

　　　　　　看起来你是捅了个大窟窿。

福德大娘　哎哟——不会有这种事吧？

培琪大娘　半个温莎城的人都来啦！

　　　　　（唱）若有男人在这里，

　　　　　　怕他今日活不成！

　　　　　　我抢先一步来报信，

　　　　　　但愿得无事自然和平，

　　　　　　倘然是真有情人在，

　　　　　　赶他走,把他轰,最重要是保全你的名声！

福德大娘　这可怎么办呢？果然有位绅士他在这儿,他是我的好朋友;我自己丢脸倒还不要紧,只怕连累了他,要是能够把他弄出这间屋子,叫我损失一千镑钱我都愿意。

培琪大娘　要命！我还当你是个好人！瞧,这儿有一个篓子,他要是不太高大,倒是可以钻了进去,再用些腌臜衣服盖在上面,就叫你家的两个仆人把他连篓一起抬了出去,岂不一干二净？

福德大娘　可他太胖了,恐怕钻不进去可怎么好呢？

福斯塔夫　(从石膏像后窜出来)别介,就按照我女朋友说的办,我进去试试。

培琪大娘　啊,福斯塔夫爵士！原来是你吗？你给我的信上怎么说的？

福斯塔夫　我想想,我想想,我爱你！

福德大娘　什么！

福斯塔夫　（在两人背后指俩人）我……只爱你一个。

培琪大娘　你！

福斯塔夫　我……

福德大娘　你！

福斯塔夫　我……

　　　　【福德大娘、培琪大娘装哭；

福斯塔夫　好了,好了,别哭了,把我藏起来吧。

福德大娘、培琪大娘　（装傻）啊？啊？

福斯塔夫　快！藏起来哟！

　　　　【钻入篓内。二妇以污衣覆其上；

培琪大娘　孩子们,你也来帮着把你的主人遮盖遮盖。

　　　　【尼姆、毕斯托尔上,以污衣覆其上,抬筐；

　　　　【福德、培琪、卡厄斯及爱文斯同上。

福　德　诸位,今天我一定要让各位见识见识我们家那个怪物。

福德大娘　瞧你们这慢手慢脚的,快把这些衣服送到洗衣服的那里
　　　　去;快点！快点！

福　德　这是什么？你们把这篓子抬到哪儿去？

尼姆、毕斯托尔　抬到洗衣服的地方去。

福德大娘　对。他们把它抬到什么地方,跟你有什么关系？

　　　　（唱）衣服本是娘儿们洗,

　　　　　　　你要是爱管闲事就归你——

福　德　（白）哼！

　　　　（唱）洗洗洗,把我这屋子也洗洗——

　　　　【福德满屋子找；

福德大娘　快抬出去！

【尼姆、毕斯托尔抬筐下。福德大娘、培琪大娘一起下。

福　德　（白）各位朋友！昨夜我做了一个梦，让我把这个梦告诉你们听。这儿是我的钥匙，请你们跟我到房间里来搜一下，我相信我们一定会捉到那头狐狸的。捉狐狸去！

　　　　【众人将福德拦住；

培　琪　福德大爷，有话好讲，让别人听见了，会闹笑话的。

福　德　各位马上就有新鲜的把戏看了；跟我来。（拉培琪下）

爱文斯　这种吃醋简直是无理取闹。（下）

卡厄斯　我们法国就没有这种事，法国人是不兴吃醋的。（下）

　　　　【培琪大娘，福德大娘上。

培琪大娘　哈哈哈哈，哈哈哈哈，咱们这计策岂不是一举两得？

福德大娘　嘿，你可以找到二十只贪淫的乌龟，却不容易找到一个真正的男人。

　　　　我不知道愚弄我的丈夫跟愚弄福斯塔夫比较起来，哪一件事更使我高兴。

培琪大娘　这该死的坏蛋，我希望像他这一类人，都要得到这种报应……我从来没有见过福德大爷像今天这样一股醋劲儿。

福德大娘　我的丈夫好像知道福斯塔夫在这儿。

培琪大娘　可他是怎么知道的呢？不管怎么样，福斯塔夫那家伙虽然已经受到一次教训，可是像他那样荒唐惯了的人，一服药下去未必见效，我们应当让他多知道些厉害才是。

福德大娘　放心吧，我马上就派人送信给那个胖冬瓜，告诉他这次实属意外，并且约他礼拜六早上八点，再来我们家一次，正好看看我们家那个打翻醋缸子的丈夫到底要搞什么鬼？

培琪大娘　每周六我们的丈夫都会去打鸟。一定那么办；周六八点，

我们替他压惊。哈哈。（二人下）

福　德　（内唱）翻箱倒柜觅觅寻寻寻寻觅觅，

　　　　【培琪、卡厄斯及爱文斯上。

众人同　（唱）找东找西却找不到他说的东西。

培　琪　福德大爷！（拉福德上）

爱文斯　这屋子里、房间里、箱子里、壁橱里，要是找得出一个人来，
　　　　那么上帝在最后审判的日子饶恕我的罪过吧！

卡厄斯　我也找不出来，这房间里一个人也没有啊。

培　琪　啧！啧！福德大爷！我希望您以后再不要发这种精神
　　　　病了。

福　德　这都是我不好，自取其辱。

爱文斯　尊夫人是一位大贤大德的娘子。

卡厄斯　她真的是一个规矩女人。

　　　　【福德大娘、培琪大娘上；

培琪大娘　（向福德大娘旁白）你听见吗？

福德大娘　（向培琪大娘旁白）嗯，别说话——（向福德）亲爱的丈夫，
　　　　您待我真是太好了，是不是？

福　德　是。贤德的妻子，哼！

福德大娘　上帝保佑您以后再不要用这种龌龊心思去猜疑人家！

培琪大娘　福德大爷，您真太对不起您自己啦。哼！（和福德大娘一
　　　　起下）

福　德　这到底怎么回事？怎么没找到啊！

众人同　福德大人，这到底是怎么回事儿啊！

福　德　诸位，今天都是我不好，不过以后我会告诉大家，我今天，有
　　　　这一番举动的缘故。

培　琪　列位，今天就别和他计较了，明天我请各位到舍间吃一顿早
　　　　饭，吃过早饭之后，咱们就去打鸟去，诸位以为怎样？

卡厄斯　一定奉陪。

爱文斯　要是只有一个人去，我就是第二个。

卡厄斯　要是只有一个、两个人去，我就是第三个。

培　琪　福德大爷，请。哈哈哈……

福　德　我怎么没找到啊！

　　　　（唱）莫非是这混蛋与我游戏，

　　　　　　　或许他只会吹牛皮。

　　　　　　　今夜晚再到饭店问仔细，

　　　　　　　查不明水落石出我难释疑。

　　　　【福德想不出究竟，最后还是决定夜访福斯塔夫；

　　　　【压光。

第五场

　　　　【嘉德饭店；

　　　　【福斯塔夫身在河里，挣扎游泳上岸；

福斯塔夫　（唱）我让人扔到了河里……见水我就沉底……

　　　　　　　你们瞧一瞧，瞧一瞧我这胖大的身躯！

　　　　　　　水浅多沙我才爬上岸，

　　　　　　　没泡上，没泡上娘儿们，

　　　　　　　又臊又臭又臭又臊一身泥。

【罗宾上手持福德大娘信上；

罗　宾　爵爷……

福斯塔夫　罗宾!

罗　宾　爵……爷。

福斯塔夫　你快给我去拿酒来!

罗　宾　是……（犹豫了一下）爵爷,福德奶奶的信。

福斯塔夫　呸,见鬼的福德姥姥!

罗　宾　啊?

福斯塔夫　快去,拿酒去……回来! 我看看她的字怎么样?

罗　宾　（递信）是,是。（下）

福斯塔夫　（接信念）"亲爱的爵爷,请您原谅我的疏忽,"……疏忽什
　　　　么呀!"是两个仆人误解了我的意思。"……误解了吗!"当
　　　　得知您被扔到河里,"我掉河里啦!"我真是心如刀绞、痛不
　　　　欲生。我对您的思念犹如滔滔江水绵绵不绝。"等会儿,很
　　　　关键……"我丈夫明天一早要出去打鸟。请您在八点到九
　　　　点之间,再来我家,温情补报……"挺够意思!

　　　　【福德上。

福　德　你好,爵爷!

福斯塔夫　（看信）温情……

福　德　爵爷。

福斯塔夫　（看信）补报……

福　德　爵爷。

福斯塔夫　呦,老白……白罗克大爷……请坐,坐,坐。您是来问我
　　　　到福德大娘那儿去的经过吗?

福　德　我正是来问你这件事儿的。

福斯塔夫　白罗克大爷!

　　　　　(唱)我如约到她家里去报到,

福　德　您进行得怎么样呢?

福斯塔夫　(唱)开始的时刻令人魂销。

福　德　她跟你干了什么?

福斯塔夫　你想知道我都干了点什么吗?

福　德　是,是。

福斯塔夫　(夹数板)白白的手我也摸过了,

　　　　　　　　　　香香的肩我也抱过了,

　　　　　　　　　　信誓旦旦我发过了,

　　　　　　　　　　那性感的红唇——

福　德　亲吻啦?

福斯塔夫　(接唱)我亲……我亲……

福　德　亲着没有啊?

福斯塔夫　(唱)我亲……我亲她跑,她跑我追,亲也没亲着。

　　　　　　　　　虽然是一场喜剧开头开得好,

　　　　　　　　　谁想到她的乌龟丈夫福德他——

　　　　　　　　　疯疯癫癫、贼头贼脑。

　　　　　　　　　带来了狐群狗党,气势汹汹闯来了,

　　　　　　　　　把我的好事搅得一团糟。

福　德　他没有把您搜到哇?

福斯塔夫　福德大娘的计谋高,她把我装在一只盛脏衣服的篓子里。

福　德　盛脏衣服的篓子?

福斯塔夫　对,把我当做一篓脏衣服——给抬出去了!

福　德　(背白)我怎么就没有搜那只该死的篓子!

132

福斯塔夫　我可是为了您的缘故去勾引那个娘儿们的。

　　　　【福德开始拿钱袋；

福斯塔夫　我跟那些脏衣服、脏衬衫、臭袜子待在一块儿,我可吃了
　　　　不少的苦。

　　　　【福德拿钱袋在福斯塔夫眼前晃；

福斯塔夫　(看钱袋)吃苦没关系……

福　德　爵爷,您为我受了这么多的苦,我真是抱歉万分哪。这样看
　　　　来,我的希望是永远也达不到了,您未必会再去一试吧?
　　　　(又把钱袋举到他眼前)

福斯塔夫　哪儿的话呀?我实话告诉你,我已经又得到了她的约会
　　　　信。(举起信)

　　　　【福德抢,未抢到。福德把钱袋抛出,福斯塔夫追钱袋。福
　　　　德抢过信,看；

福斯塔夫　(拿到钱)分量不少,实话告诉你,明天一早她丈夫去打鸟
　　　　去,她约我八点到九点钟之间再去她家跟她相会!

福　德　真的吗?

福斯塔夫　真的!您有空的时候再来吧,我会让您知道我进行得顺
　　　　利还是不顺利。

福　德　爵爷……

福斯塔夫　白罗克大爷,您一定可以跟他老婆睡觉的。再见!

福　德　爵爷……你,你。

福斯塔夫　老白!您一定可以跟他的老婆睡觉的。您一定可以让那
　　　　个福德做一个乌龟大王八。

　　　　【福德气得晕倒,渐醒；

福　德　(唱)天下的男人们哪……

133

结婚娶妻有什么好？

娘儿们的心思摸不着！

这一回捉奸下手要下得早。

楼上楼下、犄角旮旯、稀奇古怪所有的地方要呀么要

搜到，

盯住洗衣篓我砍上几刀！

虽然说绿色的帽子戴……戴定了，

当上了王八威风不可孬。

【切光。

第六场

【翌日早；

【福德家；

罗　宾　（内）福德奶奶！

【罗宾上，福德大娘上。

罗　宾　福德奶奶，福斯塔夫他——（福德大娘阻止罗宾。罗宾下）

【福德大娘对景化妆；

【福斯塔夫上；

福德大娘　（佯装地）哎哟爵爷呀，您怎么才来呀，我可想死您啦！

福斯塔夫　我这不是来了吗！

【福斯塔夫急着拥抱，福德大娘巧妙地躲开；

【福斯塔夫一头撞在石膏像上；

福斯塔夫　　你……想死我啦？你是想我死了呀！

福德大娘　　(唱)啊……我丈夫没搜到又吵又嚷……喂呀爵爷呀！

福斯塔夫　　我知道他没搜到。

福德大娘　　(接唱)又担心你掉河里感冒着凉……

福斯塔夫　　(白)我是真的掉到河里。

福德大娘　　(装哭)啊……啊……

福斯塔夫　　你能不能不哭了。

福德大娘　　(继续)啊……啊……

福斯塔夫　　你别哭了……你这样真心待我，我一定不会让你失望的！

　　　　【忽然外面传来一声猫叫；

福斯塔夫　　是不是你的丈夫又提前回来啦？

福德大娘　　好爵爷，他们不会早回来的，他们打鸟去了。瞧您……

福斯塔夫　　那……咱们俩上楼吧？

福德大娘　　啊……

福斯塔夫　　咱们俩上楼吧，上楼！

　　　　【迫不及待的拉福德大娘。福德大娘机智地躲。福斯塔夫
　　　　向福德大娘扑去；

培琪大娘　　(内喊)福德嫂子！

福德大娘　　培琪太太来了。

福斯塔夫　　来的真他妈不是时候！

福德大娘　　爵爷，快！

　　　　【福德大娘推着慌忙中的福斯塔夫藏起；

　　　　【培琪太太上。

培琪太太　　福德嫂子！福德嫂子，你屋子里还有什么人吗？

福德大娘　　没有，就是家里几个人(暗指福斯塔夫藏的地方)。

培琪太太　　　真的没有什么人吗?(过去看)

福德太太　　　真的(背功)说响一点。

培琪太太　　　真的没有什么人,那我就放心了。福德嫂子,你丈夫的老
　　　　　　　毛病又发作了,他拉住我的丈夫,警告那些有妻子的男
　　　　　　　人,又不分青红皂白地痛骂天下所有的女人。

福德太太　　　噢,天哪!

培琪大娘　　　那个胖骑士不在这,真是他的幸运!

福德大娘　　　我的丈夫真的知道福斯塔夫在这儿吗?

培琪大娘　　　对,就是哪个胖爵士!

福德大娘　　　(唱)哎呀完了,完了啊……

　　　　　　　　　　此刻爵士正在我家中;

培琪大娘　　　(唱)哎呀呀! 你的脸面要丢尽,

　　　　　　　　　　倘若是弄出个人命案,

　　　　　　　　　　温莎满镇……满镇都不得安宁。

　　　　　　　　　　你这个女人又傻又笨,

　　　　　　　　　　看起来胖爵士今天是难保存。

　　　　　　(白)你真是个宝贝! 快打发他走吧,快打发他走吧!
　　　　　　唉……

福德大娘　　　啊! 那叫他躲到哪儿去呢? 我怎样把他送出去呢? 怎么
　　　　　　　办? 怎么办? 还是再藏在篓里?

　　　　　　【福斯塔夫上;

福斯塔夫　　　不,我再也不躲在篓子里了。

培琪大娘　　　那该怎么办。

福斯塔夫　　　有了,我他妈的,本人以骑士的勇敢冲出去!

培琪大娘　　　不行! 您要是就照您的本来面目出去,非让他们打死。

136

福德大娘　是的,他们原来是去打鸟,手里都有枪!

培琪大娘　嗯,除非化装一下——

福德大娘　我们把他怎样化装起来呢?

培琪大娘　唉! 我不知道。哪里找得到一身像他那样身材的女人衣
　　　　　服? 否则叫他戴上一顶帽子,披上一条围巾,也可以混了
　　　　　出去。

福斯塔夫　哦,我明白了,我的好心肝,乖心肝,只要让我混出去,让
　　　　　我干什么我都愿意。

福德大娘　我家女佣人的姑母,就是那个住在勃伦府的胖婆子,倒有
　　　　　一件罩衫在这儿楼上。

培琪大娘　对了,那正好给他穿上。她的身材是跟他一样大的。

福斯塔夫　是吗?

培琪大娘　爵爷,您快奔上去吧,把那罩衫穿上再说。(欲推福斯塔
　　　　　夫上楼)等等!

福斯塔夫　啊?

　　　　　【培琪大娘、福德大娘假意"飞吻";

福斯塔夫　谢谢!(下)

福德大娘　(大笑)哈哈哈哈……

培琪大娘　(大笑)哈哈哈哈……

福德大娘　我希望我那汉子能够瞧见他扮成这个样子;他一见这个
　　　　　勃伦府的老婆子就眼中冒火,他说她是个妖妇,不许她走进
　　　　　我们家里,说是一看见她就要打她。

培琪大娘　但愿上天有眼,让他尝一尝你丈夫的棍棒的滋味! 但愿
　　　　　那棍棒落在他身上的时候,有魔鬼附在你丈夫的手里!

福德大娘 可是我那汉子真的就要来了吗?

培琪大娘 真的,他直奔而来;他还在说起那篓子呢,也不知道他哪里得来的消息。

福德大娘 让我们再试他一下。我仍旧去叫我的仆人把那篓子抬到门口,让他看见,就像上次一样。好,就这么办! 尼姆、毕斯托尔! 把篓子抬到这儿来!

福德大娘、培琪大娘 (同唱)

> 不要看我们一味胡闹似莽撞,
>
> 这蠢猪他本是自取祸殃。
>
> 要告诉世人都知道,
>
> 风流的娘们、
>
> 风流的娘们不一定轻狂……
>
> 不一定轻狂! (下。)

【尼姆、毕斯托尔抬篓上。

福德大娘 (唱)老爷快要到门口,

> 篓子当面抬出房。
>
> 若叫你们快放下——

尼姆、毕斯托尔 我们到底放还是不放呢?

福德大娘 (唱)放放放! 快放下篓子心莫慌。(二人下)。

尼 姆 来,我们把它抬过去!

毕斯托尔 但愿这篓子里不要再有胖爵士。

【福德、培琪、卡厄斯及爱文斯同上。

福 德 放下! 把这篓子放下来! 又有人来拜访过我的妻子了,把男人装在篓子里就这么抬进抬出! 出来吧我的好太太,你瞧瞧你给他们洗些什么好衣服! (福德开始翻衣服,其他人

（劝的劝,拉的拉）

培　琪　(拦福德)福德大爷,您要是再这样疯下去,我们真要把您铐
　　　　起来了,免得闹出什么乱子来。

爱文斯　(拦福德)嗳哟,这简直是发疯! 像疯狗一样发疯!

卡厄斯　(拦福德)福德大爷,你这样太不像话啦!

【福德大娘上。

福德大娘　先生们,你们好!

众　人　福德太太……

福　德　贞洁的夫人,端庄的妻子,贤德的老婆! 可惜嫁给了一个爱
　　　　吃醋的傻瓜! 是我无缘无故瞎吃醋吗?

福德大娘　天日为证,你要是从我的行为当中找不出有什么不规矩
　　　　地方,那你的确是太爱吃醋了。

福　德　你尽管嘴硬吧。给我把这篓子里衣服倒出来!

【福德翻出篓中衣服。

福德大娘　你好意思吗? 别去翻那衣服了。

福　德　你的秘密就要揭穿啦!

福德大娘　为什么呀? 你是傻子,傻子!

福　德　各位,各位,不瞒你们说,昨天就有一个人装在这篓子里从
　　　　我的家里抬出去,我相信今天他仍旧在这里面? 我的消息
　　　　是绝对可靠的,我的疑心是完全有根据的。给我把这些衣
　　　　服一起拿出来。

福德大娘　你要是在这里面找出一个男人来,就把他当个虱子掐死
　　　　好了。

培　琪　福德大爷这里面根本没有一个人。

爱文斯　福德大爷,您应该常常祷告,不要随着自己的心一味胡思乱

想;吃醋也没有这样吃法。

福　德　好,没有在这里面。各位再跟我上楼搜一次。要是再找不
　　　　到我所要找的人,你们尽管把我嘲笑得体无完肤好了。

　　　　【福德把众人推向楼上;

　　　　【福德大娘让尼姆、毕斯托尔把篓子抬下;

培琪大娘　　（内呼)来,普拉老婆婆,搀着我的手。

　　　　【培琪大娘携福斯塔夫女装上;

　　　　【逗趣的音乐进;

　　　　【福德转回看;

福　德　老婆婆! 哪里来的老婆婆?

福德大娘　就是我家女仆的姑妈,住在勃伦府的那个老婆子。

福　德　那个糟老太婆! 我不是不许她到我们家吗? 你们娘们又找
　　　　她什么算命、画符、念咒这一类鬼把戏,你这妖妇,普拉老婆
　　　　婆? 我要"泼辣辣"地揍你一顿——（打福斯塔夫)滚出去,
　　　　（越打越激烈)你这妖妇,你这鬼老太婆! 滚出去! 滚出去!

　　　　【福斯塔夫被打得惨叫,下;

福德大娘　亲爱的,别打啦、别打啦!

福　德　该死的妖妇!

爱文斯　我想她的确是一个妖妇;我看她的围巾下面还长着几根胡
　　　　须呢。

福　德　诸位,再跟我上楼搜一次,要是再找不到我要找的人,你们
　　　　以后再不要相信我的话。

　　　　【培琪、卡厄斯及爱文斯同福德下。

福德大娘、培琪大娘　　（大笑)哈哈哈哈……

福德大娘、培琪大娘　　（轮唱)

140

这一顿打得真痛快，

培琪大娘　　（唱）打得真痛快！

福德大娘　　（唱）一棒棒把他乌七八糟的鬼心肠，

　　　　　　　　　　满肚子的臭气打出来。

培琪大娘　　（唱）打呀么打出来！

福德大娘　　（唱）谁叫他色眯眯想把花儿采，

　　　　　　　　　　谁叫他把温莎的娘儿们想的歪。

培琪大娘　　（唱）棒儿下打得他青一块紫一块，

福德大娘　　（唱）棒儿下打得他色胆儿颤贼心儿衰。

培琪大娘　　（唱）棒儿下把我们的怨气排解，

福德大娘　　（唱）棒儿下把他的坏水打出来。

培琪大娘　　（唱）两番教训看他改不改？

　　　　　　　　　　我真想把这立功的棒儿供奉神台；

福德大娘　　（唱）让天下的男人仔细揣一揣，

　　　　　　　　　　莫让魔鬼盘踞胸怀。

　　　　　　　　　　莫让魔鬼盘踞胸怀。

培琪大娘　　（白）还要说一句——吃醋的丈夫心太窄！

　　　　　【培琪、福德、爱文斯等上。

福　　德　　（唱）没有没有都没有，

　　　　　　　　　　翻箱倒柜犄角旮旯儿屋顶床下都搜遍都不在，

　　　　　　　　　　莫非那奸夫他成了鬼胎？

培　　琪　　（唱）你胡思乱想自找不自在，

　　　　　　　　　　分明是一坛子醋。

爱文斯　　一坛子醋！

卡厄斯　　一坛子醋！

141

培　琪　（唱）酸得大家东倒西歪。

福　德　（唱）我，我，我本是有凭有据，

　　　　　　　不是凭空把大伙召集来！

众　人　（唱）凭据在哪里？凭据在哪里？

福德大娘、培琪大娘　（同唱）

　　　　　　　大家听我们从头细说明白。

　　　　【音乐声中二人以舞蹈叙事；

爱文斯　（唱）难得的机谋勇敢揭露了恶人丑态——

培　琪　（唱）大丈夫你还不如女人的胸怀！

培琪大娘　（唱）好端端捧着醋坛把自己害，

　　　　　　　为什么把妻子乱疑猜。

　　　　　　　你竟然花钱请鬼怪，

　　　　　　　你竟然招摇闹市捉奸来。

　　　　　　　不要说吃醋因为过于爱，

　　　　　　　要为娘儿们留一份留一份自己的天地大家都开怀。

　　　　　　　天下的男人若是都像你这般怪，

　　　　　　　和谐的家庭从哪里来？

福　德　（唱）怪天怪地只把自己怪，

　　　　　　　疑神疑鬼大不该把自己的老婆名誉倒栽。

　　　　　　　从今后我宁愿疑心太阳失热力，

　　　　　　　再不敢把妻子来疑猜。

　　　　　　　扪心问，爱不爱？

　　　　　　　爱要诚心，心头不可藏阴霾。（跪）

福德大娘　（唱）咳那呼一呼嗨！絮絮叨叨我不爱，

　　　　　　　下跪发誓太直白。

我从来不是要你服服帖帖低头从命无主见，

只要你做一个大丈夫心胸开阔敞胸怀。

来来来……

还是一起教训那蠢猪，一致对外……

（音乐中和众人耳语，众人大笑）

众人同唱　（唱）为我们——依那一呀呼那呼嗨，

温莎镇依呀呼那呼咳，

共消灾依那呼嗨，一呀呼依那一呀呼那呼嗨，

呼嗨，呼嗨，呼咳嗨，

依那一呀呼那呼嗨

依那一呀呼那呼嗨

啊那呼嗨，

啊哪啊，哪啊，那呼嗨，

呼哪呼嗨嗨！

【收光。

第七场

【温莎林苑

【光收，追光追着罗宾上；

【罗宾跟着音乐的节奏，边跑边说；

罗　宾　大娘相约骑士，午夜相会在温莎林苑赫恩橡树下，

让他装扮公鹿鹿角头上插。

橡树底下有传说闹鬼人害怕,

大家一同扮作精灵吓他一吓。

骑士贪财好色,他死性不改竟然说即使闹鬼也不怕。

他用单数来占卜相信第三次是吉祥的花!

她爱我? 她不爱我? 她爱我? 嗯……

此刻大家已在橡树林下扮上精灵等着他,

演一出光明的恶作剧大家笑哈哈,笑哈哈!

哈! 到了!（拍掌出示暗号）

【扮作精灵的众人听到暗号全部出来,都看着罗宾;

罗　宾　大家注意,鱼儿已然上钩了!

众　人　哈哈哈……

福德大娘　好了好了,大家静一静!（用手势布置任务）大家明白?
　　　　　赶紧散开!

【众人散开,福斯塔夫上;

福斯塔夫　（唱）钟敲响,时间到,拔腿快跑!

　　　　　　　　头生角,浑身装扮只为把我心上的人儿抱。

　　　　　　　　爱情好,爱情妙哎,

　　　　　　　　甜蜜的爱情在我心头绕啊,

　　　　　　　　只要能把心上的人儿欢心讨,

　　　　　　　　甘愿扮公鹿、母鹿共把这明月邀。

　　　　　　　　人财两得多么好,

　　　　　　　　天赐良机定抓牢。

【福德大娘上。

福德大娘　公鹿? 我亲爱的公鹿,你在这吗?

福斯塔夫　我在这呐,我亲爱的母鹿。让天上落下马铃薯般大的雨点伴着淫曲儿打起雷来吧。

【雷声效果；

福德大娘　哎哟，什么声音哪？

福斯塔夫　我哪知道啊？要么就是魔鬼不愿意让我下地狱，否则他

　　　　　不会这样一次一次地跟我捣乱呢！

【众精灵手拿小蜡烛，同上。

罗　　宾　黑的，灰的，绿的，白的精灵们，

　　　　　月光下的狂欢者，黑夜里的幽魂，

　　　　　你们是没有父母的造化的儿女，

　　　　　不要忘记了你们各人的职务。

　　　　　传令的小妖，替我向众精灵宣告。

毕斯托尔　众精灵，静听召唤，不许喧吵！

　　　　　蟋蟀儿，你去跳进人家的烟囱，

　　　　　看他们炉里的灰屑有没有扫空；

　　　　　我们的仙后最恨贪懒的婢子，

　　　　　看见了就把她拧得浑身青紫。

福斯塔夫　你们说的都是外语，我听不懂，我先回来。

【众人缠绕着，福斯塔夫冲不出去；

卡厄斯　　让我用炼狱火把他指尖灼烫，

　　　　　看他的心地是纯洁还是肮脏；

　　　　　如果他心无污秽火不能伤，

　　　　　哀号呼痛的一定居心叵测……

福斯塔夫　（害怕）别，别……

众　　人　试一试吧！

爱文斯　　来，看他怕不怕火熏。（众以烛烫福斯塔夫。）

福斯塔夫　啊！啊！啊！

众精灵　（唱）淫欲贪婪是罪恶的孽障，

　　　　　　　邪念就像它们的磷光。

　　　　　　　痴心把欲火越扇越旺，

　　　　　　　让恶人把恶果尝一尝。

　　　　　　　拧他、烧他拖着他团团转，

　　　　　　　直等到星辰暗灭了烛光！

　　　　【众人逼得福斯塔夫各处逃；

　　　　【培琪、福德、培琪大娘、福德大娘同上，福斯塔夫狼狈的躲
　　　　　在一边；

福德大娘　我亲爱的公鹿，您这是怎么啦？

培琪大娘　公鹿爵爷，您这是怎么啦？

培　琪　嗳，别逃呀！现在您可给我们瞧见啦，难道您只好扮扮猎人
　　　　赫恩吗？

培琪大娘　好了好了，咱们不用尽跟他开玩笑啦。好爵爷，您现在还
　　　　喜不喜欢温莎的娘儿们？

福　德　爵爷，现在究竟谁是个大王八？

福斯塔夫　你是白罗克大爷？

福　德　不错，是我。福斯塔夫你是个混蛋，是个混账王八蛋，瞧他
　　　　的头上还长着角哩。（众人笑）

福德大娘　爵爷，只怪我们运气不好，总是好事多磨。可是我会永远
　　　　记着你是我的公鹿。

众　人　（齐）公鹿，公鹿！蠢驴，蠢驴！

培琪大娘　好了，好了，大家别吵，听他唱！

福斯塔夫　人家早唱了……

146

众　人　（齐）唱!!

福斯塔夫　原来这些都不是精灵吗？哎,我真是糊涂啊!

　　　　　（唱）受了愚弄,做了蠢驴,

　　　　　　　　我猛抬头,见精灵,

　　　　　　　　精灵鬼,鬼精灵,

　　　　　　　　那是渺渺茫茫,恍恍惚惚,密密扎扎,

　　　　　　　　直冲霄汉正义辉煌;

　　　　　　　　想财想色成泡影,

　　　　　　　　我昏头装公鹿,

　　　　　　　　在森林鬼打墙,

　　　　　　　　梆儿听不见敲,

　　　　　　　　钟儿听不见撞,

　　　　　　　　锣儿听不见筛,

　　　　　　　　铃儿听不见晃,

　　　　　　　　我那心上的人儿她布下罗网,

　　　　　　　　我才梦醒黄粱。

爱文斯　福斯塔夫爵士,您只要敬奉上帝,消除欲念,精灵们就不会
　　　　来拧您的。

福　德　说得有理,休大仙。

爱文斯　还有您的嫉妒心也要除掉才好。

福斯塔夫　想不到我活到今天,却让那一个连英国话都说不像的家
　　　　伙来取笑。我总算弄明白了,一个人哪怕有天大的聪明,只
　　　　要心存歹意,哪怕犯了一丁点的错误,他照样要受到愚弄!

福德大娘　亲爱的朋友们,今晚的恶作剧,我们永远相信。亲爱的朋
　　　　友们,你们对快乐的妻子是否感到满意呢?

众　人　（齐）你们对快乐的妻子是否感到满意呢？

众人齐　（唱）高贵骑士不高贵，

　　　　　风流娘儿们不风流；

　　　　　娘儿们看穿了骑士的狐狸尾。

　　　　　骑士献媚，哪怕自己做乌龟，

　　　　　骑士可悲，娘儿们聪慧；

　　　　　愉快的恶作剧，揭穿了骑士的假心扉。

福德大娘、培琪大娘　亲爱的朋友们！

众人齐　（唱）大家看一看今晚的故事，谁是谁非？

　　　　　【光渐收，

　　　　　【剧终。

京剧

倩女离魂
（根据郑光祖元杂剧本改编）

编　剧　田　莎　佟姗姗
指导老师　宋　捷

上海戏剧学院戏曲导演 2009 届毕业剧目

2009 年 3 月

人物表

倩女	倩魂	倩魂 A	倩魂 B
王文举	李氏(倩女母)	梅香	张千

第一场　别离伤情

　　　　【张府门前；

　　　　【定点光随演出节奏分别打倩女、王文举、李氏的不同时空；

　　　　【倩女光起,她手持柳枝；

倩　女　(清唱)柔肠一寸愁千缕(光渐收)

　　　　【王文举光起,他手持毛笔；

王文举　(清唱):多情自古伤别离(光渐收)

　　　　【音效:沉重的大门打开；

　　　　【后区李氏光起,前区倩女与王文举的光再起；

李　氏　(手拿佛珠)我家三辈招白衣秀士,虽然是指腹为婚,若不高
　　　　中,亲事作罢!

倩　女　王郎……

王文举　倩女……

李　氏　住口,叫你们兄妹相称,就是兄妹相称!

倩　女　王郎……哥哥……

王文举　倩女……倩妹……

倩　女　哥哥……

　　　　(唱)母亲严命把心剜,

150

王文举	（唱）	端好姻缘临近深渊；
		剪不断——
倩　女	（唱）	剪不断情思碎心缠，
王文举	（唱）	滴滴娇青春无边；
		说什么指腹为婚约，
倩　女	（唱）	分明三生石上前世缘；
		假期待展——
王文举	（唱）	假期待展——为甚的棒打两边？
倩　女	（唱）	棒打两边！
		心字香前酬愿，
王文举	（唱）	尺素寄下誓言；

【倩、王难舍难分，空中飘下下离别诗词："九鼎誓言同生死，今生琴瑟共和弦"。

倩　女	（唱）	寄下誓言。
		折柳枝——
王文举	（唱）	赠笔管——
倩　女	（唱）	九鼎誓言同生死，
王、倩	（同）	今生今世琴瑟共和弦。

【李氏再后出现；

李　氏	（愤怒）	成何体统！人言可畏！还不快走！

【倩、王紧握彼此的手，被李拆开；

李　氏		若想凤阙攀枝绕，除非京城龙门跳！
王文举		苦被尊堂隔断桥，功名虽重情更高！
倩　女		怨女鳏男焦又恼，隔断巫山空寂寥！
李　氏		功名利禄趁年少，富贵无门缘自抛！缘自抛！

151

【李氏将倩女拉回房中;

李　氏　还不快走!(拂袖下)

王文举　倩女!

　　　　(唱)青湛湛天若有情天亦老,

　　　　【王文举无奈牵马。倩女又上;

倩　女　(唱)急煎煎人间多情人去了;

王文举　(唱)她泪湿香罗袖,

倩　女　(唱)他鞭垂碧玉梢;

王文举　(唱)她一望望伤怀抱,

倩　女　(唱)他一步步待回镳;

王文举　(唱)望迢迢相思堆古道,

倩　女　(唱)扑簌簌残妆粉泪抛,粉泪抛!

　　　　【压光。

第二场　分魂钟情

　　　　【梅香上;

梅　香　(唱):情也深来爱也笃,

　　　　　　　不解情爱怎沉浮。

梅　香　唉,自从老夫人逼王公子进京赴试,小姐就病卧在床,一连
　　　　三天不吃不喝的,谁想那王公子今天又返回来了,说是赶考
　　　　途中梦见小姐病了,非要探望小姐,幸好让老夫人拦住了,
　　　　要不然小姐这病更好不了了。老夫人让老院公把他轰走,

老院公跟我说这个王公子浑身发烫,连路都走不动啦,怕是比小姐得病还重呢!

【鼓乐传来;

对了,刚才来的路上,特别的热闹,许多的箱子上扎着绣球,被抬进了府门,也不知道到底是为了什么? 我呀,还是给小姐送药去吧!

梅　香　(唱)问世间情与爱是为何物?

　　　　　想得我头晕眼花肠也枯。(下场)

【光起;

【倩女闺房,后有屏风,左前有睡榻;

倩　女　(唱)不见银河鹊桥路,

　　　　　青墨涩笔伴孤独;

　　　　　有心望郎无去处,

　　　　　只把相思寄成书;

　　　　　怎做蝴蝶绕锦树,

　　　　　翻飞如炼衔蕊珠;

　　　　　无端自愁相思苦,

　　　　　只怕红退绿也枯……啊红退绿也枯!

【梅香端药上;

梅　香　小姐,您该吃药了……良药苦口,您就快把它喝了吧。

倩　女　良药怎医心头苦!

梅　香　对了,小姐,方才来的路上,特别的热闹,许多的箱子上扎着绣球,被抬进了府门,也不知道到底是为了什么? 走,咱们瞧瞧去! 小姐,你何苦百般思念,折磨自己呢? 到底是为什么呀?

倩　女　梅香,等你遇到心上人,自然就明白了!

梅　香　哪……小姐,什么是爱呀?

倩　女　这爱么?

　　　　（唱）爱是难割难舍的挂念,

　　　　　　　爱是无悔付出也心甘;

　　　　　　　爱是不离不弃的相守,

　　　　　　　是爱与被爱的心弦。

梅　香　怎么和王公子说的一样啊,真是心有灵犀呀!（立刻捂嘴）

倩　女　梅香,你方才说些什么?

梅　香　没什么,没什么……

倩　女　梅香,梅香呀!

梅　香　（左右为难）这……那……

倩　女　你快快讲来!!!

梅　香　王公子赶考途中梦见小姐病了……

倩　女　怎么? 他梦见我病了?

梅　香　对啦,小姐,您说这怪不怪啊!

倩　女　后来怎样了?

梅　香　后来,他就冒雨匆匆折回看望小姐。

倩　女　后来呢?

梅　香　后来就遇见了老夫人,他就说了跟您说的一样的话!

倩　女　母亲便对他怎样?

梅　香　老夫人说他越轨偷情,耽误了考期……被呵斥赶走了!

倩　女　王生冒雨折回只怕身受风寒。

梅　香　可不是吗,老院公跟我说,那个王公子浑身发烫,连路都走
　　　　不动啦,怕是比小姐的病还重呢!

倩　女　哎呀！（站立不稳）

梅　香　小姐！小姐！

李　氏　（老夫人手捧嫁衣）儿啊，这是怎么了？（对梅香）快快请郎中前来！

梅　香　是！

　　　　【梅香下场，倩女醒；

李　氏　儿啊，好些么？

倩　女　母亲，王生他……

李　氏　儿啊，有些事看淡一点，心不可太死太痴！

倩　女　（看见嫁衣）母亲，这是何物？

李　氏　为儿出嫁准备的！（给倩试穿）

倩　女　母亲，等哥哥得官回来，女儿就穿上这嫁衣成亲！（穿上）

李　氏　哈哈哈……听说出嫁，儿的病就好了一大半了。

李　氏　唉！那王生他倘若考不上，儿怎样嫁他？

倩　女　女孩儿家穿上这嫁衣自然要嫁，女儿情愿与他同甘共苦！

李　氏　信口胡说，娘不能让你终身吃苦，人生苦短……你不懂啊！你要懂娘的心啊，娘要想把这世间最好的生活都予儿啊！

倩　女　（抱住母亲）母亲！

李　氏　儿啊，你父亲早年过世，我母女相依为命，如今娘年岁已高，只望儿的今生衣食无忧，富贵荣华，娘纵死九泉也就放心瞑目了……唉，当初你与王家指腹为婚，门当户对，可如今王家败落，一贫如洗，就算是得了一官半职，无有靠山，这贫苦的日子难熬啊……儿的终身岂不被耽搁了啊！

倩　女　母亲，你说些什么？

李　氏　唉，为娘对你说实话了吧！

李　氏　（唱）那王生不应考折路回转，

病殃殃竟还敢行为不端；

盛怒之下将他赶！

未料到意外的喜事驱散了乌烟，

京城的张相府把媒人遣，

相中了我的儿把聘礼送到门前；

门第高、官声显，

飞来富贵胜过自己攀。

李　氏　儿啊，娘都是为了你好，才把儿嫁进京城相府啊！

倩　女　母亲，女儿怎能嫁进京城相府……女儿不愿，女儿不嫁！我与哥哥指腹为婚，你也曾承诺哥哥得官回来，必成亲事！如今你，你怎么拿女儿的终身大事出尔反尔呢？

李　氏　儿啊！

王生重病怕延误，不愿女儿受贫苦！

倩　女　山盟海誓定终生，他若贫穷儿相助！

李　氏　嫁入相府尽豪富，你不知母亲心良苦！

倩　女　真爱才是儿归宿！

李　氏　空谈情爱是虚无！

倩　女　难怪母亲让我们以兄妹相称，难怪母亲势逼王生进京赶考，原来母亲心中另有盘算！（脱嫁衣扔地）

李　氏　儿啊，儿嫁入相府，就是红楼富贵女，金缕绣罗襦啊！做亲娘的，怎么会委屈女儿呢！

倩　女　只要与哥哥在一起，绿窗贫家女，衣上无珍珠，女儿也心甘情愿！

李　氏　你你你……相府亲事已定，聘礼已收，不容改悔！不听我

言,休出房门!（下场）

【音效：关大门的重重回音声；

倩　女　母亲！女儿嫁的不是钱财,而是王生啊！

【灯光：所有灯灭,起追光；

【悲痛的音乐起；

【倩女陷入痛苦与抗争,最终倒在地上；

【音乐变得阴森,剪影中出现魂 A、魂 B；

魂　A　（伸手）房门上锁,一天一夜了,母亲不会开门,起来,快走！

倩　女　浑身无力,该去哪里?

魂　A　去你想去的地方！

魂　B　不能走啊！走了母亲怎么办呀！

倩　女　是啊⋯⋯她孤苦伶仃一人⋯⋯

魂　B　十数年含辛茹苦,与你相依为命！

魂　A　那王生呢?难道你不想他吗?

倩　女　怎能不想,日日等,夜夜盼,想得我心里着了魔！

魂　A　那就走吧！

魂　B　不能走,走了母亲怎么办?

倩　女　他病了⋯⋯我就想看他一眼⋯⋯

魂　B　聘则为妻,奔者为妾,难道这些你不明白的?名不正言不顺
有伤风化的是事你也明白吧?流言蜚语将名声毁,难道这
些你都不怕么?

倩　女　我怕！

魂　A　你就不怕他无人照顾病殃殃?不怕他耽误考举误亲事?不
怕他中途变心别娶么?

倩　女　我怕⋯⋯我怕！

魂　B　那就安分守己的等吧！

魂　A　等到张相府花轿过门么？

【魂 A 与魂 B 来回拉扯倩，左右为难

【音效：摇签声。

魂　B　不能走！

魂　A　快走！

魂　B　不能走！

魂　A　快走！

魂　B　你不要家了？不要孝了？

魂　A　你不要情了？不要爱了？

魂　B　你嫁王生可安心？

魂　A　你嫁京城意可愿？

魂　B　为富贵宁让世俗吞噬真情！

魂　A　为真爱冲破束缚枷锁！

倩　女　（不知所措）我……我该如何是好？

魂　AB　得失之间必选其一，人生路口，选选选！！！

倩　女　（唱）选、选、选以身相许连理人——

　　　　生我育我母亲恩，

　　　　一身两悬独自恨。

　　　　事到临头如麻缠心……

　　　　人生路口，选选选！

【倩女倒在床榻；

【伴唱起；

伴　唱　九鼎誓言同生死，

　　　　今生今世琴瑟共和弦。

【灯光:剪影中的倩魂 A、B 合为一体,倩魂从中走出。

【欢快音乐起,倩女魂为冲出房门而兴奋,追王文举而去……

【画外音:梅香:(惊呼)老夫人,不好了,小姐昏过去啦!

第三场　人魂诉请

【倩女魂追王文举的途中;

倩　魂　(唱)真情一点魂穿云峡——

　　　　　悄悄冥冥,潇潇洒洒,步出家门才识得广阔天下,

　　　　　处处姹紫嫣红争艳百花。

　　　　　万水千山都只在一时半霎,

　　　　　惊的那呀呀寒雁起平沙;

　　　　　一叶扁舟掩映在垂杨下,

　　　　　听长笛一声何处发?

　　　　【雨声;

　　　　　雨姐姐再不要为我泪儿轻洒,

　　　　　我如今好似那快乐的鸟儿展翅天涯。

　　　　　沙堤移步款款踏,

　　　　　秋草也自带霜滑;

　　　　　任苍苔露冷凌波袜,

　　　　　随细雨掠湿湘裙纱;

　　　　　江上鱼旋晚来如画,

自由天下碧玉无瑕；

雨飘风扬意萦肠挂，

心系王生同走天涯；

猛然间耳边有听马蹄声踏，

分明是昼夜思念心中的他！

【倩女魂急追下；

【王文举打马上；

王文举　（唱）：为赶考日夜兼程京城奔，

风啸更著雨飘零；

心中惦念倩女病，

在马上只觉颤抖冷似冰；

勒僵无力坐不稳——（跌落下马）

【压光；

【两度空间：演区1王文举、倩女魂；演区2倩女；

倩　　女　（唱）：看眼前落马之人是王生。

急切切忙搀扶懵懵懂懂，

睡梦沉沉眼难睁；

纵身死，难抛下，

相随形影——相随形影不离分；

拜求菩萨多保佑，

保佑他早日得中早回程；

不枉临别发誓愿，

今生共和鸾凤鸣。

倩女、倩魂　王郎……

【演区2压光；

【音乐入;

【演区1,光起;

【王文举病殃殃而坐;倩魂飘飘而上;

倩　魂　王郎……王郎……

王文举　小倩……(手紧握)真的是你吗?

倩　魂　是我,你好些了吗?……

【王生感动的点头,相拥;

王文举　我梦见你病了,可是……

倩　魂　梅香都告诉我了,你让我的心好温暖!

【二人不尽情意绵绵……

倩　魂　王郎,把这药吃了吧(端药给王)

王文举　(欲吃药,灵机一动)手无力呀!

倩　魂　(害羞,喂药)苦吗?

王文举　好甜呀!

倩　魂　病可好些了?

王文举　无事了!

倩　魂　那就……你自己吃吧!(偷笑,咳嗽)

王文举　小倩,你怎么样了? 真是同病相怜啊(喂倩女魂药)苦吗?

倩　魂　沁人心脾……

【演区1两人含情脉脉;

【演区2光渐起;

倩　女　沁人心脾……

王文举　高兴的忘问小姐,是车儿来,还是马儿来?

倩　魂　你猜!

王文举　看你风尘仆仆定是马儿。

161

倩　魂　我是徒步一径的赶将你来!

　　　　　（唱）徒步赶来筋力疲乏，

　　　　　　　　不顾山陡路带滑，

　　　　　　　　汗溶溶琼珠莹脸挂，

　　　　　　　　蓬松松云鬟乱堆鸦。

倩　女　（接唱）薄命女只为伊牵挂，

　　　　　　　　有何人服侍你远赴京华?

　　　　　　　　我为你情愿抱病离绣榻，

倩　魂　（接唱）我为你打破牢笼和锁枷。

王文举　可岳母大人许了亲事，待小生得官，回来谐两姓之好。小姐
　　　　今私自赶来，岳母大人定要责骂。古人云:"聘则为妻,奔则
　　　　为妾。"张扬出去,闲言碎语道我们有玷风化呀!

倩女、倩魂　（同唱）你、你、说什么闲言碎语玷风化!

倩　女　（唱）倩女立誓心无暇;

　　　　　　　常言道既然做着便不怕,

　　　　　　　我视那闲言碎语似落絮飞花;

　　　　　　　我宁愿背离古训担负罪名比天大,

　　　　　　　也不愿春光付铅华。

倩　魂　（唱）娘再严厉也不怕,

　　　　　　　我凝睇双目不归家;

　　　　　　　追随心上人到天涯。

倩女、倩魂　（同唱）

　　　　　　　还有个心思一点难抛下……

倩　魂　（唱）我只怕……

王文举　怕什么?

162

倩　魂　（唱）到京城谁不恋奢华？

　　　　　　　一旦高中媒人拦住马，

　　　　　　　佳人待嫁公侯豪门帝王家。

倩　女　（唱）蝶儿远飞不念花落泥尘下，

　　　　　　　你若是跃龙门，播海涯，占鳌头、登上甲，做娇客，自
　　　　　　　矜夸，

　　　　　　　可还想飞到寻常百姓家？

王文举　小生岂是负义之人，一举及第，心中只有小姐！只恐落榜不
　　　　中……

倩　魂　（唱）你若是闷闷沉沉落三甲，

　　　　　　　我为你吟唱消愁抱琵琶；

倩　女　（唱）他若似贾谊长沙困，

　　　　　　　我敢效孟光奉贤达。

倩　魂　（唱）哪怕云笼雾鬓挂，

　　　　　　　哪怕双眉淡扫似残霞！

倩女、倩魂　（同唱）

　　　　　　　结同心——结同心举案齐眉傍书榻，

　　　　　　　一任粗粝淡泊生涯；

　　　　　　　卸钗环、穿布麻，学一个沽酒文君服侍汉司马，

　　　　　　　休想我半点星儿心意差。

　　　　　　　同心相爱比天大，

　　　　　　　愿同甘苦胜仙家。

王文举　好哇！

　　　　（唱）一番话好似那月明直下，

　　　　　　　照得我心中放光华；

发下的誓愿无虚假，

只怕是流言蜚语把情真杀；

愿秋风尽鼓云帆挂，

化春光付与这一树铅华。

　　【倩女、倩魂同时奔向王文举；

倩女、倩魂　王郎！

王文举　倩女！

　　【倩魂与王生相拥。倩女一人卧床榻。

　　【压光。

第四场　母女亲情

　　【张府前堂；

　　【低沉的埙乐低声传来。梅香煎药，李氏忧伤疲惫坐在椅
　　子上；

李　氏　如今是何时节了？

梅　香　如今又过了梨花暮雨寒食。

李　氏　哦……眼见半载有余了，倩儿的病不但未见好转，反而越发
　　严重了！这药……

梅　香　老夫人，解铃还须系铃人啊！

李　氏　哎！我何尝不知倩儿的心中在想什么啊！她还年轻，看不
　　到日后漫长之路啊！男女之间的情爱只是一时冲动，岁月
　　流长什么卿卿我我都淡如水了，生活得好才是实实在在呀！

哪个愿意把自家的女儿赋予给渺茫之人,谁不愿儿女有个好的归宿呀……

【画外音:

倩　女　(幕内吟唱)今生今世琴瑟共和……

李　氏　(听见倩女传来的声音)女儿不解为娘的心……不解啊!

梅　香　老夫人……我虽不懂得大道理,但我知道世间真情最可贵!就算王公子没能考取功名,只要小姐愿意,那不就是好吗?两人好,以后的日子才能好啊!好……好……好不就是善吗?!您念佛的时候不是常说:善哉善哉!不就是好啊好啊吗?

【画外音:

倩　女　(幕内吟唱)人生风雨路,携手走前程!

梅　香　(听)老夫人,难道您真的不知小姐的病根从何而起的吗?您忍心看着小姐为相思枯肠不害饥,苦恹恹一肚皮吗?您忍心让这个家变得冷冷清清吗?

李　氏　(唱)小小丫头话语似利箭,

　　　　　　句句把我心刺穿;

　　　　　　为女儿婚姻事机关尽算,

　　　　　　只盼富贵相伴一生安;

　　　　　　眼看着她半年来千死万休憔悴竭损病殃殃,

　　　　　　名医束手我泪也干,

　　　　　　难道是允婚相府、驱赶王生……留下了无头积怨——

梅　香　老夫人,药煎好了!

李　氏　药苦,你给小姐去拿一些糖来!

【梅香下,李氏缓缓向倩女闺房走去;

李　氏　哎！儿不解为娘的心呐,不解啊!（下）

　　　　【光起:倩女闺房阴郁,空中垂诗,错落有序;

　　　　【倩女恍恍惚惚持签筒上。李氏上;

倩　女　王郎回来呀,王郎回来呀,菩萨保佑……

　　　　（唱）:他、他、他月内必归上上签!

　　　　（白）上上签,上上签! 哈哈哈……

李　氏　儿啊,你这是怎么样了? 快吃药吧!（倩女扔药)儿啊! 儿
　　　　啊……

倩　女　他中了,他中了。

李　氏　莫要胡言乱语。

倩　女　（唱）分明一张陌生脸!

李　氏　儿啊,仔细看看,我是娘啊（哭泣)

倩　女　（唱）你骗菩萨、骗小倩、骗天、骗地尽谎言;（欢快的音乐响起)

　　　　　　猛然听得鼓乐声喧,

　　　　　　想必是王郎荣归做高官。

李　氏　儿啊,这是做些什么?

倩　女　（激动地抓住母亲的手)王郎,终于等到你回来了,一路辛
　　　　苦,得官了吗? (等李的回答)快说呀! 快说呀! 你倒是快
　　　　些说呀!

　　　　【李氏无奈的点点头。

倩　女　这下母亲无有话讲了! (抱母亲)

　　　　（唱）抱住王郎心抖颤,

　　　　　　此刻难止泪涟涟;

　　　　　　怕你不中羞归转,

　　　　　　怕你得官背誓言;

166

怕你归来遭婚变，

怕只怕亲娘心狠，

嫁女京城、从此错过、

错过这相知相爱三生缘！

倩　女　（敲打大门大喊）母亲开门！哥哥回来了！母亲开门啊……

李　氏　儿啊，你仔细看看，我是娘啊！

倩　女　母亲，女儿不嫁京城。

李　氏　儿啊，儿啊，你仔细看看，我是娘啊！

倩　女　王郎，母亲她就要来了，我们快快把它收起来吧！（藏诗）

　　　　【伴唱声起；

伴　唱　爱是难割难舍的挂念，

李　氏　（抚摸倩写的诗，念）爱是难割难舍的挂念

伴　唱　爱是难割难舍的挂念，

　　　　爱是无悔付出也心甘；

　　　　爱是不离不弃的相守，

　　　　是爱与被爱的心弦。

　　　　【倩女，扯下空中吊挂的诗舞起；

李　氏　（唱）青墨涩笔满纸泪，

　　　　　　病中痴情亦相随；

　　　　　　只说女大嫁富贵，

　　　　　　真情无价富贵堂皇换不回；

　　　　　　心爱女不知女扪心自问心自愧，

　　　　　　锁门墙门墙反隔母女情堪悲。

倩　女　王郎……

李　氏　儿啊……仔细看看，我是娘啊！

倩　女　王郎……

李　氏　是娘啊！儿啊！

倩　女　母亲！（清醒）

李　氏　（沉默）孩儿，（拿梳子给倩女梳头）让娘为儿梳头吧……
　　　　儿啊！

李　氏　（唱）清早起来——

倩　女　（唱）——娘梳头，

李　氏　（唱）眼见细发如瀑流，
　　　　　　　但愿青丝长清秀；

倩　女　（唱）额添新皱白发稠。

倩　女　母亲，你的白发又添了许多……原谅女儿不孝！求母亲，将
　　　　京城的婚事退了吧。富贵无情人有情，情缘相依是婚姻，恩
　　　　准我与哥哥在一起吧！这才是女儿的归宿啊！哥哥的人品
　　　　母亲是知道的，即使贫穷受苦，女儿此生也绝对不后悔！母
　　　　亲，原谅女儿不孝！

李　氏　儿啊，可那王生去了，无音信寄来！

倩　女　（唱）我与他有一片蓝天的朗朗，
　　　　　　　我与他有默念等待的心窗；
　　　　　　　我与他有聆听彼此的寂寞，
　　　　　　　我与他结伉俪更会孝敬亲娘。

李　氏　（点点头）儿啊，娘只希望你快快好起来；娘不奢求什么，都
　　　　依你啊，娘的心中有愧啊！

倩　女　母亲……

李　氏　儿啊，你将心结打开，金银财宝退京城，一生姻缘遂儿的心！
　　　　梅香，把大门打开！

【音效：大门启开重重声；

【灯光：阳光普照；

李　氏　孩儿，娘伴你等王生回来，亲手给你穿上这嫁衣！（下场）

【倩女给娘深深的一拜，迈出大门；

【音效：鸟语花香；

倩　女　（清唱）处处姹紫嫣红，

　　　　　　　　又见争艳百花！

【压光。

第五场　喜情悲情

【张府门前；

【幕起，张千上；

张　千　闪开，闪开，我的马勒不住了！

　　　　（数板）我做书童实在是棒，

　　　　　　　　公差干事的能力强；

　　　　　　　　一天走了三百里，

　　　　　　　　晚上睁眼还没下炕；

　　　　　　　　我家王相公才学广，

　　　　　　　　一举考中了状元郎；

　　　　　　　　如今封官衡州府判，

　　　　　　　　他要协同夫人衣锦还乡，

　　　　　　　　命我先来下书信，

我快马加鞭——跑得我是汗流浃背、浃背汗流，

我是晕头转向，我是晕头转向。

（白）哪儿是张家宅子呀，八成这里就是。待我敲门询问询问！

【梅香正准备出门，张千往里敲门，两人恰好相撞；

张　千　好一个聪明端庄的小丫头，

梅　香　好一个莽撞清秀的少年郎；

张　千　心乱如麻小鹿乱撞，

梅　香　心里怦怦直撞墙；

张　千　我心翻滚，

梅　香　我脸发烫；

二人合　好似中邪一般全身僵，

　　　　待我上前来问上一问——

张　千　我说……

梅　香　我说……

梅　香　我说这，哪里来的莽撞鬼、鬼莽撞！你是什么人？

张　千　姐姐，在下张千，敢问这里是张家府上吗？

梅　香　这里……待我逗他一逗，你向前走百尺，停，向后转，再走百尺便是了。

张　千　向前走百尺，再向后走百尺——

梅　香　停，这就是了。

【张千按照梅香指示走又回到原地；

张　千　哎哟姐姐，你拿我寻开心嘛。

梅　香　（笑）呵呵……好了，好了，说正格的，这就是张家府。你刚才说你奉了你家老爷之命，敢问你家老爷是谁呀？

张　千　俺家老爷乃当今状元王文举!

梅　香　哦!王公子?!你是王公子的差人,王公子真的中举了?!

张　千　王相公官封衡州府判,就要前来上任啦!命我骑快马,送书
　　　　信,报给家里知道。

梅　香　哎哟,瞧我这儿晕头晕脑儿的,快把这喜信儿禀告小姐知
　　　　道吧。

　　　　【梅香至倩女闺房;

梅　香　小姐、小姐,告诉你个大喜事。

倩　女　梅香,到底是什么喜事啊?

梅　香　王公子得了官了!得了官了!

倩　女　你又来骗我。

梅　香　小姐,这回可是真的,王公子已派差人寄家书前来啦!

倩　女　他在哪里?

梅　香　呦?我怎么把他给忘啦?那人就在门外呢!

倩　女　快快有请!

梅　香　是啦!

　　　　【梅香出屋,倩女整鬟;梅香拉张千进门;张千见了倩女受
　　　　惊吓。

张　千　啊!眼前这位夫人,怎与我家家夫人生的一模一样,简直就
　　　　是一个人!

倩　女　你是何人?

梅　香　嘿!我们小姐问你话呢!

张　千　喔,在下张千,京师王文举老爷差我前来下书。

倩　女　王文举?

张　千　我家老爷,官封衡州府判!

171

梅 香	到咱们衡州做官啦!
倩 女	他、他人在何处?
张 千	命我前来送信,老爷随后就到!
梅 香	哎哟,你的书信呢?
张 千	在这里!(递书信)
倩 女	梅香,快将书信呈上来!
梅 香	是!

【欢快的音乐起。

【梅香拿信逗倩女。倩女抢信并拆信。

倩 女	果然是王生的亲笔字迹。(念信)"寓都下小婿王文举拜上尊慈座前……"是写与母亲的。
梅 香	您先看,一会儿再送给老夫人。
倩 女	"自到阙下,一举状元及第,今授官衡州府判……"(惊,信掉地)
梅 香	小姐,您这是怎么了? 这信上到底写了什么呀(捡信)张千,你快给我念念。
张 千	"自到阙下,一举状元及第,今授官衡州府判,文举夫妻一同回家。万望尊慈垂照,不宣。"
倩 女	你家老爷他,他,他有了夫人了吗?
张 千	是啊,我家老爷有了夫人,还彼此形影不离哪!
倩 女	哎呀!

【倩女气晕。

| 梅 香 | 哎呀,小姐,小姐!(转向张千)都是你这臭寄信的,还不给我出去! 出去! |

【梅香将张千轰出门外。张千下场;

梅　香　小姐！

倩　女　（唱）百年情只落得长吁气！

【倩女醒，两眼直瞪瞪看着梅香。

梅　香　小姐，小姐您这是怎么啦？不好啦，不好啦！（下）

倩　女　（接唱）只道是春心满纸墨淋漓，

　　　　　　　　却原来比休书多了个封皮，

　　　　　　　　气的我泪如泉涌流不尽，

　　　　　　　　魂逐东风吹不回。

【在激烈的音乐中撕信；

倩　女　（接唱）痴情空守三百日，

　　　　　　　　空留下词翰联句做成了断肠集；

　　　　　　　　只怕他考场折翅堕春闱，

　　　　　　　　只怕娘冰绡剪破鸳鸯离；

　　　　　　　　可叹我半载为他染沉疴，

　　　　　　　　可叹我整日无心扫黛眉；

　　　　　　　　可叹我盼红妆驾彩舆，

　　　　　　　　可叹我日等夜等竟等他另接丝鞭娶了新妻；

　　　　　　　　真个是秀才乍富心肠黑，

　　　　　　　　情逐寒风吹不归；

　　　　　　　　不闻琴边知音语，

　　　　　　　　着床鬼病再难医；

　　　　　　　　梦已成空爱梦毕，

　　　　　　　　难道说此生甘做了山间滚磨旗。

　　　　　　　　恍恍惚惚只觉得三魂七魄全归去……

【倩女不支，李氏、梅香上

倩　女　（唱）春哪春……怎奈匆匆去得急！

李　氏　儿啊……！

梅　香　小姐！

　　　　【收光。

第六场　合魂真情

　　　　【路上；

　　　　【光起；

王文举　（内白）前面就是折柳亭，夫人，你我下马而行！

　　　　【王生上场；

王文举　（唱）归途花簇撩人兴，

　　　　　　　绿杨红杏更留情；

　　　　　　　夫人她脚步踟蹰心不定，

　　　　（白）夫人，快些来啊！

　　　　【倩魂上场；

倩　魂　（唱）没来由愁绪眉头生……

王文举　夫人，前面就是折柳亭了！你看：

　　　　（唱）一攒攒绿杨红杏，一双双紫燕黄莺。

倩　魂　（唱）当初时节柳亭双双誓盟，就好似一对蜂一对蝶、各相
　　　　比并。

王文举　（唱）母亲教咱做妹妹哥哥怎答应？

倩　魂　（唱）为真爱也只好丢弃身躯离魂。

174

二人同　　（唱）如今归来，路旁排列红芳径，教俺美夫妻富贵还乡井。

　　　　　好一似水上鸳鸯，恣愡愡腾永交颈。

　　　　　【张千急忙跑上；

张　千　　老爷，夫人，大事不好啦！

王文举　　何事惊慌？

张　千　　我送信到张府，送给了和夫人长得一模一样的夫人，和夫人

　　　　　长得一模一样的夫人听老爷得官，问我老爷是不是有了夫

　　　　　人？我说老爷有了夫人，那个和夫人长得一模一样的夫人

　　　　　一听大怒，大骂老爷和夫人，那个和夫人长得一模一样的夫

　　　　　人她，她……

倩　魂　　她便怎样？

张　千　　她一跺脚……

倩　魂　　她怎么样啊？

张　千　　她就死啦！

倩　魂　　哎呀！

　　　　　【倩魂晕倒。王文举忙搀扶；

王文举　　夫人，夫人！夫人醒来。

倩　魂　　（唱）突兀里只觉得揪心痛，

王文举　　夫人你怎么样了？

倩　魂　　张千，快去张府照看老夫人！

张　千　　是！（下场）

　　　　　【倩魂支撑不住，王文举急扶；

倩　魂　　王郎……到家了吗？

王文举　　（点头）你看，前面就是家了，你不是日夜盼望回家么……

倩　魂　　回家么……王郎，如今为妻生死……生死难定……王郎，这

就是折柳亭吗?

王文举　正是。

倩　魂　我自在这折柳亭以身相许,一年来相亲相爱,尝尽了人间情
　　　　爱,纵然一死,心也甜。只是一年来未曾在母亲膝下尽孝,
　　　　为妻愧疚于心,王郎……你要好好地替我照看母亲……母
　　　　亲,恕孩儿不孝!

倩　魂　(唱)体若去魂难归再无此生。

王文举　夫人,夫人。

　　　　【倩魂昏厥,倒下。

王文举　(唱)一腔唱尽沧桑事,

　　　　　　　不离不弃生死情!

　　　　【魂 A、B 缓缓而出,抚过倩魂,将她带走。王生见倩魂起
　　　　　身,紧追却抓不到,魂 A、B 将倩魂带进大门;

伴　唱　蓦见门庭,倩女亡音惊折了魂灵,

　　　　魂灵儿牵连着女儿身;

　　　　猛冲开青锁大门,冲开大门!

　　　　红双烛合并,

　　　　再不做孤灯。

　　　　【王生绝望之时,李氏、张千上。

李　氏　王生,你害死我的女儿,我打死你。

张　千　老夫人,使不得! 使不得! 他可是状元公啊!

王文举　岳母大人哪,一年前小生赴考之日,风寒缠身病体沉重,行
　　　　在折柳亭跌下马来,人事不省;那时小姐她,不顾闲言碎
　　　　语,背负着天大罪名将我救醒,煎汤喂药一路扶持,才得赶
　　　　到京城。眼见考期将近,小生夜读,小姐秉烛,通宵达旦,

小姐不弃贫寒,典钗环、卖玉钏、亲下厨、事炊烟、无微不至,呵护冷暖。无有小姐,哪有小生题名金榜;无有小姐,哪有小生衣锦还乡。在京时节,她无时无刻思念老母,一心只想侍奉膝下,回家赔罪……不想归途之中,将至家门突然离我而去,此刻我心如针扎一般千疮百孔。母亲大人,要打就责打文举吧,我代倩儿向母亲请罪,我代倩儿终身服侍母亲。

梅　香　老夫人,老夫人! 小姐她,她醒啦!

　　　　【音响:霹雳声;雨声。

　　　　【切光;烟雾;倩女、倩魂、魂 A、魂 B 四人在屏风后出现,四人同舞,合魂

伴　唱　三生幽梦醒,

　　　　魂见自身,

　　　　身见魂影,

　　　　止不住泪盈盈;

　　　　都只为自由性,

　　　　又不忍娘伤心;

　　　　更难舍难弃心中爱,

　　　　冥冥中灵犀一点潜相引;

　　　　愿天下再莫生倩女离魂、倩女离魂。

　　　　【四人合魂。倩女从屏风后走出。台口降下纱幕。

王文举　倩女……!

伴　唱

　　　　爱是不离不弃的相守,

　　　　爱是爱与被爱的心弦。

【梅香与张千分别拿出嫁衣与绣球。李氏上。倩女与王生穿着婚衣准备拜堂。

【纱幕印出：调素琴王生写恨，迷青锁倩女离魂。

【剧终。

昆剧

南柯记
（原著：【明】汤显祖）

剧本改编　陈　俊
指导老师　宋　捷　卢秋燕

上海戏剧学院戏曲导演专业 10 届毕业剧目

2009 年 10 月 18 日

时　间：唐贞元七年。

地　点：扬州。

人　物：淳于棼：(老生)东平游侠，精通武艺，出场时年约20，狂放不羁、桀骜不驯。

瑶芳公主：(青衣)槐安国公主，年约18，贤淑大方、美丽动人。

周　弁：(花脸)淳于棼好友，年约30，体态魁梧、性格豪爽。

田子华：(老生)淳于棼好友，年约28，温静沉着、举止端庄。

山鹞儿：(丑)淳于棼书童，年约15，活泼、可爱。

槐安王：(花脸)槐安国国王，年约45，虽爱民如子，但喜怒无常。

段　功：(老生)右丞相，槐安国右丞相，年约50，狡猾机警，善溜须拍马。

琼　英：(花旦)槐安国郡主，年约19，美丽大方，处事老成。

灵芝夫人：(青衣)槐安国命妇，年约25，老成、泼辣。

上真道姑：(花衫)槐安国命妇，年约22，年轻守寡、春情难耐。

皇　孙：(娃娃生)淳于棼之子，年约15，桀骜不驯。

贼太子：(花脸)檀萝国三太子，出场时年约30，贪图美色。

龙套若干。

(补充：山鹞儿、皇孙由一人扮演。)

序

【舞台后侧沿幕成放射性装置，纱幕背后、定点光下放着道具，舞台一到幕处吊有一块软景片，上书"春梦无心只似云，一灵今用戒香熏。不须看尽鱼龙戏，浮世纷纷蚁子群。"

【暮秋时节落叶缤纷,甘露禅寺佛乐飘飘,一派庄严肃穆的
景象;

【琼英、上真、灵芝三人寻找淳于棼上;

灵　芝　琼英,那个少年郎人呢?

琼　英　灵芝嫂、上真姐你我分头寻找。

【琼英、上真、灵芝寻下;

【淳于棼从台中慢慢走上高台,跪下

淳于棼　(吟唱)紫骝嘶入落花去。

　　　　　　　　　　东风吹梦几时醒。

　　　　　(念)小生淳于棼,扬州东平人氏;今当二十岁上,却是名不
　　　　　　成,婚不就;曾任淮南裨将,却因偶然使酒,失了主帅之
　　　　　　心,只得弃官,成落魄之象;愁情一片,今日前来问禅。

　　　　　(向前跪拜)敢问禅师如何是根本烦恼?

画外音　秋槐落尽空宫里,凝碧池边奏管弦。

淳于棼　如何是随缘烦恼?

画外音　双翅一开千万里,止因栖隐恋乔柯。

淳于棼　如何、如何能破除这烦恼?

画外音　惟有梦魂南去日,故乡山水路依稀。

淳于棼　(若有所思地)惟有梦魂南去日,故乡山水路依稀。

　　　　　【琼英发现淳于棼并冲上前去,二女随后,淳于棼与三女表
　　　　　现初遇;

　　　　　【淳于棼被三位仙女般的美貌所吸引,却疑惑她们从何而来;

淳于棼　呀!

　　　　　(唱)眼前蝶影彩霞,

琼　英　(唱)气宇轩昂;

181

灵　芝　（唱）英姿挺拔；

上　真　（唱）超凡儒雅。

淳于棼　（唱）世间有此天仙乎，

三　人　（唱）槐安国无此少年也。

　　　　　　对、对、对，寻觅的有情人儿，

　　　　　　为公主选驸马，就是他。

　　【在音乐和中琼英、上真仙子、灵芝夫人三人如狼似虎盯着
　　淳于棼。淳于棼莫名惊慌，躲闪之中，琼英将一条汗巾抛向
　　淳于棼。淳于棼接住汗巾。三人相互微笑示意渐渐隐去。
　　淳于棼持汗巾寻找三女不得，疑惑；

　　【渐渐收光。

第一场

　　【淳于棼手持汗巾，似有所悟，为汗巾颜色、香气吸引；

　　【远处钟声响起，惊醒淳于棼；

淳于棼　秋槐？秋槐落尽空宫里……

　　【山鹧儿持酒上；

山鹧儿　少爷，您看，今儿个这蚂蚁要把您围起来啦！

淳于棼　山鹧儿，你看这些蚁儿倒也有情有趣呀。蚁儿（问蚂蚁）你
　　　　们可解"秋槐落尽空宫里"？

　　【淳于棼喝酒；

山鹧儿　（以为淳于棼问他，接话）秋槐落尽空宫里，秋槐……不就是

咱家庭前的古槐树吗,枝干广长,清荫数亩。这"落尽空宫里"我可想不出来。(看到淳于棼凝视古槐树)我说少爷,您从盂兰法会回来,干嘛一直在这发呆呀?

淳于棼　唉,山鹧儿看酒过来。(山鹧儿倒酒)未解禅语望槐庭,这虫虫蚁蚁似关情。(饮酒)

山鹧儿　少爷,这酒是好东西,可也坏事。您忘了这淮南将军是怎么丢的了?

淳于棼　淮南将军么……山鹧儿,看剑过来!

【山鹧儿取剑上。淳于棼接过宝剑;

淳于棼　(唱)握龙泉,笑看显爵金印,

　　　　诉流年,叶叶秋声;

　　　　哪得展胸襟?

　　　　但酒千杯便留人。

【田子华、周弁争论着上;

周、田　(唱)早接家父书信,

　　　　辞兄踏归程。

淳于棼　原来是子华兄与周弁兄。

【周弁与淳于棼对视后迅速躲开淳于棼视线;

田子华　淳于兄,我二人辞别来了!

周　弁　你说,回家有什么好?

田子华　回家强似你扬州假逍遥!

淳于棼　二位仁兄,因何要还乡啊?

周　弁　淳于兄,都只怪我与子华兄那两位好管闲事的老爹,是与我二人谋了个职位,一再催促,我是实不想归。未曾想,这胆小鬼他听从父命,欣然接受,叫我实难咽下这妥协之气呀!

183

淳于棼　子华兄,你就甘于听从父命么?

田子华　唉!大丈夫能屈能伸。想淳于兄凭自身本领也曾挣得淮南
　　　　将军,虽一时使酒,失了主帅之心,弃官落魄,然家中世代为
　　　　官,凭令尊的一点人脉,日后谋得一官半职,不在话下。我
　　　　与周弁兄弟独处扬州无有门路,何日才有出头之日?

周　弁　你个胆小鬼,又扯上淳于兄作甚?

田子华　我何曾扯上淳于兄?

淳于棼　二位仁兄,弟兄情深莫要争吵。敢问二位仁兄,可还记得当
　　　　初你我的誓言?

周　弁　就在这大槐树下。

田子华　就在这大槐树下……

周　弁　不靠爹。

田子华　不靠娘。

淳于棼　不挣仕途,誓不还乡!

田子华　志向与世道总是相违背呀!

淳于棼　(悲愤地感慨)二位仁兄!

　　　　(唱)十八般武艺,吾家有。

　　　　　　上司冷淡难消受,

　　　　　　一官半职懒踟蹰。

　　　　　　人生只合醉扬州。

　　　　　　实难受,家父安排锁自由。

　　　　　　可曾想,男儿有志冲牛斗。

　　　　　　恨天涯,摇落三杯酒,

　　　　　　叹英雄,握龙泉泪洒荒丘。

周　弁　(唱)俺可也落拓江湖载酒游,

184

　　　　　　　谁愿听家中父母絮絮叨叨、叨叨絮絮道不休。

田子华　　（唱）千里马常在，伯乐难求。

　　　　　　　细思忖，回乡谋职胜过借酒消愁；遵父命，百事孝当头。

淳于棼　　（神情凝重）是啊，这百事孝当头……

周　弁　　（无奈）唉！父命难违啊……想我周弁无颜以对曾经誓言
　　　　　　了……

　　　　【周弁走到酒桌前喝下一碗酒；

淳于棼　　寥落酒醒人散后，哪堪秋色到槐庭！

周　弁　　（伤感地）淳于兄切莫悲伤。你我弟兄俱是英雄儿郎，靠自
　　　　　　身打拼。淳于兄今后定能名垂青史！干！（饮酒）

田子华　　二位仁兄吃醉了……要知道阳光总在风雨后……

淳于棼　　（望天边，失落地）可惜红日它西沉了……

田子华　　天色不早，我们告辞了。

淳于棼　　子华兄，一路之上你要多多地保重啊。

周　弁　　淳于兄！

淳于棼　　周弁兄，将这口宝剑儿带着，莫要忘了弟兄情意啊。

周　弁　　多谢淳于兄。

淳于棼　　（唱）送将归暮秋，送将归暮秋。

　　　　　　　猛然间泪流。

　　　　　　　却为甚携手相看，两意悠悠。

　　　　【田子华、周弁下；

　　　　（白）你二人去了呵——

　　　　（唱）我待要每日间睡昏昏长则是酒。

　　　　【淳于棼依靠大槐树入睡。顿时香烟渺渺，众蚁兵摆开
　　　　队列；

淳于棼 （惊醒）你们是甚等样人啊？

众蚁兵 槐安国国人恭请驸马爷起驾！

三　人 驸马！

淳于棼 （看清楚地）哦，原来是那日见过的三位天仙姐姐。

琼　英 奴家槐安国琼英郡主，

灵　芝 灵芝国嫂，

上　真 上真仙姑，

三　人 今日特来为我国公主招选驸马！

淳于棼 敢是招选小生吗？

三　人 除了尊驾并无他人！

淳于棼 此事从何说起呀？

灵　芝 驸马爷，公主的汗巾不是早已系于你的腰间了吗？

淳于棼 这……（看汗巾，略有所思）原来如此！公主现在何处啊？

琼　英 公主尚在宫中，我等乃是接驾之人。

淳于棼 （沉吟、迟疑）小生我，不去了。

灵　芝 如此美事，你为何不去啊？

淳于棼 哎呀姐姐，如此的美事怎会落在小生的头上？想那公主定然奇丑无比，小生才捡了这个驸马。我是不去的！不去的呀！

上　真 驸马爷不必多虑，瑶芳公主貌若天仙，我等不及公主之美貌。

淳于棼 哦？有这样的美事？我不会是在做梦吧？

琼　英 即便是梦，也是美梦。

上、灵 请驸马回朝。

琼　英 摆驾。

　　　　（唱）俺红袖搀扶伊，

186

　　　　　　驾车白牛当步趋。

淳于棼　往哪里去。

琼　英　(唱)向古槐树穴下而去。

淳于棼　怎生去得？

灵　芝　(唱)古槐穴,国所居,若迟疑,但前驱。

淳于棼　姐姐,这槐安小穴之中,焉有国都乎？

上　真　(唱)汉朝有个窦广国。他国土广大,也只在窦儿里。

琼　英　(唱)又有个孔安国。他国土安顿,也只在孔儿里。

三人合　(唱)槐穴中怎生无国土。

　　　　　　古槐穴,国所居,莫迟疑,但前去。

　　【琼英、上真、灵芝、淳于棼驱车同下。

第二场

　　【在盘根错节中形成的地下蝼蚁王国;

　　【田子华、周弁着官服上;

二　人　(唱原本【点绛唇】)

　　　　古洞今朝,一般笼罩。

　　　　山河小,钟隐鸣稍,绿满宫槐道。

田子华　不向天台向下方,

周　弁　未曾回家到他乡。

周　弁　哈哈……子华兄,先前只说伯乐难求,未曾想,今日你我弟
　　　　兄在这槐安国身着紫袍。

田子华　是啊,你我弟兄能有今日,这都沾了淳于兄的光啊。

周　弁　你我二人若无有这真的本领,那槐安王焉能找到你我弟
　　　　　兄呢?

田子华　唉!淳于兄若未被招为驸马,焉有你我弟兄至此啊?

　　　　　【内呼:"右丞相迎接驸马到!"】

田子华　右丞相亲自迎接淳于兄来了……

周　弁　好大的面子呀!

田子华　你我弟兄快快迎上前去!

周　弁　请!(二人下)

　　　　　【右丞相引淳于棼上;】

右丞相　驸马,请!

淳于棼　(唱原本【绛都春序】)

　　　　　槐阴洞小,怎千门万户,九市三条。

右丞相　驸马,看金殿之上香烟缭绕之中,乃是吾王端严容貌。这金
　　　　　瓜玉斧好不威风也。

淳于棼　哎呀呀,是啊。

　　　　　【田子华、周弁上;】

田子华　迎接驸马爷!

周　弁　迎接驸马爷!

淳于棼　周弁兄、子华兄,二兄因何至此啊?

田子华　愚兄如今在此为官啊。

周　弁　那槐安王也赏识我的武艺,命我充当这司隶之职。

淳于棼　三人同到大槐安,弟兄相遇,真是可喜可贺啊哈哈……

右丞相　圣上久候了,驸马请!

淳于棼　请!

（唱）一同拜舞，丹墀下扬尘舞蹈。

【众人下。

【内呼："大槐安国主，驾升金銮！"

【大槐国金殿；

【钟鼓齐鸣，众蚁兵开道；

蚁　王　（唱原本【点绛唇】）

素锦雪袍，朱华玉导。

红云晓。槐殿里根苗，也引的红鸾到。

【右丞相、田子华、周弁上，参拜。淳于棼跟上。

淳于棼　前淮南军裨将，东平淳于棼见驾。

蚁　王　驸马听旨：寡人有女金枝公主瑶芳，与驸马前世的姻缘，奉旨金殿成婚。

淳于棼　谢千岁。（起）

【蚁王示意；

右丞相　请公主上殿！

【三女搀扶瑶芳上；

右丞相　吉时已到，公主大婚合礼！

众　人　（唱原本【前腔】）

彩楼傧相，不向天台向下方。

金枝公主字瑶芳，

得尚淳于一老郎。

帽儿光光，风流这场。

【乐声中淳于棼、瑶芳拜天地；

右丞相　送二位新人入洞房。

【众人隐去。光渐收。只剩琼英、灵芝、上真、瑶芳；

三　人　淳于郎。

淳于棼　姐姐。

琼　英　淳于郎今日好像胖了些。

上　真　瘦了些。

灵　芝　是胖是瘦我上前摸摸便知。

　　　　【三人摸淳于棼。淳于棼害羞躲避；

琼　英　淳于郎粗中有细。

上　真　还是细中有粗。

灵　芝　好一个赤嘟当五寸长牛鼻子。

淳于棼　哎呀,姐姐,饶了小生吧。

瑶　芳　三位姐姐饶了他吧。

　　　　【琼英、上真、灵芝三人隐下；

淳于棼　(唱原本【锦堂月】)

　　　　帽插金蝉,钗簪宝凤,英雄配合婵娟。

　　　　点染宫袍,翠拂画眉轻线。

瑶　芳　(唱【前腔】)

　　　　羞言。他将种情坚。我瑶芳岁浅。

　　　　教人怎的支缠。院宇修仪,试学寿阳妆面。

淳、瑶　(合)拈金盏。看绿蚁香浮。这翠槐宫院。

淳、瑶　(合原本【侥侥令】)

　　　　淳于沾醉晚,灭烛且留残。

　　　　试取新红粗如人世显。

　　　　浑似遇仙还,云雨间。

　　　　尽今宵略把红鸾蘸。

　　　　(白)五鼓谢恩了。

（接唱）蚤画蛾眉去鸳鹭班。

　　　　则怕你雨困云残新睡懒。

【淳于棼、瑶芳二人隐下。

【右丞相内呼："不好了——"上；

右丞相　（念）【扑灯蛾】

　　　　檀萝国发兵到南柯，

　　　　南柯郡无太守，眼见浪急风波！

　　　　狼烟起，军报快如梭，

　　　　望千岁择良将早做定夺。

　　　　【蚁王上；

蚁　王　哎呀！

　　　　朝廷中无良将心中忐忑，

　　　　急切中叫孤王如何定夺？

右丞相　臣犬子名段硕二十已过，

　　　　求千岁赐封号出征南柯。

蚁　王　哦，段硕。

　　　　【瑶芳牵淳于棼上；

瑶　芳　父王！想淳郎虽为驸马，实乃虚职。如今檀萝来犯，南柯才
　　　　乏，身为驸马，就该为父王分忧，救百姓于水火。

淳于棼　公主，你举荐小生，小生不是做了老婆官了么？

瑶　芳　做老婆官，有甚的辱没你淳家七代祖上么？

蚁　王　公主言之有理。

右丞相　千岁，想驸马爷与公主新婚燕尔，倘若出使南柯，只恐有负
　　　　佳期，望千岁仔细斟酌。

蚁　王　不知驸马可愿出征南柯？

淳于棼　臣，愿往。

蚁　王　解我燃眉，忠心可嘉。

淳于棼　臣有不情之请。

蚁　王　快快讲来。

淳于棼　处士臣田子华文才出众、司隶校尉周弁武艺超群，若能一同
　　　　前往，必定是旗开得胜。

蚁　王　恩准。传朕旨意：田子华出任南柯司农，周弁出任南柯司
　　　　宪，着当朝驸马出使南柯太守，公主随行，即日启程。

三　人　千岁、千岁、千千岁。

　　　　【周弁、田子华、淳于棼、瑶芳四人同下；

　　　　【右丞相气愤地望着远处。收光。

第三场

　　　　【字幕：二十年后；

　　　　【南柯郡清河乡风景如画；

众内唱　（原本【孝白歌】）

　　　　二十年南柯——

　　　　〔众父老捧香上唱〕

　　　　征徭薄，米谷多，官民易亲风景和。

　　　　〔众秀才捧香上唱〕

　　　　平税课，不起科，商人离家来安乐窝。

众同唱　你道俺捧灵香因甚么？因甚么？因甚么？

192

众同唱	风调雨顺国泰民安乐,民安乐!
田子华	诸位乡亲捧香为了何事?
壮　农	田司农,咱们驸马爷上任二十年来,仁政、德政、吏治把南柯郡治理得是官吏清廉,百姓安居乐业呀。
老　农	(叹气)唉!可惜公主因咱南柯郡天气湿热,是重病在身啊。身为子民不能为驸马爷分担忧愁。
田子华	是啊,下官也为此事担忧啊。
	【众议论起来;
壮　农	驸马爷功不可没,咱们为驸马公主修建瑶台避暑,怎么样?
众　人	好啊!
田子华	如此,有劳众位乡亲!
壮　农	乡亲们,咱们干起来!
老　农	干起来哟。
	【众乡亲隐去。
伴　唱	呵——绕境全低玉宇,
	当窗半落银河。
	【似隐瑶台;
	【淳于棼扶瑶芳上;
淳于棼	深情挽手入云波。
瑶　芳	无力提足病消磨。
淳于棼	唉,公主,都怪我忙于政务,公主你身染重病,淳于棼我是疏于照料。幸得百姓们爱戴,筑此瑶台,尽收堑江城的西北凉风。白玉砌裹,五门十二楼,真乃金屋人双美,瑶台月一轮。
瑶　芳	也是驸马造福于民,民心所向……(晕)
淳于棼	公主,你怎么样了?

瑶　芳　为妻有一事要向驸马道喜。

淳于棼　啊？我喜从何来啊？

瑶　芳　闻听父王要升任驸马为左丞相,不日就要回朝陪王伴驾。

淳于棼　是啊,我也略有耳闻。

瑶　芳　为妻有一言你要牢牢记下。

淳于棼　公主你请讲。

瑶　芳　朝中不比南柯郡,那右丞相看似恭顺,实为小人。父王虽识
　　　　英才,却是喜怒无常。为妻病体孱弱,早去之后……驸马你
　　　　只恐千难万难呀……

瑶　芳　廿载光阴一掷梭,已为人母病沉疴! 只是容颜凋零,愧对驸
　　　　马……

淳于棼　公主,你怎会有此不祥之念啊? 你的病体是就快痊愈的呀。
　　　　(唱)并鸾深,暖心窝;

　　　　　　　相偎情,驱霭壑。

　　　　　　　有甚的不朱颜笑呵?

瑶　芳　(唱)嫦娥,自在争多。

　　　　　　　养孩儿恁个,

　　　　　　　哪些儿不病过?

淳于棼　(唱)廿载韶光浅过,

　　　　　　　好一似淡写明抹。

瑶　芳　(唱)为驸马重弄婆娑,

　　　　　　　瑶台相依,整鬓新镜磨。

淳于棼　(唱)与公主相濡以沫,

　　　　　　　畅饮香糯沉醉在南柯。

淳于棼　来,取纸墨过来……

瑶　芳　驸马这是要做什么?

淳于棼　我要在这瑶台之上描绘你的容颜。

瑶　芳　如此,待为妻与你抚琴。

淳于棼　有劳公主。

　　　　【瑶芳抚琴,淳于棼画画;

淳于棼　(唱)花月夜,海山秋,

　　　　　　　月泻瑶台爱满楼。

　　　　　　　但求百年同携手,

　　　　　　　抛却心中点滴愁。

　　　　【皇孙上,从后面看画;

皇　孙　母亲,您看画得多漂亮。爹呀,这可比你天天对着我喋喋不
　　　　休强多了。

淳于棼　儿啊,你不在堙江城与周弁叔父镇守,到清河乡来做什么?

皇　孙　我来告诉您,这个左将我不干了。

瑶　芳　儿啊! 你父千辛万苦与你谋得的官职怎可轻易辞去?

淳于棼　是啊,如今檀萝国蠢蠢欲动,那堙江城……

皇　孙　那堙江城无聊得很,干嘛非要孩儿死守在那儿啊! 孩儿已
　　　　然长大成人,自己要去闯一番事业。孩儿告辞!

淳于棼　你!

　　　　【皇孙下;

瑶　芳　儿啊……

淳于棼　唉!

瑶　芳　孩儿还小,负一时之气,驸马不必动怒。

　　　　【蚁兵急上;

蚁　兵　报! 启禀太守,大事不好。

195

淳于棼　何事惊慌？

蚁　兵　檀萝国发兵堙江城。

淳于棼　哦？周司宪可曾挡住檀萝兵将？

蚁　兵　周司宪不知去向。

淳于棼　啊？速点人马，本太守亲自出征。

蚁　兵　得令！

【蚁兵急下；

瑶　芳　驸马一去，要留下这清河空城如何是好？

淳于棼　公主，想那檀萝兵正在南柯激战，一时间难到此地。我平了
　　　　战事速回清河。

【淳于棼急下。

【暗转；

【堙江城内；

【田子华急上，周弁酩酊大醉上；

田子华　周弁，檀萝国攻打我堙江城，你怎么在此吃得酩酊大醉啊？

周　弁　唉！去它的堙江城。我还要饮上它几杯。

田子华　如今兵临城下，十万火急，淳于兄已前往，你还吃的什么
　　　　酒来？

周　弁　哼！那淳于棼就要官升左丞相了，我们难道连酒都喝不得
　　　　了么？

田子华　你何出此言呢？

周　弁　右丞相派人与我的书信在此。

田子华　怎么，周弁兄与右丞相有书信来往？

周　弁　什么书信来往，乃是右丞相告知小弟，那淳于棼将治理南柯
　　　　之功，都归在他一人名下。

田子华　治理南柯,也有你我弟兄的功劳,怎么,他不曾提起过吗?

周　弁　右丞相终日陪王伴驾,难道还有假的不成?

田子华　此事日后再议。如今军情紧急,你身为守将还是快快前往。

周　弁　小弟不去!

田子华　快去!

　　　　【周弁醉下。田子华表情凝重的下;

　　　　【收光。

第四场

　　　　【紧接前场。清河乡瑶台;

　　　　【檀萝国太子领众蚁兵上;

贼太子　咱家太子出檀萝,

众蚁兵　檀萝,

贼太子　日夜寻思抢老婆,

众蚁兵　老婆。

贼太子　雄兵列队打南柯,

贼太子　声东击西到清河,

贼太子　瑶台公主有一个,

　　　　编桥渡过小银河。

　　　　(念)哈哈哈哈……某家略施小计,一半人马夺取堑江,一半
　　　　　　人马来枪老婆。巴图鲁,与我高声呐喊,将公主抢回
　　　　　　檀萝。

众蚁兵　(高呼)美人公主下瑶台,檀萝太子抢你来。

公　主　(唱)病患中,贼兵至心惊赫。

　　　　【众女兵引公主出城;

蚁兵甲　公主出来了?

贼太子　抢!

众蚁兵　是!公主果然美貌。

贼太子　抢!

瑶　芳　贼子,胆敢妄起兵戈侵我清河,是何理也?

贼太子　公主!看你面儿白白、腰儿细细、脸儿嫩嫩,我要把你抢回
　　　　檀萝做老婆。

瑶　芳　(唱)贼轻狂……无良将对阵没奈何。

　　　　　　强忍病痛银枪握……

　　　　【瑶芳与贼太子对打;

瑶　芳　(唱)四肢软天旋转地晃挪。

　　　　【贼太子击落公主银枪。贼太子沾沾自喜之时,淳于棼引大
　　　　军上;

　　　　【两军交战;

　　　　【贼太子被击败;

　　　　【贼太子引人马撤退。公主托病体出;

瑶　芳　驸马。

淳于棼　公主。

瑶　芳　驸马!(晕倒)

淳于棼　公主你怎么样了?

瑶　芳　为妻备受惊吓,只怕是难以挨过的了!

淳于棼　如今瑶台敌兵方退,堙江城是战乱连绵,我妻你怎能在此静

养?也罢,待为夫亲送你回京静养。

蚁　兵　报!禀报太守,埑江城告急!

淳于棼　啊?再探!

　　　　【蚁兵下;

瑶　芳　驸马!为妻病痛是小。如今边关告急,埑江城尚在危急之
　　　　中,你我岂能贪恋这儿女私情,弃南柯百姓不顾啊!

淳于棼　这个?公主你重病在身,我怎忍你独自还乡?

瑶　芳　驸马——

　　　　(唱)【集贤宾】

　　　　　　论人生到头难悔恐。

　　　　　　寻常儿女情钟。

　　　　　　有恩爱的夫妻情事冗。

　　　　　　则恐我先去了呵。

　　　　　　累你影凄凄被冷房空。

　　　　　　淳于郎,看人情自懂。百凡尊重。

淳于棼　〔生泣介〕公主呵!

　　　　【前腔】

　　　　　　听一声声惨然词未终。

　　　　　　对杜宇啼红。

　　　　　　话别言语恁忒重?

　　　　　　香肌弱体,须护好帘栊。

　　　　　　把异香烧取明月中。

　　　　　　(白)公主呵。

　　　　　　(接唱)来日重叙恩爱大槐宫。

二　人　(合)心疼痛。只愿的凤楼人永。

淳于棼　这一路之上,你要多多地保重啊。(公主欲走,淳叫住)公主,我平了这战事就回来的呀。

　　　　【众蚁兵、田子华上。淳于棼目送公主乘彩舆离去;

淳于棼　众将官,堙江城去者。

　　　　【周弁冲上,无脸面对淳于棼;

周　弁　嘿!

淳于棼　周弁兄。

周　弁　淳于兄。

淳于棼　你为何全身赤体,单骑至此?

周　弁　众兵将赤甲山被房围,堙江城失守了!

淳于棼　那城中的百姓呢?

周　弁　怕是已被敌军血洗。

淳于棼　那五千人马呢?

周　弁　五千人马?怕是已全军覆没了。

淳于棼　呀呀呸!你身为一城守将不在堙江城镇守,你到哪里去了?

周　弁　我……饮酒去了……

淳于棼　啊?(气极)哈哈哈哈哈哈!将周弁斩了!

周　弁　啊呀!

　　　　【众兵将押周弁;

田子华　且慢。淳于兄,治理南柯虽则太守仁政,也有周司宪行事之功,你还是饶了他吧!

　　　　【淳于棼犹豫;

淳于棼　(痛心、悲愤)周弁呀周弁……我也曾再三叮嘱于你,这饮酒误事,你执意地不听。如今堙江城死伤的百姓皆因你好酒贪杯。似你这样丢失城池、临阵脱逃,军法难容、罪当问斩!

周　弁　淳于棼,你当真要将我置于死地么?

淳于棼　这是你咎由自取!

周　弁　要杀,那你就用当年赠我的宝剑! ……将我斩了吧!

淳于棼　啊?!

田子华　淳于兄,念在兄弟情分,你要三思啊,你要三思啊!

周　弁　(得意地)你还是将我斩了吧!

淳于棼　罢!

　　　　【周弁扔宝剑出鞘。淳于棼接过欲杀。田子华阻拦;

田子华　淳于兄,功过相抵,你还是免其死罪吧。

淳于棼　子华兄,我今日若是饶了他,怎生面对南柯郡的百姓啊?

周　弁　哈哈,看来右丞相信上所言不假,你分明就想除掉我弟兄二
　　　　人,好独自领赏你左丞相之功,我呸!

　　　　(唱)你你你,忽地波怒吽吽坏脸皮,

　　　　　　　厚颜吞功倚势施为。

　　　　　　　那些儿刘备张飞,

　　　　　　　原是腹剑口蜜。

淳于棼　(唱)咬碎银牙横生怒气,

　　　　　　　败军的狂言反唇相讥。

　　　　　　　三尺剑寒光照弟兄情义,

　　　　　　　俺堂尊荐及,你睁醉眼不识高低!

周　弁　(唱)什么高不高来,低不低,

　　　　　　　你划口儿闲胡戏。

　　　　　　　俺战沙场挣得将军扬眉,

　　　　　　　也强似做老婆官儿无耻雄踞。

淳于棼　(唱)气、气、气,气得我愤慨难抑,

百般忍让反被欺。

二十载为劬劳功德沾民政碑记。

恨滥言无耻倚势雄踞。

怎受鄙夷,怎受鄙夷!

恨不得把酒鬼,枪挑刀劈。

　　【淳于棼欲杀周弁,田子华苦苦哀求;

田子华　淳于兄!

淳于棼　斩、斩、斩!

　　【右丞相内呼:"圣旨下——"右丞相上;

右丞相　圣上有旨,南柯太守淳于棼治理南柯郡二十年功不可没,着
　　　　升左丞相,即刻启程回京。命司农田子华接任南柯太守之
　　　　职。钦此!

众　人　千岁、千岁、千千岁。

右丞相　快与周司宪松绑。

　　【右丞相与周弁松绑;

淳于棼　且慢! 右丞相,你须知治军需用法。

右丞相　法外开恩!

周、田　多谢丞相!

右丞相　自家弟兄,何需言谢。

周　弁　自家弟兄?

右丞相　自家弟兄。

三　人　(大笑)哈哈哈……

淳于棼　你们!

　　【蚁兵内喊:"报——"冲上;

蚁　兵　报! 启禀太守,公主行至途中不幸病故。

202

淳于棼　怎么讲？

蚁　兵　公主行至途中不幸病故。

淳于棼　哎呀！（晕倒）

众　人　淳于驸马醒来，左丞相醒来！

淳于棼　（唱）生打散玉楼幺凤。

　　　　　　　痛煞俺无门诉控。

　　　　　　　公主呵，恩深爱重，

　　　　　　　玉楼人难永。

伴　唱　公主薨，南柯惊。

　　　　　合郡悲哀痛。

　　　　　泪眼不生尘。

　　　　　怨人生祸福无情。

淳于棼　（痛呼）公主……

　　　　　【淳于棼与众人在音乐中定格；

　　　　　【收光。

第五场

　　　　　【数日后；

　　　　　　【大槐国后宫三度空间；

　　　　　　　【灵芝、上真、琼英各自在自己内宫；

灵　芝　何处是忧愁，

上　真　人儿心上揪。

琼　英　鳏寡孤独怎生受？

三　人　天凉好个秋。

　　　　【三人在异口同声中发现有人同语，各自寻找。发现没有
　　　　　人，三女开始各怀心事的思春；

画外音　淳于公，莫要悲伤，宽怀饮酒。

　　　　【三女惊醒；

灵　芝　酒。

上　真　酒？

琼　英　酒——！

　　　　【上真、灵芝似有主意，隐退；

琼　英　（唱）淳于郎，俏冤家，

　　　　　　　二十载，难割下，数对清风想念他。

　　　　（念）想淳郎一表人才，十分雄势。俺好不爱他，好不重他。

上　真　（上）你这丫头，重的是谁，爱的又是谁呀？

　　　　【琼英左顾右盼后，与上真耳语；

　　　　【灵芝上，抓住二人；

灵　芝　嗨！你们这两个丫头，又瞒着我说什么呢？

上　真　灵芝姐，你好大的力气呀。

琼　英　（假装生气地）说什么？我们要与驸马消愁解闷。

灵　芝　哎呀，我正有此意。想你我三人都是寡居，何不今日与淳于
　　　　郎做个解闷人儿哩。

上　真　这……

灵　芝　这什么？这二十年来你可曾思念着他？中意着他？爱
　　　　着他？

琼　英　上真姐，走吧？

204

上　真　可我是道情人哩。

灵　芝　废话少说。三杯酒醉之后，兴致一到也就由不得你了。

琼　英　上真姐，灵芝嫂。你我三人轮流取乐，不许偏背。

　　　　【琼英、灵芝、上真三人同下；

　　　　【收光。

　　　　【起光。

　　　　【淳于棼府上。淳于棼端持瑶芳的画像上；

淳于棼　瑶芳、妻呀！

　　　　（吟唱）花月夜，海山秋，

　　　　　　　　月泻瑶台爱满楼。

　　　　　　　　但求百年同携手，

　　　　　　　　抛却心中点滴愁。

　　　　【右丞相上；

右丞相　驸马真乃是个痴情的男儿啊。

淳于棼　若非公主相依，相扶，相知，相爱，哪有南柯郡二十载的
　　　　功绩？

右丞相　是啊，当初树大遮穹苍，如今孑然知凄惶！

淳于棼　你此言何意呀？

右丞相　不不不，驸马不要多想，下官只是猜度驸马的心意……

淳于棼　俺的心意……如今檀萝国灭我南柯之心不死……

右丞相　好了，好了。檀萝国早已偃旗息鼓，战事已平。你左丞相，
　　　　何必杞人忧天啊？

淳于棼　杞人忧天？哼！

右丞相　不是杞人忧天？好，就算战事又起，谁来保你做主帅啊？难
　　　　道你还是左有文臣田子华，这右有武将周弁与你协同出

205

战吗？

淳于棼　我的两位好兄弟……如今都成了你的心腹了。

右丞相　那还不是你左丞相的抬爱，下官还要多多地拜谢呀！

淳于棼　你！（怒）寡廉鲜耻！

右丞相　驸马不要动怒，虽然今日你身为左丞相，官职么在某之上，下官还是要唠叨几句，做官不为人，转瞬变孤臣；做事不看路，功半无仕途。这人生在世啊……

画外音　琼英郡主、上真仙子、灵芝夫人求见。

右丞相　驸马有客，段某告退。

淳于棼　不送。

右丞相　告退、告退。

　　　　【右丞相出门，躲过一旁偷看；

　　　　【琼英、上真、灵芝捧酒上，与右丞相照面后进门；

右丞相　三个寡妇一个鳏夫，定有好戏，待我闪躲一旁。

　　　　【右丞相下；

淳于棼　有请三位姐姐。

三　人　驸马。

淳于棼　三位姐姐请了。自金殿一别年年想象风姿。

琼　英　劳承驸马费心。

灵　芝　（叹气）唉！每恨淳郎新寡。

上　真　可怜公主差池，我等姐妹好不伤怀。

淳于棼　恨天不遂人愿。

琼　英　驸马且莫悲伤，如今公主仙逝，我姐妹略备薄酒特来为驸马消愁。

淳于棼　淳于棼领爱了，三位姐姐请。

【琼英、上真落座,灵芝关门;

灵　芝　今日此酒有三个说法。

淳于棼　这一?

灵　芝　一来洗远归之尘。

淳于棼　这二呢?

上　真　二来贺拜相之喜。

淳于棼　哦,拜相之喜。

琼　英　三来么!

淳于棼　怎么?

琼　英　上真姐乃道情之人,我与灵芝嫂双双寡居。久旱待甘露,三
　　　　来解孤栖之闷。

琼　英　(唱原本【解三醒犯】)

　　　　二十年有万千情况。

　　　　今日的重见淳郎。

　　　　和你会真楼下同欢赏。

　　　　艳妆金杯笑眼斟斗量。

淳于棼　(唱)酒盏儿擎着仔细端详,

　　　　　　则为那汉宫春那人生打当。

　　　　　　似咱这迤逗多娇粉面郎。

　　　　　　用尽心儿想,羞带酒、懒添香。

　　　　　　恨天长,来暂借佳人锦瑟傍。

灵　芝　(唱)半盏琼浆且自加杯巨量。

上　真　(唱)听他话儿挨挨好不情长。

琼　英　(唱)芳心一点,做了八眉相向。又早阑干月上。

淳于棼　(唱)金钗夜访,玉枕生凉。

辜负年深兴广。

三星照户显残妆。

好不留人今夜长。

三　女　(唱)怕争夫体势忙。

敬色心情嚷。

蝶戏香,鱼穿浪。

今宵试做团圞相。

淳于棼　(唱)满床娇不下得梅红帐。

看姊妹花开向月光。

四人合　(白)俺四人呵。

(唱)做一个嘴儿休要讲。

【四人温情中,右相引皇孙上,耳语;

皇　孙　果真如此? 待俺打进房门。

【皇孙闯进房间怒视淳于棼与琼英、上真、灵芝;

【皇孙愤怒持凳将三女赶下,欲追被淳于棼抓住;

淳于棼　儿啊。

皇　孙　你、你、你还是我的父亲吗? (看画像)母亲! (大喊)娘!

【皇孙哭下。淳于棼酒醒;

淳于棼　儿啊……

【淳于棼追赶皇孙,被右丞相带来的校尉挡住去路;

右丞相　圣上有旨,淳于棼身为驸马都尉,素缟在身,不念旧情,后堂
之内淫乱不堪,实有损我大槐安国威严。着即日押解回乡。

淳于棼　你!

右丞相　来呀,除去他的官服,押解还乡!

校　尉　是。

208

【众校尉扒去淳于棼衣服；

【周弁、田子华暗上；

周、田　丞相。

右丞相　太傅驾到,老夫有失远迎。

田子华　丞相何出此言哪?

右丞相　老夫保奏,子华贤弟荣升当朝太傅。

周　弁　恭喜子华兄。

右丞相　周弁贤弟接任南柯太守之职。

周　弁　全靠丞相的栽培。

田子华　我等能跟随丞相,日后定能平步青云。

周　弁　丞相处置那淳于棼,你我弟兄暂且退居一旁。

田子华　我二人暂且告退。

右丞相　请便。

　　　　【周弁、田子华下；

右丞相　(讽刺的)驸马爷,后会无期。哈哈哈哈哈哈……

　　　　【右丞相推淳于棼,右丞相下。渐渐收光；

　　　　【周弁、田子华上至定点光下；

周、田　淳于棼。

淳于棼　(抬头)哦?原来是二位仁兄。

周　弁　谁是你的仁兄?此乃新任太傅,我乃新任南柯郡太守。

田子华　不要与他多言,将他押解还乡。

淳于棼　不不不,周弁兄,我是冤枉的。子华兄,我是冤枉的。我是
　　　　冤枉的呀。

　　　　【收光。

209

第六场

【紧接前场，傻子持车轮、校尉持牛鞭上；

校　　尉　（感叹）这真是王门一闭深如海，从此萧郎是路人。上牛
　　　　　车吧。

淳于棼　不，让我回去。

　　　　　【淳于棼上车；

　　　　　【三人前行。淳于棼挣扎；

两　　人　（唱）一个呆子呆又呆。大窟窿里去不去，小窟窿里来不来。
　　　　　你道呆不子也呆。

　　　　　【舞台四周突然战鼓齐鸣、杀声震天；

淳于棼　大哥，你看国都之中火光缭绕，是何理也？

傻　　子　檀萝国发兵了……

淳于棼　哎呀大哥，让俺回去，灭了那些檀萝贼子！

校　　尉　你醒醒吧……你以为你还是左丞相呢？走！

淳于棼　让俺回去，灭了檀萝的贼子。

　　　　　【淳于棼失落，无奈继续行路。喊杀声更加激烈，火光越来
　　　　　越烈；

淳于棼　（突然想起）大哥，你让俺回去吧，我的儿子还在城中啊……

　　　　　【继续行路，火光冲天；

校　　尉　广陵城已到，下车！

　　　　　【校尉踢淳于棼下牛车。淳于棼摔倒在地。校尉、傻子下；

210

【淳于棼从梦中惊醒；

淳于棼　　（高呼）让我回去……让我回去……让我回去呀——

　　　　　【山鹩儿急上；

山鹩儿　　少爷,您这是怎么了?

淳于棼　　儿啊,你可有受伤啊?

山鹩儿　　什么儿子?! 少爷,我是山鹩儿,山鹩儿! 少爷,您睡了一觉
　　　　　怎么连我都不认识啦?

淳于棼　　我睡了一觉吗?

山鹩儿　　是啊,您刚才睡得雷打不醒,就连田子华、周弁亡故的事都
　　　　　没法告诉您。

淳于棼　　（惊愕）怎么? 周、田二位仁兄亡故了?

山鹩儿　　可不是吗,他二人和您辞别之后,行至城外突然暴毙身亡!

淳于棼　　不不不,他二人还在大槐安国中位极人臣,春风得意呀!

山鹩儿　　您这是什么跟什么呀? 什么槐安国? 这里只有一棵大
　　　　　槐树。

　　　　　【淳于棼看见槐树,大惊；

淳于棼　　秋槐落尽空宫里……山鹩儿,快取锹锄过来!

　　　　　【山鹩儿应声下；

　　　　　（唱）备锹锄看槐根影形;

　　　　　【山鹩儿持锹锄上。淳于棼接锄,寻树根挖地；

淳于棼　　（唱）怎只见空中楼郭层城,有绛台深迥。

山鹩儿　　少爷,蚂蚁围过来,向您点头俯首呢!

淳于棼　　（唱）有何德政? 亏他二十载赤子们相支应。

　　　　　【顿时风雨大作。淳于棼疯狂地挖槐树；

山鹩儿　　少爷,大雨来袭,你我躲过一旁?

211

淳于棼　　山鹧儿,快取雨布来遮掩!

　　　　　　【山鹧儿应声下。淳于棼以身为蚁穴遮雨;

淳于棼　　(唱)为他遠门儿把宫槐遮定。

　　　　　　【山鹧儿持雨布上,二人持雨布遮雨;

　　　　　　【风雨渐息;

山鹧儿　　(俯身看)少爷,这一穴蚁儿都让雨给淹死了!

　　　　　　【淳于棼看,大惊。

淳于棼　　这一穴蚁儿皆因我而亡。淳于棼你大罪呀。忽悟家何在,
　　　　　　潸然泪满衣,旧恩抛未得,肠断故乡归。

　　　　　　【淳于棼悲恸不已;

　　　　　　【钟声、佛乐、念佛声大起。光渐暗,淳于棼循声而去;

　　　　　　【淳于棼似乎走近佛像,双膝下跪,顶礼膜拜;

画外音　　淳于生,你可曾破除烦恼?

淳于棼　　未能破除……

画外音　　一切烦恼皆因情障而生。

淳于棼　　弟子愚钝,有心愿恳祈请——

画外音　　你有何心愿?

淳于棼　　这一,尽夫妻之情度瑶芳妻子生天。这二,尽仁义之心度南
　　　　　　柯君民生天。这三,尽朋友之道度周、田二兄生天。

画外音　　淳于生,当初留情,不知他是蝼蚁,如今知道了,还有情吗?

淳于棼　　尽吾生有尽供无尽,但普度无情似有情。

画外音　　你可敢燃指为香,以报虔诚?

淳于棼　　这燃指么?(思考)罢。

　　　　　　【天火一把,淳于棼烧三个指顶;

淳于棼　　(唱)焚烧十指连心痛,

　　　　也不枉这坛功德无边。

　　　　　【佛乐四起。众男、女蚁兵上；

画外音　天门大开！大槐安国军民蝼蚁五万户同时生天。

淳于棼　(高兴地)好了,方才说南柯郡军民蝼蚁五万户生天,俺南柯
　　　　的子民都在了。

蚁　王　驸马！

　　　　　【众校尉、引蚁王、皇孙上；

淳于棼　前槐安国驸马淳于棼见驾。

皇　孙　父亲。

淳于棼　儿啊,你下得云来让爹爹我抱上一抱啊。

皇　孙　孩儿如今乃天身,如何下得来呀。

蚁　王　驸马,此去三千大千,不似小千般。

淳于棼　三十三天看人间,宦海沉迷皆梦幻。

　　　　　【段功、田子华、周弁上；

三　人　淳于公——

淳于棼　周、田二兄,段相国。

周　弁　淳于公。我被你气死也。

田子华　我田子华始终得老堂尊培植。

右丞相　恩怨都罢了。如今则感淳于公发这大愿,我们生天。

淳于棼　是啊,恩怨都罢了。叹功利当头似刀剑,弟兄相见难上难。

　　　　　【琼英、上真、灵芝上；

三　人　淳于郎。

淳于棼　三位天仙姐姐。

三　女　那日我四人滚得正好,被人打断了我们的恩爱！

淳于芬　此话休要再提了,三位姐姐下来,小生我有话说。

三　女　我等乃是天身,怎下得来? 便下来,你人身臭,也不中用。

　　　　公主来了,我等去也。

　　　　【众宫女引瑶芳上;

淳于棼　公主来了? 公主在哪里?

瑶　芳　淳于郎。

淳于芬　天上走动的,是我妻瑶芳么?

瑶　芳　淳于郎,为妻不料误夫君。

淳于芬　廿载南柯恩爱分。

瑶　芳　今昔相逢多少恨。

淳于芬　万层心事一层云。

淳于棼　妻呀,我时常地想念你的恩情,还要与你重做夫妻。

瑶　芳　你既有此心,我则在忉利天依旧等你。你要加意修行。

淳于棼　不不不,我要拽着你的留仙裙带儿一同上天重做夫妻。

瑶　芳　夫啊,你须知人天气候不同,为妻去也……(飘然而去)

淳于棼　不!(急追)妻啊……

　　　　【众人隔开淳于棼与瑶芳,转瞬全都消失,只剩下淳于棼一
　　　　人。四周一片寂静;

淳于棼　(惨淡、凄然地)呀!

　　　　(唱)则道她拔地生天是我妻,

　　　　　　猛抬头在哪里?

　　　　　　虽识破众生皆蝼蚁,

　　　　　　却为甚这般缠恋情难弃?

　　　　　　笑孔儿中做下得家资,

　　　　　　看人间君臣眷属、苦乐兴衰一向痴迷;

　　　　　　一点情千场影戏,

做来无明无记。

都则是因果轮回起处起，

教何处镜花水月立因依？

笑空花眼角无根系。

梦境将人殢。

长梦不多时。

短梦无碑记。

漫道说梦醒迟。

断送人生三不归，

斩眼儿还则痴在南柯梦里。

【淳于棼在台口的中央转身，一步步往舞台的深处走去。起伴唱；

伴　唱　（唱）一场梦，苦辣酸甜俱尝尽，

　　　　　　　一场梦，爱恨情仇历艰辛。

　　　　　　　一场梦，功名利禄如幻影，

　　　　　　　从今后，人生路上如何行？

【淳于棼迷茫中忽见面前的大佛，双手合十，虔诚跪下；

【软景片随音乐降下，合幕。

【剧终。

京剧

马蹄声碎
（根据姚远话剧本《马蹄声碎》改编）

编　剧　宋　捷　郭亦非

上海戏剧学院戏曲导演专业 11 届毕业剧目

2011 年 7 月

无论在什么时候，长征，都是个美丽的神话。除了在它发生的年代……

人物表

冯贵珍——红军某部运输营班长

隽　芬——妇女班战士

少　枝——妇女班战士

张大脚——妇女班战士

田寡妇——妇女班战士

汉　子——途中遇到的汉子

喇　嘛——途中遇到的喇嘛

扎　多——藏民

第一场

【幕前曲（"长征组歌"音乐变奏）

【紧接山歌（参照《红军阿哥慢慢走》）

【隽芬的歌声响起：

"哎呀来——哎呀来……

门外的号子吹响了哎，

当红军的哥哥又要走了哎。

三年五年的不得归来哟，

红旗子……越飘越远了哎……"

少　枝　（艳美地）隽芬姐,你的嗓子真特别,什么歌子到你嘴里唱出来就跟别人不一样!

张大脚　那是。心里不想着男人,那歌唱出来哪能这么水汪汪的。

隽　芬　（不在意地笑了笑,从地下采了朵黄灿灿的野花戴在头上）那当然。我又没嫁过人,干吗不能想男人?

张大脚　（翻了隽芬一眼）我那是封建包办婚姻,现在我革命了!

隽　芬　（嘲弄地）哦,那你也想吧。（在张大脚脸蛋上抚了一把）

张大脚　（用力地嗅着鼻子）唔!

冯贵珍　干什么?

张大脚　骚!

【马蹄经过的声音。

众　人　陈子昆?

【女兵们的目光顿时一亮,向着那马蹄疾驰的方向看去。

田寡妇　（警惕地）谁?

隽　芬　（兴奋地拍起巴掌来）陈子昆,九十二团的团长。

张大脚　怪不得!

冯贵珍　什么叫"怪不得"?

张大脚　长得真神气! 比说的还要好!

少　枝　你听说什么了?

张大脚　乖乖! 听说他当骑兵连长的时候,抓着马尾巴就能蹿到马背上。打起仗来一把小马刀舞得呼呼的,子弹都穿不进去。每次打完仗,马刀往地上"当啷"一丢,不要了,换新的。那军衣上头溅的都是人肉丝子,啧啧啧,溅满了,粘住了,脱都脱不下来,拿刺刀割衣服!

少　枝　你瞎说!

张大脚　骗你小狗子！

田寡妇　大脚，你刚才在说什么？

张大脚　嗨，我是说拿剌刀割衣服！

隽　芬　田寡妇的耳朵背、耳朵聋，别跟他瞎啰嗦啦！

　　　　【隽芬突然发现了什么；

隽　芬　（大声地）陈团长！

张大脚　（责怪地）叫什么叫！叫你个魂啊！

　　　　【马蹄声慢了下来。

　　　　【女兵们脸上现出了兴奋、激动、紧张和羞赧的神色。她们
　　　　的视线随着那悠悠笃笃的马蹄声移动着。

隽　芬　（愈加得意地）陈团长，把马给……给她骑骑呗！

张大脚　隽芬，你这一推呀，可把少枝推成团长的新娘喽！

众　人　推成团长的新娘喽！

少　枝　我……我不会……不，不……

隽　芬　（含着妒意）她会！你过门子那场子，不是骑过公公家的黑
　　　　骡子吗！

　　　　【隽芬把少枝推过去；

　　　　【少枝羞涩地骑上马……下；

　　　　【隽芬在少枝动作中唱。

隽　芬　（唱）看少枝骑到了子昆马上，

　　　　　　　酸涩涩的情意涌进我心房；

　　　　　　　子昆本是我的偶像，

　　　　　　　我多想他请我跳舞篝火旁；

　　　　　　　恨自己关键时刻没了胆量，

　　　　　　　把少枝推成了他的新娘……

220

【突然,枪炮声响起;隽芬捂住住双耳;

少　枝　(高呼)子昆——

　　　　【少枝上;

少　枝　(哭泣的)隽芬姐,子昆他……

隽　芬　子昆怎么啦?

少　枝　一颗子弹打在腰上,下半身不能动了。这辈子算是完了。(哭)

隽　芬　不(唱)他……是个挺得起的英雄汉,

　　　　　　　照顾他养好伤也是我们无上荣光……

　　　　(白)少枝,我陪你去看看他……

少　枝　不用了隽芬姐,师政委让我留下来照顾他;大队伍就要出发
　　　　了,你们还有重要的任务,快上路吧。

　　　　【隽芬下;

　　　　【少枝照顾陈子昆……

少　枝　子昆,来,吃药吧。

画外音　少枝,我对不起你。

少　枝　快别说,我要照顾你一辈子。

陈子昆　……记住,一个人在任何时候,都不能离开组织。听我的
　　　　话,跟着队伍走吧。

少　枝　别说了,我留下来,也是组织上的决定呢。别想这么多了,
　　　　我去给你盛碗粥来……

　　　　【少枝转身盛粥……

　　　　【突然一声枪响。隽芬立于定点光,意识到什么;

少　枝　(失声地)子昆——子昆……

　　　　【少枝扑向陈子昆。

　　　　【压光。

第二场

【扎多背柴上,放柴,左右望,放柴坐下休息;

【少枝木然地上;

【她背着背包,睁着迷茫和惊恐的眼睛打量着这周围的一切。她几乎不相信自己又来到了这里。

扎　多　(半晌,恐惧和悲伤渐渐浸满了心房)人呢? 部队呢? (泪如泉涌)指导员—班长! 你们都上哪里去了?

【扎多用疑惑的眼神看着少枝。

扎　多　啊,我的女菩萨,你是从哪里来的呢?

少　枝　(并没听懂扎多的话)这儿的人呢? 大军呢? 他们都到哪去了?

扎　多　阿罗都走了。

少　枝　(从扎多的面部表情上感受到了恐惧)你说什么? 告诉我你在说什么?

扎　多　阿罗都走了,你一个人到这里来干什么?

少　枝　那我们女兵们呢? 她们到什么地方去了呀? 临走的时候,她们对你说什么了吗?

【扎多瞠目结舌地望着少枝……摇头。

少　枝　"……任何时候,不能离开组织。跟着队伍走,跟上队伍……"子昆,这是你跟我说的吧? 是你死前留给我最后的话,可是组织呢? 队伍呢?

（唱）呼天天无涯——

问地地也不回答！

红军队伍革命组织将我抛下，

子昆——我的丈夫啊……（从背包里掏出那支左轮手枪）

黄泉路上等等我，

白骨成双共对黄沙。

【扎多还是愣愣地呆在那里，麻木地看着少枝的举动。

【少枝停止了啼哭，慢慢地打开了枪的保险，枪发出了声清脆的"咔嗒"声。

【少枝举起了枪，对准了自己的太阳穴，正要扣动扳机的时候，扎多猛地扑了上来。"砰"的一声，枪声响了。

【两人都被这枪声惊吓住了，枪不知怎地被抛到了另一边。

【他们都以为子弹伤着了对方。半晌，才渐渐地坐了起来，默默地相互看着。

扎　多　（在倾听着什么，怀疑地掏了掏自己的耳朵，呼唤着少枝）阿罗，阿罗，（指了指远方）阿罗，阿罗……

【音乐起；

【远处传来了女兵们行进的口令声。那是女兵们回到母亲怀抱中的一种撒娇的表现。渐渐地，人们才听清楚，那是冯贵珍在带领女兵呼喊革命口号"坚决赤化大西北，反对右倾逃跑！"

【情绪亢奋的女兵们突然感觉到了一种不安。她们停止了呐喊，开始审视着周围的一切。

冯贵珍　（发现了少枝）少枝，你怎么在这儿？

少　枝　（呆滞地）我……

冯贵珍　人呢？部队呢？方面军到哪儿去了？

少　枝　（摇了摇头）……

张大脚　（冲到扎多面前）人呢？……我们的人哪儿去了？

隽　芬　（一直在看着少枝）你怎么回来了？陈团长呢？

少　枝　（刚刚揩干的泪水又涌了出来）……

扎　多　（依然说着谁也听不懂的藏语）她也刚刚回来。她是从那边来，你们是从那边来。他们是从那边，他们往那边去了。两天前就走了。

张大脚　隽芬，他在说什么呢？

冯贵珍　（试探的）他说我们的部队怎么了？

隽　芬　（似乎听明白了扎多的意思）他是说我们的大部队两天前从那边走了？

扎　多　太阳刚刚升起的时候，我听见号筒吹响了，他们一起走了，全都走了。两天，对，两天前……

张大脚　两天前？班长！那就是说，我们才走，他们就走了！

　　　　【扎多惊恐地盯着这群妇女。他从地下拾起了那支左轮手枪，诚惶诚恐地送到了冯贵珍的手里，用手比划着，告诉她少枝刚刚想自杀的意思。

　　　　【冯贵珍拿着枪走到了少枝身旁。

冯贵珍　（轻轻的）少枝……

少　枝　（失声痛哭）班长！

　　　　【田寡妇也走过来。

张大脚　少枝你别哭啊，跟我们说说这是怎么啦？

田寡妇　少枝。

隽　芬　少枝，陈团长呢？不是，不是让你留下来照顾陈团长么？你怎么回来了,你别哭啊,哎呀,你倒是说句话啊……少枝!

【少枝慢慢的从冯贵珍肩上抬起了头,所有人盯着她。

少　枝　他……他……他,死了(轻轻地)(大声的喊出来)死了(蹲下
　　　　又站起)就是用这把枪。

【众人散开,大静场。

少　枝　(点着头)政委命令我留下来照顾子昆。我跟他说,我会伺
　　　　候你一辈子。可老陈说让我回来,说在任何时候,都不能
　　　　离开组织,要跟着队伍走!还说他对不住我……然后
　　　　他……他就用这把枪,自己把自己打死了。

【众人惊呆,一阵沉默。

田寡妇　(跺着脚,指着北去的山口大哭着)男人没个好东西!他们
　　　　想甩就甩!想丢就丢!从来不为我们女人想一想!狗日的
　　　　东西哎!

【一阵沉默。

隽　芬　(突然爆发了出来)把我们派去送什么电线,是他们把我们
　　　　甩了,他们把我们甩了!

冯贵珍　不许胡说!赶紧到屋里找找,指导员一定给我们留了条子!
　　　　都去找,都去给我找!

【田寡妇、张大脚都去找去了,只有隽芬不动。

冯贵珍　你为什么不去?

隽　芬　我?我不白费那个劲儿,他们就是想甩我们!
　　　　(唱)【西皮流水】
　　　　　　　把几团破电线送到兵站,
　　　　　　　兵团的战士早撤完。
　　　　　　　留下个老头儿来敷衍,

要收条给几张纸连字也写不全。

害得我们打转转，

来回耽搁整两天。

想一想指导员交代任务让我们不要急慢慢慢——

分明是把我们当包袱甩一边！

【田寡妇、张大脚返上。

田寡妇　班长（拿出了四只马蹄子）马蹄子。他们没拿我们的。

隽　芬　那是没看见！

冯贵珍　连一张条子都没留？

隽　芬　条子？这儿！（举起手里的黄表纸）

张大脚　（冲了过去）这不是兵站那老头开的收条嘛！

隽　芬　这就是我们拼了命，两天两夜换来的！（将纸往地下一扔）
　　　　电线是他们不要的！我们也是他们不要的！

　　　　【顿时爆发了一场嚎哭。只有冯贵珍脸色苍白地站在那里，
　　　　眼睛望着远远的山口。

张大脚　班长，追去吧还愣在这儿干什么，等死呀？

隽　芬　追？都饿了两天了，一粒粮也没有，这样进草地不是找
　　　　死呀？

张大脚　贪生怕死的闹不出个人物来！

隽　芬　我怕死？你没走过草地呀……

冯贵珍　好了，不许再说了！

隽　芬　（从地上一骨碌爬起来，甩掉了帽子）我偏要说！我们像牛
　　　　马一样驮枪驮炮，驮米驮面，我们都快忘记我们自己是女人
　　　　了！可他们还是把我们像穿过的破衣服一样给丢了！

冯贵珍　你怎么能这么说？

226

隽　芬　你是师政委的"太太",可是他已经带着部队走了,把你和你的一个班都甩在这儿!他们以为自己了不起,连个招呼都不打,这是他们有意骗我们!他们想走就走,想甩就甩,要是他们自己想死,就拔枪往自己脑袋上打,把女人丢下来,让我们去受苦受难!

【少枝惊呆了。女兵们也惊呆了。

隽　芬　(继续发泄着)……什么首长,什么英雄!自私自利!他们从来不会替妇女着想!

张大脚　你住口!不准你再欺负少枝!

隽　芬　你红口白牙说什么,我欺负谁啦……

张大脚　你骂陈团长,就是骂少枝,你骂政委就是骂班长,骂班长就是骂我们大家!

冯贵珍　不要吵了!

张大脚　姓杨的,我跟你讲,我张大脚这次跟你吵定了。你有什么了不起?不就会扭个大腿,使个媚眼吗?陈团长娶了少枝你嫉妒,陈团长死了你就欺负她。你当你那脸长得漂亮,男同志都喜欢?可我告诉你,现在这里没男人了!你那套没人喜欢了!你能呀!你骂句我看看,你敢骂,我就撕你的嘴,我他妈不在乎你!

隽　芬　你……(冲着张大脚就冲了过去)

【冯贵珍一下就插到了她们两人中间,企图阻止这一场内乱。

【少枝像只受了伤的兔子,双手捂住了眼睛,痛苦地站在一边。

田寡妇　(突然走到张大脚的面前,扬手给了她一记耳光)看你张大脚脸我就知道你骂了些脏话,你们这样子好看呀?我们是红军战士。这要是让群众看去,不怕给红军丢脸?

【张大脚捂着腮帮子发了呆,隽芬满腔的愤怒也给这一记响
亮的耳光打飞了!

冯贵珍 (站了起来,摘下军帽,凝神看着军帽上的红星,又默默地戴
上,整了整军装,沉沉地)同志们,我们集合。看着我干什
么?(提高了声音,大声地)集合!

【女兵们的精神突然之间振作了起来,立即站成了排,昂首
挺胸。

【气氛音乐起　参考《向前!向前!向前!》

冯贵珍 立正。(严肃地用目光扫过女兵们的脸)
同志们,谢谢田寡妇提醒了我。我们是红军!我们现在正
在进行着一场革命,一场战争!哪怕我们已经忘了我们是
女人,但我们不能忘记我们属于无产阶级,属于共产国际!
否则,我们,都只是女人,而且都是没有出路的悲惨的女人!

【女兵们在听着这几句话后,霎那间都变得悲壮了起来。

冯贵珍 同志们,出发前指导员跟我单独讲过,他说,冯贵珍,你是鄂
豫皖出来的老同志,你们班不论遇到什么情况,你都要顶
住,都要坚持住。不出三天……

隽　芬 不出三天怎么样?

冯贵珍 我会派人来的!

张大脚 哎呀,班长,你可真能打埋伏,怎么不早讲!

冯贵珍 同志们哪!

(唱)田寡妇方才话把我们来提醒,

　　　不能丢脸因为我们是红军。

　　　告别苦难闹革命,

　　　革命哪有不牺牲?

哪怕是驮枪驮炮像牛马，

哪怕是已然忘记我们自己是女人！

同志们，想一想扪心自问：

没有这场大革命，

我们的前途哪里寻？

童养媳青春守寡白头恨，

任凭买卖堕风尘；

谁能逃出悲惨命运，

谁能像今天做一个英勇的战士大写的人？

虽然只有人五个，

五个人就是一个组织，一支队伍——叫红军！

我们会打枪，

我们爱百姓；

我们能筹粮，

我们善宿营。

（众女兵重复这四句唱）

我们会打枪，

我们爱百姓；

我们能筹粮，

我们善宿营。

长征决不能坐等，

腿杆子长在自家身；

追，追，追——顶住困难向前进，

看一看女战士压不垮的红军精神！红军精神！

冯贵珍 出发！（看了看自己的部下，似乎有些满意地点了点头）清点武器。

【女兵们列队,检查着各自的武器。

张大脚　报告班长,检查完毕本人武器,"俄国造"一支,性能完好,还有子弹八粒。

隽　芬　报告班长,本人武器,马枪一支,性能完好,尚存子弹八粒。

田寡妇　报告班长,本人武器,马枪一支,性能完好,尚存子弹八粒。

少　枝　报告班长,本人武器,左轮手枪一支,报告完毕。

冯贵珍　同志们,出发,追部队去!

【队伍前进;

冯贵珍　坚决赤化大西北!(众人跟随一起喊口号)反对右倾逃跑!
(众人跟随一起喊口号)

【幕间曲跟进;

第三场

【大峡谷;

【暗夜。空山野谷,星光幽暗。

冯贵珍　(内唱)

急行军风割面脚步踉跄。

【光启。妇女班在暗夜中行进着,戏曲舞蹈化身段表示她们行进的艰难。

【突然,不远处一声长长的狼嗥声使少枝与隽芬惊叫了起来。

少　枝　(惊魂未定地擦着脸上渗出来的虚汗)……狼……

冯贵珍　怕了？

少　枝　（点了点头）……

【班长点火驱狼。众人抱团的造型。

冯贵珍　（唱）顾不得天摇地晃虎豹豺狼，坚定信心斗志昂扬，披荆斩
　　　　　　棘向前方！

　　　　（唱）姐妹五人要跟上，

　　　　　　相呼相应更相帮；

　　　　　　饥肠辘辘牙咬紧，

　　　　　　寒风飒飒志更强。

　　　　　　夜临仔细辨方向，

　　　　　　抬头望月冷如霜。

冯贵珍　向后传！不能停，保持距离！跟上

隽　芬　向后传！不能停，保持距离！跟上！

少　枝　向后传！保持距离！不能停！跟上！

【田寡妇的步伐显得十分吃力。她的背上还背着口不大不小的
锅。四个马蹄子被细细的绳索穿着，吊在她的腰间晃荡着。

田寡妇　（迟钝地）向后传！什么情况？

张大脚　你到底是什么情况？我们越走越瘦，你反倒是越走越胖了，
看你这小肚子都肥了。（大声地笑了起来）哎哟！我前面是
个聋子哎！向前传！胖聋子把我们的通信线路给破坏了！

【众人顿时驱散了恐惧，哈哈地笑了起来；

【起欢快的音乐；

张大脚　（向着少枝喊）向前传，田寡妇听不到！

少　枝　向前传，田寡妇听不到！

冯贵珍　向后传，把她留到最后！

少　枝　（用足了力气）田寡妇,你走最后!

张大脚　（抢上几步,将田寡妇推到了自己后面）让你走在最后! 向
　　　前传,队列调整完毕!

　　　【前面不断地传来冯贵珍和几个女战士的口令声。

冯贵珍　向后传,反对右倾逃跑。

少　枝　是,向后传,反对右倾……

隽　芬　向前传,没哪个逃跑。

冯贵珍　向后传,隽芬不要瞎改口令。

隽　芬　向后传,坚决赤化大西北。

张大脚　向前传,万岁万岁我红军。

　　　【来回传递的口令,使得这支小小的队伍似乎成了一支颇具
　　　声色的部队;行进中,这支队伍的笑声在这暗夜中震荡着。

　　　【声音渐渐地远去了。音乐收,收光。

　　　【起急促音乐。

　　　【用舞蹈的形式表现田寡妇生孩子、女兵帮忙的忙碌景象。

田寡妇　王洪魁! 王洪魁! 你这个害人的东西!

　　　【音乐、光渐收。

第四场

　　　【五个月后。

　　　【山林间。一团篝火并不十分旺盛地在燃烧着。架着的一

232

口锅里,冒着热气。水在沸腾,一只马蹄子在锅里翻腾着,发出了"嗒嗒嗒"的响声。

【大脚在照看着马蹄子,隽芬坐在一边。

【田寡妇脸色蜡黄,头倚在冯贵珍的怀里瑟瑟地抖着。

田寡妇　班长,是我把你们给拖累了。

冯贵珍　别说这些,我们都是姐妹嘛!

张大脚　怎么就没看出来,王洪魁这小子,怎么就这么坏?

隽　芬　那陈团长就不叫坏,王洪魁就叫坏?

张大脚　少枝没怀上,可咱田寡妇怀上了!(对田寡妇)你怎么就不早点儿告诉咱们呢?

【田寡妇听了听,想了想,以为明白了张大脚的意思。

田寡妇　(唱)上一回飞机撂炸弹,

　　　　　　炸得我耳聋落了伤残;

　　　　　　人人说话都要凑着我的脸……

张大脚　哎呀,我是说你怀上了,就该早点儿让咱们知道!

田寡妇　(唱)王洪魁学你们说话也贴在我耳边,

　　　　　　说着说着……

众　人　怎么样?

田寡妇　(唱)他的嘴……

隽　芬　他的嘴能把你怎么着?

田寡妇　(唱)嘴就贴上我的脸,

张大脚　这,这怎么能行?

田寡妇　(唱)一巴掌打得他真难堪;

　　　　　　想一想三十多的男子汉,

　　　　　　没见过女人的身子只知道馋;

233

要不是背井离乡投奔革命，

早已是生儿育女把家安。

想到此心就软——

隽　芬　心软怎么着了？

田寡妇　（唱）心一软——成就他的好事在那窝棚里边。

张大脚　这能心软吗？光咱运输营就二百多号男子汉，那你能软得
　　　　过来吗？这事可一点儿都不能含糊！我就立场坚定！

隽　芬　对，咱这一个班，就剩咱们两个立场坚定的了！

张大脚　你？

隽　芬　你看看——

　　　　（唱）班长心软嫁政委；

　　　　　　　少枝心软也有过好姻缘；

　　　　　　　老老实实田寡妇，

　　　　　　　心软引得与男人共百年，

　　　　　　　都说我是风骚婆，

　　　　　　　从不心软——也没见谁对我惜怜。

张大脚　咦！她还挺受屈的？（众人笑）

　　　　【少枝为难地、踉跄地上场，隽芬冲过去抱过孩子，大脚紧跟
　　　　上，二人发现是一个死婴；

少　枝　田大姐，是个男孩呢！

冯贵珍　快让我们看看。

田寡妇　隽芬……

　　　　【众人不忍，为难；

隽　芬　这是我们当中牺牲的第一个人！

　　　　【音乐进；

234

【田寡妇痛哭,心疼地抚摸着孩子。张大脚接过孩子,欲下
　　场埋掉;

少　枝　　大姐……

田寡妇　　(吃力地睁开了眼睛)你说说,这害不害臊,人家明媒正娶的
　　　　　没怀上,我这偷鸡摸狗的倒怀上了!哎……对不住这娃儿,
　　　　　让他也受了苦了。不死,他也活不了。死也就死了吧。(顿
　　　　　了一顿)那会儿,倒也没想着生娃儿。(一番话引得少枝又
　　　　　伤心得哭了起来)你就莫哭了。你家陈团长当年多英勇哪!
　　　　　一个女人,能嫁着这么个好丈夫,也是你前世修来的福气。

冯贵珍　　不说这些了。大脚,看看马蹄子炖得怎么样了?

张大脚　　(往锅里戳了戳,用舌头赶紧舔了舔树枝上的"汤")唔,香
　　　　　了,不烂,早呢,慢慢炖吧。

田寡妇　　我说过了,不要炖,留着还要过草地呢!

冯贵珍　　大家刚才决定了,给你补身子要紧!

田寡妇　　班长,你们就别管我了,只顾你们自己走吧,别因为我再赶
　　　　　不上队伍!

冯贵珍　　那怎么行,我们大家能把你一个人撂这儿吗?

田寡妇　　(起身)你说,陈团长他为什么要自杀呀?

冯贵珍　　不许说了。

张大脚　　(突然怀疑地)班长,指导员什么时候才会派人来?

冯贵珍　　……

冯贵珍　　(唱)此时刻难对众人问。

张大脚　　班长,你不是说指导员临走跟你说好的吗?

少　枝　　对呀,我们这么乱走,指导员他们能找得到我们吗?

隽　芬　　(盯着冯贵珍的眼睛)班长,指导员压根儿都没跟你说,是

吗？你说指导员三天之内会派人来是你编的，是不是？

众　人　（不约而同）是不是？是不是？班长，班长——

冯贵珍　……是。

　　　　（唱）是我编的话只为宽你们心。

田寡妇　大脚……大脚……

隽　芬　这么说根本没人会来接我们，可现在田寡妇她……（指）

张大脚　（"啪"地一巴掌打隽芬手）你又要放什么狗屁？

隽　芬　我们不能再这么走了。再这样走下去是会要死人的！

少　枝　你就不能轻点儿说？

隽　芬　（看了眼田寡妇）没关系，反正她也听不清！

田寡妇　（唱）看她们在一旁指指点点，

　　　　　　　听不清原由心难安。

冯贵珍　（接唱）不这样走下去能往哪里奔？

　　　　　　　是战士只能跟着红军。

　　　　　　　难道说回头再当童养媳，

　　　　　　　守着那十二三岁的小男人。

隽　芬　班长！谁说回头啦？我是说……咳！

　　　　（接唱）照这样追赶队伍慢又慢，

　　　　　　　照这样追上队伍悬又悬。

　　　　　　　照这样啃光了玉米饼子就剩这两斤青稞面，

　　　　　　　照这样仅有这三个马蹄就要吃完。

　　　　　　　我们饿得地上爬，

　　　　　　　她—她—她——怎么办？丢下怎心安？

　　　　　　　还是陪她在此坐月子？

　　　　　　　再不然轮流背她我们背朝天？

236

张大脚　（接唱）隽芬这是混账话，

　　　　　　　　田大姐不用你可怜；

　　　　　　　　你一人甩手朝前走，

　　　　　　　　怕出力气你闪一边。

隽　芬　（接唱）隽芬从来不惜力。

张大脚　（接唱）出力不听你空谈。

隽　芬　（接唱）眼下要把队伍来追赶，

　　　　　　　　快马加鞭抢时间。

张大脚　（接唱）大部队丢下我们姐妹不管，

　　　　　　　　大部队丢下了多少伤病员，

　　　　　　　　难道说我们也要丢弃田大姐？

　　　　　　　　难道说一走了之你心安？

　　　　　　　　难道说革命就管快快快？

　　　　　　　　难道说红军就是这样快马加鞭？

冯贵珍　（对张大脚）

　　　　　（接唱）你少把没原则的话来喊！

张大脚　（接唱）我只知实话实说不空谈！

　　　　　　　　你这骚婆娘再敢嘴贱，

　　　　　　　　叫你尝尝我的老拳。

【张大脚将隽芬打倒在地。

隽　芬　（捂住脸哭着）

　　　　　（唱）天哪天，真情实话谁也不敢讲在当面，

　　　　　　　　张大脚动不动就要骂人使粗耍老拳。

　　　　　　　　他们大男人撒手归天去，

　　　　　　　　丢下了——一群女人——怎么办

237

　　　　　　穷途中却要抉择……抉择难！

田寡妇　（接唱）看她们争得变了脸，

　　　　　　　看着隽芬痛哭我也心酸。

　　　　　　　定是遇到为难事，

　　　　　　　欲劝阻无力走上前，

　　　　　　　田寡妇，真命贱，

　　　　　　　不该生产你生产……克死了亲儿，

　　　　　　　又把队伍来拖连，

　　　　　　　猛然心头生一念……

　　　　　　　难决断。

冯贵珍　（接唱）抉择难……

田寡妇　（接唱）决断难——

冯桂珍　（接唱）抉择难也要做决断，

　　　　　　　丢下了田大姐……

田寡妇　（接唱）——拖累大家，

众同唱　（接唱）怎能心安？

少　枝　（接唱）运输班她帮我们把家管，

张大脚　（接唱）行军中她负重最多从无怨言；

冯贵珍　（接唱）她年长……

田寡妇　（接唱）年长本应为你们多分担，

　　　　　　　谁想到拖累姐妹——

冯贵珍/少枝/张大脚　（接唱）姐妹们听她的知心话语憨中甜；

田寡妇　（接唱）我心一软犯了错，

隽　芬　（接唱）男人的错不该都让要女人担？

田寡妇　（接唱）——自己的错，就要自己来承担。

238

张大脚　（接唱）这个那个听得我心真乱，

　　　　　　　　那个这个说得我眼中酸；

　　　　　　　　张大脚我只有一条意见，

　　　　　　　　队伍五个人，

　　　　　　　　五人一个班，

　　　　　　　　要活在一起，

　　　　　　　　要死相伴赴黄泉。

冯贵珍　（接唱）谁说要死赴黄泉，

　　　　　　　　只要活——一起活着看到胜利那一天！

　　　　【突然，"砰"的一声枪响，把在场人都吓了一跳。她们回头看，田寡妇的头已经歪倒在一边，她的手上紧握着左轮手枪。

少　枝　大姐……

张大脚　（像狼一样地扑向了隽芬）都是你！是你说的让她听见了！是你害死了她！

少　枝　不能怪她，这跟她没关系！陈子昆，就是这样死的！

　　　　【音乐起，压抑悲伤的感觉，后接伴唱。

少　枝　我也想这样死过，可我没死掉。田大姐也这样死了。可他们不一样……田大姐是为了我们大家死的。隽芬说得没错。就算隽芬不说，大姐心里也明白，像我们这样拖着她，是永远也追不上队伍的。她不能让大家陪着她。她自己死了，我们才有希望活出来。她也是为了把马蹄子留给我们，为了让我们追上队伍，让我们走出草地……

　　　　【隽芬上前拾起了握在田寡妇手中的那支左轮手枪，失神地看着；

239

冯贵珍　把枪给我。让我们跟大姐告个别吧！

隽　芬　(猛地扑向田寡妇)大姐！大姐……

【张大脚气愤地扯开隽芬；

冯贵珍　同志们，出发。

【冯贵珍、张大脚、少枝依次脱帽、敬军礼！定点灭，留田大
　　　姐中定渐收光。

(伴唱)啊……

　　　　一声枪响苍天落泪，

　　　　大地回鸣风雨同悲；

　　　　大姐啊……大姐啊……

　　　　滴滴泪化云泥伴你安睡，

　　　　声声唤化千山为你塑丰碑。

第五场

【一片"哗哗"的涉水声；

【灯启；

【这是一段岔路口；

【少枝、隽芬上。她们已经显得十分疲惫，慢慢地从一个陡
　　　坡下面摇摇晃晃地登上了路面；

【又一阵"踢踢沓沓"的涉水声；

张大脚　(内)少枝。

【张大脚跑上。

240

张大脚　（喘息着）少枝,有纸吗?

少　枝　怎么了? 班长呢?

张大脚　在那边。班长身上来了,淌得凶着呢。

　　　　【二人四处找可用的东西。少枝示意大脚问问隽芬。

张大脚　（不情愿地问隽芬）你呢?

隽　芬　（摇摇头,在身上摸索着,摸出了张黄表纸）给。

张大脚　（接过一看）这不是那张收条吗?

隽　芬　是,还留着它干什么?

张大脚　这是收条! 我们为它跑了两天两夜!

隽　芬　（苦笑着）两天两夜,何止两天两夜! 拿去吧,好歹还算派上
　　　　了点儿用场。

张大脚　你倒想得开! 哼,这是什么? 这是我们完成任务的证明!
　　　　到哪里都证明我们胜利地执行了上级的命令!

隽　芬　那随便你了。

张大脚　（没好气地）找找! 你的那块裹胸布呢? 你也贡献贡献! 你
　　　　的裹胸布呢?

隽　芬　（气愤地）你装什么糊涂! 已经全让田大姐用完了!

张大脚　用完了又怎么样? 那是我们团打仗缴获来的,又不是你娘
　　　　家带来的!

隽　芬　你! 我犯什么错误了,要你对我这个样子?

张大脚　你就是犯错误了! 你犯了杀人不眨眼的罪,我要咒你一辈
　　　　子!（下）

少　枝　（看着大脚下）大脚,大脚——

　　　　【又一阵"踢踢沓沓"的涉水声。

　　　　【音乐起,抒情缓慢柔和的……

241

【隽芬呆呆地坐着。少枝走上前去帮隽芬整理仪容。

少　枝　大脚就是这样赤胆忠心的人。她对田大姐好,别往心上去。

隽　芬　我有什么资格怪她? 她是赤胆忠心的人,我就不是? 这两天,我好像已经没有脑子了,只剩下两条腿,心里就在说,走吧,走吧,走到哪里,就算哪里!

　　　　(径自走向前去)

少　枝　隽芬,你等等! (走到条路口,停了下来,向前张望着)这路口,我们走过。

隽　芬　(恍惚地)走过吗? 我也不知道。

少　枝　隽芬姐,我们班就你记路记得清楚。你怎么了? 隽芬姐!

隽　芬　我不知道。一个人做错了事,大概就是这个样子。

少　枝　隽芬姐,你说,我们还能追上队伍吗?

　　　　【隽芬默默地坐了下来。少枝也慢慢地坐了下来。两人背靠着背地坐在了路口。

隽　芬　少枝,我后悔,后悔会说出那样的话来,我真没想到田大姐会……

少　枝　(沉默半晌)我也没想到。

隽　芬　没想到田大姐会死是吧?

少　枝　不,没想到你会说出后悔这样的话来。

隽　芬　少枝,那你说我想得对还是不对?

少　枝　你真烦! 你现在就希望我说你对,你心里好舒服些! 可是如果我要是说你对,那就是说,陈子昆是该死的,田大姐也是该死的(怔怔地)……

隽　芬　你怎么不往下说? 你说呀! 我要是那天没有说那些话,田大姐就不会死,然后就凭我们这三个人要把她一直扛

242

到……扛到大家都走不动了为止……死了为止？

少　枝　可是谁都希望自己活着！

【沉默的静场。

隽　芬　少枝，你恨我吗？

少　枝　（摇摇头）……

隽　芬　别说不恨我——

　　　　（唱）知道你们都在把我怪，

　　　　　　　个个脸上挂阴霾。

　　　　　　　为什么我总是人缘坏，

少　枝　（唱）事非你所愿，

隽　芬　（唱）——姐妹们见我再无笑颜开。

少　枝　（唱）沉痛心中恨无奈，

　　　　　　　你又何必自心衰？

　　　　　　　你的歌儿唱得好男兵人人爱，

　　　　　　　你会撩男人，歌声撩得他们笑颜开！

隽　芬　（唱）撩男人有哪个男人能看上我？

少　枝　（唱）陈子昆——

隽　芬　（唱）——陈子昆？

少　枝　（唱）——是你。

隽　芬　（唱）是我——

少　枝　（唱）把他推到了我的情怀。

隽　芬　（唱）——推伤了我的情怀……

　　　　　　　看你泪洗面，

　　　　　　　我心如刀裁。

　　　　　　　相对多感慨，

往事悲心怀。

　　　　　　　　我曾在陈团长面前给你使过坏，

　　　　　　　　今天后悔头难抬！

少　枝　（唱）妹妹我不怪，

　　　　　　　　姐姐莫悲哀，

　　　　　　　　说起子昆他，

　　　　　　　　我知你心痛如刀裁。

隽　芬　（唱）原以为坚强活着本应该，

　　　　　　　　现如今不如死去更轻快。

　　　　　　　　真后悔那天讲错话，

　　　　　　　　田大姐被逼得再也难回来。

少　枝　（唱）有些话只能心里想，

　　　　　　　　嘴上怎能全说开？

隽　芬　（唱）你比我聪明懂自爱。

少　枝　（唱）因为经过了——才想得明白。

隽　芬　（唱）好少枝搬开我心头磊块，

　　　　　　　　坦诚相见驱阴霾。

　　　　　　　　同为战友这几载，

　　　　　　　　扪心自问愧满怀。（音乐收）

少　枝　隽芬姐，别这样。我还是喜欢你像从前那样一天到晚高高
　　　　兴兴的。我还真爱听你唱歌，什么歌从你嘴里唱出来，就跟
　　　　别人不一样。

隽　芬　少枝，你的心肠真好。

冯贵珍　（内白）还真找不到路了。

　　　　　【张大脚与冯贵珍上。

244

冯贵珍　唉？我们从这走过？（一边看着，一边回忆着）……第一次过草地，是从这条路过去的。第二次过草地是从那条路回来的，不知道总部他们会走哪条路？要是走岔了，就再也追不上了。你们说，他们会走哪边？

【沉寂。

冯贵珍　怎么都不说话，我们五个人是一个集体。

张大脚　四个人。

冯贵珍　（黯然）对，四个人。

张大脚　让我出力气行，拿主意，我可拿不了。

少　枝　我也是。这辈子我都没自己拿过主意。

隽　芬　（失神地）万一要是走错路，田大姐就白死了……

张大脚　（气愤地）不许你再提田大姐！

冯贵珍　（制止）大脚！（看隽芬）隽芬，你说呢，他们会走哪边？

隽　芬　我记得，这两条路，一条先到枯扩，然后到东谷；一条经过让徜去打金寺，过了打金寺，有座索桥，过了索桥，就快到草地了。

张大脚　这谁都记得！

隽　芬　可是这条路上有喇嘛寺。

张大脚　那又怎么样？

隽　芬　（生气地）喇嘛总比士兵好对付。不好色！

张大脚　（气忿忿地）哼。

隽　芬　我不说了！（径自向那条路走去）

张大脚　三句话离不开老本行。少枝，我们偏走那边！

少　枝　大脚，都什么时候了，就别使性子了。

冯贵珍　她说得对。有喇嘛寺，就可能找到粮食！少枝，大脚，咱们

245

走！（跟上隽芬，下）

张大脚　对！喇嘛们的伙食不错，烧饼、麻花不离嘴。唉！等等我。

（下）

【压光。

【百川桥——喇嘛寺；

汉　子　（内唱）盼媳妇盼得我心内焦——

【背羊皮筏子、拿粮食上；

（接唱）每日守候百川桥。

王洪魁把他的遗孀托付我，

张阿宝再不是光棍一条。

受人之命我不能违，

领人的好我要牢牢记心梢；

羊皮筏子准备好，

一口袋粮食和年糕；

渡送女兵过河去，

换来田寡妇和我拜堂把香烧。

王洪魁的儿子要养大了，

我的香烟它也自然断不了。

死者在天安息了，

阿宝我有信有义自有老天睁大眼睛把我瞧。

睁大眼睛把我瞧，

哎嘿哟嘿哟嗬，

老天就要下雨了，

喇嘛寺内去避雨，

走了一路再瞧瞧，再瞧瞧。

（唱）哎，今天还是没盼着！

【喇嘛上，撞见汉子。

汉　子　大喇嘛。

喇　嘛　你也是打仗的兵？

汉　子　扎西德勒！说什么呢。哦哦哦，这是一顶军帽。

喇　嘛　寺院已经没粮食了，你看。（伸出布告）

汉　子　说什么呢，谁要你的粮食，我有自己的粮食。（接过布告）这是什么呀？我不认识字，我也不要你的粮食。

喇　嘛　那你来这寺院里有什么事吗？

汉　子　我不信佛，下雨了，我在这避避雨行吗？

喇　嘛　（打量）施主请便，菩萨保佑！（喇嘛下）

汉　子　这田寡妇什么时候才能来呀，菩萨保佑！（汉子下）

第六场

【张大脚跑上。她的身上扛着这个班所有的重武器，摇摇摆摆地跑到了隘口，一个趔趄，差点儿没冲下谷去，这才发现索桥已断。

张大脚　（气急败坏地）桥炸断了！桥！（回身）老天爷呀！

【隽芬、冯贵珍、少枝上。

隽　芬　喇嘛追来了，我要开枪了。

冯贵珍　（冲到桥边）不许开枪！

【枪"砰"的一声响了。

张大脚　班长,桥被炸断了!

【突如其来的安静。

【少顷,一个身披着杏黄袈裟的年轻喇嘛上。

喇　嘛　(藏语大意)看,这是你们留下的。(扬了扬手中的一份布告)这是你们大军向佛爷许下的愿,所有过路的部队不准再向我们拿粮食。

冯贵珍　(迟疑地接过布告,看着看着眼睛亮了起来)隽芬,你来看,这是我们总部路过这儿留下的布告!

少　枝　上面说什么?

张大脚　说什么?

冯贵珍　(吃力地念着)"今有红军辗转途经打金喇嘛寺,我总部机关因军中粮秣短缺,已将该寺可食之物一一征用。自今日起,凡我军部队途经该寺不得再向该寺征用粮秣等。有关部门见此布告务必遵照行事,如有违犯,一经查出,严惩不贷。汉番一家,苏维埃保护信仰自由,中国工农红军司令部。"

隽　芬　……我们这条路走对了! 他们是从这儿走的!(念着念着兴奋起来,不觉流下了泪)

喇　嘛　(惊异地看着女兵们)女人? (转身向身后大喊)她们是女人! 是女人!

【幕后传来了一阵喇嘛们的喊声。年轻喇嘛回转身向着张大脚走去,一把将她怀中的粮食夺了回去。在争抢中,粮食全撒在了地上。

隽　芬　(从地下抄起了枪,狠命地扳动着枪机)不许动!

冯贵珍　隽芬,把枪放下。你这是违犯纪律!

【两人都急急忙忙地往布袋里捧着。

248

喇　嘛　（藏语大意）我们寺院已经没粮食了。带枪的人，黄军装的、灰军装的都到我们寺院里来拿。藏民也都给你们吓跑了，没有人，没有粮食！

　　【张大脚呆呆地看着年轻喇嘛把粮食兜起，揣进了他的袍子里。喇嘛欲下又回身，胆怯怯地一把抢走了布告，嘟嘟哝哝地走了。

　　【隽芬欲开枪，被班长制止。

　　【女兵们失神地看着喇嘛下的方向。

冯贵珍　不准开枪！你听懂他说什么了？

隽　芬　我只听懂他在喊我们是女人。大概他没看出来。

少　枝　还有呢？

隽　芬　还有就是总部布告上说我们不应该拿他们的粮食！

　　【沉默。

冯贵珍　我们是战士，应该遵守上级的指示。

　　【张大脚没有发言，女兵们都向她看去。只见张大脚蹲在地下，一边拾起刚刚撒落在地的青稞粒，一边下意识地往嘴里丢着。忽然她抬起头，看见两双眼睛都在盯着自己，她的手停下了。

张大脚　我……我不是有意的。我太饿了，这儿还有。（又急急忙忙地在地下拾了起来）

少　枝　她是饿了。她背的东西最多，个子也最大。

张大脚　（将手中拾起的麦粒，掬到了冯贵珍面前）你们也吃点儿垫垫……

　　【女兵们小心翼翼地从张大脚手里拈取着麦粒，仔仔细细地放在嘴里咀嚼着。

隽　芬　晚来的和尚不如先到的僧。他们把粮食都征收完了又把桥
　　　　炸断了。

冯贵珍　他们炸桥肯定是为了阻断敌人,你们不能这么来理解上级!

隽　芬　(无奈地)班长,我们怎么过去?

张大脚　隽芬,这一路上我就一直忍住不说,可是……你以为你带对
　　　　了路了,就可以对班长说这说那的了? 要我说,当时要是走
　　　　了另条路说不定……

冯贵珍　大脚,现在不是埋怨的时候。我们要想积极的办法。

隽　芬　回喇嘛寺,跟他们再商量,哪怕让我们吃上一小口糌粑,走!

少　枝　(像是发现了什么)看!

　　　　【汉子扛着个羊皮筏子上。从羊皮筏子里钻了出来。

　　　　【女兵们与汉子相互审视着。

汉　子　(数了数女兵的人数)你们谁是田大姐?

冯贵珍　你是谁?

汉　子　你是田大姐?

冯贵珍　你先说你是谁?

汉　子　(发现隽芬在悄悄地拿枪)你不要动。你们自己看看你们自
　　　　己,风一吹就要倒了的人,还拿什么枪?

冯贵珍　你到底是谁?

汉　子　是王洪魁让我在这等你们呢! 他说,让我找你们当中的田
　　　　大姐,她肚里怀上了孩子了。他怕她受不了这苦,让她留下
　　　　跟我过日子哩! 还真让我把你们给盼着了! 你们不是五个
　　　　人吗? 还有一个呢?

张大脚　王洪魁呢?

汉　子　死了。

（唱）王洪魁他不知道上级决定要炸桥，

那一天他站在桥头等你们，等得心焦；

猛抬头看见了点燃的炸药，

轰隆的一声震天响，

炸断了他的身子挂在树上，腿在水中漂；

那时看得我心如刀绞，

我救下了王洪魁，

看着他一口一口捯气他捯不上来气，嘴里还絮絮叨叨：

说什么——

后面还有五个女兵，

田大姐还有肚子里的小宝宝，

坚决不能把她们抛；

他死前留下这红军帽，

把田大姐托付我，

我还要把那养孩子的重担挑。

汉　子	谁是田大姐？
张大脚	她死了。
汉　子	死了？哄我？
张大脚	就是让王洪魁给害死的！
汉　子	真死了？
冯贵珍	真死了！临死前还喊着王洪魁的名字呢！
汉　子	可惜了了，可惜了了，这么个有情有义的女子啊。
冯贵珍	这位大哥，你今天来，就是专为等我们的？
汉　子	对，答应死人的事情不能不做，那是丧天良的。我答应他了，要把你们渡过河去！

众　人　（喜出望外）真的?

汉　子　真的,我把羊皮筏子都扛来了嘛!（众女兵开心地看羊皮
　　　　筏子）

冯贵珍　（开心）赶快去看看哪里能过河?

张大脚　班长,这儿!

汉　子　别看了,你们哪会用这羊皮筏子呀,到了河里边准得翻
　　　　跟头。

少　枝　大哥,求求您,就帮我们这个忙吧。

汉　子　把你们渡过河去,那当然啦。

冯贵珍　那我们怎么谢你呢?

汉　子　不用谢,不用谢。我答应他的事,我来做;他答应我的事,也
　　　　要做嘛!

冯贵珍　他答应你什么事?

汉　子　让田大姐跟我过日子嘛!

冯贵珍　可是田大姐已经死了!

汉　子　哦……那就随便哪个嘛!

冯贵珍　那怎么行? 我们都是红军战士!

众女兵　对,我们都是红军战士!

汉　子　啥红军战士,还不都是女人嘛。

隽　芬　女人也是红军战士!

　　　　【隽芬欲上前理论,被汉子轻轻一推倒在地下。少枝欲上前
　　　　调解,也被撞倒在地。

汉　子　看,一个个站都站不住了,还战士,还是做女人好些。

张大脚　你这是瞧不起女人。

汉　子　没这意思。你们只要跟了我,把军装一脱,我每天好菜好饭

供着你,不消几个月就把你喂得个油光水滑的,那就是女人,就不是红军了嘛!

冯贵珍　不行! 我们四个人,再不能少了谁了!(汉子挨个打量女兵,视线定在隽芬身上)

隽　芬　看你长得那丑样!

【汉子背起羊皮筏子准备走,被张大脚一把拦下。

汉　子　就是你们抢了我的羊皮筏子,这么大的河,这么宽的浪,你们也过不去。

【大脚生气地把羊皮筏子扔在了汉子脚下。

汉　子　看看,一个个都饿成什么样了。

隽　芬　你,你有粮食吗?

汉　子　有,还是那句话,只要你们留下一个人,随便哪一个,我又不要你们多,只要一个嘛!

张大脚　班长,我们要是不答应他,就一个都过不去!

冯贵珍　那你说谁留? 你留?

张大脚　我? 我是班里的主力,怎么也……

【少枝饿得晕倒在地上。

少　枝　班长,我饿……

【隽芬想拿汉子手里的粮食。汉子抱着不给。

隽　芬　班长,我留! 让我嫁给他!

少　枝　隽芬,你不能答应!

隽　芬　大哥!

汉　子　唔?

隽　芬　你看我行吗?

(唱)我本是她们中最俊模样,

差一点就成了团长新娘。

要不是……要不是王洪魁,要不是我们前途无望,

凤凰女怎会下嫁丑儿郎。

汉　子　(绕着圈看着隽芬的周身)你以前许过男人吗?

隽　芬　你放心!

汉　子　好!就这么定,我要你!

隽　芬　大哥,粮食呢?

汉　子　在这呢。你有情,我有义。

隽　芬　快把粮食交给她们吧。

　　　　【汉子从羊皮筏子里取出了一小口袋干粮,想交给冯贵珍。

冯贵珍　不,隽芬!

　　　　(唱)【散板】

　　　　　　不,不,不! 隽芬哪,你别这样……

少　枝　(唱)你怎能典当自己为我们换来粮?

　　　　(白)这位大哥——

　　　　(唱)你行行好……(跪地)

隽　芬　(唱)【原板】

　　　　　　少枝啊,不要再求莫悲伤。

　　　　　　虽然我再不是红军战士,

　　　　　　姐妹们头上的红星永远放红光!

张大脚　(唱)怪我怪我都怪我,

　　　　　　我不该成天和你吵吵嚷嚷,

　　　　　　我不该抓你辫子揭你短,

　　　　　　我不该多次动手把你打伤;

　　　　　　好姐妹一起走,

若分开——大脚我后悔……后悔一辈子九泉下难见爹

和娘!

隽　芬　(唱)有这话我一辈子也不后悔啊……

原谅我常常笑你粗鲁嫌你脏;

(对冯贵珍)原谅我屡犯纪律和你顶撞,

(对少枝)原谅我争风吃醋和你抢做新娘……

虽说是姐妹们磕磕绊绊舌根子痒,

那却是一生中最灿烂的时光!

隽芬我以身换粮并无高尚,

走下去真的怕前程渺茫;

我怕像田大姐死得悲壮,

我怕是路漫长再也无力向前方;

我怕像迷途羔羊被豺狼盯上,

我怕是挺不住饥饿尸骨倒路旁;

就算过了滔天浪,

还要走七天七夜的草地更凄惶。

人生啊,难道说一辈子都在路上走走走……

我只想歇歇了,

就算是为你们换上一袋粮,换上一袋粮。

伴　唱　(唱)字字合泪淌,

声声伴凄惶;

执手真情意,

愧对一袋粮。

雪皑皑,

野茫茫。

上路都是钢铁汉，

留下也有情意长！

人生如大海，

驶出港才知道浩瀚茫茫！

【少枝、张大脚扑过来，与隽芬哭成一团。

【伴唱声中她们互相道别。

隽　芬　（推开张大脚）走吧！让我一个人在这儿坐坐！

张大脚　（一边抹着泪，一边又把所有的东西往身上架着）隽芬，我会
　　　　想你的，真的！想你！

少　枝　（轻柔而深情地）隽芬姐，好好活着，一定要活到革命胜利！

冯贵珍　隽芬，我们对不住你！

【众人随汉子下。（音乐渐渐淡去）

【隽芬突然站起，跑向她们走的方向，怔怔地望着。清唱
　山歌：

"门外的号子吹响了哎，

当红军的哥哥又要走了哎。

三年五年的不得归来哟，

红旗子越飘越远了哎……"

【隽芬愈唱愈悲泣，忍不住一个人背对观众，她心碎了……

【众女兵一个一个上场。

【山谷里回荡着隽芬的歌声（伴奏）和画外音。

【灯光下，出现了五个女兵窈窕的身影。

【她们系着一色的红领巾，脚上穿着缀有红色绒球的麻
　草鞋。

【田寡妇上场拥抱隽芬，少枝给隽芬戴红领巾，班长、张大脚

256

陆续上场；

画外音内容：

少　枝　(艳美地)隽芬姐，你的嗓子真特别，什么歌子到你嘴里唱出
　　　　来就跟别人不一样！

张大脚　那是。心里不想着男人，那歌唱出来哪能这么水汪汪的。

隽　芬　(不在意地笑了笑，从地下采了朵黄灿灿的野花戴在头上)
　　　　那当然。我又没嫁过人，干吗不能想男人？

张大脚　(翻了隽芬一眼)我那是封建包办婚姻，现在我革命了！

隽　芬　(嘲弄地)哦，那你也想吧。(在张大脚脸蛋上抚了一把)

张大脚　(用力地嗅着鼻子)唔！

冯贵珍　干什么？

张大脚　骚！

众女兵　哈哈哈哈……

　　　　"门外的号子吹响了哎，

　　　　当红军的哥哥又要走了哎。

　　　　三年五年的不得归来哟，

　　　　红旗子越飘越远了哎。"

女战士　哈哈哈哈……

　　　　【结尾对应开场温馨画面。

　　　　【光渐收；

　　　　【剧终。

257

京剧

乱世枭雄
（根据莎士比亚《理查三世》话剧改编）

编　剧　宋　捷　孙　庹

上海戏剧学院戏曲学院戏曲导演 12 届毕业剧目

2011 年 8 月

时　间　　五胡十六国

地　点　　后　赵

人　物　　石　遵　　　正帝的三弟,护国公,后为成帝。

　　　　　　　石遵乙　　　石遵的组合形象

　　　　　　　正帝石世　　石遵的大哥

　　　　　　　石　斌　　　正帝的二弟　保国公　宰相

　　　　　　　安　姬　　　张柴之妻,后为成帝之后

　　　　　　　皇　后　　　正帝之后

　　　　　　　普　兰　　　皇后之女

　　　　　　　柏金汉　　　石遵同党,后背叛

　　　　　　　凯　慈　　　石遵同党

　　　　　　　海世勋　　　御前大臣

　　　　　　　张　柴　　　正帝外甥

　　　　　　　李福思　　　皇后之弟

　　　　　　　葛　雷　　　皇后之侄

　　　　　　　兵士、侍卫

序

【汉代音乐起,五胡十六国纷战音乐切入;

【舞台正中定点光起,金光闪闪的皇帝宝座上御用的玉玺跳动着;

【石遵主题音乐起。阴险、恐怖又很滑稽的音乐引一瘸一拐的

石遵上。他贪婪地围着玉玺,扭动着畸形的身躯,冲向玉玺;

【王室三兄弟石世、石遵、石斌上;

【石遵退后一步,面藏杀机,立即用笑容掩饰;

伴唱起 皇冠一顶金煌煌,

千古斑驳刻沧桑;

铁骨铮铮响!

皇权擎天上。

哪管得腥风血雨,

说什么兄弟阋墙。

英雄成败亦绝唱,

滚滚浪涛掩兴亡。

【渐渐压光;

【光起,战场上;

【东晋兵四处杀上。赵将张柴奋勇力杀晋兵将;赵将姚弋
信、蒲洪、石闵同张柴挡住晋兵;张柴杀退晋兵,获胜;

【石遵从背后刺死张柴;

【晋兵被杀退。

众兵将 晋兵大败!

众　将 恭贺我主重夺王位!

正　帝 哈哈哈哈⋯⋯我们羯族石氏又得天下,狼烟尽扫众卿之功,
二弟——

石　斌 臣在。

正　帝 封你为保国公兼大丞相。

石　斌 谢陛下。

正　帝 三弟——

石　遵　臣在。

正　帝　封你为护国公兼大将军。

石　遵　谢陛下。

正　帝　御外甥张柴——

石　遵　臣启陛下,张柴战死。

正　帝　什么?

石　遵　张柴战死!

正　帝　为孤江山,又失心腹大将啊……(落泪)

石　斌　陛下不必伤痛,早登龙位要紧。请驾还朝,举国上下恭贺吾
　　　　皇登基大典!

正　帝　听大丞相安排!

石　遵　二哥,你身当保国公大丞相,一人之下,万人之上,日后对小
　　　　弟要多加指教。

石　斌　你我弟兄同心。

正　帝　三弟,按国礼厚葬张柴将军。

石　遵　领旨。唉……
　　　　(唱)我的好外甥啊——
　　　　【音乐起,正帝挽石斌手下;
　　　　【众随正帝下。

第一场

　　　　【石遵指挥四兵士抬张柴尸体;

262

石　遵　唉！

　　　　　（唱）叹赵国失去一位将军——神勇无敌；

　　　　　　　　我为你哭泣……

　　　　【石遵乙上；

石遵乙　（唱）……你好演技。

石　遵　（唱）哪一个人生不在演戏？

　　　　　　　　不过是在比、在拼、在 PK……

石遵乙　（唱）PK 演技的高与低！

　　　　　　　　趁战乱你一剑杀死了张柴——除去了皇上的膀臂。

石　遵　（唱）他本是我将来大业一宿敌。

石遵乙　（唱）对我还不敢抛心底？

　　　　　　　　你更想以此霸占他的妻。

石　遵　（唱）哈哈……你何不仔细看看自己？

石遵乙　（唱）左肩高来右肩低，

　　　　　　　　一瘸一拐，残缺不全，

　　　　　　　　娘胎里造就一副陋相形畸。

石　遵　（拍石遵乙）你是在嘲笑我？

石遵乙　（拍石遵）我说的难道不是实际？

　　　　　　　　　就是狗见到了你我，

　　　　　　　　　汪汪！汪！狂吠也把调门提。

石　遵　（唱）天哪，父母啊为何给了我这残形废体？

　　　　　　　　偏偏又降生皇族以貌比高低！

　　　　　　　　论机谋——

石遵乙　没人比；

石　遵　（唱）论战功——

石遵乙　数第一；

石　遵　（唱）我争强——

石遵乙　受妒忌；

石　遵　（唱）我鞠躬尽瘁——

石遵乙　还是为他人做嫁衣！

石　遵　（唱）我的青春我的爱——

石遵乙　（唱）也休怨天地，

　　　　　　　只怪咱的娘啊——

　　　　　　　她不为咱整形美容，

　　　　　　　便把咱抛进这人间来喘息；

　　　　　　　调情弄爱谁能看中这副身躯，

　　　　　　　无从对着含情的明镜宠幸讨取；

　　　　　　　比不上爱神的风采，

　　　　　　　怎能凭空在婀娜的仙姑面前阔步移；

　　　　　　　既不能春心奔放、卖弄风情、韶光洋溢，

　　　　　　　就只好打定主意以歹徒自许；

石　遵　（唱）老天爷——既然造就我丑陋身体，

　　　　　　　索性造就个邪恶的心灵表里统一。

　　　　　　　我要把皇冠玩在我手里，

　　　　　　　人生路上拼个高低。

　　　　　　　这出好戏就从女人……

石遵乙　女人？

石　遵　（唱）从女人身上唱起！

石遵乙　（白）这件事我去搞定！

石　遵　（白）这种事用不着你。有件事比这更重要，有个人挡我的道——

石遵乙 （白）那我干什么？

石　遵 （白）挡道的人让他死……

石遵乙 （白）我还是想干前面的事，面对女人多有情调。杀人的
事……

石　遵 （白）谁让你杀人啦？你去托梦，散谣言，吹阴风……看！
（拿出一张谶语）

石遵乙 （接过谶语）"奸佞兴风……"

石　遵 不是让你念，而是去托梦？

石遵乙 托梦——盗梦空间……懂！

石　遵 必须让皇上大哥和丞相二哥之间结下生死仇恨，让人人传
说刚刚打下的江山就有个名中有斌字的人要弑君篡位……
只大哥率直的天真比得上我的机敏阴毒，管叫他今天就把
我的丞相二哥囚进大牢。
（唱）皇上懦弱本性多疑；

　　　他又拖着病体，

　　　为了让皇冠在我头上举，

　　　只要我动动心机——

　　　搬弄是非、用尽诳言、毁谤、梦呓，挑唆欺诈一个一个施
毒计，

　　　牢牢抓住时机！

安　姬 （内呼）夫君！

石遵乙 明白，第一幕好戏开场了！我这就去……

　　　【石遵乙下；

　　　【光暗。

第二场

【音乐起,兵卒抬张柴棺木上;

【安姬急上,见兵卒抬尸;

安 姬 （白）夫君,夫君！我的夫君！

（唱）啊……我的夫君啊！

皇族血统成枯骨,

圣体如冰血流干；

祸首背后穿心剑,

心毒胜过那蛇、虺、蛛、蛊、蟾！

千万遍将夫君来呼唤,

可叹你英灵含恨无人雪冤。

【石遵上,想要拉安姬被推开。

石 遵 夫人,切莫如此伤心,这人已经死了,哭坏了身体,不值
当啊。

【安姬不做理睬。

安 姬 是哪个恶鬼来阻挡人间钟爱的大事？

石 遵 夫人仁恕要紧,莫这样恶言恶语。讲仁恕就要以善报恶,以
德报怨。

安 姬 你还说什么仁恕？你既不懂天理,也不顾人情！你从背后
杀死了我的夫君。

石 遵 我知道夫人此刻的悲痛,可不要给我假设虚构的罪名。夫

人冤枉我了。

安　姫　有几十双明亮的眼睛看到你的罪恶行径!

石　遵　夫人横眉怒目娇媚可爱,丽质天生叫我夸不完,将来会有充
　　　　分时日让我充分向你表白。

安　姫　滚开!
　　　　(唱)你是个人间地狱的凶孽障,

　　　　　　　残害我夫君一命身亡。

　　　　　　　你让人间悲声放,

　　　　　　　快乐世界被你涂抹得暗淡无光!

　　　　　　　你看一看——看忠良含恨双眼,被人暗杀喊冤枉,怒目
　　　　　　　仰面对天上,

　　　　　　　见到你血管又偾张!

　　　　　　　伤口裂,血又淌,

　　　　　　　诅咒灵魂恶豺狼,

　　　　　　　悖逆上天兴逆浪。

　　　　　　　心毒貌丑乱世流氓!

　　　　　　　上天哪,雷击罪犯轰鸣响,

　　　　　　　大地呀,地裂吞噬罪恶还我一片白茫茫。

石　遵　一片白茫茫……你纯洁的心境照得我无地自容,我不能再
　　　　欺骗你,我要向你请罪,(跪倒在地上,抱住卫姬的腿)夫人,
　　　　我,我是凶手。

安　姫　我的夫君啊,你真的是在这个恶魔的刀下成了野鬼孤魂!

石　遵　夫人,逝者已去,让他走好。他上了天比留在人间更加快活
　　　　自在。

安　姫　你这个禽兽,你应该下十八层地狱。

石　遵　夫人,除了十八层地狱我还有好去处。

安　姬　哼,你这样的人,还有更好的去处?

石　遵　那就是夫人的闺房!

安　姬　无耻之徒!

石　遵　夫人,你真的不明白,王室挣杀,犯下滔天罪行的祸根是什
　　　　么吗?

安　姬　祸根就是你那豺狼之心!

石　遵　错! 看得见的刀光剑影,而根源在于……夫人……

安　姬　我?

石　遵　夫人!

　　　　(唱)原是你的天姿国色惹争端,

　　　　　　夫人的姿色在我梦中纠缠,

　　　　　　直叫我顾不得天下生灵涂炭,

　　　　　　一心只想在你的酥胸边取得一刻温暖。(石遵乙暗上)

安　姬　(唱)早知如此,我一定亲手抓破我的红颜。

石遵乙　(念)别,别,别,夫人你一时冲动——一时冲动将留下千古
　　　　遗憾,上天造就红颜美色,如同太阳带给世界啊——五
　　　　彩斑斓……

安　姬　(唱)无非只是红颜美色只为人间添灾难。

石　遵　(唱)这一切都是天性使然。

石遵乙　(念)天下的男人谁不爱美女呀?

　　　　　　争夺美女千万别用是非、别用是非来分辨。

安　姬　(唱)男子野心争天下,

　　　　　　挡箭牌,是红颜,

　　　　　　安姬宁愿毁容貌,

不为后世做笑谈。

石遵乙　（念）三国时曹操灭了袁绍，

腥风血雨来征战。

父子们都是为了甄宓美色垂涎；

甄宓多情人人称赞，

上天封她"洛神"千古流传。

石　遵　（唱）"洛神"美名千古流传。

安　姬　（唱）我不要美色传千古，

宁愿随夫一死赴黄泉。

石遵乙　不——不——不！你不能死啊！

（念）夫人若赴黄泉路，

男人的世界塌了天。

石　遵　（唱）夫人难释心愤懑，

罢，罢，罢！杀了我即可报仇冤。

石　遵　请你用这匕首刺进我这赤诚的胸膛！

石遵乙　解脱我这向你膜拜的心灵！

石　遵　了结我这条生命。（打开胸膛；安姬她持刀，看。）

安　姬　（白）若是你死了倒好，能替我的亡夫报仇雪恨。

石　遵　（白）为了你这美人我死也值得！

（唱）我只要看你秋波一转，

就是死也能更痛快。

你那双迷人的眼睛像大海，

看得我泪珠盈盈像童孩；

我对权力虎视眈眈，

却对你美色无法忘怀，

　　　　　　你若叫我死也照办，

　　　　　　只要让我亲一亲吻一吻夫人的香腮。

安　姬　（唱）我……用手举起匕首剑——（颤抖）

　　　　　叹女人关键时刻抉择难——难，难，难！（匕首剑落地）

石遵乙　夫人，剑掉了。（拾起剑）

安　姬　我不想做你的刽子手。

石　遵　那末吩咐我自杀，我自己动手！

安　姬　（拉住其手）我已经说过，不想做你的刽子手。

石遵乙　杀吧，杀吧！此刻向心窝插上一刀，看一看最爱你的真心脏
　　　　滴滴血鲜。

安　姬　我倒很想看看你这颗心。

石遵乙　我的心就挂在我的嘴唇边。

安　姬　我怕你竟是心口全非。

石遵乙　那世上就没有一个真心人了。

安　姬　好啦，好啦，把你的匕首收起来。

石　遵　夫人不舍得了，拾起那把刀来，不然就搀我起来。

石　遵　那末就算是和解了。

　　　　　【安姬不说话。

石　遵　我这有一块玉，我将它赠了予你。

　　　　　【将玉握在安姬手里。

石　遵　夫人，你拿了这块玉就是将我心拿了去，我还要请求你答应
　　　　我一件事。

安　姬　什么事？

石　遵　愿你允我来办理这场葬礼。我的罪孽深重，必应赎罪。

安　姬　我能看见你这样深悔前非，我心里也十分喜悦。我得走了。

270

石　遵　夫人倒是向我道别一声哪。

安　姬　你既教了我如何待你和善，不妨就假想我已道别过了。

　　　　【安姬下。

石　遵　来，将棺具抬往法门寺院，待我请来高僧超度张柴将军亡
　　　　灵，国礼安葬。

兵　士　（内呼）闲人闪开！

　　　　【兵士押解宰相石斌上；

石　遵　你……你不是二哥么？

石　斌　三弟！

石　遵　二哥！你为何身披枷锁？

石　斌　三弟呀！石斌的名字害愚兄，皇兄与皇嫂昨晚同做一梦，梦
　　　　中天神显圣，丢下籤语一篇在枕边……（拿出纸片）

石　遵　什么籤语？

石　斌　"奸佞兴风，篡位弑兄，有文有武即是名，特留籤语示警。"皇
　　　　兄、皇嫂即刻惊醒，枕边果然有这张籤语！

石　遵　待我看来！（接过纸片）"有文有武即是名"……

石　斌　"有文有武"乃是个"斌"字，就是我的名字。愚兄千思万想
　　　　理不清，难道这籤语——就定下了愚兄的罪名吗！？

石　遵　皇兄与皇嫂同做一梦？枕边留下籤语一篇？

石　斌　是啊……

石　遵　难道兄长还不明白吗？

石　斌　明白什么？

石　遵　男子受了女人的统治，不是皇兄有心把你关进牢狱，而是他
　　　　的妻后——皇嫂的指使！我们大赵王国的外戚向我们羯族
　　　　石氏动手了……第一是你，第二就是我……恐怖啊！

石　斌　三弟，你要为大赵国效忠啊。

石　遵　三哥暂受一时牢狱之苦，我就去见皇兄；不管什么事，只要
　　　　你吩咐我去办，即使让我向那恶毒的皇嫂和那帮为虎作伥
　　　　的外戚低三下四也好，那奇耻大辱——

　　　　（唱）我也得忍受，

　　　　　　　只要能为你换取自由……

　　　　　　　这兄弟阋墙的滋味啊——

　　　　　　　如血滴滴落心头；

　　　　　　　我舍身也要把你救，

　　　　　　　宰相的大位为你留！

石　斌　（唱）终究是一母同胞情意厚，

　　　　　　　为国为民我们弟兄志同酬；

　　　　　　　好兄弟呀……

兵　士　宰相大人，您该走了！

石　斌　为兄的去了……唉！

　　　　（唱）我走，走，走！

　　　　【士兵押解石斌下。

石　遵　（唱）走上你那万劫不复的路莫回头，

　　　　　　　好一个同胞兄长纯净不藏污垢，

　　　　　　　面对着他我怎能心灵无忧，

　　　　　　　狭路相逢妇人之仁才会罢手——

　　　　【石遵乙引凶手甲、乙上；

石遵乙　（唱）雇来了刽子手杀人的魔头。

石　遵　你们人生的哲学是什么？

凶手甲　守法朝朝忧闷，

凶手乙　强梁夜夜欢歌；

凶手甲　损人利己骑马骡，

凶手乙　正直公平挨饿。

凶手甲　修桥补路瞎眼，

凶手乙　杀人放火儿子多；

凶手甲　我到西天问我佛，

凶手乙　佛说：

二人同　佛说：我也没辙！

石　遵　好！我很看得上你俩；快去干起来；去，去，快去。

石遵乙　下手必须敏捷，尤其要心如石铁。

凶手甲　我们不讲空话，

凶手乙　"做忒伊"（上海话）用手不用嘴巴。

石　遵　对，眼里要落石块，傻子才滴傻泪。

凶手甲　"做忒伊"（上海话）虽然不用嘴，

凶手乙　提前支付的佣金要加倍。

石遵乙　（对石遵）现代人都这样。

石　遵　（扔钱袋）十万。

凶手甲　不够养老钱。

石遵乙　（扔钱袋）二十万。

凶手乙　刚够买个卫生间。

石　遵　干完活再来领赏钱！

石遵乙　哼，世风日下！

凶手同　正是：

凶手甲　我到西天问我佛，

凶手乙　佛说：

二人同　佛说:我也没辙!

　　　　【四人对视;

　　　　【切光。

第三场

　　　　【场上,病卧龙榻,众臣在侧,王后坐在床榻。

正　帝　(唱)昏沉沉卧龙榻病夺三魂……

众臣同　皇上,陛下……陛下醒来!

　　　　【正帝醒;

正　帝　(唱)强睁双眼对群臣;

众臣同　万岁,龙体珍重了!

正　帝　(唱)三件事未了心不定——

海世勋　陛下,这第一件?

正　帝　(唱)孤病重太子还没有回帝京。

海世勋　待臣前往鲁城迎接太子回京。

李福思　待臣前往鲁城迎接太子回京。

海世勋　臣前去!

李福思　臣前往!

　　　　【双方争去;

正　帝　唉,皇后代孤起诏书。

皇　后　遵旨。(写)“父皇龙体病重,快马加鞭回京。”

　　　　【交正帝,正帝看;

正　帝	内侍,吩咐八百里快马鲁城传旨!
李福思	敢问万岁第二件大事?
正　帝	(唱)第二件怕公侯不和江山难稳——
李福思	皇天在上,臣李福思虽为娘娘外戚,定要摒弃私怨恨,忠心为国,苍天可鉴。
葛　雷	皇天在上,臣葛雷虽为娘娘外戚,定要摒弃私怨恨,忠心为国,苍天可鉴。
正　帝	夫人! (唱)孤有遗言你且听: 　　　外戚有过莫护短, 　　　公侯贵戚要和平。
皇　后	臣妾决不再记旧怨,愿意与满朝公侯将相同心协力共辅皇室,都愿陛下昌达!
正　帝	海大人,柏将军?
海世勋	御前大臣海世勋,抛弃前嫌,立誓精诚无欺!
柏金汉	我柏金汉如果有仇视皇后娘娘,或是不衷心拥戴娘娘的亲朋,我愿受天罚!
海世勋	愿娘娘千岁,千千岁!
柏金汉	愿娘娘千岁,千千岁!
石　遵	(内白)护国公来也!
石　遵	臣弟参见万岁!
正　帝	三弟呀! 你看原有嫌隙的公侯将相之间,干戈化成了玉帛,恨转为爱了。
石　遵	(唱)好好好,我真高兴, 　　　皇兄听我表表忠心:

275

消除隔阂最要紧，

如有得罪我行礼赔小心；

愿我们都像初生的婴孩一样纯净，

护国公永远谦恭待人。

（白）皇兄，恕弟直言，皇兄病重小弟一直担忧，继位的大事关乎我大赵万年社稷……

正　帝　（白）我们弟兄想到一处了。寡人要立继任王位的人选，可是，怕他一时难以担当！

石　遵　（白）大哥放心，您看中的人选必定是人中龙凤，一定能承此大任！

正　帝　（白）御前大臣，你记下来，（海世勋记录）寡人要立……

石　遵　（起身准备受封）

正　帝　（白）皇子昭为君王！继承寡人的江山！

石　遵　（愣在原地。）

正　帝　孤已传旨，太子不日就要从鲁城回京来了。

皇　后　（唱）愿上天让人间裂痕补尽，

求主君赦回二弟法外施恩。

正　帝　是啊，太子登基全靠二弟、三弟辅佐，二弟乃是托孤的重臣，快快传旨，赦免二弟！

石　遵　啊？难道皇上和文武众臣还不知道我那二哥他……他已经在狱中归天了吗？

正　帝　你……你说什么？

石　遵　我刚才去探望二哥，狱官回禀：皇兄传下圣旨，赐死我那二哥啊……（大哭）

正　帝　哎呀！

（唱）闻言不啻惊雷轰，

孤何时定他死罪名？

霎时昏沉血上涌……

（吃惊的咳嗽，吐血，身亡。）

众　　（同）陛下，万岁啊……

【众人哭成一片；

石　遵　唉！

（唱）我好悲伤……我那屈死的二兄长，

哭一声好兄王！

石　遵　（一步一步失落地走下台阶）

【压光。国王病榻及众臣暗撤下。舞台仅剩石遵；

【石遵乙上。

石遵乙　（白）佩服佩服！今年最佳男主角都是你的了！

（唱）暗杀二哥在先——干得漂亮，

糊弄大哥在后——冠冕堂皇；

招招局局致命棋，

石　遵　（唱）棋差一着路渺茫……

他当众调回太子来继位，

我哭啊，

石遵乙　（唱）啊……（同哭）机关算尽……竹篮打水……

石　遵　（唱）——空忙一场！

石遵乙　这哪像成大业的英雄？皇兄已死，权势最大的是谁？看看

识时务的来啦！

【柏金汉、凯慈上；

柏金汉　（唱）痛哭声中藏动荡，

凯　慈	（唱）关键时再不要过度悲伤；
石　遵	（唱）也不知他二人是敌是友？
二人同	（唱）识时务背靠大树好乘凉。
石遵乙	（唱）成大业还需左右臂膀，
	一个好汉两个帮。（石遵乙隐下）
石　遵	（白）感谢二位大人对我的关心。皇兄临终前已使一朝众臣修好言和了，不过我最想知道的是御前大臣海世勋此刻的心境。
柏金汉	当然，御前大臣，举足轻重。
凯　慈	末将即刻前往海大人那里探听虚实。
柏金汉	什么虚实？
凯　慈	末将心中明白得很。（下）
柏金汉	大人，如今重中之重是把皇后那班目中无人的亲朋们和太子拆开！
石　遵	（计上心来）……太子？可惜这太子不是我大哥的亲生！
柏金汉	啊？此话从何说起？
石　遵	柏大人你应当记得，我那皇嫂进宫不到八月就生下了这位"太子"。
柏金汉	确有此事。
石　遵	皇兄在位时我不愿提起。我那大哥本性好色，荒淫无度，我那大嫂本是晋国富商之妻，有孕在身，因为姿色出众，被我大哥掳来，进宫封后，不到八月就生下一子。那时我们弟兄都劝王兄不能立他为"太子"！谁想他之后再无子嗣。
柏金汉	后来倒是生了一位美貌绝伦的普兰公主。
石　遵	是啊，可惜皇嫂生了这位美貌公主后再无生养，所以便胁持王兄立了他的野种儿子为太子。大人请想，若是太子登基，我大赵天下，岂不是又沦为后晋所属，我数万百姓又成了后

晋之奴!

柏金汉　如此重大的国事,护国公为何不及早言明?

石　遵　为顾及赵家皇室的脸面,惭愧……

柏金汉　当断不断,反受其乱,最好的计策,待微臣快马赶到鲁城,将
　　　　那个野种"太子"斩草除根(手势),再将真情诏告天下。

石　遵　我的咨询大臣,我的神坛先知!我的好兄弟,我就像一个孩
　　　　童般听凭你指引。等我成就大业,你就是御前大臣兼定国
　　　　将军,领燕北封地。

柏金汉　谢殿下封赏!

凯　慈　(内呼)护国公!(上)禀告护国公,御前大臣海世勋明日召
　　　　集众臣,共议太子加冕。

石　遵　啊?他竟不同我商议?"太子"不是大赵后裔血统他是知道
　　　　的,这么着急为他加冕?又是串通皇后的阴谋!柏大人事
　　　　不宜迟,快快赶到鲁城截住太子斩草除根。

柏金汉　我即刻快马启程。

石　遵　凯慈将军,集合倾国兵马围住京城,明日殿前议事听我号令
　　　　行事,附耳上来(密语)!

　　　　【音乐起;

　　　　【收光。

第四场

　　　　【海世勋、凯慈、李福思、葛雷上;

海世勋　国无君主民不定,

279

李福思、葛雷　（同）谨遵遗嘱立新君。

海世勋　召集各位大人，就是为了议定加冕太子的吉日。

凯　慈　加冕盛典都准备好了吗？

李福思、葛雷　都齐备了；只等决定日期。

海世勋　国不可一日无君，明日就是吉日。

凯　慈　不知护国公有什么高见？

海世勋　昨日命你请护国公议事，为何不见到来？

葛　雷　看护国公来了。

　　　　　【石遵在两兵士搀扶下上。

石　遵　（唱）大赵国灾难连着灾害，

　　　　　　　　一夜间痛苦的病全袭来；

　　　　　　　　我这只臂膀就像毁损了的幼树苗全都枯坏，

　　　　　　　　再看一看我眼斜口也歪。

　　　　　　　　皇兄、二哥呀……与其活得这么痛苦，

　　　　　　　　快招我一同赴泉台。

众人同　国公大人的病乃悲伤过度而起，节哀要紧。

石　遵　这场病来得太蹊跷，我起身太迟了但愿议会上决定的国家
　　　　大事，我相信，并没有因为我迟到而给耽误吧。

凯　慈　为太子加冕的事，我的大人，如果您没有应声而至，海世勋
　　　　大人就会替您做主。

石　遵　还有谁比海世勋大人知我更深，更加大胆？海大人，昨晚皇
　　　　兄托梦对我说，海大人的后花园中种植的天麻，可治我重
　　　　病，乞求海大人赏赐。

海世勋　海世勋当得效劳，侍卫过来！

侍　卫　（上）在。

海世勋　即去后花园，挖取天麻敬于护国公。

侍　卫　遵命。

石　遵　凯慈大人何不同去？

凯　慈　遵命！（同侍卫下）

柏金汉　（内唱）快马加鞭赶回京——（上）

众人同　柏大人！

柏金汉　（对石遵唱）

　　　　不负使命大功成。

海世勋　姗姗来迟，你往哪里去了？

柏金汉　迎接太子去了。

海世勋　太子现在哪里？

柏金汉　已然送他上西天了！

众　臣　啊？你竟敢反叛？

石　遵　柏金汉做得好！这个太子不是我石家的血统。我大赵的江
　　　　山怎能让外姓继承？

凯　慈　（内呼）护国公！（上）启禀护国公，末将跟随海大人侍卫，挖
　　　　取天麻，不料挖到一半，竟然挖出有个木人，有七只绣花针
　　　　钉住木人的七窍。护国公请看！

石　遵　待我看来：石遵大祇，辛丑、乙卯、丁亥、庚辰生。

　　　　【柏金汉将木人身上的针一一拔去，石遵身体立即恢复
　　　　正常；

石　遵　海大人，你把我的姓名、生辰写在木人身上，七窍钉针到底
　　　　要干什么？

海世勋　此事绝非老臣所为。

柏金汉　这是妖人所用魔魇法，分明要害护国公性命！

海世勋　太子加冕在即,你暗杀太子,图谋不轨!

柏金汉　你们加冕的是一个野种! 侮辱了大赵国的皇族血统!

石　遵　海大人,皇兄娶有孕的皇嫂进宫封后,不到八月就生下一子
　　　　的事,你应当不会忘记吧?

海世勋　皇后娘娘虽说先孕后进宫,所怀之子也是先帝的血统。

李福思　皇后是正统的皇后!

葛　雷　太子是正统的太子!

石　遵　怎么三位重臣,要结党谋反吗? 我石遵还没让你们害死,大
　　　　赵血统的皇族还没死绝呢!(向凯慈)集结兵马!

　　　　【鼓声大震,兵马团团围住皇宫;

石　遵　你急于用魔魇法将我害死,就是为了这个不清不白的太子
　　　　吗? 看来传说中海大人和皇后有染是真的啦!

李福思、葛雷　护国公休要污蔑皇后!

石　遵　污蔑? 你们看轻我了,对要想杀我的人,我看不到他的头
　　　　颅,我食不进餐!

　　　　【凯慈给海世勋上绑,给李福思、葛雷上绑;

海世勋　(唱)忠良无辜被刀裁,

　　　　　　血雨腥风滚滚来;

　　　　　　悲惨邪恶的时代,

　　　　　　英雄何惧断头台!

　　　　【兵士押海世勋、李福思、葛雷下。

柏金汉　护国公大人;望殿下接受我们的恳求,早登龙位!

石　遵　你快快说来。

柏金汉　(唱)纲常不振皇朝非正统,

　　　　　　担负重任全靠护国公,

　　　　　　　数十年战功卓著鞠躬尽瘁德高望重；

　　　　　　　望殿下登龙位听一听这正义呼声。

石　遵　（唱）感激忠臣良民一片热忱，

　　　　　　　只恐我胸无大志涌上浪尖欲罢不能。

　　　　　　　宁愿闭门多思过，

　　　　　　　只做辅国的忠良臣。

柏金汉　（唱）赵国天下先王定，

　　　　　　　时势造就大英雄。

石　遵　（唱）英雄何必登龙位，

　　　　　　　某朝篡位天不容。

柏金汉　（唱）国公心地真磊落，

石　遵　（唱）此刻不愿听奉承。

柏金汉　（唱）莫拒绝臣民诚心相请，

石　遵　（唱）违我所愿万不能！

　　　　【凯慈率兵士托海世勋、李福思、葛雷人头上；

凯　慈　斩首已毕。

石　遵　唉！（哭）我们毕竟一殿为臣啊！（抱人头下）

凯　慈　怎么，殿下真是不肯登基吗？

柏金汉　（点头）唉，我已经劝了半天了……（向外）搞不清真假，帝王的城府——深哪！

凯　慈　我有好办法。

柏金汉　好办法？

　　　　【凯慈向柏金汉耳语；

柏金汉　（笑）哈哈哈哈……

　　　　【凯慈指挥兵士拿来龙袍，皇冠；

【柏金汉拉石遵上;

【众人给石遵穿龙袍、戴皇冠;

柏金汉　真龙天子登基,臣等参拜!

众　同　万岁!

石　遵　(念)不顾我是否愿意,强迫我黄袍加身;

　　　　　　从此我任劳负重,可惜我留下恶名。

凯　慈　哪个暗中攻讦,辱骂陛下,凯慈定斩他们人头!

柏金汉　待臣草诏,据实昭告天下:我等拥戴圣主登基,一切垢污糟

　　　　蹋与万岁无关。

石　遵　天哪,天! 登上皇位这是一件多么违反我心愿的事啊!

众　同　万岁! 万岁,万万岁!

皇　后　(内呼)篡位的豺狼! (冲上)

　　　　(唱)大骂石遵豺狼性,

　　　　　　杀死皇儿如刀剜我心!

　　　　　　先皇归天尸骨未冷,

　　　　　　你、你……你杀太子、诛皇戚、残害忠臣桩桩罪恶天

　　　　　　不容!

石　遵　(白)天理不容第一件,你身怀野种嫁皇兄。

皇　后　(唱)未嫁时你兄已然强暴我,

石　遵　(白)这胎儿不是我大哥的种?

皇　后　(唱)你污言作践我糟蹋我名声!

　　　　　　做皇后又跌落深渊唯叹女人遭噩运!

石　遵　(白)我已以正宗血统君临天下,你可听一听臣民的忠心。

众　同　万岁! 万岁,万万岁! (众下)

皇　后　(唱)天爷呀……你为何只顾沉眠,让他肆意施暴行!

这世道谁肯听我诉苦难？

石　遵　（白）"成者王侯败者贼"这定论从古传至今。还是想一想怎样保住你皇族，尊贵……也保住你花容月貌的女儿。

皇　后　（唱）听不懂这是什么弦外音？

我女儿普兰公主是你亲侄女，

待字闺中玉洁冰清；

只求你饶了她年青的生命！

哪怕是让我早早藏身埋骨入新坟。

石　遵　哪能啊！说实实在在的话，我爱皇嫂的美貌……还要保护你的名节，所以：

（唱）我要在你女儿身上繁茂皇家血脉——传下我的种；

（念）有爱孙称你为祖母和有爱子叫你一声慈母，并无丝毫差异；孙儿虽比儿子低了一辈，但他们还是离不开你的本性，用你儿女的帝后之位——我的皇嫂岳母啊！

（唱）用你的经验教我那美丽的侄女勿再害羞我是一片真诚！

皇　后　你……你这个畜生！

【音乐中收光。

第五场

【后宫，普兰公主上。

公　主　（念）父亡，兄死，刀光剑影，

悲痛，悲痛……

有谁怜顾少女青春。

【石遵上;

石　遵　　（念）瘸腿,驼背,女人见了如见鬼,

　　　　　　　　帝王,权位,

　　　　　　　　爱神眷顾给力加倍。

公　主　　万岁。

石　遵　　不要这样称呼我。

公　主　　叔王。

石　遵　　更不要叫叔王。

公　主　　你本来是我的叔王啊!

石　遵　　怎么?你母亲下朝回来不曾向你说起吗?

公　主　　母亲下朝回来,抱住我痛哭……

石　遵　　哭什么?

公　主　　哭父王,哭兄长……

石　遵　　难道她不曾关心你的婚姻么?

公　主　　我的婚姻?唉,父兄刚刚亡故,还谈什么我的婚姻?

石　遵　　有道是:逝者已矣,青春难再呀!

公　主　　青春难再……叔王,你是说侄女我么?

石　遵　　是啊,普兰,假如我没记错,你今年一十七岁了。

公　主　　唉,可怜生在帝王家,宫冷只有甘寂寞。

石　遵　　帝王最惜花开时,怎容普兰空自香……

公　主　　叔王,这是何意?

石　遵　　（走近公主)普兰,一十七岁普兰怒放,香气袭人,酷似你母
　　　　　　当年,胜似你母当年,上天造就如此美色,难道你不该身居
　　　　　　王后之位吗?

公　主　叔王此言,侄女不甚明白……

石　遵　好了,好了,寡人初到后宫,还不曾见过你的闺房,还不请驾
　　　　临幸?

公　主　母亲说过,普兰的闺房,不准男子进入。

石　遵　哈哈……寡人乃万乘之君,难道君命比不过母命?

公　主　如此叔王……万岁请……

　　　　【石遵拉公主下。

皇　后　(唱)闻报禽兽内宫闯——

　　　　【皇后拉安夫人上;

皇　后　(唱)心惊胆怕步慌慌;

　　　　　　天颜冷酷灾难降,

　　　　　　求皇后救普兰你是好婶娘!

安　姬　(唱)事不宜迟内宫往!

　　　　【石遵上,坦然面对二人;

石　遵　(唱)初绽花朵分外香。

皇　后　你、你、你到我内宫做什么来了?

石　遵　嫂嫂不从王命,寡人不得不亲自登门求爱。

皇　后　你!……到我女儿内室做什么去了?

石　遵　普兰闺房清香可人!

皇　后　(发疯般)女儿——(冲下)

安　姬　禽兽!

　　　　(唱)人间败类廉耻丧尽,

　　　　　　淫欲肆虐乱人伦;

　　　　　　想当初甜言蜜语设陷阱,

　　　　　　坠你魔窟夜夜梦魇惊;

　　　　　　驼背的蟾蜍瘸蛇蝎,

登上王位更狰狞!

石　遵　（唱）上天给我畸形貌,

　　　　　　我看世人心难平;

　　　　　　就要报复这世界,

　　　　　　做尽恶人恶事不皱眉头铁铮铮!

安　姬　（唱）你在地狱领使命,

　　　　　　专为魔鬼卖灵魂;

　　　　　　大地即崩裂,

　　　　　　炼狱烈焰喷;

　　　　　　人神同呼号,

　　　　　　共愤绞尔魂!

　　　　　　再不戴这皇后的金箍罪恶的顶!

　　　　【安姬将皇后冠掷向石遵。石遵踢安姬倒地。石遵乙上一
　　　　　剑刺死安姬。

　　　　【皇后携普兰公主上。

石　遵　封普兰公主为大赵皇后!

皇　后　誓死抗旨!

普　兰　母亲,我已经是他的人啦……

　　　　【压光。

第六场

　　　　【夜,鼓起三更;

　　　　【内侍画外音:

288

画外音　柏将军求见皇上！

　　　　【柏金汉上；

柏金汉　（唱）当初为他谋帝位，

　　　　　　　　他许我御前大臣、定国将军封地在燕北。

　　　　　　　　年过半载无兑现，

　　　　　　　　该封不封用人太黑。

　　　　【石遵上；

柏金汉　皇上万岁！我听到了这个消息，我的君主。

石　遵　夜半进宫什么事？

柏金汉　石闵起兵了，来势很猛啊。

石　遵　你做了什么部署？你的职责呢？

柏金汉　陛下，臣想皇上有一件重要的事忘记了。

石　遵　是你胁迫我这皇上？

柏金汉　是，我请您，万岁有诺言在先，一旦登上王位，便封赐我御前
　　　　大臣、定国将军，还有燕北的封地。关键就在此，您所允许
　　　　的海瑞福德伯爵爵位和那些动产都应该归我了。

石　遵　燕北的封地……那不正是石闵起兵的地方？你该当何罪？

柏金汉　皇上还没有把燕北之地封给我。臣无罪。陛下对我的正当
　　　　请求怎么说？

石　遵　这个石闵，孤记得孤为大赵打天下时，石闵还不过是个顽皮
　　　　的孩童。也许——

柏金汉　您的声誉和信义要维护。

石　遵　我当初为什么没有杀死他呢？

柏金汉　万岁，您答应封赐我的爵位——

石　遵　我需要你到燕北去看看虚实。

柏金汉　皇上。

石　遵　唉,什么时间了?

柏金汉　臣斗胆请万岁回忆一下您当初对臣的诺言。

石　遵　唔,可是什么时间了?

柏金汉　三更了。

石　遵　好,让它敲吧。

柏金汉　为什么让它敲?

石　遵　因为一面你在乞求,一面我要默想;而你却像那更夫手中的
　　　　梆鼓更锣当当敲个不停。我今天无心封赏。

柏金汉　那就请决定万岁再次承诺。

石　遵　你真麻烦,我此刻心情不对头。(与侍从们下。)

柏金汉　啊?!

　　　　(唱)利用我时许封赏,

　　　　　　　一旦登基踹一旁;

　　　　　　　拥戴这样的君王哪有好下场?

　　　　　　　倒不如战场复仇枪对枪。(下)

　　　　【战争音乐起;

　　　　【士兵音乐中上;

士　兵　大将军石闵兴兵讨伐石遵!

士　兵　大将军石闵为正义而战!

　　　　【凯慈上;

凯　慈　大赵皇帝御驾亲征,讨伐叛将石闵!

　　　　【杀声四起,众士兵混战舞。

第七场

【石遵寝宫,半夜,雷雨交加,突然一道闪雷惊醒。石遵从床
上坐起,命人点灯。

石　遵　(白)把灯点上,把灯点上。

　　　　(唱)夜半噩梦惊醒,

　　　　　　一双双枯瘦的手指掐我脖颈。

　　　　　　王位征途荆棘满地,

　　　　　　我是无所畏惧的大英雄。

【石遵又睡下了。安姬魂上;

安　姬　(白)夫君,夫君。

石　遵　(白)你……你……你——

安　姬　(唱)杀我夫君在先,

　　　　　　骗我嫁你为妻;

　　　　　　从未在你枕边有过片刻的安睡,

　　　　　　篡王位杀了我鲜血尚滴……

　　　　　　此刻叫你翻来覆去,

　　　　　　战场上叫你钝刀落地魂无所依!

石　遵　(白)不,杀你是柏金汉的主意。

柏金汉　(从石遵背后升起)我的主意?

【石遵惊吓不已,吓瘫在地。

柏金汉　(白)你这个黑心肠的暴君!

(唱)我拥戴你加冕；

你对我施淫威。

噩梦中让你胆裂心碎，

战场上让你绝望昏厥！

安　姬　黄泉路上多寂寞，夫君你快来陪我！

【三人舞蹈；

【张柴的鬼魂升起；

张　柴　（白）你还记得我吗？

（唱）背后穿心剑夺我命，

尸骨未寒娶我妻。

黄泉路上多寂寞，

你也来领略阴间寒与凄！

三幽灵　（白）黄泉路上多寂寞，拉你石遵来陪我！

【四人舞蹈；

石　遵　（白）不……不……不……

（唱）野鬼拉我去做伴，

黄泉路上喊孤单。

【石遵惊醒，发现是梦。

（接唱）蓦然睁双眼，

蓝色的微光闪，死沉沉的午夜寒，

只见这汗珠挂在皮肉上抖抖颤颤，好吓人的梦魇！

难道说我也怕？

良心把我苦苦纠缠；

良心惊扰得我心乱，

伸出了千万条舌头吐怒言；

控诉我伪誓罪，罪无可恕；

谋杀罪，血迹斑斑；

乱伦罪，罪欺天地，

种种罪行，大大小小，拥上公堂，齐声嚷"有罪！有

罪！"罪恶滔天！

我恨自己……我爱自己……丑形残躯半世相为伴，

恨又那堪爱又那堪！

又何必让良心似懦夫惊扰得心惊胆战，

靠自己换来这至高无上的皇冠，

权在手——开弓没有回头箭，

只有勇往冲向前，

莫说回头是蠢汉，

一身残缺有谁怜？

孤注一掷决胜负，

千古成败亦空谈；

战场上只要给我一匹马，

我还要报复大地报复天！

侍　卫　报——（上）

石　遵　说！

侍　卫　石闵将军率军入宫，已经兵临城下！

石　遵　带马，平叛！

　　　　【鼓角齐鸣；

　　　　【石遵会战石闵，混战；

　　　　【凯慈上；

凯　慈　快来营救，快，快来营救！皇上武艺惊人，非凡夫可比。他

的敌手谁都招架不住。他的马打死了,他在平地作战,在死亡的虎口中到处搜寻石闵。快去救驾,大人,否则今天要失利!

【鼓角齐鸣。石遵上。

石　遵　一匹马!一匹马!我的王位换一匹马!

【伴唱四起:

伴　唱　一匹马!一匹马!我的王位换一匹马!

凯　慈　后退一下,我的君王;我来扶你上马。

【伴唱声起;

伴　唱　欲望,欲望……

争一顶皇冠至上,

竟不顾民膏疮痍血流成浪,

兄弟阋墙似嗜血豺狼!

千古成败成空响。

我们不要血雨腥风,

我们不要邪恶猖狂;

我们只要干戈息和平安康!

【伴唱中闭幕;

【剧终。

现代京剧

生存·1945
（根据尤凤伟小说《生存》改编）

编　剧　韩　喆　张冬毅
　　　　李　闯　龚　婷
指导老师　宋　捷

上海戏剧学院戏曲学院戏曲导演专业 16 届毕业剧目

2015 年 6 月

人物表：

赵　武——石沟村抗日队长

玉　琴——寡妇，赵武的相好

赵五爷——石沟村族长

五队长——抗日游击队队长

小山万太郎——日军少尉

周若飞——日军翻译官

六　旺——石沟村村民

二脖子——石沟村村民

疯七爷——玉琴的公公

酒　冢——日军军曹

村　民

二游击队员

日本兵

序

时　间：民国三十三年（甲申年），农历腊月。

地　点：河北省石沟村祠堂。

【音乐肃穆；

【夜，外面纷纷扬扬的雪花，北风呼啸；

【祠堂贡着简单供品，蜡烛、香炉；

【五爷、六旺、二脖子、疯七爷手持香,庄重,肃穆;

【伴唱起;

众　人　(一种庄重哼鸣)嗯……

保佑啊……祖宗、祖宗!

求生,求生! 嗨嗨嘿,求生存……

明年有个好年景,

饿鬼莫再缠我村;

求衣蔽体食果腹,

活着只求好生存,

求生,求生! 嗨嗨嘿,求生存……

五　爷　三世族长赵树勋。

六　旺　子孙赵六旺。

二脖子　子孙赵二脖子。

五　爷　愧对先祖。甲申年天降旱魃石沟村,饿死族人,

六　旺　年根断顿,

二脖子　断顿年根;

疯七爷　人丁不盛,

六　旺　保佑我们过年有口吃,有个乐,

二脖子　保佑族人乐呵的做回人……

疯七爷　祖上显圣,别让那败类得逞。

二脖子　您老又咒赵大三!

五　爷　(制止)说正经的! (向排位)祖上有德,日本鬼子七年没
　　　　进村。

六　旺　(叨咕)那是因为咱村穷得兔子不拉屎,

二脖子　小得巴掌看不见指纹。

297

五　爷　胡说！祖上有德,鬼子才没进村。跪求祖上保佑:

　　　　给个好年景,

　　　　鬼子别沾石沟村,

　　　　饿鬼远离去,

众　人　降福给儿孙!

五　爷　唉,这赵大三怎么还没来?

二脖子　狗日的赵武,借鬼子来了当个抗日队长!

六　旺　俩眼睛就知道盯着那寡妇女人,不干正经事。

疯七爷　我就容不下这俩败类,我掐吧死他!

五　爷　唉!祭祖呢!

众　人　祖上降福给儿孙!

　　　　【另一表演区;

赵　武　抗战七年了,日本人不稀罕来,抗日军也不正眼看,咱这石
　　　　沟村就是个小孤岛。我这个抗日队长,想当个男子汉盯着
　　　　小鬼子干他一场,结果……

玉　琴　看我干啥?没个正形,你看着我不饿?

赵　武　看着你就来劲儿?

赵　武　年关前你带着扣儿就住我屋里去,敢不敢!

玉　琴　要是让我公爹猫上……

赵　武　上我家好歹还有口吃的,有暖炕,吃饱了,干!

伴　唱　(唱)活着要吃,活着要干,

　　　　　要活着就这两件揪心肝。

　　　　　小日本子铁蹄下,

　　　　　可惜活着不得欢!

　　　　【二人伴唱中调情,玉琴跑,赵武追,进入第一场。

第一场　接

【舞台中央一块巨大白色幕布,地流光从后方照出一男一女两个人影。两人相拥,传出喘息声;

【正在二人亲热时,突然响起敲门声,三个短打扮的人出现在门外。

赵　武　快穿衣裳!谁啊?

五队长　我!

赵　武　谁啊?大半夜的敲门!

五队长　我!

五队长　叫啥?

赵　武　赵武,又叫赵大三。

五队长　村叫啥?

赵　武　石沟村。

五队长　你是村里抗日队长?

赵　武　就是,就是。

五队长　抗日立过什么功?

赵　武　鬼子没来村,没、没立过功。

五队长　黑更半夜点灯干啥?

赵　武　寻思事!

五队长　那你就好好寻思寻思!听着,我们有两件东西,先搁你这儿,一样不能丢,一个不能少!还不能走漏风声,不准让鬼

子知道！大年三十有人来取，做好了为抗日立功，做孬了躲
不开罪行！

赵　武　什么罪啊！？

五队长　抗日的罪要偿命，完成任务也立功！

赵　武　那这两样东西是什么？

　　　　【两名游击队员从台下搬上两个麻袋。二人解开麻袋发现
　　　　里面赫然两个活人，吓得瘫坐在地上；

赵　武　你们是国军？八路军？还是游击队？

五队长　我们是抗日的军队！

五队长　（唱）抗日烽火七年整，

　　　　　　　硝烟未到石沟村；

　　　　　　　放俘虏，最安稳，

　　　　　　　看管必须要尽心；

　　　　　　　大年三十我们来取，

　　　　　　　不要死人要活人。

　　　　　　　抓空替我们来审问，

　　　　　　　完成任务是你们的功勋！

五队长　这是命令，明白吗？

赵　武　明白了！

赵　武　那到时候鬼子来了我们手无寸铁啊！

　　　　【五队长示意游击队员把手榴弹留给赵武。

赵　武　那到时候谁来取人呢？

五队长　我！

　　　　【赵武和玉琴盯着麻袋里的人。

赵　武　这可咋整啊！

玉　琴　你个男人,问我咋整?

　　　　(唱)霎时间吓得我惊魂难定。

赵　武　(唱)烫手的山芋落在我手心。

玉　琴　(唱)若是鬼子得音信,

赵　武　(唱)全村老小命难存。

玉　琴　(唱)抗日队长难推重任,

赵　武　(唱)找族长去商议通报乡邻!

第二场　审

时　间:半个时辰后。

地　点:五爷家中。

　　　【舞台上一土炕,炕上有一炕桌。五爷坐在主位手里握有烟
　　　杆。疯七爷侧躺在副位。众人围在周边或站或蹲,听着赵
　　　武讲述。

赵　武　这么的,就这么的,这么的这么的……就这么的! 噌! 噌!
　　　　噌! 跳墙就撩了。

疯七爷　就是你把小鬼子引到这来的,我崩了你这个王八蛋!

　　　【疯七爷挣扎着起身要去摘挂在墙的猎枪。

五　爷　你们家的事,往后再说!

五　爷　你儿媳妇跟大三的事儿也不是一天两天了,这商量正经
　　　　事呢!

疯七爷　这俩货有啥正经事啊!

五　爷　睡觉!

　　　　【玉琴给疯七爷倒水。

玉　琴　爹,喝碗水。

疯七爷　我不是你爹,不要脸的养汉老婆!

　　　　【疯七爷推倒玉琴,大三去扶;疯七爷去拿枪。赵大三站起
　　　　身,想要拿枪,被众人拦着;

疯七爷　哎!我崩了你个王八蛋……

五　爷　蹲下!

　　　　【转身呵斥七爷。

五　爷　睡觉!

　　　　【疯七爷不忿地又躺下背对众人,似是赌气。

五　爷　那么,他叫个啥?

赵　武　没说,就说个"我"。

　　　　(唱)我怎能不把他们问,

　　　　　　只说是抗日没说是哪路军。

五　爷　那是,哪路军把咱小村子放眼里?

赵　武　(唱)我身为抗日队长已然接了命令,

六　旺　你这个抗日队长,有多少兵啊?

赵　武　(唱)石沟村十几户哪来的兵?

二脖子　我看你每天夜里都得带一个玉琴的兵!

　　　　【赵武欲跟二脖子争论,被五爷拦下。

五　爷　少说没用的,说正事。

赵　武　(唱)他说道村小存放俘虏最安稳,

　　　　　　看管必须要尽心;

302

五　爷　怎么个必须尽心？

【此时疯七爷从炕上坐起,冲着众人大喊起来。

疯七爷　我一手一个掐巴死俩,刨坑埋了!

六　旺　哎!我看中!不就刨个坑吗?我刨!

赵　武　(唱)他命令看押要保住两人性命。

二脖子　哎?我说呀,送炮楼子上去算了!

六　旺　说啥呢?

五　爷　哎呀!送给日本子?

六　旺　你不是汉奸吗,你?

赵　武　(唱)又说道万万不可向鬼子走漏半点风声。

五　爷　还下啥命令啦?

赵　武　(唱)让我们一起来审问。

六　旺　我们能审问个啥呀?

二脖子　这得听五爷的。

赵　武　还是五爷见过世面,所以才向您来讨教。

　　　　(唱)请五爷升堂问分明。

五　爷　唉,真格的那他们啥时候来取这俩俘虏啊?

赵　武　最头疼的就是这个!

　　　　(唱)取俘虏定在大年夜,

　　　　　　不过十天挂个零,

　　　　　　保命保密要口供,

　　　　　　命令字字说得清;

　　　　　　办不成叫咱来抵命,

　　　　　　特来请教五爷众乡邻。

众　人　要命?要谁的命啊?

303

赵　武　要、要咱们全村人的命呗！

五　爷　是福不是祸，是祸躲不过。

　　　　【突然，二脖子又拍了一下大腿，声音很响，好像又有了一个
　　　　主意。

二脖子　哎！

　　　　【他正要站起来说，可还没等站直，又蹲下了；赵武，六旺逼
　　　　二脖子，转向五爷。

二脖子　不中！

赵　武　你说！

六　旺　你说呀！

二脖子　不说了。

五　爷　说！

二脖子　我是说呀……咱们全村儿都跑了！就留下他们俩，看他要
　　　　谁的命！

五　爷　蹲下！

二脖子　我说不中嘛，非让我说，这不耽误事吗？

五　爷　大年三十来取人，(掐指算)还好，十三天……我愁的是要是
　　　　住上个个把月，咱供不起他吃养不活他们。赵武，你来前我
　　　　正跟大伙儿合计着，咱村儿，怎么度年关呢……审审？嗯！
　　　　审审，兴许问出点啥来就有辙了！六旺，纸笔伺候！玉琴，
　　　　研墨！二脖子，大三呢！带俘虏！

众　人　是嘞！

　　　　【众人准备审问。

五　爷　(唱)五舅爷打坐在小村寨，
　　　　　　　平地里生出这祸事来。

304

叫了声赵武快把人带，

审他个水落石出清楚明白。

为抗日我们也要出把子力，

石沟村方能够消难免灾！

【众人上场，搬上两个麻袋，五舅爷团坐在炕中央，炕之上
桌，摆放着毛笔草纸，其余众人列开两旁，好似公堂一般。

五　爷　鬼子作孽七年有余，也该石沟村出力杀敌！审！你俩叫
　　　　啥啊？

【没有应答。

众　人　叫啥！

【两人还是没有吱声。五爷看向赵武，手指两人。

赵　武　哎呀，赖我赖我！

【赵武上前拿出两人耳朵里的棉花，嘴里的布。

赵　武　问吧，您老。

五　爷　叫啥？

周若飞　别杀我，我叫周若飞。

五　爷　多大了？

周若飞　二十八。

五　爷　做啥的？

周若飞　翻译官。

五　爷　翻译官？翻译官是个啥官？

周若飞　就是把中国话变成日本话，把日本话变成中国话的官。

五　爷　你旁边那个叫啥？

周若飞　他叫小山万太郎。

五　爷　叫他自个说！

【小山万太郎支支吾吾说不出话。二脖子捅捅纳闷的赵武。赵武发现小山万太郎的下巴脱臼了，他用力往上一托，"咔"的一声复原了。小山万太郎活动活动嘴巴，哇哇的大声对村民说话；

小山万太郎　开枪吧，支那猪——杀了我呀！

　　　　　　【众人听不懂，都在纳闷。

赵　武　咋这么长的名？

小山万太郎　巴嘎巴嘎。

赵　武　好像骂人呢？

周若飞　不是不是……

五　爷　（向周若飞）翻……

众　人　译！

　　　　　　【周若飞急中生智，为求活命胡乱翻译。

周若飞　他叫小山万太郎，二十五岁，做饭的。

五　爷　都干过什么坏事？

周若飞　刚来中国，什么都没干过。

小山万太郎　（念）我的，效忠大日本天皇陛下！

众　人　说什么？

周若飞　他说众好汉且息雷霆，我二人心肠好大大良民。

　　　　　　【五爷看向赵武和众人。

五　爷　还问啥？

赵　武　对了！你老给问问，那个"我"是谁呀？

五　爷　对！听着！你们给我说说，"我"是谁呀？

周若飞　您？这下您可把我难住了，我咋知道您老是谁呀？

五　爷　唉，是抓你们的那个"我"。

　　　　　（唱）审问中敢反问态度张扬，

　　　　　　　　你所答非我问回话猖狂。

　　　　　　　　抓你们是何人什么模样？

　　　　　　　　你二人要活命快说端详。

周若飞　（唱）若知道我怎敢隐瞒说谎？

　　　　　　　　糊里糊涂被带到你们这村庄，

　　　　　　　　麻袋里只觉得天旋地晃，

　　　　　　　　问一声这里是什么地方？

五　爷　（唱）周若飞好大胆真是莽撞，

　　　　　　　　反问我难道想颠倒阴阳？

周若飞　（唱）看在我年纪小您多见谅，

　　　　　　　　借我胆也不敢心存不良。

五　爷　（唱）人心似铁假似铁，

周若飞　（唱）官法如炉难隐藏。

五　爷　（唱）投机侥幸终无望，

周若飞　（唱）掏心坦白诉衷肠。

五　爷　（唱）审问至此无话讲，

　　　　　　　　来来来让他们换换地方。

　　　　　【众人围拢准备动刑。

疯七爷　我一手一个掐巴死俩，刨坑埋了。

周若飞　等等……我还有补充。

周若飞　军营有粮饷，酒豢来执掌，看守一小队，五挺机关枪。

小山万太郎　你向他们说的什么？

　　　　　【五爷欣喜。

五　爷　（唱）五爷霎时心欢畅，

审问收获不寻常。

这一头把他们暂且安放，

那一头来取人我有主张。

都为生存有念想，

都想保命怕死亡。

鬼子作恶气焰涨，

今日里石沟村也保卫家邦。

【五爷看着赵武，满意地乐了。

五　爷　来，让他们摁个手印，挪个地方。

【赵武拉起小山万太郎的胳膊让他画押，只听小山万太郎惨叫。

二脖子　五爷，胳膊上有枪眼！还流着血呢！

【收光。

第三场　粮

时　间：次日白天。

地　点：赵武家地窖子。

【地窖里，小山挺立，周若飞在寻找出路。

周若飞　跑！我们要跑！一定要跑！无论如何也得跑。

小山万太郎　混蛋！怎么跑？还不如死了好！

【周若飞来了句中文；

周若飞　真他妈不开窍！猪脑袋！

小山万太郎　你说什么？

周若飞　我说，还是你聪明。

　　　【此时屋外传出日军炮艇的汽笛声和日本军歌；

小山万太郎　是我们的军队！我们有救了！救命啊！我们在这
　　　儿呢！

周若飞　快来救我们！

小山万太郎　快来救我们！

周若飞　快来救我们！

　　　【赵武和玉琴给二人送饭，闻声，急忙前去制伏二人。

玉　琴　别喊了，想害死我们呀！

小山万太郎　八嘎！支那猪！

　　　【赵武拿毛巾堵住小山的嘴。听着外面的动静，赵武和玉琴
　　　心中有数。

赵　武　喊！喊！我帮你们喊！

赵　武　救人哪！救命哪！救人哪！那是过炮船呢！你们在这儿
　　　喊，他听……听见喽？我在当前儿喊，他都听不着！那多大
　　　动静啊？天天过，有本事你就喊吧！咋寻思的你？

　　　【炮艇和军歌的声音也渐渐地远去了；

赵　武　中了，别说了，吃饭。啥也不如吃饭强！

周若飞　大哥，都是中国人，你就先给我放了得了呗。

赵　武　我不干那个要你们命的事，你们也别干那要我命的事，知道
　　　不？我要把你们放喽，我就没命了。

　　　【玉琴端一碗地瓜面掺萝卜缨杂和饼喂小山万太郎。

玉　琴　（唱）鱼喂小山万太郎，小山不开口；

　　　　吃啊,咋不吃呢? 好赖也得吃点呀!

赵　武　他咋就不吃呢? 你起来,给我。你……想开点,人是铁,饭
　　　　是钢,你不吃……你不吃饭不中啊。

赵　武　来,吃吃吃!

　　　　【赵武硬是把一块黑面饼塞进小山万太郎的嘴里。小山万
　　　　太郎皱着眉。

赵　武　哎,这就对了。

　　　　【突然小山万太郎一口又吐了出来。黑色粉末喷了赵武和
　　　　玉琴一脸。

赵　武　哎呀,这叫啥玩意这个!

小山万太郎　支那猪!

赵　武　说啥呢? 他?

周若飞　他说、他说……哦! 他说想吃白面!

　　　　(唱)军营里餐餐是白面,

　　　　　　这白薯面和野菜的窝头实难下咽。

　　　　　　大哥你好心肠寻些细粮让我们吃几顿饭,

　　　　　　若不然他就绝食命归西天。

赵　武　白面? 我上哪儿偷白面去? 有白面我还想吃呢。吃,吃
　　　　喽,吃!

　　　　【赵武又使劲塞给小山万太郎。小山万太郎咬紧牙关,扭着
　　　　头就是不吃。

周若飞　那你看他不吃,饿死咋整?

赵　武　饿死?

　　　　(唱)爱吃不吃咱们走。

　　　　【周若飞看着赵武和玉琴从眼前走过。

【看着赵武和玉琴的背影,小山万太郎又啐了一口。

周若飞　(唱)他们口硬心软要为我们改善加餐。

小山万太郎　(唱)我们统统不吃他们就要怕。

周若飞　他们不可能有白面。

小山万太郎　他们怕我们死在这里!

周若飞　(唱)对对对抓住不放让他们更为难。

【压光。

【起光,赵武和玉琴走出地窖。

赵　武　(唱)难难难……真是两个大混蛋,

　　　　　　绝食相逼我犯了难。

　　　　　　家家断粮糠菜咽,

　　　　　　哪有白面喂这恶奸。

　　　　　　人家抗日上前线,

　　　　　　我这任务窝心肝。

　　　　　　让他们绝食去阎王殿——

玉　琴　要真让他们饿死,那抗日队伍来要俘虏,咱怎么办?

赵　武　(唱)这真是难捱到年关。

玉　琴　(唱)只因为咱村遭荒旱,

　　　　　　断顿难保日三餐。

　　　　　　屋漏偏遭连阴雨,

　　　　　　抗日军不知养俘虏难上难;

　　　　　　既是已然接重担,

　　　　　　畏缩后退也难过抗日这一关。

　　　　　　要不然找八婶子借点白面?

赵　武　他要白面你就给他白面?

玉　琴　（唱）横竖不能叫他们死在村里边。

　　　　　　他一死全村要遭殃，

　　　　　　借白面暂且渡难关。

　　　　　　今日给他们一顿饱饭，

　　　　　　全村老小能保全。

赵　武　找八婶子借白面。咱村也就只有她家了。

　　　　【压光。

第四场　剖

时　间：大年三十夜。

地　点：地窖。

　　　　【夜色黢黑，西北风呼啸。五队长带着队员着便装走边上。

五队长　日寇封锁行路难，

　　　　百里跋涉越高山。

　　　　月黑风高巧改扮，

　　　　取回俘虏速回还。

队员甲　队长，一路行来鬼子层层封锁，我看这石沟村我们还是别
　　　　去了。

队员乙　是啊！俘虏放在石沟村一时半会儿也出不了什么问题。

五队长　不行，我们说好了大年三十来取人，就一定要去。如果时间
　　　　长了，一怕给他们带来麻烦，二怕再起祸端。

队员甲　这不是特殊时期吗!

五队长　行了,会有办法的。

队员甲　那咱就闯闯。

【日本兵上。

日　军　喂! 你的什么的干活!

五队长　我……我们良民的干活!

【日本兵搜身。

日　军　过岗的不要! 回去!

五队长　过年了,我们得回家。

日　军　死啦死啦的!

五队长　过年啦,我们得回家。

【突然日本兵开枪。

日　军　八嘎!

【五队长欲辩解,日本兵不允,开枪打伤队员,三人无奈,日
军下。

【暗转;

【画外音:啊,啊(小山万太郎惨叫),叫,叫什么叫,给你们
松绑过个年。这么好的饺子给他们吃,吃吧,吃饱了好
上路!

【光起。

【小山万太郎蹲在舞台左侧桌子旁边;周若飞站在舞台右前
方手中捧着一碗饺子,呆呆的看着饺子,突然害怕,迅速放
下碗。

周若飞　吃吧,他们找来白面了。

小山万太郎　他们窝藏粮食,经济犯……我非杀了他们不可!

周若飞　你杀不了他们了。快吃吧，再不吃也就吃不着了。

小山万太郎　为什么？

周若飞　他们说，今天天黑，就该送我们上路了！中国话"上路"就是死的意思。"上路"之前才给犯人吃最好的东西。这回咱俩死定了！

小山万太郎　我……我不是怕死……

周若飞　我吃！我吃！（周若飞边吃边说）我吃饱了上路。小山万太郎，你也吃吧，反正想活也活不成……二十年以后又是一条好汉。

　　【周若飞把小山万太郎拉过来。小山万太郎趴在桌子上看着饺子。周若飞蹲下。

小山万太郎　周君，周君……你怎么不说话？

周若飞　说话，嗨，我成也这张嘴，我败也这张嘴。我要不学日本话，我能受这罪？下辈子再当人……我就当个哑巴！

　　【音乐起。

小山万太郎　感谢周君打破这长夜的寂寞。这几天我们一直沉默，唉！日本人有句话：长久的沉默窒息人。

周若飞　中国的名言：沉默是金。

小山万太郎　沉默会让我把真实带进坟。

周若飞　永久践踏中国难道不是你们的真？

小山万太郎　No，No，No……

周若飞　No？那你有什么真心？

小山万太郎　周君，你问我了是不？我也想问你？这说明人都有一种窥视别人内心的欲望。我可以剖心相对，反正就要死了，无所顾忌。我希望你也能够同样。这样才对等，也有趣味儿。

周若飞　剖心相对？我同意。

小山万太郎　一言为定。那么你先问的我，我就先说。

（唱）我很想家——真的很想同家人见一面，

一闭眼母亲和姐姐就在我眼前。

死前要是能相见，

我小山也心安。

周若飞　就这？

【小山絮絮叨叨地往下唱。

小山万太郎　（唱）想喝酒喝个酩酊大醉，

醉中没有是和非；

还想再吃中国的饺子真是美味，

吃饱了肚子不思归。

【后面的话周若飞没听见，他在想着自己的心事。

小山万太郎　你怎么啦，周君？

周若飞　没什么。你讲到哪里了？

小山万太郎　讲到吃。

周若飞　哦，还想什么你接着说吧。

小山万太郎　你还让我继续往下讲？

周若飞　是。不是讲好了不许有保留吗？

小山万太郎　这个嘛……再往下讲就会把你吓一跳。

周若飞　咋？

小山万太郎　想、想女人。

【周若飞小声嘟囔一句，万太郎似乎没有听见。

周若飞　操你妈！

小山万太郎　（唱）真想找一个中国的女人干一场。

周若飞　操你妈!

小山万太郎　（唱）中国的女人比日本强。

周若飞　操你妈!

小山万太郎　（唱）做年饭的那女人你想不想?

美丽撩人动心房。

【周若飞吼叫起来。

周若飞　住嘴!

小山万太郎　周君你咋啦?!

周若飞　你混蛋! 没那女人你早死了。你不思报,倒想歪! 是畜生!

小山万太郎　周君你真怪。

周若飞　别说了,我不听。

小山万太郎　行,我住口,你说吧。

周若飞　我不说。

小山万太郎　轮到你说了。

周若飞　我不说。

小山万太郎　你毁约?

周若飞　我说出来也能叫你吓一跳。

小山万太郎　你……想咋?

周若飞　杀了你!

【周若飞突然上前按倒小山。

周若飞　明白吗? 杀了你!

小山万太郎　这个……我也猜得到,你想将功折罪救自己。

周若飞　不完全。

小山万太郎　还有啥?

周若飞　想帮你。

小山万太郎　帮我死？

周若飞　（唱）帮你成全效忠的梦，

　　　　　　帮你成全你们的"忠"。

　　　　　　你口上苦苦要求死，

　　　　　　我不帮你靠谁人？

小山万太郎　你想怎样取我命？

周若飞　（唱）用手掐用棍打，

　　　　　　抓住脑袋往石磨上舂。

　　　　　　你死的方法任你选，

　　　　　　处死你我做一回抗日英雄。

小山万太郎　不，我不死！

周若飞　你不死？

小山万太郎　我不死，人死万事空。

周若飞　你不死？这么说你先前的那一套是假的，是虚的。现在我
　　　　才明白你们劳什子武士道……是臭狗屎是蛆虫……

小山万太郎　你住口！

　　　　（唱）武士道——无世道——实在昏庸！

小山万太郎　我不想死！求你告诉他们别杀我！

周若飞　还是求你的天皇去吧！

小山万太郎　什么他妈天皇！（一转念）你教我骂天皇的话吧！他们
　　　　一定爱听！

周若飞　这儿的人不知道他妈的天皇是谁！

小山万太郎　我的，要学中国话，你的，教我。

周若飞　中国话，你当那么容易？

小山万太郎　十句,就学十句。最好听的话,只要他们不杀我,干什
　　　　么都行!

　　　【小山紧紧地拉住周若飞的胳膊,顿住,低下头神情颓废;

　　　【压光。

第五场　找

时　间:1945 年 3 月
地　点:祠堂

　　　【四场结束接幕间曲。光启。

　　　【五爷因开春无雨、借粮难还、没人来取俘虏房着急,来回
　　　踱步;

五　爷　(唱)地裂张口甘霖盼,

　　　　　　　种不破苞井水干;

　　　　　　　饿殍堆尸揪心痛,

　　　　　　　再拜宗祠跪求天。

六　旺　(内呼)五舅老爷!

　　　【六旺急呼上。

六　旺　五舅老爷!不好了,村里家家的小孩长睡不醒,像吃了蒙汗
　　　药一般,在耳边敲铜盆都醒不过来,要不是还喘一口气,和
　　　死了没两样。

五　爷　这是饿食的症候。

318

六　旺　村民说是和咱村留了小鬼子有关,鬼子没来都好好的,鬼子一来,孩子就得了这怪症候。

二脖子　(内呼)五舅老爷!

【二脖子急呼上。

二脖子　五舅老爷!疯七爷硬是拿杂合面饼子塞扣儿,扣儿噎得没气儿了!

五　爷　玉琴哪儿去了?

二脖子　玉琴给俘房做饭去了,疯七爷就把扣儿抱回家,说是玉琴不管孩子。

五　爷　他管?他管得了吗?

【疯七爷上。五爷紧紧地盯着疯七爷,他像是死一样靠门框坐到地上;

五　爷　扣儿怎么样了……说话呀!

疯七爷　这无耻的娘们,就知道伺候小鬼子,我孙女是饿的呀!

【赵武上。

赵　武　谁不饿?有你这么塞孩子的吗?

疯七爷　我抽死你这奸夫!(抄起旁边的棍子向赵武打去)

【赵武夺过棍子;

五　爷　大三……

赵　武　(对五爷)玉琴来把扣儿嘴里的干饼子抠出来,带回去了。

(对疯七爷)

我就不准你弄那个"换马亲";大忠走了,你变着法儿让玉琴换嫁你那个痴瘫的二勇!

疯七爷　所以你俩就勾搭成奸!

五　爷　(喝住)老七!别现眼了!有道是初嫁由父母,再嫁由自身,也是祖上传下来的。

疯七爷　就是那俩狗日的"孽障"来了给他们打掩护,你还护着这对儿狗男女?

六　旺　抗日军也不来取俘虏,咱们把这俩灾星轰走!

二脖子　咱得救咱村的孩子!

疯七爷　我去把这俩狗日的一手一个掐巴死,刨坑埋了!

赵　武　五舅老爷,是我拖累全村了。(音乐起)这俩货没来,村里遭了荒年,也还平静,可抗日军把他俩扔在咱村,咱不能不管呀。我跟着您挨家挨户去凑粮,我这眼泪也是往心里掉呀!说好了大年三十来取人,至今三个多月也没音信,眼见今年又是荒旱,咱养不起,还不得去找他们吗?

五　爷　你上哪去找?

赵　武　北至山海关,东到渤海湾,南上居庸岭,西去热河边,都有抗日的队伍,我不信难倒了咱。

二脖子　这倒像是抗日队长的话。

六　旺　这……这一圈得好几百里走不完!

五　爷　关键是鬼子层层封锁圈,出了咱村没有太平天。

赵　武　乡亲们!

　　　　(唱)祸害本自起于我,

　　　　　　大三甘愿去寻源!

　　　　　　刀山火海也要闯,

　　　　　　不枉抗日队长重任担。

五　爷　大三,你做得对!

　　　　【压光,音乐起,暗转。

　　　　【赵武家,玉琴拉住赵武的手。

玉　琴　这就要走?

赵　武　今儿晚上就走。

玉　琴　这么急?

赵　武　往北,鬼子的炮楼最近,兴许就混过去。

玉　琴　怎么也得容我给你准备点干粮……

赵　武　咱哪还有粮食? 不找来送来俘房的人,没法跟乡亲们交代。

玉　琴　出村十几里都是日本人……你这是送死啊!

赵　武　玉琴!

　　　　(唱)休害怕莫惊慌,

　　　　　　留俘房全村难度饥荒。

　　　　　　八年来空挂名抗日队长,

　　　　　　寸功未立脸无光。

　　　　　　找队伍尚且有一丝希望,

　　　　　　找队伍冒风险谁人承当?

　　　　　　小鬼子虽然是豺狼一样,

　　　　　　为村民免祸殃堂堂正正挺起脊梁!

玉　琴　我依着你,咱这有给小日本吃的玉米面,我这就去贴几个饼
　　　　子给你带上。

赵　武　还是带上几个杂合面饼子吧,省得碰上小鬼子找麻烦……
　　　　玉琴,扣儿怎么样了?

玉　琴　他爷爷也是好心,可是饿久了的孩子,哪塞得下干饼子? 刚
　　　　才抱回来,喂了她几口杂合面糊糊,这会儿睡了。

赵　武　别总是杂合面糊糊,从明天起熬点玉米糊糊吧。

玉　琴　大三,这半年要不是搬到你这儿,我们娘儿俩还不知怎
　　　　么活?

赵　武　咋能说这话呢？多亏你在这儿帮我照应，做饭、打扫……真
　　　　不是老爷们干得了的，何况你还得顶着闲言碎语……

玉　琴　还说那些干啥，人都是你的了。

赵　武　你们娘儿俩，来到我这儿见天跟着吃白薯面和萝卜缨子，扣
　　　　儿吃不下，

　　　　拉不出！对了，你还是给扣儿摊煎饼吧。

玉　琴　还摊煎饼？那两个俘虏就是贪吃煎饼，才把咱的苞米面全
　　　　吃光的！

赵　武　唉——对呀，扣儿也爱吃煎饼，她现在这病准是饿的，没准
　　　　儿吃了煎饼就缓过来了呢！

赵　武　对，趁着今儿晚上我在，这就磨玉米面去！

　　　　【赵武说着就忙活动手磨面。

玉　琴　留根儿在他姥姥家好吗？

赵　武　还行，那村比咱村富庶些，他姥姥姥爷也拿他金贵。

玉　琴　年前就说要把留根儿接回来了，这都半年了，把你也想
　　　　坏了。

赵　武　想——也接不了。我这又要走了，接回孩子咋办呢？

玉　琴　留根儿要是回来，还能跟扣儿做伴，等咱的孩子出生了就是
　　　　兄妹仨了。

赵　武　啥？咱有孩子了？！

玉　琴　都俩月了。

赵　武　好！好啊！来来，快坐！等抗日队伍把小鬼子弄走了，咱俩
　　　　就办事成亲！

玉　琴　当真？

赵　武　这还有假的？要不是赶上抗日，我才不稀罕什么村长呢，就

稀罕你,稀

罕你,稀罕你一辈子!

玉　琴　大三。

（唱）一番话句句心头暖,

半载辛劳更觉甜。

初为人妇石沟村进,

一年丧夫无再欢。

扫把星克夫声声声如剑,

唯有你大三把我稀罕。

见面问寒暖,

帮我稼穑艰。

心中怀正义,

不怕烂谗言。

村虽小走不尽长夜漫漫,

枯草荒滩我心头见光鲜。

恨公爹逼我转嫁他那瘫痴子,

感念你出头顶住这疯瘫。

接俘虏更觉你是坚硬汉,

怀中孕育甜中甜!

你摸一摸我们的小生命,

摸一摸你稀罕不稀罕?

赵　武　（唱）自从是留根娘撒手去,

大三携子形影单。

苍天可怜我命苦,

送来玉琴慰心田。

稀罕你丧夫后敬老待少性良善，

稀罕你家里田里辛苦劳作一身担。

知你心头苦，

知你路艰难。

细腰纤纤软，

强把秽语咽。

双双苦命双苦难，

苦难中苦命自当红线牵。

摸一摸这腹中生命是我们爱的见证，

明媒正娶定要尽力早一天。

玉　琴　只要你是拿定了主意的，我啥也不在乎了。

赵　武　咳，要不是当了这么个抗日队长，我也早就把你明媒正娶了。

玉　琴　那……就把抗日队长让给别人当，你还稀罕吗？

赵　武　要讲稀罕，你也知道我稀罕的是你。可咱村子小不起眼，咱也想当个顶天立地的男人不是？小日本鬼子占咱中国，不抗他们咋行？摊上这俩祸害，有啥风险咱也得上，我得上路了。

【音乐起。

玉　琴　等等(回身拿干粮)就这几个杂合面饼子了，带好……

赵　武　(拿干粮)别担心我，多则一个月就回。

玉　琴　大三……

赵　武　对了，五爷会派六旺帮你看俘虏。(欲下)

玉　琴　大三，碰上鬼子别逞能，我要你平安回……

赵　武　我咋能干那傻事……

玉　琴　外面世道太乱,万一……

赵　武　万一我回不来是不是?

　　　　【玉琴落泪,摇头。

赵　武　就算回不来,这辈子跟你这一回,我赵大三也值了!

玉　琴　不许这么说! 你一定要回来!

赵　武　一定! 祖宗保佑着咱呢,好日子等着咱,咱要让扣儿吃上
　　　　白面;

玉　琴　还有留根儿,还有咱没出生的孩子……

赵　武　一家子五口,好好活着!

　　　　【二人拥抱,赵武抚摸玉琴的肚子,跪下听胎儿。

　　　　【赵武下,压光。

第六场　换

时　间: 紧接前场

地　点: 石沟村祠堂

　　　　【众人围坐在八仙桌;

六　旺　打了几天猎了! 别说是肉了,连根毛也没打着! 五舅老爷,
　　　　就算赵大三找着那个叫五队长的了,他立功了,那五队长说
　　　　很快来取俘虏,又是仨月过去了,这也没来啊!

脖　子　他立的是屁功!

五　爷　这是什么话?

六　旺	我是说村儿里总有饿死的,哪来的粮食总养这俩畜生!
二脖子	不行! 这俩人不能留!
众　人	对,杀了! 埋了!

【疯七爷悄悄地过来了。

疯七爷	赵大三能办个屁事,我一枪……一枪……我一枪崩了

【疯七爷拿枪对着众人,一瘸一拐的挥舞着,众人躲避。

疯七爷	这王八操的!!

【在忙乱中,猎枪走火。

【赵武上场。

赵　武	五队长说抗日有政策,不能杀俘虏。
疯七爷	我就是不能听你说话,我一手一个掐巴死俩……
五　爷	别说了,回去!(回头对大家说)家家的粮缸都见了底了,让我再为这俩俘房走家串户去求粮,我是没脸再去张这口了。
六　旺	没粮食养他们,养他们饿死咱的人?
赵　武	杀了他们,抗日军来取谁担罪名?
五　爷	为啥八个月不来取人?
赵　武	路远山高小日本子封锁紧。
二脖子	那你说咋整? 干脆放人!
赵　武	放人你就是汉奸!
二脖子	不放他们吃咱们!
六　旺	不能眼看饿死自家人!
疯七爷	跟他废什么话? 我一手一个掐巴死俩,刨坑埋了!
六　旺	——解恨!
赵　武	还是五爷拿主意,我听。
五　爷	我不懂啥政策,八个月不来取人没信义。

众　人　对！

五　爷　我做主了,(做了一个斩的手势)石沟村今天要开杀戒!

众　人　(激愤地)杀——人!

五　爷　大三,你是抗日队长,这事你办!

赵　武　哎!五爷……我没杀过人,我下不了手。

五　爷　那么,二脖子?

【赵武表示同意地看二脖子。

二脖子　哎,抗日队长下不了手我就下得了呀?

五　爷　那么,六旺?

六　旺　我更不行啦,村儿里杀猪都轮不到我。

疯七爷　我一手一个掐巴死俩!

五　爷　行了行了!你瘫瘫巴巴的,你们推让我老头去干!

众　人　不成不成!

六　旺　我看呢,还得赵武去,人是你招来。

赵　武　这咋能是我招来的呢!

【玉琴急上。

玉　琴　五爷,那两个俘虏急着要见您。

五　爷　我这正等他们呢,带!

【赵武、六旺下,带周若飞和小山万太郎上。

周若飞　你学的中国话说呀。

小山万太郎　你是我的爷我是你的儿。我有罪——

　　　　我投降——

　　　　饶命啊——

　　　　别杀我——

　　　　杀我如杀狗——

我怕死,好死不如赖活着——

赵　武　这鬼子咋变脸这么快呢?

周若飞　要不怎么叫鬼子呢!不过您教导的好!

五　爷　养了你们,饿死我村的人——

【疯七爷越听越来气,起身——

疯七爷　我一手一个掐吧死,刨坑埋了!

【周若飞突然反应过来;

周若飞　小山万太郎!小山万太郎他说只要放我们回去,就给你们
　　　　送两大车粮食!

众　人　粮食?

【众人互相看了看;

周若飞　拿我们换粮食!

众　人　换粮!?

【众人一齐看向五爷;

五　爷　能换来粮食?

赵　武　用俘虏换来粮食?

【大家面面相觑,突然二脖子一欠身,同时这边六旺也欠身。

二脖子　你说。

六　旺　你说。

二脖子　你先说。

六　旺　你先说。

五　爷　说!

二脖子　我说不换。

六　旺　我说也不换。

五　爷　为啥不换?

二脖子 知不道。心里没底!

五　爷 心里没底? 这可得审问清楚。小山万太郎,我有三件事要问你,你得从实说来。头一件你们俩是怎么寻思出换粮的主意?

小山万太郎 半年来受到你们的优待,你们是我们的救命恩人啊。

周若飞 你们待我们有如父母啊,特别这位大哥,还有那位大嫂。村子里饿死人了,你们还养活着我们。

五　爷 你们还有这良心?

周若飞 我也是中国人。

众　人 你是汉奸。

周若飞 (指着小山)他……他也是这么说。

五　爷 第二,你咋跟你上司说换粮的事儿?

小山万太郎 嗨!

　　　　　 (唱)管粮仓的酒冢猪吉队长,

　　　　　　　　 和我交情深一同长大是同乡。

周若飞 首先可以明确地告诉你们……皇军部队皆为同乡啊,酒冢队长也是从小一起长大的,有同乡之谊呀!

二脖子 怨不得呢! 一个村的! 敢情也是庄稼人!

赵　武 所以你们就一起当侵略军,对不对?

周若飞 他们说你也是农民,都是种地的!

小山万太郎 嗨,嗨,嗨;

　　　　　 (唱)我们同住一村庄,

　　　　　　　　 来中国同任军曹管粮仓。

　　　　　　　　 皇军令,救过皇军有嘉奖,

　　　　　　　　 我受你们优待是我救命恩人当报偿。

329

周若飞 他说他跟酒冢说没问题。

五　爷 第三,你咋能保证我们全村人的安全?

周若飞 日本人有军令,凡是帮助过皇军的人,必有奖赏啊! 这也是能给你们粮食的原因。

五　爷 大三,你看用俘虏换粮是不是个办法。

赵　武 今年是个荒年,咱不能眼看着乡亲们一拨拨饿死。他们俩能给全村换来粮食,是个办法。

六　旺 换粮食? 你这不成跟鬼子搭伙当汉奸了?

赵　武 啥叫汉奸呢?

(唱)帮着日本子干坏事,

地地道道叫汉奸;

种田人汗珠落地摔八瓣,

如今饿死脸朝黄土背朝天;

鬼子的粮在中国抢,

要回粮食地义经天;

款待俘虏用尽血汗,

不甘心放弃换粮主动权。

五　爷 那么,就换?

赵　武 换!

五　爷 这有契约,你们听着。

【五爷从炕桌底下拿出一张纸。

五　爷 (念)日人小山万太郎,去年腊月来吾乡。挟风带雪,神色惊慌。衣容不整,兼有枪伤。何人送至,吾等不详。数月有余,寒来暑往。吾等村民,仁义心肠。寝食不安,鼎力相帮。节衣缩食,悲苦难当。着急上火,没齿不忘。小山感恩,允我口粮。两大车整,报答有方。吾等笑纳,各得所偿。小山若飞,奉返日方。自此之后,两不相伤。立下此约,中日两方。

【众人乐。收光。

第七场　屠

时　间：几天后。

地　点：石沟村中空地。

【五爷带领着乡亲们在村头翘首企盼,六旺怀着激动而又喜悦的心情急上。

六　旺　(有些喘)五爷!粮食、粮食、粮食拉回来了!

五　爷　太好了!没想到小日本子还真他妈守信用!

六　旺　我也没想到啊!

五　爷　大三呢?

六　旺　大三接孩子去了,还没回来呢!

五　爷　不管了,先接粮食!

【大家欣喜若狂。

【周若飞的画外音起"乡亲们:今天皇军亲善大联欢。皇军说了,所有人必须都来,一个都不能少,军民同乐呐!"

【欢庆音乐起,光起。大家一起喝酒、舞蹈、划拳行令,一派祥和。少顷,五爷示意大家安静。

331

五　爷　（与酒冢干杯，微醉，清嗓）：乡亲们，今天是个值得庆祝的日子，因为我们有粮食了，所以今天不是过年、胜似过年！（众人欢呼）而这一切我们都应该感谢一个人，他就是——小山万太郎（小山被人们推到了中心，感到有些不好意思。）虽然说他吃了我们不少的粮食，但他给我们带来的却是更多的粮食！

小山万太郎　（七成醉）哪里！哪里！这个的要感谢酒冢君，小山的也要感谢大家。大哥大嫂过年好，你是我的爷我是你的儿！

【众人哄笑。小山拿起酒杯与人们碰杯。酒冢颇为不满。

酒　冢　（高声）小山君，你的喝多了吧。

小山万太郎　酒冢君，我的酒量的知道。

酒　冢　酒的不能多喝。

【五爷拿起酒杯与酒冢敬酒，酒冢还酒，二人干杯。

五　爷　好啊，好酒。酒是个好东西呀！有道是对酒当歌，那么今天老叟我也甘愿献个丑，唱上一曲。

村　民　好。

【五爷拉开架式，抻着脖子有腔有调地唱了起来；

五　爷　（唱）花明柳媚爱春光，

　　　　　　月朗风清爱秋凉。

　　　　　　年少的那个佳人她也爱才，

　　　　　　二老双亲爱儿郎。

　　　　　　行善之家爱节烈，

　　　　　　英雄到处爱豪强。

【五爷感觉酣畅至极。歌声还未落尽，掌声雷动。

周若飞　俗话说得好，人怕见面，树怕剥皮。今儿我这脸我也不要了……我也唱一个。

二脖子　唱啥呀？

周若飞　（唱）奴家我进前厅偷相女婿，

用手指点破那个窗棂纸。

斜身单目看仔细，

看公子模样长得好，

浓眉大眼他的相貌出奇。

我看罢公子心高兴，

回去对我的母亲提。

母亲她一听不愿意，

我小嘴一噘梗着脖子我发脾气，

我说一辈子再也别把那个亲事提。

【众人欢呼。乐毕，酒冢示意大家安静。

酒　冢　今天，皇军亲善大联欢。我们准备了很多的吃的，希望大家的能够尽兴！

小山万太郎　酒冢君说的好！我看大家都这么喜欢听曲子，我的也唱一曲。

【众人欢呼。小山深情演唱

小山万太郎　（唱）我很想家——真的很想同家人见一面，

一闭眼母亲和姐姐就在眼前。

盼望早日能相见，

我小山也心安。

【小山唱罢，众人由衷鼓掌。

小山万太郎　小山的几个月来多蒙大家的照顾（找玉琴）；小山的，敬大嫂一杯（一饮而尽）；大哥哪里去了？

【酒冢拿起酒杯准备喝,听到这句后,停顿。

玉　琴　他呀,接孩子去了。看你说的,我都不知道说啥了,你不也
　　　　给我们换粮了吗? 行了,不说,我也喝了。

　　　　【玉琴一饮而尽。

小山万太郎　小山的,良心的有。大哥大嫂过年好,你是我的爷我是
　　　　你的儿!

　　　　【村民哄笑。

玉　琴　(向身旁村民)这小鬼子也太客气了!

　　　　【酒冢一仰脖,酒饮尽,而后把杯子一蹲,只听得"啪"的
　　　　一声。

酒　冢　(拍桌子,愤怒)小山君,你的喝昏头了吧?

小山万太郎　(害怕)酒冢君,我的,酒量的知道。

酒　冢　你刚才向他们说的什么?

小山万太郎　一些感谢的话。

酒　冢　(阴笑)帝国军人的尊严你都丢在地窖里了吧? 这是一个帝
　　　　国军人应该对一群支那猪说的话吗? 看来这几个月,你的
　　　　不光是在吃吃喝喝,学了一些中国话,更重要的是精通了吮
　　　　痈舐痔的本领。而我却做了一件大错特错的事情,那就是
　　　　用帝国的粮食换回了已不再是帝国军人的人,而且这个人
　　　　还让帝国蒙羞,既是这样,他就是帝国的敌人。

小山万太郎　(害怕,急忙解释)酒冢君,不是你想的那样的。

酒　冢　(酒冢甩开小山)你是该回家了。(酒冢回归,对众人)小山
　　　　是我们皇军的败类,也给大家带来了痛苦,现在请大家把他
　　　　打死,助兴饮酒。(说着把自己的配枪拿了出来。周若飞接
　　　　过枪向村民示意。大家躲闪,低头。周若飞把枪又呈给酒

334

家)看来你们的胸怀宽广。(酒冢对天开了一枪。众人一惊,酒冢掏出了换粮的契约。)粮食我送来了,契约我执行了。那么,我想知道,是谁把他送来的?

【六旺不经意间打了个嗝,酒冢示意他出列。

六　旺　那你得问小山。

【酒冢看向小山。

【小山摇头。

六　旺　你看,他自个儿都不知道,我上哪儿知道去? 你也别问了,人都送回去了,还问个啥呀。

酒　冢　好! 那么,赵大三哪里去了?

六　旺　嗨,上孩子姥姥家接孩子去了,很快回来,大伙还等着他分粮食呢?

酒　冢　分粮食? 不对吧,他是去叫抓小山的那些人去了吧?

【酒冢一把叼住了六旺的手腕。六旺感觉疼痛,对峙。六旺挣脱,揉揉手腕,感觉酒冢可笑,六旺笑呵呵拍拍酒冢的肩膀。

六　旺　看把你吓得? 别怕,一会儿见着人就踏实了。

酒　冢　你觉得我害怕了?

六　旺　废话,你啪啪放枪,嗷嗷骂人? 不是怕那是啥? 你得学我,该吃吃该喝喝,心要放在肚子里。

酒　冢　(大笑)你说的很对,我当然的害怕! 一个弹丸之地的村子,竟然能把小山这样的人抓捕关押如此之久,叫我如何的不害怕? 中国的,我很喜欢,我自认为我是个中国通! 中国人,不很喜欢,不诚实,你们的良民的不是。

六　旺　咋说了这么半天你还不明白,你这个脑子呀……

【六旺边说边指向酒冢的脑袋。小山看在眼里很是担忧。忽然酒冢推开六旺的胳膊，拽出武士刀，一刀砍掉了六旺的胳膊，紧接把六旺踩在身下，一刀毙命。现场一片哗然。

二脖子 你个鬼子咋说翻脸就翻脸。

酒　冢 小山君，看在你我同乡，给你一个立功的机会，我命令你去杀了这头支那猪。

【说完把刀扔向小山，小山慢慢拿起刀，逼向村民。

玉　琴 小山！（从人群中走向小山）自从你到了我们石沟村，我们全村老小担惊受怕、尽心竭力；忍饥挨饿，茹苦含辛；不为自己食，单为你们忙；你们养尊处优，我们家家饥荒；俗话说，受人滴水恩，应当涌泉报。如今，你提刀在手，难不成想过河拆桥，恩将仇报，做那忘恩负义的白眼狼吗？

酒　冢 多口的贱妇。小山君，不要忘了你还是帝国的军人，快去执行命令。去呀，去呀，你倒是去呀——

【小山迟迟难以决断。酒冢拿枪相逼。小山崩溃，失手捅向玉琴，玉琴倒地。

疯七爷 玉琴！

【疯七爷昏倒，五爷搀扶。

二脖子 玉琴！畜生！

【二脖子冲向小山，被杀。

五　爷 禽兽！早知道这样，当初就该杀了你。

【小山看向五爷，欲动手，酒冢阻拦。

酒　冢 晚了！赵大三在哪里？抓小山的人在哪里？

五　爷 在你奶奶个腿儿！

酒　冢 八嘎！既然你一心求死，那我就送你上西天。可惜那些你

　　　　　保护的人怕是见不到了!

　　　　　【酒冢准备向五爷开枪。

士　兵　(内,急喊)酒冢君!

　　　　　【一日本士兵急上。

士　兵　急件。

　　　　　【酒冢看到急件顿觉天旋地转一声痛叫,头晕目眩。急件落
　　　　　地。周若飞拿起观看,高喊"日本天皇宣布战败投降了"!
　　　　　日本人大惊。

五　爷　鬼子完蛋了! 苍天有眼呐!

众　人　(高呼)苍天有眼呐!

　　　　　【突然酒冢一枪打死了周若飞,拿回急件。

酒　冢　遗憾呐! 上刺刀! 统统的,死啦死啦的!

五　爷　我和你们拼了!

　　　　　【屠村,毕。

日本军官　酒冢君,天皇陛下已经宣布投降,我们——

　　　　　【忽然死人堆里一声咆哮,疯七爷颤颤巍巍扶着拐杖站起。
　　　　　日本人先是一惊,而后士兵用刺刀刺入疯七爷身体。疯七
　　　　　爷高喊"王八操的"! 小山冲上去一刀捅死了疯七爷。

酒　冢　小山君,你的没有让我失望。

　　　　　【酒冢头晕。日本军官搀扶。

日本军官　酒冢君,集合。

　　　　　【小山无动于衷。日本军官近前观看,发现小山已咬舌
　　　　　自尽。

日本军官　酒冢君,小山君咬舌自尽了。

　　　　　【酒冢上前观看。

酒　家　你的不应该这样!

　　　　【酒家又拿出急件看了看,转身向士兵。

酒　家　天皇陛下宣布战败投降,这是我刚刚接到的命令。

　　　　【酒家把急件扔向小山。众人跟随酒家下,压光。

　　　　【两个追光中,赵武、五队长上。

五队长　(念)箭步如飞去传喜讯心情激荡,

赵　武　巧遇五队长先不接孩子一同返乡。

五队长　惊扰村民照顾俘虏石沟村安放,

赵　武　噩梦消除都只因为鬼子投降。

　　　　【全场光起,赵大三和五队长回到村中,见状惊呆。

赵　武　(试探)玉琴! 玉琴!

五队长　乡亲们! 乡亲们!

　　　　【五队长冲向人群。赵武麻木,跪地。

赵　武　(歇斯底里)玉琴呐!

　　　　【奔向玉琴。激烈的音乐起。五队长撕心裂肺,深感惭愧。

赵　武　(唱)天遥遥地晃晃飘飘荡荡,

　　　　　　血泊中的玉琴、枉死的乡亲凄凄惨惨状,

　　　　　　赵武我一定要让这全村老小安详!

　　　　【赵武忽然发现玉琴尚未气绝。

赵　武　玉琴——

　　　　【玉琴醒,紧握赵武的手。

玉　琴　小鬼子不是人,听到他们天皇下了投降令,反倒向我们开了
　　　　枪;大三,五队长,要给我们报仇!

　　　　【二人连连答应。

玉　琴　我不能陪你了,大——三,可惜了咱的孩——子!

【玉琴死。

赵武、五队长　玉琴！玉琴！

五队长　天杀的日本鬼子,我马上回去报告上级,请求把鬼子的罪
证,报上国际法庭！大三,我一定给乡亲们讨回公道。

赵　武　(无情绪)谢谢五队长。

五队长　大三,节哀,保重,我们都是见证人！

【五队长下。

赵　武　(接唱)八年苦换来了日本投降,

举白旗竟还是性如恶狼！

半年前两个俘虏来到村子上,

看押、保密、审讯、喂养闹的是沸沸扬扬;

家家凑粮养得他们白白胖胖,

石沟村人人饿肚肠。

饿殍白骨不忍见,

看着那野菜树皮也遭抢我空自悲伤。

无奈何定下俘虏换粮计,

眼巴巴救命有军粮。

老天总算睁开眼,

鬼子今日也投降,

谁料想灭绝人性真孽障,

投降后杀人更疯狂。

为什么良善人不得善报,

为什么鬼子作恶竟风光。

为什么欲求温饱无指望,

为什么人祸天灾命恓惶?

为什么赵大三亲情难享,

好玉琴……我的妻面向苍天怒目张,

可怜我那未出生的孩儿腹中丧,

天道公允在何方……玉琴呐!

不报仇还称得什么抗日队长?

不报仇怎对得起刺眼一片血汪汪?

你不仁来我不义,

今日里拼一命把血债偿!

【压光。

尾 声

时　间:数日后。

地　点:日俘营内外。

【画外音:

酒　家　报告长官,日军战俘四十六名全部集合完毕!

高少校　好,归队待命!

【光渐起,军营前。

赵　武　卖烟卷,烟卷……

【赵武上。赵武的胸前挂着一个卖香烟的盒子,头顶上戴了

一顶草帽,帽檐压得很低,目光不断向日俘营那边扫过。

赵　武　卖烟卷,烟卷……

340

【酒冢好像在和什么人鞠躬,上。

酒　冢　卖烟的,烟卷的,我要。

【赵武把烟给酒冢。酒冢接过烟含在嘴里,找火柴……

赵　武　我有火。

【赵武掏出火柴给他点上火。酒冢满足地吸着香烟。赵武
从后腰拔出了早就准备好的短斧,砍向酒冢;几个回合,酒
冢被砍死。

伴　唱　以血还血,以牙还牙,

　　　　要活着脊梁不能塌。

　　　　生存1945多少话,

　　　　只说是最难得太平年华。

【剧终。

B篇

昆剧

汤显祖与临川四梦

编　　剧　宋　捷

北方昆曲剧院演出本

2016 年 12 月

人物表

汤显祖(老生):(1550 年—1616 年)出场 18 岁—39 岁—50 岁—67 岁。著
　　　　　　名戏剧家。晚明时期曾任南京太常寺博士、礼部祭司主事、
　　　　　　徐闻典史、遂昌县令。

达　观(净):(1543 年—1603 年)紫柏真可,法名达观。出场 46 岁,明代四
　　　　　　大高僧之一,汤显祖挚友。

顾宪成(老生):(1550 年—1612 年)出场 39 岁。晚明时期曾任吏部文选司
　　　　　　郎中,后创东林党,汤显祖好友。

李志清(老生):出场 29 岁,晚明秀才,汤显祖好友。

书　童(丑):出场 12 岁。

吴迎红(花旦):出场 20 岁,汤显祖的伶人子弟,宜黄班名旦。

汤士蘧(小生):出场 18 岁,汤显祖之子。

王安石:(1021 年—1086 年),北宋临川人,宰相,著名的思想家、政治改革
　　　　家、文学家。

晏　殊:(991 年—1055 年),北宋临川人,曾任礼部、刑部尚书,著名文学
　　　　家、政治家。

晏几道:(1038 年—1110 年),北宋临川人,晏殊第七子,曾任开封府通判,
　　　　著名词人。

曾　巩:(1019 年—1083 年),江西省南丰人,后居临川,曾任北宋判太常寺
　　　　兼礼仪事等职,散文家、史学家、政治家。

紫　萧:汤显祖青梅竹马的情人。

太　监:1589 年、1597 年剧中人物。

遂昌百姓、家院、伶人若干。

第一章　痴情《紫钗记》

霍小玉(吴迎红扮)《紫钗记》中人物　　李　益(汤士蘧扮)《紫钗记》中人物

黄衫客《紫钗记》中人物　胡奴《紫钗记》中人物

第二章　春情《牡丹亭》

杜丽娘《牡丹亭》中人物　柳梦梅《牡丹亭》中人物　众花神(女)《牡丹亭》中人物

第三章　情愕《邯郸记》

卢　生《邯郸记》中人物　众刽子手《邯郸记》中人物　群众《邯郸记》中人物

第四章　佛性《南柯记》

淳于棼《南柯记》中人物　瑶　芳　《南柯记》中人物　檀萝太子《南柯记》中人物　周　弁《南柯记》中人物　田子华《南柯记》中人物　右丞相《南柯记》中人物　众蚁兵《南柯记》中人物

【舞台上隐约可见云烟梦绕,各种临川四梦版本图印;

【随着开场钟声止,推出字幕;

序

【幕前曲入,清纯飘然,也如云烟梦绕般……

【舞台上汤显祖画像与剧名消失,云烟远去,碧水蓝天呈现在太极圆形的画框中;

【伴唱声远远传来;

伴　　唱　(唱)少小逢先觉,平生与德邻;

　　　　　　　　为情甘作使,"梦"留万世馨。

　　　　　【伴唱声中可见年轻时的汤显祖侧卧于石上;

四　　人　文曲星醒来……文曲星醒来……

汤显祖　(起身追逐)这不是我们临川的前朝先贤王安石、晏殊、晏几
　　　　　道、曾巩幺? 晚辈汤显祖有礼!

　　　　　【王安石、晏殊、晏几道、曾巩画外音。

四人同　(画外音)凌乱金光更斑斓。家乡文曲星又灿——

汤显祖　这文曲星么——

　　　　　(唱)晚生生而手文现,

　　　　　　　　志在接持荆公剑,

　　　　　　　　腾腾能干斗柄转,

　　　　　　　　成蛟龙飞天把乾坤陡挽。

四人同　好志向!

　　　　　【王安石、曾巩、晏殊、晏几道隐下;

　　　　　【倏地,箫声袅袅传来。汤显祖回头;

汤显祖　紫箫,我们临川前辈的先贤都来了,称我是文曲星?

紫　　箫　是啊,三岁作对,五岁诗言志,"四书"、"五经"过目不忘,日
　　　　　后治国安天下,文曲星舍君有谁?

汤显祖　我已向他们明过志向!

紫　　箫　我都听到了!

汤显祖　知我者紫箫也!

　　　　　【箫声中沉浸着二人青涩的初恋情。汤显祖将紫箫拢在
　　　　　怀里;

汤显祖　……来来来,我们同唱今古——

348

（唱）大江滚滚东去，

　　　滴水映今古；

　　　年少谁留梦，

　　　情多数被呼。

　　　游仙袅袅，

　　　春度曲殊。

　　　【二人唱中舞蹈；

达　观　（内呼）若士！（上）无痴无惑在西天！

　　　【达观冲上抓住汤显祖，王安石、晏殊、晏几道、曾巩隐下；

汤显祖　（不认识）这位禅师，敢问上下？

达　观　在下达观。

汤显祖　哎呀！久闻大名今日幸会。

达　观　哈哈哈哈……你我相见还在二十年后。

汤显祖　怎么？二十年后我们方能相会？

达　观　若士：乾坤谁陡挽，滴水看禅心。（达观隐下）

汤显祖　滴水禅心……

紫　箫　滴水禅心……晶莹剔透青春，今古尽映其中。

　　　【紫箫隐去，汤显祖入睡。

书　童　（内呼）相公——（上）相公！

汤显祖　（惊醒）紫箫、紫箫……

童　子　什么紫箫？您怎么在这儿睡着了？老爷催您让您回家呢！

汤显祖　回家……（忽有所悟，美女，那一定是美女，）哎呀呀梦中知

　　　人生啊，哈哈……

　　　【光渐暗；接尾声；

第一章　痴情《紫钗记》

【幕间曲；

【字幕:二十年后。

【时间:1589 年,汤显祖时年 39 岁;

【地点:金陵詹事府;

【顾宪成、李志清分别立于两束光下:

顾宪成　下官——

李志清　本秀才——

顾宪成　吏部文选司郎中顾宪成。

李志清　狂生一个李志清。

顾宪成　为举贤才定家邦,

李志清　平生落拓游四方。

顾宪成　汤显祖难得的治国奇才,正要举荐他进京,偏偏此时他上疏
　　　　《论辅臣科臣疏》……

李志清　海若兄上疏直言谏奏皇上心无志向,披露奸相专权、只谋私
　　　　利,忠心为国有何不是? 有何不对?

顾宪成　此刻上疏不是时机,待等考核之后,他的官升五品,我们相
　　　　扶相帮,岂不更好?

李志清　你呀,你就是胆小怕事!

顾宪成　哎呀,你哪里晓得海若兄十八年的坎坷之路。……你不懂
　　　　哦! 一辈子中个秀才到了头了! 告辞!

李志清　哪里去?

顾宪成　詹事府去找汤显祖!

李志清　嘿嘿,《紫钗记》正要上演,海若兄忙得很呐!

顾宪成　啊? 偌大一部传奇《紫钗记》,不到半载,竟然上演了?

李志清　走走走,到詹事府看《紫钗记》,先睹为快,先睹为快!

　　　　【光暗,二人隐下;

　　　　【地点:金陵詹事府;

　　　　【舞台上为詹事府后院,曲桥幽静,绿竹泛清香;

汤显祖　(内呼)唱得好啊哈哈哈……

　　　　(唱)"紫钗"新声——

　　　　【汤显祖率领吴迎红、汤士蘧(qu 阳平,汤显祖之子)、众伶
　　　　人上;

汤显祖　(唱)小玉痴情笃甚。

　　　　　　叹女儿千载泪痕,

　　　　　　有豪侠撑,正义热血滚滚。

众　人　啊老爷——

汤显祖　嗯,叫先生。

众　人　先生。

吴迎红　先生为何叫我们停下来?

汤显祖　哦……你们呀,一个霍小玉,一个李益,今日在台上未动
　　　　真情。

汤士蘧　爹爹,何能起真情?

众　人　是啊?

汤显祖　你们青春年少,难道不晓男女之情么?

众　人　这……不敢。

汤显祖　不说实话,先生我恼了。

众　人　先生勿恼啊!

汤显祖　哈哈哈……这些娃娃……我何尝恼,是要你们知道演戏虽
　　　　是虚,处处是人生。

　　　　【音乐起,顾宪成、李志清上;

　　　　人生而有情,歌舞因情生。

　　　　端而虚拟,贵在入情守精魂。

　　　　意、趣、情、色,

众　人　请教先生何为"意"呀?

汤显祖　心意呀,无心意何来情哪?

众　人　是,是是!

书　童　"趣"就得由我们"丑"行占先啦?

汤显祖　哈哈……传奇,传奇,无趣不奇。

书　童　对对对,那什么叫"色"呀?

汤显祖　"色"就是美呀!

书　童　对呀,不美谁来看戏啊?

汤显祖　缘境起情,因情作境。

　　　　戏有极善——极恶——通人生。

李、顾　好好好! 海若兄!

汤显祖　哎呀,我为了等你们,把戏都停了下来。

李志清　我们要是来早了,哪里去听这番高论哪?

　　　　【众人与李、顾见礼;

众　人　参见顾大人、李先生!

李、顾　少礼,少礼!

汤显祖　你们是来看《紫钗记》的? 好,今日请你们看看我将《紫箫

352

记》改作《紫钗记》好是不好？

顾宪成 《紫箫记》—《紫钗记》（音乐"序"箫声再现）……海若兄，那紫箫，是你青梅竹马的情人，为何要将紫箫改去？

汤显祖 唉，可叹紫箫姑娘在我初次落榜的时节就为我病故了……

李志清 痴情而死？谁能为我痴情而死，我就同她同赴黄泉！（箫声止）

汤显祖 好！李贤弟好个真性情之人！……来来来，你们看，这饰演李益的是我的长子士蘧。

顾宪成 哦，这就是"文章惊动两鸿师"的才子，也能度曲演戏，真乃是汤氏祖传家风！

李志清 饰演霍小玉的便是若士兄诗称赞的"教吟啼彻杜鹃声"的名伶吴迎红。

汤显祖 （悄悄对顾宪成）她也是书香门第出身哦……（对汤士蘧、吴迎红）你们上戏去吧。

【汤士蘧、吴迎红下。

顾宪成 海若兄，《论辅臣科臣疏》难道还不曾撤回么？

汤显祖 顾仁兄你我不是同发誓愿，力挽大明狂澜么？

（唱）怎空食六品俸禄？

举丹心剑刃腐败邪恶！

羡美玉待雕琢，

也难学柔曼骨。

宁食玉山薇，

宁栖珠树枯；

雪白自本性，

云清不从俗。

353

李志清　（对顾宪成）碰壁、碰壁，自找碰壁！

顾宪成　唉，我是真真担心你的前程啊！

汤显祖　（唱）光明正大峥嵘处，

　　　　　　望京城必不教直言枯。

顾宪成　达观禅师不曾劝阻于你么？

汤显祖　达观禅师曾言道"天有无妄灾，无我心自寂"。

顾宪成　这是警示于你啊！

汤显祖　不不不，讲的是"无我"的境界。

李志清　（劝和）好了，好了……我们还是看戏要紧。

汤显祖　是啊，书童，方才戏演到哪里了？

书　　童　演到"剑合钗圆"了。

顾宪成　《太平广记》话本中《霍小玉》并无有"剑合钗圆"的情节呀？

李志清　哎呀，看戏你就明白了。

顾宪成　哦，看戏明白了、看戏明白了。

汤显祖　看罢之后，还要听你们的指教啊，哈哈哈哈……

　　　　【汤显祖、李志清、顾宪成下。

　　　　【书童看三人下，笑转身。

书　　童　这顾大人还不知道我们先生写戏，从来是取话本之题，大不
　　　　同于话本。要说这《紫钗记》呀……

　　　　（数板）《紫钗记》大不同"霍小玉传"，

　　　　　　李益不是负心汉。

　　　　　　就因为不愿攀附卢太尉，

　　　　　　那李益，被贬西北玉门关，

　　　　　　小玉、李益情相盼，不得相见。

　　　　　　小玉能作有情痴，盼坏了身子病怜怜；

卢太尉心毒的坏水咕嘟……咕嘟的一串串;

关起了李益假意招赘放谎言。

那李益手捧紫钗心不变,

若不是黄衣客救出了李益打马裹挟到了金陵,

让他们夫妻重相见,

哪有真情再团圆、再团圆!

(念)我呀,看戏去喽!

【暗转,戏中戏;

【光启,黄衫客上,二胡奴上;

黄衫客　侠义常为不平事,醉后平消万古嗔。

　　　　来,将那负心的李益,裹挟回金陵!

【胡奴抓出李益。

黄衫客　你是李益?

李　益　正是。你是?

黄衫客　不必多问,快快走!

黄衫客　(唱【不是路】)

　　　　玉碎香悭,为你怒冲冠把剑弹。

【黄衫客打马,胡奴为李益打马同行;

李　益　我今离去,则怕卢太尉害了人也。

黄衫客　怎生这般畏之如虎?

李　益　卢太尉霸掌朝纲,遣玉门棒打鸳鸯,还京城强逼招赘,囚室

　　　　中捧玉钗相思泪汪汪……

黄衫客　你可曾应允招赘了么?

李　益　我爱小玉,怎能忘却乌丝阑三尺素缎写下的誓言。

黄衫客　哦?三尺素缎写誓言?你那小玉思你病入膏肓……

李　益　啊？闻此言如紫钗插我胸膛。

　　　　　【乐止；

黄衫客　卢太尉是甚娘儿比。俺自能暗通宫掖，那厮若撞着俺的剑儿，也不分雌雄！你还不与我回家。

李　益　到你家？

黄衫客　不是请你到俺家去，是请你到你家！

　　　　（接唱）好伤残，你骑着俺将军战马平心看，

　　　　　　　　抵多少野草闲花满目斑。

李　益　感足下高义。愿留姓名，书之不朽。

黄衫客　唉！偶遇红丝绽，为谁羁绊……霍郡主，快看，你的李十郎来也！

　　　　　【黄衫客下；

　　　　　【浣纱搀扶霍小玉上；

李　益　妻呀，我妻——

　　　　（唱【二郎神】）

　　　　　年光去。辜负了如花似玉妻，

霍小玉　十郎……

李　益　（接唱）叹一线功名成甚的？

　　　　　　　　生生的无情似茧有命如丝，

　　　　　　　　妻呵，别的来形模都不似你。（扶旦不起）

　　　　　　　　怎抬的起这一座望夫山石！

霍小玉　（接唱）寻思起，你恁般舍得死别生离。

李　益　我妻，你看！（李益从袖中出钗）

霍小玉　我那紫玉钗……

　　　　（唱【玉莺儿】）

356

玉钗红腻,尚依然红丝系持。

磊心情几粟明珠,点颜色片茸香翠。

侧鬟儿似飞,懒妆时似頹。

病恹恹怎插向菱花对?

二　人　（同唱）事真奇,相看领取;

　　　　　　　还似坠钗时。

李　益　（接唱）燕钗重会,与旧人从新有辉。

霍小玉　（接唱）影差池未渍香泥,翅毱毱尚萦纤蕊。

李　益　（接唱）一炷誓盟香,

霍小玉　（接唱）乌丝阑凑尾;

二　人　（同唱）再团圆胜似那元夜会。

霍小玉　十郎!

李　益　我妻!（相拥而泣。）

　　　　　【音乐声中渐渐压光。汤显祖立于定点光下;

汤显祖　（唱）紫玉钗头恨不磨。

　　　　　　　黄衣侠客侠情魄。

　　　　　　　恨流岁岁年年在。

　　　　　　　情债朝朝暮暮多。

李志清　哦,"《紫钗记》侠也",说的就是这个黄衫客吧?

顾宪成　啊! 海若兄,你可是将一十八年为你仗义执言的御史们,都写在黄衫客的身上了?

汤显祖　忠臣,侠义,丹心,人情之本也。不过——小弟写的是戏呀!

李志清　哦——是啊,若无侠义丹心相撑扶,哪有有情人终成眷属!

汤显祖　（拉顾宪成）哎呀呀,你二位真是我汤显祖的知音哪,哈哈哈哈……

太　监	（内）圣旨下！

【高台光束下太监站立。汤士蘧、吴迎红、书童上；

汤显祖	万岁！（众人下跪）
太　监	跪听宣读："汤显祖以南部为散局，不遂己志，敢假传奇污国事攻击元辅……本当重究，念尔才名，姑且从轻，贬汤显祖为徐闻典史，即刻南下赴任。钦此！"

【太监隐退；

【一声大筛。众人惊寂无声；

顾宪成	（搀扶）海若兄……
李志清	这颠倒黑白的圣旨，真让人愤愤不平！
顾宪成	海若兄，徐闻在海南雷州，此行蛮荒瘴疠路千里……
汤士蘧	爹爹……孩儿情愿同往徐闻，不离爹爹左右。
吴迎红	迎红情愿侍奉先生！（哭）
书　童	还有我呢！（哭）
汤显祖	（唱）勿伤……

偶上疏犯上，

贬徐闻恰如汉陆贾出使南越疆；

沧海桑田看茫茫……

【汤显祖、汤士蘧、吴迎红、书童隐下。

顾宪成	定是《论辅臣科臣疏》传到申时行老贼手上，他们寻衅报复来了！
李志清	唉！海若兄如何捱得过这颠簸之苦？
顾宪成	字挟披肝苦，章飞战血哀……遭贬不移志，教民知兴衰。海若兄在徐闻建《贵生书院》，亲身讲学，开拓蛮荒。
李志清	三年之后，又被升迁浙江遂昌知县。

顾宪成	你是怎么知道的？
李志清	我怎么不知？我还知道这是顾仁兄举荐之功。
顾宪成	哎呀，虽说是小小县令——

　　　　【起乐；

顾宪成	海若兄一展他治国才能，修书院，建射堂，减科条，劝农桑，
	把个遂昌县治理的呀，
李志清	怎么样啊？
顾宪成	大明第一"桃花源"。
李志清	哦，大明第一"桃花源"！后来呢？
顾宪成	后来？你看戏呀！
二　人	（笑）啊——哈哈哈哈……

　　　　【压光。

第二章　春情《牡丹亭》

　　　　【字幕：九年后

　　　　【时间：1598年，汤显祖时年48岁，任遂昌县令；

　　　　【地点：浙江，遂昌，汤显祖书房；

　　　　【太监、书童各立于定点光下；

太　监	遂昌县地下矿金仓银窖，汤显祖铁公鸡一毛不拔。
书　童	三年来治遂昌百废俱兴，都称颂"桃花源"赖有汤公。
太　监	嗨，遂昌县衙有人吗！
书　童	（出门）呦，公公又来啦？有什么话您跟我说吧。

太　监　你算哪棵葱,给我通禀!

书　童　是喽(进门)有请大人!

【汤显祖上;

汤显祖　何事?

书　童　矿监使又派那个太监来了。

汤显祖　请他进来。

书　童　是,我家老爷请您进去呢。

【太监进;

汤显祖　(起身)啊,公公。

太　监　我说这个汤显祖啊,咱家少说跑了三趟,腿都跑断了!

汤显祖　遂昌县年年税清,何劳公公再三催账!

太　监　什么?催账?想你这遂昌县,金矿银矿,遍布七十三处,你一不上报,二不开采,三不上税,皇上钦派我们爷们儿,从北京来到浙西,千里迢迢不辞劳苦、勘查矿情,一路之上所遇州官、府官、县官,哪个不是尊圣旨金银奉上,偏偏遇上了你这铁公鸡一毛不拔,还要抗旨说话。

汤显祖　哈哈哈……

　　　　(唱)好一个不辞劳苦,勘查矿情,

　　　　　　　所到处勒官逼吏剽窃行;

　　　　　　　结党贪官掠金银,

　　　　　　　强人入税监中。

　　　　　　　民怨苦,声声震,

　　　　　　　刺骨剜心痛,

　　　　　　　万里江山——地无一以宁,

　　　　　　　山怒眦将崩。

（白）回去对钦差曹公公言讲：天地之性人为贵，掠夺百姓之事汤显祖不能为！

太　监　什么？ 万里江山、地无一以宁难道说是我们爷们儿的罪过？

汤显祖　天下有公论，送客！

太　监　干、艮、倔、奘，好，好……汤显祖你接着我的！

【太监下；顾宪成上与太监撞面；顾宪成、李志清进门；

顾宪成　海若兄，看他变脸变色而去，你莫非得又罪了他？ 我看你遂昌县令难保！

汤显祖　顾仁兄，你惧怕这些宦官？

李志清　哎呀海若兄啊！ 顾大人皆因不容宦官之恶，阻谏当今派矿监税使，不想昏君厌恶，因此以"忤旨"之名，降罪顾大人，当即革职了！

汤显祖　顾仁兄，弟错怪你了！ 弟知你十数年身居庙堂，荐贤、斥恶、忠正、无邪，如今哪……一双丹心遭践踏，胸中积郁肝肠摧。我这小小的七品县令，怎能力挽狂澜？ 也罢，弟也要挂冠回乡……

顾宪成　海若兄！

【书童、汤士蘧、吴迎红上。音乐起；

汤显祖　可叹慷慨趋王术，子建为文亦自伤；况是折腰过半百，乡心早已到柴桑。

顾宪成　好……好……好，我们各自回乡！ 只是可惜你这身才学！

汤显祖　自被贬徐闻，又治遂昌，《紫钗》之后，辍笔十年，此番挂冠回乡：再填新词传曲唱……

顾宪成　哦？ 想是新作构想孕育已久？

李志清　可是六年前跟随海若兄被贬徐闻在大庾岭同游南安府后花

园,遇到的那桩奇事啊?

汤显祖　哈哈哈……两年后汤某五十寿诞,二位同来临川观赏拙作就是。

顾宪成　海若兄五十大寿,我们定到临川贺寿、观赏。

三人同　拜别了!

　　　　【顾宪成、李志清下;

汤显祖　(对家人)收拾行囊,准备上路。

书　童　回家?回临川啦!太好啦,我收拾行囊去了。(书童下)

汤显祖　且慢……(乐止)

　　　　【汤士蘧、吴迎红止步;

汤显祖　为父挂官,可曾折了儿报国志向?

汤士蘧　这个……孩儿不敢忘却爹爹教诲:"光阴贵似金,报国跃龙门"!

汤显祖　好,好,好!只因为父一生难改亢壮不阿的性情,为此科举坎坷,宦海沉浮,做官做家,都不起耳,如今还乡行,怎能拖累我儿——一个餐英披秀、有佐王之才的你?(起乐)你……唉,明春又当大比之年,你不必随我们回转临川,你沿江北上,直赴金陵,不要误了赴考……迎红,与他收拾行囊,代我送他一程。

吴迎红　是。(下,与士蘧收拾行囊)

汤士蘧　爹爹——,孩儿遵命,爹爹要多多保重。

汤显祖　爹爹自知,倒是你……前程自重。

　　　　【压光,汤显祖、书童隐下;

　　　　【吴迎红上,送汤士蘧;

吴迎红　士蘧!

汤士蘧　迎红！

吴迎红　执手相看泪眼，

汤士蘧　竟无语凝噎；

吴迎红　留恋处——

汤士蘧　《紫钗》初歇……

　　　　【吴迎红另拿出一包（首饰、私房银两）

吴迎红　士蘧，先生多年为官两袖清风，囊不名一钱，你此番赴考，身
　　　　有几何？我些许的私房银两，你且拿去，只身一人，不可委
　　　　屈了自己！

汤士蘧　迎红，委屈了你……

吴迎红　士蘧——千重，万重，身体保重！

　　　　【二人分别。汤显祖暗上，瞩目儿子远去，音乐止；

汤显祖　（暗自神伤）想我汤显祖初次赴考的时节，紫霄也是这般的
　　　　送我，谁想一别成永诀，唉！谁为真情唤青春？情不知所
　　　　起，一往而深，生生死死情之至也，回乡，回乡传奇可书也！

　　　　【琴曲声入；

　　　　【一束光映照汤显祖；

　　　　【另束光映照达观；

　　　　【二人隔时空对话；

达　观　海若贤弟，别来无恙？

汤显祖　达观禅师，你我金陵一别，九度春秋无不思念。

达　观　为度贤弟千里迢迢来到临川。

　　　　【二人相见，交流；

汤显祖　弟有一部传奇《还魂记》酝酿已久，禅师可愿听我一叙？

达　观　君不见，世缘老，"桃花源"中横烦恼；

汤显祖　学无漏，去情厚，本于纯真相击叩？

达　观　明明灭灭参佛理，

汤显祖　生生死死多为情！

达　观　人生一瞬，已近知天命之年，有什么青春之情难断？

汤显祖　唉，被贬徐闻，途经南安，亲闻亲见，纠结心中八年呵！

　　　　（唱）则为在——大庾岭南安府，

　　　　　　　后花园村人愤懑伐梅树。

　　　　　　　有女冤魂哀泣苦。

　　　　　　　遗恨绵绵绕冥途。

　　　　　　　只为与秀才梅下幽相见，

　　　　　　　被爹娘锁庭屋。

　　　　　　　无奈丹青自描拼将一死九泉赴。

　　　　　　　叹生生死死遂人愿，

　　　　　　　便酸酸楚楚无人顾。

　　　　　　　似这般年少风流情难诉，

　　　　　　　却偏遭千年霜剑严相戮！

　　　　　　　海若心结久郁定要抒，定要抒！

　　　　　　　玉茗堂前朝复暮。

　　　　　　　红烛映人竞得江山住。

　　　　　　　但得相思莫相负，

　　　　　　　牡丹亭上三生路。

杜丽娘　（画外音）牡丹亭上三生路……

　　　　【压光，

　　　　【暗转；【曲二十五】

364

【杜丽娘似一道月光,站立在舞台深处;

杜丽娘　（唱【绕池游】）

　　　　梦回莺转,乱煞年光遍,人立小庭深院⋯⋯⋯⋯

　　　　【字幕:两年后

　　　　【时间:1600年,汤显祖50岁诞辰;

　　　　【地点:江西临川"玉茗堂";

　　　　【音乐起;

　　　　【光起,戏中戏;

　　　　【杜丽娘入睡,入梦;

　　　　【柳梦梅持柳枝上;

柳梦梅　小生哪些儿不曾寻到,你却在这里,恰好在那花园内折得垂

　　　　柳半支,姐姐。你既淹通书史,可作诗以赏此柳枝乎?

杜丽娘　这生素昧平生,何因到此。

柳梦梅　姐姐,咱爱煞你哩。

　　　　（唱【山桃红】）

　　　　则为你如花美眷,似水流年。

　　　　是答儿闲寻遍,在幽闺自怜。

　　　　（白）姐姐,和你那答儿讲话去。

杜丽娘　哪边去?

柳梦梅　喏——

　　　　（唱前腔）

　　　　转过这芍药栏前,

　　　　紧靠着湖山石边。

杜丽娘　秀才,去怎的。

柳梦梅　（唱前腔）

和你把领扣松，衣带宽，

袖稍儿揾着牙儿苦也……

则待你忍耐温存一晌眠。

二人合　（唱前腔）

是那处曾相见？相看俨然，

早难道这好处相逢无一言。

【众花神上，舞蹈；

众　合　（唱【画眉序】）

好景艳阳天。

众接唱　（接唱）万紫千红尽开遍。

满雕栏宝砌，云簇霞鲜。

（唱【滴溜子】）

湖山畔，湖山畔，云蒸霞焕。

雕栏外，雕栏外，红翻翠骈。

惹下风愁蝶恋，三生锦绣般，非因梦幻。

一阵香风，送到林园。

【收光；

【光起；

李志清　好传奇、好传奇！

顾宪成　（引）还魂一曲"上薄《风》《骚》，下夺屈、宋"。

李志清　（引）真个是：道尽人间未了情；

顾宪成　海若兄，《牡丹亭》真不愧你五十大寿之日为天下人献上的

　　　　传奇。

汤显祖　半百之期，了却为天下女子张目的心愿！

达　观　情若越理之上，痴迷难归也。

顾宪成	不然,不然,理桎梏于情,如杜丽娘般的天下女子何堪重负?
达　观	痴则近死,近死而不觉,心几颓矣。
汤显祖	我心不颓,甘为情作使!
达　观	这——阿弥陀佛!

【收乐,收光。

第三章　情愕《邯郸梦》

【时间:1601年,距前场两年后。

【地点:临川玉茗堂。

【光启,遂昌乡民拥汤显祖绢本肖像,手捧文稿。汤显祖、吴
　迎红、书童在场;

众　人	请先生过目!
汤显祖	哎呀呀,汤某有何德能,遂昌父老为我立下生祠,又绘制绢本肖像? 惭愧!
一秀才	汤公为官:行可质天地鬼神,文能安民入社稷。
众　人	我们要让汤公政绩、书文画像,映照百年!
汤显祖	(接稿看)呀!

　　　　(唱)平生慷慨趋王术,

　　　　　　偏教以"情"治遂昌,

　　　　　　看颂文,瑞光字闪,

　　　　　　徒令浃汗淌。

　　　　(白)为官者分内之事,愧煞人也!

一老者　　汤大人，说哪里话来，大人做我们的父母官，乃是遂昌百姓
　　　　　的福分哪。

另百姓　　（呼唱）"官也清，吏也清，百姓无事到公庭，农歌三两声"。

书　童　　唉，你们唱的还真是实情，既然乡亲们来了就请大家伙儿先
　　　　　看看我们正排演的《邯郸记》好不好？

众乡民　　《邯郸梦》讲什么故事啊？

书　童　　听我道来：山东卢生秀才狂，

　　　　　慵懒农田一心把官道上；

　　　　　邯郸偶遇吕仙长，

　　　　　赐枕一梦黄粱；

　　　　　中进士，靠"孔方"，

秀　才　　靠钱。

老　者　　靠金钱买的。

书　童　　偏偏不拜宇文丞相，

　　　　　"小鞋"一双接一双，

　　　　　竟落得死刑上法场。

　　　　　血刃刀前悟性恶，

　　　　　时运一到他步步高利欲熏心贪婪无妄是贪婪无妄！

众乡民　　贪婪无妄乃是败坏人的本性，倒要看看这《邯郸记》。

　　　　　【李志清、顾宪成急上；

李志清　　海若兄——（上）大事不好了！士蘧在金陵他……

汤显祖　　他怎么样？

顾宪成　　只因那主考听说他是汤门之子，便向他索取贿赂；

李志清　　士蘧拒付，他无端寻了公子一个错处，将他赶出考场；士蘧
　　　　　一气，旧病复发，竟然身亡了！

汤显祖　哎呀!(昏厥,倒坐)

吴迎红　天哪!(昏厥,被扶住)

汤显祖　(唱)江天卷地黑风,吾家玉树倾;

吴迎红　(唱)空叫弱冠敌才名,卿死奴何生?

汤显祖　(唱)猿叫三声肠断尽,到无肠断泣无声……

　　　　【音乐连续;

吴迎红　先生……迎红即刻起身前往金陵,亲扶汤郎灵柩还乡。

二秀才　我们保护吴小姐一同前去!

书　童　我也要去!

汤显祖　你们去吧……

李、顾　海若兄、迎红,节哀!

吴迎红　先生节哀,我们启程了!

　　　　【众人拜别汤显祖。吴迎红走到门口猛回头看到一下子苍
　　　　老的汤显祖……

吴迎红　爹爹——(扑向老人)

汤显祖　迎红,可叹士蘧五岁丧母,为父的一手带大,他十七岁文章
　　　　惊动两鸿师,歌赋传奇红金陵,为父的不……不该让他随我
　　　　南下颠簸,更不该逼他北上赴考,挣的什么进士? 考的什么
　　　　状元? 挣的什么进士! 考的什么状元! 我耽误你们的青
　　　　春,我糊涂啊!(大恸欲绝)

李、顾　海若兄,节哀,珍重!

吴迎红　爹爹!

　　　　【音乐止;

　　　　【光渐暗;

　　　　【另光区起,太监立于高处;

太　监　圣旨下——前遂昌县令汤显祖,笼络人心,沽名钓誉,妄行
　　　　改治,实为浮躁,着即削去官籍,罢黜为民,永不录用,钦此。

　　　　【太监光区压落;

　　　　【古琴音乐起;

顾宪成　这样大的天下,竟容不下一个汤显祖么!

　　　　【远远望见汤显祖与达观对话;

达　观　清香冉冉度悲号。

汤显祖　达观禅师来之何速?

达　观　士蘧西去,超度亡灵特到临川。

汤显祖　唉!门阑几尺通天水,不和生儿望作龙!汤家从此不仕途,
　　　　权留传奇警人生!(顿足)《邯郸记》排演起来!叫那卢生上
　　　　场第二十出"死窜"!

　　　　【压光;

　　　　【戏中戏:

画外音　"定西侯卢生,交通番将,图谋不轨。奉圣命即刻拿赴云阳
　　　　市,明正典刑,钦此。"

　　　　【刽子手押卢生上;

卢　生　(唱【北出队子】)

　　　　排列着飞天罗刹。

　　　　【众人围观法场,刽子手向卢生叩头;

卢　生　甚么人?

刽子手　是伏事老爷的刽子手。

卢　生　(惊怕)吓煞俺也!

　　　　(接唱)看了他捧刀尖势不佳。

刽子手　有个一字旗儿,禀老爷插上。

370

卢　生　是个甚么字？

众　人　是个斩字。

卢　生　恭谢天恩了。俺卢生只道是千刀万剐，却只赐一个斩字儿，
　　　　　领戴，领戴。蓬席之下，酒筵为何而设？

众　人　光禄寺摆有御赐囚筵，一样插花茶饭。

卢　生　哦——

　　　　　（接唱）这旗呵——当了引魂幡，帽插宫花。

　　　　　　　　　锣鼓呵——他当了引路笙歌赴晚衙。

　　　　　　　　　这席面呵，当了个施艳口的功臣筵上鲊。

众　人　趁早受用些。是时候了。

卢　生　这朝家茶饭，罪臣也吃够了。则黄泉无酒店，沽酒向谁人？
　　　　　罪臣跪领圣恩一杯酒。〔跪饮介〕怎咽下也。

　　　　　（接唱【幺】）

　　　　　暂时间酒淋喉下，

　　　　　还望你祭功臣浇奠茶。

众　人　领了寿酒，快些行罢。

刽子手　咦，看的人一边些，不要误了时候。

卢　生　（接唱）一任他前遮后拥闹哜喳，

　　　　　　　　　挤的俺前合后偃走踢踏；

　　　　　　　　　难道他有甚么劫场的人？

　　　　　　　　　也则看着耍。

　　　　　（白）前面幡竿之下是何去处？

众　人　〔众〕西角头了。

卢　生　（接唱【南滴溜子】）

　　　　　幡竿下，幡竿下立标为罚。

是云阳市,云阳市风流洒角。

众　人　休说老爷一位。

　　　　（接唱）少甚么朝宰功臣这答。

　　　　　　　套头儿不称孤,便道寡。

　　　　（白）用些胶水摩发,

　　　　（接唱）滞了俺一手吹毛,

　　　　　　　到头也没发。（卢生恼,挣断绑索）

卢　生　（唱【北刮地风】）

　　　　呀,讨不的怒发冲冠两鬓花,

刽子手　〔摸卢生颈〕老爷颈子嫩,不受苦。

卢　生　咳!（接唱）把似你试刀痕俺颈玉无瑕。

　　　　云阳市好一抹凌烟画。

众　人　老爷也曾杀人来?

卢　生　（接唱）哎也——俺曾施军令斩首如麻,

　　　　　　　领头军该到咱。

众　人　老爷,不要走了,这就是落魂桥了。

卢　生　（接唱）几年间回首京华,

　　　　　　　到了这落魂桥下。

　　　　【喇叭声鸣,刽子摇旗;

刽子手　时辰已到,请老爷升天。

卢　生　（笑）哈哈……

　　　　（接唱）则你这狠夜叉也闲吊牙!

　　　　　　　刀过处生天直下。

　　　　　　　哎也——央及你断头话须详察,

　　　　　　　一时刻莫得要争差。

　　　　　把俺虎头燕颔高提下，

　　　　　怕血淋浸展污了俺袍花。

刽子手　走！（刽子手踹卢生）

　　　　【光暗，大风陡起……

刽子手　好大风，刮的这黄沙……难睁眼。老爷的颈子在哪里？老
　　　　爷的颈子在哪里？

卢　生　（惨叫）哎呀！

　　　　【定点光束收

　　　　【汤显祖、顾宪成、李志清等上；

李志清　哎呀呀，做官的人儿啊，真真是朝不保夕；海若兄，写活了啊
　　　　哈哈哈……

顾宪成　那卢生到底死了无有啊？

汤显祖　他呀，梦还未醒，怎能死？

李志清　他呀，把肠儿都悔断了，这梦怎样做下去啊？

达　观　梦虽易醒人难醒哦——

汤显祖　宇文融势力倒，他反手为宰相，贪婪无妄接朋党；唯靠神仙
　　　　超度，他方能梦醒黄粱。

顾宪成　海若兄分明借邯郸一梦做个障眼法，写尽大明官场现形！

达　观　阿弥陀佛！不明理则情恶，成仙亦无果。贪婪恶之本，明性
　　　　归佛门。

汤显祖　贪婪之情本性恶，假借仙衣梦《邯郸》；达观禅师，那《南柯
　　　　记》明了佛性，皈依佛门，请禅师一览！

书　童　（上）先生，先生！咱《南柯记》中的开打好热闹啊！

汤显祖　戏演到何处了？

书　童　"瑶台"都演过去了。檀萝国太子发兵抢公主，公主带病而

战,淳于棼刚刚赶回来!

【战鼓声起;

【压光。

第四章　佛性《南柯记》

【第四章字幕;

【地点:同前场;

【时间:接前场;

【光渐起,舞台上进入戏中戏;

【开打:瑶芳与檀萝太子开打不支,淳于棼上救瑶芳,檀萝太子败下;

淳于棼　（寻找）公主——公主——公主!

瑶　芳　驸马!（上）（二人见面,公主晕）

淳于棼　不想公主病体如此沉重……也罢! 待为夫亲送你回京城静养!

瑶　芳　驸马——为妻病痛事小,堑江城尚在危机之中,我岂能贪恋儿女私情,弃南柯百姓于不顾啊!

淳于棼　哎呀公主,我怎能放心你独自还乡啊!

瑶　芳　驸马——

淳于棼　公主——

瑶　芳　（唱【集贤宾】)

　　　　论人生到头难悔恐,

　　　　寻常儿女情钟。

有恩爱的夫妻情事冗。

(夹白)则恐我先去了呵。

累你影凄凄被冷房空。

淳于郎,看人情自懂,百凡尊重。

淳于棼 〔生泣介〕公主呵!

(接唱)来日重叙恩爱大槐宫。

二　人 (合)心疼痛。只愿的凤楼人永。

淳于棼 公主,这一路之上你要多多的保重啊……公主,我平复了战
　　　　事,就会回来见你的呀……

瑶　芳 驸马……

　　　　【众蚁兵上。淳于棼目送公主乘彩舆离去

淳于棼 众将官,堙江城去者。

　　　　【田子华掩护周弁上,被淳于棼撞见;

周　弁 嘿!

淳于棼 周弁兄!

周　弁 淳于兄……

淳于棼 你因何全身赤体,单骑至此?

周　弁 众兵将赤甲山被虏围,堙江城失守了!

淳于棼 城中的百姓呢?

周　弁 怕是已被敌军血洗。

淳于棼 那五千人马呢?

周　弁 五千人马……怕是已全军覆没了。

淳于棼 呀呀呸,你身为南柯司宪、一城守将,你不在堙江城镇守,你
　　　　到哪里去了?

周　弁 我……饮酒去了……

淳于棼 （气极）呵，呵呵……将周弁斩了！

田子华 且慢。淳于兄，念及兄弟情分，你还要三思，还要三思啊！

【淳于棼犹豫；

周　弁 淳于棼！要杀，你就用当年赠我的这把宝剑……亲手将我
杀了吧！

淳于棼 哦呵——

周　弁 （挑衅地）还是将我斩了吧！

淳于棼 ——也罢！

田子华 淳于兄，治理南柯也有他行事之功。功过相抵，你还是免其
死罪吧！

淳于棼 周弁哪，周弁！我也曾再三嘱咐与你，重任在身，酒要少饮，
不想你贪杯误事，丢失城池，临阵脱逃，军法难容，论罪当
斩，我若徇私，将你饶过，怎生面对这南柯郡的百姓哪？

周　弁 哈哈！看来右丞相信上所言不假，你分明就想除掉我弟兄
二人，独自领赏升任左丞相！

淳于棼 一派胡言！

周　弁 我呸！

（唱）你你你，忽地波怒吽吽坏脸皮。

厚颜吞功倚势施为。

那些儿刘备、张飞？

原是腹剑口蜜。

淳于棼 （唱）咬碎银牙横生怒气，

败军的狂言反唇相讥。

三尺剑寒光照弟兄情义，

俺堂尊荐及，你睁醉眼不识高低！

周　弁　（唱）什么高不高来低不低，

　　　　　　你划口儿闲胡戏。

　　　　　　俺战沙场挣得将军扬眉，

　　　　　　也强似做老婆官儿无耻雄踞！

淳于棼　（唱）气、气、气，气得我愤慨难抑，

　　　　　　百般忍让反被欺。

　　　　　　二十载为劬劳功德沾民政碑记。

　　　　　　恨滥言无耻倚势雄踞，

　　　　　　怎受鄙夷，怎受鄙夷！

　　　　　　恨不得把酒鬼，枪挑刀劈。

　　　　　（白）斩斩斩！

　　　　　【右丞相内呼："圣旨下——"上；

右丞相　圣上有旨：南柯太守淳于棼治理南柯郡二十年功不可没，着
　　　　升任左丞相，即刻启程。命司农田子华接任南柯太守之职。
　　　　钦此！

众　人　千岁、千岁、千千岁。

右丞相　快与周弁松绑。

淳于棼　且慢！国法难容！

右丞相　法外施恩！

淳于棼　嗨！

右丞相　（对周、田）自家兄弟呀——

三人笑　哈哈哈……

　　　　　【三人下；

淳于棼　气煞人也！

　　　　　（唱【上小楼】）

恨权奸——施谗言，

翻手间淳于罪愆！

被玩弄股掌之间，

被玩弄股掌之间；

阴险徇私军法换。

叹南柯百姓沉冤，

叹南柯百姓沉冤！

五千人马血飞溅，

只怕是社稷崩移颓槐安！

【压光；

【李志清、顾宪成、汤显祖、达观上；

李志清　好传奇，好传奇！海若兄，《南柯记》不是写佛性的么？佛在
　　　　哪里呀？

汤显祖　淳于棼一生多建树，醒来不过南柯一梦。

顾宪成　唉，乃是官场噩梦！

汤显祖　历经人生荣辱，不能破除烦恼，只有问阐于佛。

达　观　万事无常，一佛圆满。

汤显祖　（唱）都则是——

　　　　　　都则是因果轮回起处起，

　　　　　　教何处镜花水月立因依？

　　　　　　笑空花眼角无根系。

达　观　（接唱）梦境将人殢。

　　　　　　长梦不多时。

　　　　　　短梦无碑记。

汤显祖　（接唱）漫道说梦醒迟断送人生三不归，

斩眼儿还则痴在南柯梦里。

顾、李　哎呀呀,回首人生都是梦——

汤显祖　是情!

顾、李　是情?

达　观　是理!

汤显祖　(笑)哈哈哈……正是:仰天大笑成四梦,一生郁垒尽真情;

　　　　　　　　　　长传短寄亦封笔——

李志清　封笔……不写了?

顾宪成　天下人还等你石破天惊的妙笔呀! 达观禅师?

达　观　四梦览尽大千世界,普度浮屠。

汤显祖　——纯白自隐在玉茗。

顾宪成　"玉茗……"就是这堂前的玉茗花!

　　　　【众花神上;

众　人　"玉茗堂四梦"——

顾、李、达观　千古流芳!

　　　　【起曲四十五;

李志清　(唱)《紫钗记》不负痴情;

顾宪成　(唱)《牡丹停》千古青春;

达　观　(唱)《南柯》淳郎善情被恶吞,

　　　　　　　回头来向佛性;

汤显祖　(唱)看卢生,警世人,

　　　　　　　贪婪情恶布霾云!

众人合　(唱)哦呵临川"四梦"何处醒?

　　　　　　醒是梦,梦是醒……

　　　　　　梦中之情,似神仙境。

汤显祖 (唱)天理尽在人情中。

【造型,压光。

尾　声

【幕间曲入,清纯飘然,如云烟梦绕般……(同序)

【舞台上碧水蓝天呈现在太极圆形的画框中;

【伴唱声远远传来;

伴　唱 少小逢先觉,平生与德邻;

为情甘作使,"梦"留万世馨。

【音乐连续;

【"四梦"人物飘然而来,汤显祖穿插其中,各自定格;

【汤显祖在玉茗花道中定格;

【音乐止;

【剧终。

京剧

正气歌
（个别唱段取自谭富英先生 1954 年演出本）

编 剧 宋 捷

2017 年 9 月

人　物：文天祥

　　　　欧阳仪文（文天祥妻）

　　　　曾　氏（文天祥母）

　　　　欧阳守道（文天祥老师、欧阳仪文养父）

　　　　文　璧（文天祥弟）

　　　　柳　娘（文天祥女儿）

　　　　陈龙复（南宋老将军，随文天祥一起抗元）

　　　　李　虎（难民、猎户、后文天祥军将领之一）

　　　　张　汴（文天祥军将领之一）

　　　　方　兴（文天祥军将领之一）

　　　　赵　时（文天祥军将领之一）

　　　　金　应（文天祥军将领之一）

　　　　南宋太监

　　　　忽必烈（元开国皇帝）

　　　　悖　罗（元宰相）

　　　　张弘范（元平宋大元帅）

　　　　李　恒（元平宋副元帅）

　　　　留梦炎（原南宋宰相，后降元封兵部尚书）

　　　　元中军

　　　　元狱卒

　　　　南宋百姓若干、南宋兵若干、元兵若干

序

【1283 年 1 月；

【元大都，柴市口；

【悲壮音乐起；

【画外音起：

画外音　奉大元皇帝诏令：将文天祥押往柴市口明正典刑！

伴　唱　啊……辛苦遭逢起一经，

　　　　　　干戈寥落四周星……

【伴唱声中，定点光启红光照亮满身罪衣罪裙的文天祥；

文天祥　（大笑）哈哈哈哈……

【文天祥大步坦然向刑场走去。后光渐起，监斩官、刽子手
显现；

【伴唱继续：

伴　唱　山河破碎风飘絮，

　　　　身世浮沉雨打萍。

欧阳仪文　（内呼）老爷——

柳　娘　（内呼）爹爹——

【欧阳夫人与女儿柳娘、环娘手捧丞相服、相雕冲上，众百姓
随同上；

欧阳仪文　遵从老爷之命，大宋丞相衣冠送上……

监斩官　抓了起来！

【众刽子手上前凶恶地抓起欧阳夫人与女儿柳娘、环娘,丞相服、相雕落地。文天祥扑向官服……

【突然,狂风陡起,人群吹散……

【元丞相孛罗带领校尉上;

悖　罗　大元皇帝诏令:忠烈赤心天神共佑,赦免文氏妻女,送大宋丞相文天祥上路!

【刽子手松开欧阳夫人与柳娘、环娘,三人与文天祥穿大宋宰相服;

【伴唱继续:

伴　唱　惶恐滩头说惶恐,

　　　　零丁洋里叹零丁……

众百姓　文丞相!

文天祥　哪面是南方?

【众百姓手指南面方向。文天祥整冠理髯向南方三跪叩首;

文天祥　我事毕矣!

【文天祥转身向刑场;

【伴唱继续:

伴　唱　人生自古谁无死,

　　　　留取丹心照汗青——

【压光。

第一场　院　缘

【1253 年;(文天祥 18 岁)

384

【庐陵白鹭洲书院。

【古琴乐起；

【乐声中光起，欧阳守道抚琴而歌；

欧阳守道　（唱琴曲）世事烟云扰书院，国事那堪……

　　　　　　　　尽付尘缘指一弹。

【欧阳仪文捧茶上；

欧阳仪文　爹爹用茶。

欧阳守道　好个孝道的女儿，（饮茶）今日功课做完了么？

欧阳仪文　尚未做完，爹爹唤我，想是用茶。

欧阳守道　我何曾唤你呀？

欧阳仪文　喏（弹琴吟唱）

　　　　　　　　尽付尘缘指一弹……

　　这"指一弹"不就是召唤女儿么？

欧阳守道　好个聪明的女儿！

欧阳仪文　爹爹琴音当中，似有无限忧患？

欧阳守道　可叹大宋三百年，如今胡蒙入侵，无恶不作，百姓惨遭荼

　　　　　　毒，这胡蒙虎狼之心比金邦更加凶残，大宋国国无宁日矣！

欧阳仪文　爹爹兴办书院，就是为国家培养栋梁啊！

欧阳守道　栋梁，这白鹭洲书院是真真正正出了几个栋梁之材！（打

　　　　　　量女儿）儿啊，为父再弹一曲你可能辨哪？

欧阳仪文　孩儿恭听。

欧阳守道　（弹琴唱）

　　　　　　愿言配德兮，携手相将。

【欧阳仪文害羞，撒娇捶打欧阳守道；

欧阳仪文　爹爹以琴曲戏我，爹爹以琴曲戏我！

欧阳守道　怎说戏你,今日呵:喜鹊上枝头,婚书一纸上门求!

欧阳仪文　婚书上门……爹爹,女儿不嫁,女儿不嫁,女儿要终身侍
　　　　　奉爹爹!

　　　　　(唱)难忘怀金人血洗长陵郡,

　　　　　　　　火海中救出小仪文。

　　　　　　　　怀中只会牙牙语,

　　　　　　　　颠沛南国十五春;

　　　　　　　　自到这白鹭洲书院有安稳,

　　　　　　　　书香沐浴我成人。

　　　　　　　　养育之恩孝未尽,

　　　　　　　　论婚嫁离爹爹唯有泪痕伴终身!

欧阳守道　唉……喜事到了,怎么哭起来了?有道是男大当婚,女大
　　　　　当嫁,我儿青春当年,若是不嫁,我怎能对得起你那亲生的
　　　　　父母?况且嫁个好人家,爹爹有那半子之福。有道是:错过
　　　　　好姻缘,终身落遗憾!

欧阳仪文　……爹爹说来说去,到底是哪一家呢?

欧阳守道　啊?

欧阳仪文　是……哪一家……

欧阳守道　害羞了……哈哈,不要害羞。哦……我有一字谜,猜得出
　　　　　啊我便应允,若是你不愿猜,爹爹便回断人家,作罢如何?

欧阳仪文　这……就依爹爹。

欧阳守道　你且听道:历世十三迁庐陵,盘古一斧清气升;
　　　　　　　　　　瑞气冉冉飘五彩,豁达豪爽一后生!

欧阳仪文　这个……(面有喜色)

欧阳守道　啊?

欧阳仪文 （决心回答）历世十三迁庐陵……乃是文家,姓文,

盘古一斧清气升……乃天,

瑞气冉冉飘五彩……祥瑞之祥……文天祥!

好个豁达豪爽一后生!（羞,跑下）

欧阳守道 好个聪明的仪文! 哈哈哈……

【18 岁的文天祥和 17 岁的文壁同内白;

文天祥 贤弟请!

文　壁 兄长请!

【二人持剑上;

文天祥 （唱）弟兄双双书院进——

文　壁 （唱）习罢功课拜师尊。

二人同 参见欧阳先生!

欧阳守道 罢了,罢了。

文天祥 今日功课完毕,

文　壁 请先生指点。

欧阳守道 你们手持刀剑这是让老夫看武的啊,还是要看文的呀?

文天祥 手持刀剑拜见先生真真失礼（忙放下刀、剑）。我们还是先文后武。

欧阳守道 哦,先文后武……听题:国事成败在于宰相,

文天祥 （紧接）人才盛衰在于御史谏官。

【欧阳仪文暗上;

欧阳守道 （指文壁）典出——

文　壁 典出……这个。

文天祥 淳祐元年欧阳先生殿试廷对的名言。

文　壁 是啊,是先生的名言。

欧阳守道 （指文壁）接题——先天下之忧而忧，

文　壁 后天下之乐而乐。

欧阳守道 典出——

文　壁 哦……

欧阳仪文 我大宋先贤范仲淹《岳阳楼记》。

文　壁 好师妹呀，好才女！

欧阳守道 诵《岳阳楼记》末段——

文天祥 天祥领题："嗟夫！予尝求古仁人之心，或异二者之为。何哉？不以物喜，不以己悲。居庙堂之高则忧其民；处江湖之远则忧其君。是进亦忧，退亦忧，然则何时而乐耶？其必曰：'先天下之忧而忧，后天下之乐而乐'乎。噫！微斯人，吾谁与归？——时六年九月十五日。"

欧阳守道 哈哈哈哈……

（唱）天祥句句答得准，

先贤胸怀铭刻心。

喜看后辈逐浪涌，

大宋又出忠良臣！

文　壁 先生，别看我文的落后，武的可不让步！

【文壁持剑把刀递给文天祥。二人起打。文壁不慎刺中文天祥左臂。欧阳仪文急忙为文天祥包扎；

欧阳仪文 师兄不要紧么？

欧阳守道 儿啊，你要看仔细！

文　壁 师妹你——不对，不对！今日是师妹，来日是嫂嫂！

【二人轮唱；

欧阳仪文 （唱）一句话说得我红飞双颊；

文天祥 （接唱）一句话好似那明月心挂；

欧阳仪文 （唱）伟岸雄姿立神骅；

文天祥 （接唱）锦绕青春彩云霞；

欧阳仪文 （唱）文深武精压天下，

文天祥 （接唱）贤淑贴心心已化，

欧阳仪文 （唱）双目顾盼并蒂花。

文天祥 （接唱）九曲黄河万里沙，

　　　　　　　浪淘知音自天涯。

　　　　　　　如今直上银河去，

　　　　　　　同到牵牛织女家。

欧阳守道 好了，好了，这回呀我要找我的东翁……不不不，亲家翁

　　　　　吃喜酒去了啊……哈哈哈……

　　　　【四人造型，收光。

第二场　勤　王

　　　　【1275 年（文天祥时年 39 岁，任赣州知州）；

　　　　【距前场 21 年；

　　　　【郊外；

张　汴 （内白）马来！（越马上）

　　　　（念）文大人殿试夺魁，贾似道仗势驱贤！

　　　　　　　宦海沉浮十五年，飘摇江山谁挽？

　　　　嗨！我家文天祥文大人，15 年前，得中状元，殿试夺魁，只

因直言上书,得罪了贾似道一干奸党,屡遭罢黜,如今直落得赣州提刑之职!可恨那贾似道,在鄂州与元蒙定下纳贡割地的和约,以致养虎成患,忽必烈称帝大元!那忽必烈举兵南下,侵犯大宋国土,围困襄樊三载。文大人心急如焚,上奏朝廷无回音,唯有聚兵积粮以备国用。我张汴奉文大人将令,打探军情;眼见襄樊将破,元军攻破长江,国事危急,待我赶回赣州秉明文大人,就此马上加鞭!

【张汴加鞭打马下;

【紧张音乐起,火光冲天,二元将率兵追赶逃散的百姓;

李　虎　(内唱)可恨鞑靼似虎狼——

【李虎携妻、背负老母上;

李　虎　(接唱)践踏江南好水乡;

　　　　　　　无辜百姓遭无妄——

【元兵上,冲散李虎夫妻,李母倒地,李妻被元兵抢掠;

李　虎　娘——(欲搀扶母亲)

李　母　(指李妻方向)媳妇!

李　虎　啊!(冲向元兵,夺刀,开打)

【李虎怒杀元兵,又有元兵扑向李虎;

【文天祥率领方兴、赵时、金应、张汴和宋兵冲上,救李虎、李母;

【开打,文天祥和众将杀死二元将,众元兵。

李　虎　多谢大人救我李虎全家。

文天祥　这一壮士打从哪道而来?

李　虎　元军攻破鄂州,我一家随从百姓逃难至此。

文天祥　鄂州乃长江咽喉要道,朝廷拥有重兵,守将程鹏飞哪里去了?

李　虎　守将投降鞑虏,献出城池,元兵烧杀抢掠如潮水一般……

　　　　【音乐起;

文天祥　国破最是百姓苦,

　　　　铁蹄入侵愧臣心!

　　　　【内:"圣旨下"。太监上。

太　监　江西提刑文天祥接旨:

文天祥　(率众)万岁!(跪)

太　监　"先帝驾崩,嗣位君上年幼,吾以耄耋之年垂帘勉御。今元
　　　　蛮丑虏破江向南,尽虎狼之性涂炭百姓。特诏诸州诸路迅
　　　　集勤王之师,速救临安。钦此。"

文天祥　万万岁!(文天祥接旨,众同起)

太　监　哎呀文大人哪!如今朝廷之上,主战主和莫衷一是,太后深
　　　　知文大人忠君之心,盼文大人回朝主事,望眼欲穿!

文天祥　文天祥自当遵旨而行,只是赣州数千人马,怎当勤王重任?

太　监　文大人智谋高远、帷幄千里,速速组建勤王之师,半月之内
　　　　赶到临安,江山可保,再若延误,大宋休矣!话已讲明,咱家
　　　　告辞了!

众　将　大人?

文天祥　众位将军!国家有难,义无反顾,四方挂榜,八面招贤。方
　　　　兴听令:前往我家乡庐陵;赵时听令:前往长洛;金应听令:
　　　　前往南康;张汴听令:前往南康景宁一带。尔等挂榜张文:
　　　　就说国家危难,我文天祥跪拜赣州父老乡亲挺身救国,三日
　　　　之内回报与我。

李　虎　文大人!我李虎也曾练就一身武艺,特投大人帐下为国报

效。我想难民之中多与元虏有深仇大恨,晓之大义定有数
千人投军!

文天祥　好哇!

（唱）剑戟闪闪聚赣城,

　　　　　勤王不愁数万兵;

　　　　　丹心一寸坚如铁,

　　　　　惊天矢石令元惊!

【众造型,切光;

【暗转,三天后,夜;

【"圣旨"挂于中央,文天祥独自徘徊郁孤台下;

文天祥　（唱"导板"）三日来盼聚兵——心头淬砺!

　　　　　　　　时光逝更显得此时刻国情急;

　　　　　　　　君年幼太后圣诏声含泣,

　　　　　　　　夜月南望子规啼。

　　　　　　　　谁言城郭春声阔,

　　　　　　　　唯有楼台昼影迟;

　　　　　　　　乌云并天浮雪界,

　　　　　　　　墨浪江海无云旗;

　　　　　　　　赣州风雨十年梦,

　　　　　　　　心在江湖万里思;

　　　　　　　　倚栏怒目时北顾,

　　　　　　　　空叹泪眼湿南曦。

　　　　　　　　三天来急火焚心底——

【众将内呼:"文大人!"急上;

方　兴　启禀大人,家乡庐陵感大人忠心,齐聚一万五千兵马已到

帐下!

赵　时　长洛一带,感念大人为官清正,投军七千已到帐下。

金　应　南康县令带领八千人马已进赣州!

李　虎　难民之中已有三千人待命。

李　汴　南康畲族族长聚集一万畲族兵愿为国效劳!

文天祥　畲族兵?中华好儿女,大宋之福也!

　　　　(唱)民心如日照云霓!

士兵甲　(报上)报——老将军陈龙复率五千兵将来投!

文天祥　快快有请!

　　　　【陈龙复率兵上;

陈龙复　文贤侄!啊哈哈哈哈……

文天祥　陈叔父!啊哈哈哈哈……

陈龙复　闻听临安告急,我从家乡招募这五千兵将特来交你统领
　　　　勤王。

文天祥　陈叔父此来,统兵之帅有矣。

陈龙复　拼着老命辅佐与你。看你这聚兵如闪电一般,朝廷可有军
　　　　饷拨来。

张　汴　朝廷只有勤王的圣旨,军饷分文看不见!

陈龙复　有军无有饷,主帅空自忙!

文天祥　这军饷么……

　　　　【压光,定点留文天祥。文天祥沉思。切光。

　　　　【暗转;

　　　　【赣州文家室内;

　　　　【欧阳仪文上;

欧阳仪文　(唱)勤王旨犹如那惊雷震响,

聚兵马筹粮饷愁坏天祥；

暗地里多次与我商量，

为军需自筹粮倾尽家当。

只怕是家资不足、难统兵将、空负圣望——

【文母上；

文　母　（唱）但愿得兵马齐早日勤王。

媳妇，可知天祥招募了多少人马？

欧阳仪文　已是五万有余。

文　母　哦，五万有余……如此说来，天祥他……他啊即日就要启程
　　　　勤王去了？

欧阳仪文　正是。

文　母　唉，儿啊……

（唱）叹大宋偏安朽木怎经风浪，

　　　　此一去难再见我这残泪烛光；

　　　　母子情国大义孰低孰上？我的儿啊……

【文天祥上，听；

文　母　（唱）祈祷苍天佑天祥。

【文天祥叩门；

欧阳仪文　想是天祥来了。

【欧阳氏开门。文天祥进门。

文天祥　孩儿参见母亲。

文　母　招募兵马一事怎么样了？

文天祥　孩儿张榜下去，不曾想到振臂一呼应者云集，三日之内竟招
　　　　来五万人马！

文　母　（点头）好好好……人人都是为国家弃小家！

文天祥　人人皆知大义,国之幸也。

文　母　国之幸,更在君明臣正。

文天祥　母亲教导甚是。

文　母　如此说来,你都准备好了?

文天祥　这……勤王之事已然齐备,只是孩儿还要安顿母亲、家室。

文　母　怎样安顿?

文天祥　孩儿要派一支人马将全家送回庐陵。

文　母　你待怎讲?

文天祥　派一支人马将母亲送回庐陵。

文　母　我……不去!

文天祥　或送至惠州二弟文璧那里。

文　母　不去!

文天祥　或是送到我舅父家中避难。

文　母　越发的不去!

　　　　【起乐。文母背过身去,面向墙壁;

文天祥　如今元兵流窜江南十分凶险,母亲留在此处,孩儿如何放心
　　　　得下? 母亲,母亲!(跪)

文　母　你这满门家眷,不过是一小家,你母亲虽然年迈,自信还能安
　　　　置,只是你——一心勤王向临安,若是不得重用又该如何?

文天祥　孩儿只为抗敌报国,不想官职高低。

文　母　这大宋在昏君奸佞手中,眼见大厦将倾,你抗敌报国,倘若
　　　　无果又当如何?

文天祥　谋事在人成事在天!

文　母　方才你得意言道:振臂一呼应者云集,三天之内招来五万人
　　　　马。我来问你,朝廷可有钱粮军饷拨来? 五万人马他们靠

什么行军打仗？这大家大义之事难道你准备齐全,真真大
言不惭呐!

(唱)虽说你为国家忠心坦坦,

　　宦海中恶风浪儿尚未了然;

　　想当年殿试夺魁你冒死直谏,

　　被罢官也只能自吞苦言;

　　贾似道和约割地害国大患,

　　你也曾连参数本、层层罢免、被贬赣州、空怀壮志对

　　苍天;

　　到如今元胡入侵百姓涂炭,

　　勤王旨意羽檄飞传;

　　娘忧你到临安奸佞难防范,

　　对强敌你可能稳操胜券胜不骄败不馁意志可坚?

　　虽说是振臂一呼聚兵五万,

　　统大军粮饷未见你的兵将吃甚穿甚你尚自茫然!

　　为娘我今已是古稀将半,

　　怎奢望小家团圆国家不圆?

　　说到此不由得泣声不断——

文天祥　　母亲不必伤心,儿变卖家产也要勤王临安。

文　母　　(唱)快把那后堂箱柜抬到庭前!

文天祥　　抬上来!

　　　　　【四家院抬两木箱上。

文　母　　(白)天祥,儿啊!为娘知道你想变卖家业,挥家产,纾(shu
　　　　　读"书")国难,想你祖上家业萧条,你为官清正家产又有几
　　　　　何?为娘祖上殷富,陪嫁千金,本当用来补贴度日,怎奈你

396

爹爹不允,方得存留。如今国难当头我儿收下,全当我们
文、曾两家的忠义心愿也!

文天祥　谢母亲!

　　　　(唱)母亲大义纾国难,

　　　　　　　句句情憾血泪斑;

　　　　　　　娘教诲、百姓唤,

　　　　　　　驱逐胡虏复中原;

　　　　　　　儿心本自磁针碾,

　　　　　　　不定南北不肯还;

　　　　　　　天祥不负娘心愿,

　　　　　　　啼血勤王赴临安。

　　　　【起乐;文天祥、欧阳仪文同跪。

　　　　【收光。

　　　　【画外音起;

画外音　圣旨下:"尊太皇太后诏曰:文天祥勤王临安,率兵一路破敌
有功,忠心可嘉,特封大宋右丞相,襄理朝政,都督诸路人
马。钦此!"

　　　　【闭幕乐起。

第三场　进　兵

　　　　【距前场三年后,

　　　　【1278 年,冬;

【元进兵音乐起；

　　【幕启：扬州，元军元帅府；

　　【留梦炎上；

留梦炎　奉了元帝旨，来到扬州城。

　　　　门上有人么？

中元军　（上）哦，尚书留梦炎大人到了，待某通报：启禀元帅留梦炎
　　　　尚书到。

张弘范　（内）大开军门，有请！

　　　　【元兵上；

　　　　【元平南都元帅张弘范、副都元帅李恒上；

留梦炎　二位元帅！

张弘范　尚书大人！请。

李　恒　尚书大人！请。

　　　　【张、李归座；

留梦炎　下官留梦炎参见二位元帅。

张弘范　尚书大人少礼，请坐！

留梦炎　谢坐。

　　　　【留梦炎入座。

张弘范　留大人从大都赶来，必有万岁旨意。

留梦炎　哪里，哪里！万岁有恐二位元帅，不明南国国情，差我前来
　　　　以为辅佐。

张弘范　端宗赵昰(shì 是)病亡，张士杰、陆秀夫又立赵昺(bǐng 丙)
　　　　为君，他们裹挟那个小皇帝，漂泊海上；我大元兵马，正不知
　　　　向何处进发。

李　恒　是啊，想留大人原为大宋丞相，可知内中详情；今到军中，正

可相助一臂之力。

留梦炎　是是是,下官虽然原为大宋宰相,归降以来对大元忠心耿耿,二位元帅且听我道来:

　　　　(念)大宋江山虽破败,官场上明争暗斗难更改;

　　　　　　陈宜中那胆小的宰相不足虑,陆秀夫只识儒书不知把兵排;

　　　　　　张世杰惯习水战好称霸,若灭宋大军直发崖门山脉!

张弘范　崖门山脉? 可是广东海湾八十里的崖山?

留梦炎　正是,下官已然将地图带来了!

张弘范　如此说来只用水军?

留梦炎　水军足矣。

李　恒　(冷笑)哼哼哼……以我看来,剿灭张世杰、陆秀夫易如反掌,倒是有一人不除,大宋难灭也!

张弘范　李元帅所指何人?

李　恒　就是那文——天——祥! 万岁也曾叮嘱再三:灭国先灭擎天柱,剿宋先擒文天祥!

张弘范　本帅焉能忘却万岁叮咛,只是自赣州突围,文天祥并无踪影,也似虎落平阳了。

留梦炎　啊元帅,那文天祥现在潮州。

张弘范　你是怎么知道的?

留梦炎　大宋的投降人多,我的耳目也多呀。

李　恒　进军潮州,与文天祥交锋,只怕又要损兵折将。

张弘范　对文天祥不可轻敌,即可将围困惠州、清远人马撤回,集中兵力先剿文天祥!

留梦炎　二位元帅,下官也有妙计在此。

张弘范　有何妙计快快讲来。

留梦炎　（念）潮州守备名陈懿，与文天祥私怨甚深是仇敌；

　　　　　　　说降凭我三两语，背后插刀不耗兵和力。

张弘范　留大人且照计行事，本帅二十万人马李元帅统兵十万包抄

　　　　潮州；本帅统领十万随后进发崖山。

李恒、留梦炎　大人用兵如神。

张弘范　正是：

　　　　　　　兴兵布下天罗网，

李恒、留梦炎　剿宋先剿文天祥！

　　　　【收光。

第四场　练　兵

　　　　【乐声起；

　　　　【众将率宋兵上；

　　　　【文天祥上；（此处引子、定场诗引自谭富英先生本）

文天祥　（引子）忠臣报国，扫胡元，重整江山。

　　　　（念）拼将热血报国恩，

　　　　　　　怎忍江山豺狼侵；

　　　　　　　叱咤一声风云动，

　　　　　　　男儿壮志气凌云。

　　　　自我在赣州一战，杀出元兵重围，来到潮州重召兵马，可叹

　　　　端宗病亡，张士杰、陆秀夫又立新君；如今朝廷南迁崖山，我

想胡元必不干休,为此日夜演兵排阵准备御敌。

李　虎　（内呼）丞相！（上）启禀丞相,户部侍郎惠州统领文璧大人单枪匹马来到城下！

文天祥　啊？二弟单枪匹马到此必有重要军情,快快请来相见。

李　虎　有请二将军！

文　璧　（上）兄长！

文天祥　贤弟！

文　璧　兄长！

　　　　【文璧下马；

文天祥　贤弟！你单枪匹马至此必有所为？

文　璧　哎呀兄长啊！小弟在惠州与胡元厮杀半月有余,日前胡元忽然撤兵,甚是蹊跷,为此小弟特地赶来与兄长报信！

文天祥　哦,胡元从惠州撤兵？

文　璧　正是。

文天祥　胡元正在猖獗之时,撤兵必有所为,莫非要重新集结兵力,先来吞并我潮州不成？

文　璧　小弟也深为此担忧,兄长要早做准备！

文天祥　哎呀贤弟呀！元将张弘范惯于用兵,见我屯兵于此定要强攻,潮州必有一场恶战。想这潮州、惠州乃朝廷犄角重地,元胡急撤兵,安得不重来？你我弟兄皆系大宋安危,重担不得不挑,虎狼不得不防。贤弟千里迢迢赶来报信,多受辛苦,快到后帐歇息片刻,还要赶回惠州部兵御敌,准备大战元军！

文　璧　兄长！大战在即还讲什么歇息,兄长保重小弟就此去也！

文天祥　贤弟！（示意李虎下,取干粮）千里迢迢日夜兼程你……你要多多保重！

文　壁　兄长放心，小弟拜别了！（李虎持粮袋上，文天祥亲手递文
　　　　壁手中）

文天祥　贤弟呀！（唱）

　　　　贤弟千里来送信，

　　　　顷刻又要两离分；

　　　　壮行酒一杯情难尽，

　　　　平安早到惠州城；

　　　　心中只把——胡虏恨，

　　　　害得大宋不安宁；

　　　　救民水火无旁贷，

　　　　抗侵为国并肩行；

　　　　同胞同长同发奋，

　　　　同为栋梁同忠心；

　　　　忍看江山狼烟滚，

　　　　救民水火情最真；

　　　　不负文氏祖先训，

　　　　国破更要把天撑；

　　　　贤弟且饮杯中酒——

　　　　【文壁接酒，一饮而尽，上马；

文天祥　（接唱）共驱严寒早迎春！

文　壁　兄长保重！（加鞭下）

文天祥　且住！我想元军撤去惠州人马，必是集中兵力夺我潮州。
　　　　如今我两万兵将不足，何以拒敌？（想）若以水陆两军夹击
　　　　元兵，潮州尚可以保……（对陈龙复）陈老将军！

陈龙复　丞相。

文天祥　为今之计，只有回朝搬兵，若能请右丞相陈宜中说动张士杰
　　　　携领水军，接应我军方为上策。这满营将官，唯有老将军可
　　　　担此重任……

陈龙复　末将愿往!

文天祥　只是将军年迈……千里奔波……

陈龙复　丞相不必挂怀，我陈龙复虽老，也要为驱逐胡元，收复河山，
　　　　出力报效，不辱使命。俺就此去也!

　　　　（唱）陈龙复虽老黄忠敬!（上马下）

文天祥　（唱）浩然气冲贯长虹。

　　　　（白）大小三军，军容肃整，严阵以待，兵摄敌魂者——

　　　　【众将率兵士操练；

　　　　【暗转，入夜；（此处唱段引自谭富英先生本）

文天祥　（唱"二黄"导板）

　　　　月光下掌红灯，巡营查看，

　　　　（回龙）临潮州，必须要时时刻刻，防范森严，

　　　　（三眼）恨胡元　似豺狼　领兵进犯，

　　　　　　　　屠城池　劫财物　践踏庄田，

　　　　　　　　我也曾　使元营　据理论判——（行弦）

　　　　（念）看月色增辉，江山如画，但愿早灭胡元，恢复疆土，以报
　　　　　　国家也!

　　　　（接唱）大丈夫　历万死　其志也坚——（三更，行弦）

　　　　（念）朔风阵阵，铁甲生寒，不知夜间军士们寒冷否? 唉，令
　　　　　　我时刻挂心也!

　　　　（唱散）统义军　和民兵　我将危挽，

　　　　　但愿得　扫烟尘　重整江山。

李　　虎　（上）参见丞相。

文天祥　李将军，夜静更深，有何军情？

李　　虎　拿住元邦奸细，搜出书信地图，丞相请看。

文天祥　待我看来："陈懿拜上张弘范大元帅：元军大兵一到，陈懿即
　　　　　刻帅臣家五虎上将，两万人马以为内应，共剿文天祥，现将
　　　　　文天祥军营绘图献上。"

张　　汴　丞相！（上）启禀丞相，方才探马报道，元军兵分两路，先锋
　　　　　张宏正，率十万大军直逼我潮州而来！那张弘范已率军十
　　　　　万杀奔五棵岭直逼崖山！

文天祥　啊？元军来的好快呀?！兵法有云：避其锋芒而保根本，况
　　　　　且陈懿与其里应外合……坚守潮州我必损兵折将，哎呀且
　　　　　住！我想五棵岭乃南通崖山咽喉之地，欲保朝廷必须守住
　　　　　五棵岭。众将走上！

李　　虎　众将走上！

　　　　　【众宋兵、宋将上；

文天祥　众位将军！

众　　将　丞相。

文天祥　方才捉住元邦奸细，潮州都统陈懿已然投降胡元以为内应；
　　　　　元军又有重兵压来，潮州守之无益；元军张弘范又以十万大
　　　　　军取道五棵岭，五棵岭乃南通崖山咽喉之地，稍有疏虞，大
　　　　　宋朝廷危矣。如今必须放弃潮州，先占五棵岭，以阻胡元进
　　　　　攻崖山。李虎听令：

李　　虎　在。

文天祥　率五千骑兵以为先锋，逢山开路先占五棵岭。

李　虎　得令!

文天祥　张汴听令:

张　汴　在。

文天祥　关注敌兵动向,若是陈老将军搬兵回来,引至五棵岭见我。

张　汴　得令。

文天祥　方兴、赵时听令:

方兴、赵时　在。

文天祥　带领五千人马断后。陈懿若同元兵追来,杀他个措手不及!

方兴、赵时　得令。

文天祥　传令下去,大兵即刻撤出潮州转战五棵岭!

众　将　兵发五棵岭!

　　　　【音乐起;

　　　　【收光。

第五场　遇　难

　　　【前场一月后;

陈龙复　（内唱)陈宜中不发兵——(骑马上)

　　　　(唱)——枉为宰相!

　　　　【急切打马赶路;

　　　　(唱)将相不和误家邦!

　　　　　星夜打马潮州往——(扫头)

　　　　【张汴上,拦陈龙复;

张 汴	老将军,搬兵一事如何?
陈龙复	可恨右丞相陈宜中不发兵将,张士杰意在推诿,将相不顾国之安危,真真气煞人也!
张 汴	文丞相为保圣上在崖山的安危,已然转战五棵岭,特命我在此等候老将军。
陈龙复	如此我们速往五棵岭回禀文丞相!

【二人打马下;

【元兵上,一元兵阻路。张宏正、阿里海牙、唆都上;

张宏正	前道为何不行?
一元兵	探马有军情回禀!
张宏正	人马列开!(众分开)有何军情讲!
一元兵	文天祥已将人马撤出潮州,转转五棵岭去了!
张宏正	再探!(一元兵下)二位将军,文天祥不愧用兵如神,就烦唆都将军带领五千人马占领潮州,余下兵将随我进军五棵岭!

【元军应声同下;

【宋兵五棵岭山坡营盘;(此段戏引自谭富英先生本)

文天祥	(内唱)五坡歼贼入荒岭,
	(快板)元兵人马日夜增;
	陈龙复搬兵一月整,
	为何不见转回程?
	越思越想心不定——
陈龙复	参见丞相,
文天祥	老将军回来了,搬兵之事如何?
陈龙复	哎呀丞相啊,右丞相陈宜中,一心议和、不发一兵一卒,闻得敌众我寡,我军被困,他、他又要逃走了。

文天祥　好奸贼啊！（唱）听一言来心头恨，

　　　　　　　　　骂声宜中狗奸臣；

　　　　　　　　　敌众我寡难取胜，

　　　　　　　　　内无粮草外无兵；

　　　　　　　　　低下头来暗思忖，

　　　　　　　　　再与众将说分明。

　　　　（念）众位将军，如今元兵围困已久，定要灭我国家，毁我宗庙，杀我黎民，国家安危社稷存亡在此一战，我等必须人人奋勇个个当先，以此报国也！

众　将　丞相，我等万众一心、肝脑涂地、万死不辞！

　　　　【开打，宋将杀败，战死；

　　　　【陈龙复上寻找文天祥；

陈龙复　丞相！丞相！

　　　　【文天祥上；

陈龙复　哎呀丞相啊！将士战死大半，末将拼死赶来保护丞相杀出重围以图再举！

　　　　【元兵上。陈龙复保护文天祥，被元兵杀死；

　　　　【文天祥扑向陈龙复；

文天祥　老将军——

　　　　【元兵将包围文天祥；

元兵将　活捉文天祥！活捉文天祥！

　　　　（唱【上小楼】）心已碎——

　　　　【文天祥唱中杀元兵；

　　　　——悲愤快，

　　　　诸英烈魂先漾，

407

望天祭胆气雄壮，

望天祭胆气雄壮！

杀尽元虏兵和将，

俺刀枪闪耀光芒，

俺刀枪闪耀光芒；

奸佞误国耻难忘，

且看俺忠心赤胆慑虎狼！

众元兵将　（同）活捉文天祥！

【红光照射文天祥独立山头，叱咤风云般……

【众元兵将被震慑，后退；

【收光。

第六场　蔑　元

【1282 年，冬；

【元大都（燕京）正殿；

【元帝忽必烈来回踱步；

忽必烈　（念）只嫌大漠蓝天小，

金戈铁马并金辽；

黄河长江收眼底，

欲服人心费煎熬！（音乐持续）

（白）自先祖开疆以来，北驱欧里巴地中海，西霸天山大细亚，东占高丽，南并大宋，疆土虽广，朕常思之：占天下者必

408

须有为于天下；剿宋之时降官、降将，皆为贪生怕死之徒，并无为人刚强骨气。如今治国若重这些阿谀奉承之辈，民心难服。有南宋宰相文天祥者，气节高亮，深孚众望，故被俘三年，朕不忍杀害，若是此人为我大元所用，何愁天下、民心不归矣！

【元丞相悖罗上；

悖　罗　启禀圣上，文天祥带到。

忽必烈　留梦炎、文璧可曾传到？

悖　罗　正在朝房候旨。

忽必烈　吩咐文武列班。

悖　罗　万岁有旨，文武列班。

【乐起；元兵、太监上，伯颜、张弘范、李恒上；

忽必烈　传留梦炎、文璧上殿。

太　监　传留梦炎、文璧上殿哪！

【留梦炎、文璧上；

留梦炎　臣留梦炎参拜万岁！（跪）

文　璧　臣文璧参拜万岁！（跪）

忽必烈　留梦炎，文天祥被囚燕京三载，命你劝降为何并无尺寸之功？

留梦炎　万岁，那文天祥，是铁石的心肠，不堪融化，留之无益。

忽必烈　嘟！留与不留在朕一念，何须你暗自揣摩！（留梦炎不断叩头不敢抬起）朕今日要召见文天祥，我倒要看你怎样劝降于他！

留梦炎　臣当尽心尽力，遵旨行事！（匍匐于地）

忽必烈　文璧将军，你与文天祥，一奶同胞，今日以手足之情晓之大义,倘若你兄长心回意转,是你大功一件。

文 壁　文壁当献忠心。

忽必烈　留梦炎、文壁!你们一个曾为大宋丞相,一个曾为广东统
领,朕以宽大为怀收降尔等,如今大宋消亡,你们还高官居
上,无所作为,倘若今日你们劝降无功,各降官职一级!罚
俸半载!(留梦炎、文壁吓得匍匐于地,不断叩头)朕忽必烈
不是你们亡宋的儿皇帝!下面准备去吧。

留梦炎、文壁　臣等遵旨!(下)

忽必烈　带文天祥。

悖 罗　万岁有旨,带文天祥!

　　　　【画外音:带文天祥! 带文天祥!

　　　　【文天祥傲然进殿,如入无人之境。

文天祥　(唱)三载被囚在京畿,

　　　　　　　劝降如犬空吠迂;

　　　　　　　人间顶天有正气,

　　　　　　　元帝枉自费心机!

悖 罗　(脸一拉,厉声大吼)见了万岁,为何不跪下?

文天祥　(冷笑)宋臣只拜宋君。我乃堂堂大宋状元宰相,哪有见到
异邦君主下跪之理?

悖 罗　(大吼)来人! 要他跪下!

　　　　【数名武士拥上,掣肘、推背、按头⋯⋯文天祥依然不跪!

忽必烈　哈哈哈哈⋯⋯好个不跪异邦之主,待朕下位。文丞相!

文天祥　大宋少保信国公右丞相文天祥有礼。

忽必烈　与文丞相看座。

　　　　【文天祥坐;

410

忽必烈　文丞相高风亮节,国亡不改忠心,朕敬佩之至。

文天祥　我身为大宋之臣,未能拒敌于国门之外,愧对天下。

忽必烈　天下,有德者居之,改朝换代,乃顺天之理。

文天祥　天理岂容外邦胡儿入侵为帝!

忽必烈　哦这个……

　　　　【悖罗示意留梦炎上前;

留梦炎　文丞相,万岁爱才之心是真,你不要辜负圣意呀。

文天祥　既为鹰犬,不过劝降,文天祥听之恶矣,还不退后!

留梦炎　识时务者为俊杰,如今大宋国亡,你的才能谁人知晓? 你的
　　　　正气又有何用啊?

　　　　(以下白和快板引自谭富英先生本)

文天祥　留梦炎啊,你这卖国求荣的奸贼,当你降元之时,你身为大
　　　　宋全服大使;当初理宗在位,你为状元,度宗之时,又为宰
　　　　相,名非不正是爵非不荣,历经三朝是圣眷恩厚,谁想你趋
　　　　纣里、背君心、弃黎民、承欢胡儿是不战而降;大宋王朝就丧
　　　　在你们这些不忠、不义、不仁、不孝贪生怕死的奸佞手中,如
　　　　今又来劝降于我,真是良心丧尽恬不知耻,衣冠禽兽也!
　　　　(唱"快板")你本是禽兽把人害,

　　　　　　　　　无耻匹夫小奴才;

　　　　　　　　　文天祥今日里死的光彩,

　　　　　　　　　不似你狗奸贼枉为人来!

　　　　【留梦炎向悖罗示意,退后;

　　　　【悖罗挥手文壁上;

文　壁　参拜兄长!

　　　　【文天祥上下左右打量文壁;

文　壁　兄长，兄长！

文天祥　你……你是我兄弟文壁么？

文　壁　正是小弟。

文天祥　你为何元军的穿戴呀？

文　壁　哎呀兄长啊！张士杰奋战身亡，陆秀夫背幼主跳海，大宋气
　　　　数已尽，当今圣上待嫂嫂、侄女不薄……

文天祥　住口！你可是早已归降了元军？

文　壁　兄长（跪），宋室先亡，弟而后归元；良禽择木，贤臣择主啊！

文天祥　呸！先祖遗训、父母教诲、恩师遵嘱……你、你、你都忘怀
　　　　了么？

悖　罗　大宋已然亡国，还讲什么先祖遗训、父母教诲、恩师遵嘱？

文天祥　自然要讲，你们懂什么中华的尊严！为人的正气！

文　壁　兄长……元国新立，你满腹治国的才华定能施展……

文天祥　住口！

文　壁　（抱住文天祥腿）兄长！兄长不可一条死路走向黄泉哪！

文天祥　你、你与我站了起来！

文　壁　兄长……

文天祥　在这元都金殿，你的脊梁断了么！

　　　　（唱）同胞人媚敌涎把我心剜，

　　　　　　　曾立志救国家共苦共甘；

　　　　　　　孔孟学我弟兄同学书院，

　　　　　　　临荣辱忍分手如隔壑渊；

　　　　　　　人生在地和天各有志愿，

　　　　　　　悠悠白日横苍烟；

苟延屈膝脊梁软，

怎做顶天立地男；

断手足，无须怨，

生死不过一念间；

摇尾乞怜不如犬，

凛然赴死有尊严；

弟兄一囚一乘马，

同父同母不同天。

　　【文壁愧退下；

悖　罗　文丞相，自家兄弟何必如此？何必如此啊。

　　【文天祥归座；

忽必烈　如今朕为中朝之主，今日特召见与你；宋亡在先你若归顺，
　　　　不担"归降"之名；为朕开元帝盛世，朕即特封你大元宰相！

文天祥　我乃大宋宰相，做什么元之宰相！

忽必烈　不做丞相，就做枢密如何？

文天祥　哈哈哈哈……胡蒙外邦入侵中原，夺城屠城，惨不忍睹，以
　　　　虎狼之师，贪欲无厌，一时占领中朝，安得永年！大宋既亡，
　　　　文天祥一死之外，别无他求！

忽必烈　（无可奈何地一挥手）文天祥你……嗨！（拂袖下）

　　　　【随忽必烈下。压光；

　　　　【大筛一击。话外音；

画外音　将文天祥囚禁死牢，圣旨一到，即刻斩首！

第七场 赴 义

【前场数日后；

【狱卒立于追光下；

狱　卒　唉！文丞相多好的人品呢！威武不能屈，富贵不能淫，给个
大丞相也是致死不投降。我们万岁也是爱他的人品，爱他
的才华，那天，押进了死囚牢了还是天天的派人劝降，文丞
相连眉头都不眨一眨呀！人那，就得有这么股子劲儿，就得
有这么股子气儿，要不怎么千古流传《正气歌》呢！

文天祥　（内唱）踏过了元金阙阴垢恶障！

【光起，文天祥罪衣罪裙；

（接唱"回龙"）言厉斥降将、手足断痛肝肠，酣拒元帝亦声
　　　　　　　朗，拼将热血书华章！

（接唱）立悬崖等闲看阡陌万丈，

　　　　雪花飞扶铁窗梦里家乡；

　　　　望天朝千百载沧桑俯仰，

　　　　人一世为尊严无悔无伤；

　　　　叹大宋君臣无为苟安享，

　　　　今日社稷怎能不亡？

　　　　休笑我知不为顶风要上，

　　　　子死孝臣死忠死又何妨？

　　　　张士杰、陆秀夫忠臣榜样，

国危尽忠忠字信仰后世举觞。

可叹我国亡已有三载有三载君王啊……

　　　国亡家亡正气要闪亮——

我中华千年史斑斓光芒。

尧尊善为本，

舜乐礼仪邦；

禹王理九脉，

立公得永昌。

道德经长诵、孔孟日月朗，

正气冲霄永放光——

面对死不由我呵呵大笑，

且留墨迹做脊梁。

　　【音乐声起，两边元兵持枪上；

　　【文天祥转身持笔。元兵大喝"丞相请降"。元兵每喝一声，
　　　文天祥书写一笔；天幕上一笔一画显现巨大的"正"字；

文天祥　（念）天地有正气，杂然赋流形。

元　兵　丞相，请降！

文天祥　（念）下则为河岳，上则为日星。

元　兵　丞相，请降！

文天祥　（念）于人曰浩然，沛乎塞苍冥。

元　兵　丞相，请降！

文天祥　（念）皇路当清夷，含和吐明庭。

元　兵　丞相……

文天祥　哈哈哈哈哈哈……

　　　【文天祥掷笔，元兵下；

文天祥　（接唱）这正气自明　青史照亮，

　　　　　　　　这正气造就后辈好儿郎；

　　　　　　　　这正气吓得豺狼胆魄丧，

　　　　　　　　哪怕是朝代兴亡正气长存日月同光！

　　　　　【音乐继续。狱卒上。欧阳氏携女儿柳娘上；

狱　卒　你们要小点声。文丞相，您看谁看您来啦——

柳　娘　爹爹，爹爹——

文天祥　女儿——

　　　　（唱）数载未见儿已长，

　　　　　　　爹爹我未能尽心——

欧阳氏　夫啊！（唱）——养儿自有为妻担当。

　　　　　　　　见我夫枯瘦形骸浪，

　　　　　　　　好一似万把刀剜我胸膛；

　　　　　　　　恨元胡作践你天良尽丧；

　　　　　　　　相逢难止泪汪汪……

文天祥　（接唱）未料想再见亲人我亦泪淌，

　　　　　　　　六年来与敌周旋你、你、你……怎度时光？

欧阳氏　（接唱）自你勤王临安往，

　　　　　　　　携儿奉母辗转回乡；

　　　　　　　　五棵岭传凶信你囚锁北上，

　　　　　　　　老娘亲含悲含愤含恨亡；

　　　　　　　　最悲痛两个儿染瘟疫双双命丧，

　　　　　　　　恨为妻不能为你保住子嗣几次投江……

　　　　　　　　今日里见一面真情秉上，天祥啊，

　　　　　　　　自尽黄泉无彷徨！

【欧阳氏拔钗欲自尽。文天祥急拦；

柳　娘　娘我不要你死，爹，柳娘也也不要你死，我要爹、我要娘——

文天祥　柳娘，女儿……人谁无妻儿骨肉之情？爹爹于义当死，如今管不得女儿……奈何？奈何！

（唱）儿一声要爹娘伤心话讲，

柔情利刃割心肠；

死别亲人怎忍悲怆？

爹爹我于义当死"奈何"二字志不迷茫；

有妻出糟糠，

结发不下堂。

乱离逢狼虎，

凤飞失其凰。

天祥赴难无别想，

将雏二三要靠亲娘；

魂在九泉将后世望，

浪涛滚滚大江东去历沧桑，

我与你数十年知音琴瑟和响——

天长地久永茫茫！

狱　卒　（急上）文丞相，上头查监来啦，夫人小姐快走吧！

【狱卒分开文天祥与妻女；

【音乐起；

文天祥　正气一歌兮悲壮……

欧阳氏　谨遵夫嘱义深长……

【收光。

417

尾　声

【1283 年 1 月；

【悲壮音乐起；

【画外音起：

画外音　刀斧手，将文天祥押往柴市口明正典刑！

伴　唱　啊……辛苦遭逢起一经，

　　　　干戈寥落四周星……

【伴唱声中，定点光启。红光照亮满身罪衣罪裙的文天祥；

文天祥　（大笑）哈哈哈哈……

【文天祥大步坦然向刑场走去。后光渐起。监斩官、刽子手显现；

【伴唱继续：

伴　唱　山河破碎风飘絮，

　　　　身世浮沉雨打萍。

　　　　啊……

欧阳仪文　（内呼）老爷——

柳　娘　（内呼）爹爹——

【欧阳夫人与女儿柳娘、环娘手捧丞相服、相雕冲上，众百姓随同上；

欧阳仪文　遵从老爷之命，大宋丞相衣冠送上……

监斩官　抓了起来！

418

【众剑子手上前凶恶地抓起欧阳夫人与女儿柳娘、环娘；丞
相服、相雕落地；文天祥扑向官服……

【突然，狂风陡起，人群吹散……

【元丞相悖罗带领校尉上；

悖　罗　大元世祖皇帝诏令：忠烈赤心天神共佑。赦免文氏妻女，送
　　　　大宋丞相文天祥上路！

【刽子手松开欧阳夫人与柳娘、环娘。三人与文天祥穿大宋
宰相服；

【伴唱继续：

伴　唱　惶恐滩头说惶恐，

　　　　零丁洋里叹零丁……

众百姓　文丞相！

文天祥　哪面是南方？

【众百姓手指南面方向。文天祥整冠理髻向南方三跪叩首；

文天祥　我事毕矣！

【文天祥转身向刑场；

【伴唱继续：

伴　唱　人生自古谁无死，

　　　　留取丹心照汗青——

【文天祥向正面走来。四方红光映照。定格。

【剧终。

2017.7.23（时日处暑）初稿

2017.9.20 二稿

KC篇

京剧

追 日

编　导　吴汶聪
指导老师　宋　捷

2004 年 5 月

时　间：远古

地　点：沙漠

人　物：大哥　二十岁　男　夸父族青年　性格暴戾但坚持理想

　　　　二哥　十八岁　男　夸父族青年　注重实际很现实

　　　　三妹　十六岁　女　夸父族青年　性格随和无目标

　　　　【幕启。

　　　　【炙热的太阳照着荒芜的茫茫沙漠,一切都像死一般的
　　　　寂静。

合　唱　哎哟哟,哎哟哟,

　　　　无边的黄土地,

　　　　我用身体爬过!

　　　　炙热的太阳哟,

　　　　挡不住我们执着!

　　　　【远远地来了三个疲惫不堪的年轻人。

三　妹　(唱)骄阳低垂——

大哥/二哥　(接唱)——只烤得头发昏来心发热。

大　哥　哥几个,快呀!

　　　　(唱)骄阳低垂伸手可摸!

　　　　　　难忍疲惫难忍饥渴,

　　　　　　为追日,何时才能出沙漠?

合　唱　无边的黄土地,

　　　　我用身体爬过。

　　　　沙漠的风暴哟,

　　　　我用身体挡过。

陡峭的戈壁滩，

折断了我的脚。

炙热的太阳哟！

挡不住我们的执着！

　　【三人跌跌爬爬滚倒在地，大口喘气，大哥又站起，二哥拉着

　　　大哥的脚；

二　哥　哥，俺走不动了，俺要喝水。

大　哥　啥？

二　哥　俺不想走了，俺要喝水！

大　哥　我渴死你，王八蛋，起来，起来，你们他娘的都给我起来。

二　哥　哥，火要冒出来了，活不了了。

大　哥　吓我吧，你就吓我吧，咽口唾沫憋进去。

二　哥　火烧心，憋不下去。哥，哥！

　　　【再一次抓住大哥，哀求着……

大　哥　憋不下去也得憋，放开我！

三　妹　哥，憋不下去呀……

　　　【大哥看着两人，摸出水袋；二哥大大地喝了一口；三妹小心

　　　翼翼地喝了一小口；大哥看着他俩渴极的模样；

大　哥　一小口……

　　　(唱)弟妹们饥渴难忍，好一似初生的小兽，

　　　　　口口声声将我哀求。

　　　　　为追日，三人走过那千里路，

　　　　　受尽了坎坷忍尽了忧。

　　　　　都只为，儿时立下祖先愿，

　　　　　千难万险也要把志守。

上苍啊,怜惜儿孙追日情,

　　早日寻到天尽头。

大　哥　妹子,到了咱祖先化成的桃林,哥上树摘果子给你吃,那果子又大又甜的,一咬啊,水全冒出来了。桃林后面就是太阳升起的地方,来,哥背你走!

二　哥　哥,咱走了这么长时间,啥也没看见,咱回去吧!

大　哥　回去? 那多丢人啊! 咱还没有追到太阳这就回去? 它沙漠再大,大得过天吗? 它太阳再高咱老祖宗不也摸到了吗?

二　哥　摸到了! 可也烧死了……

三　妹　摸到了! 可也烧死了。

大　哥　死? 那是死在追日的路上,光荣啊! (看三妹)嗯?

三　妹　光荣? 光荣啊!

大　哥　(看二哥)嗯?

二　哥　(嘀咕)光荣要咱死,咱可不干!

　　【二哥蹲在一边;

大　哥　啥? (跌倒)

二　哥　(大声地)光荣要咱死,咱可不干!

　　【冲过去,打耳光;

大　哥　你小子! 还想当勇士,贪生怕死的(拎起来),说! 桃林是不是在前面? 桃林是不是在前面?

二　哥　(打懵了)是,是!

大　哥　(坚定的)走!

合　唱　行一步,步艰难,

　　行二步,心凄惨。

　　行三步,天地怜,

步步皆是坎与坷，

步步全是惊与险。

三　妹　（发现）桃林，咱找到桃林了。

二　哥　桃林，桃林！（三人苦笑）是咱祖先的桃林，是咱祖先的桃林！哥，咱找到桃林了！

大　哥　咱找到桃林了！（激动地）咱祖先显灵了，咱祖先显灵了！

　　　　【忙跪拜，拉着二哥和三妹；

二　哥　嗯啦！

三　妹　嗯啦！

　　　　【三人高兴地围在一起。二哥突然跳起来；

二　哥　哥呀，咱光荣，咱找到了！

三　妹　（跟着）哥呀，咱光荣，咱找到了！

大　哥　（兴奋的）嗯啦，咱光荣，咱找到了！哥几个，到了桃林想干啥？

二　哥　想上树，想吃桃！

三　妹　想上树，想吃桃！

二　哥　拴住太阳，想回家！

三　妹　拴住太阳，想回家！哥，你呢？

二　哥　哥，你呢？

大　哥　我……想看着太阳从咱脚边高高地升起！想看着太阳从咱脚边高高地升起！

二　哥　哥，走！

三　妹　哥，走！

大　哥　哎，走！

二　哥　（唱）盼光荣，想光荣，

拴住太阳真光荣！

三　妹　（唱）盼光荣，想光荣，

　　　　　　　　跟着哥哥是光荣！

大　哥　（唱）盼光荣，想光荣，

　　　　　　　　遂成祖先愿，

　　　　　　　　了却儿时情，

　　　　　　　　这才是天地之间、患难与共，

　　　　　　　　朗朗乾坤的大光荣！

齐　声　一步！

　　　　（唱）行一步，箭出弓！

齐　声　两步！

　　　　（唱）行二步，步如风！

齐　声　三步！

　　　　（唱）行三步，天地动！

　　　　步步坚定兄弟心、步步牵动兄弟情！

二　哥　（大喊）哥，到——了！

　　　　【大哥背着三妹趴倒在地，大口喘气

大　哥　到……了！

二　哥　（充满希望的，突然）哥，桃林呢？

大　哥　咋没了？（对二哥）你给我找！你给我找！

三　妹　哥，我渴……

大　哥　（突然明白）俺明白了……（冒火）糟娘们，拖后腿，真晦气，

　　　　说桃林咋没了，桃林咋没了？

二　哥　（制止，大声的）那桃林，那桃林是假的。

大　哥　啥？啥假的？

二　哥　那桃林是假的,咱被老天爷给骗了!

大　哥　(木然的)咱给老天爷骗了?

二　哥　哥,我说你咋就这样死脑筋呢?那是鬼打墙!

大　哥　啥子鬼打墙?

二　哥　看到的桃林是假的,让人来回的跑,耗尽人的力气,最后死在沙漠里。

大　哥　这么说咱也要死在这里么?

二　哥　(残忍的)都是你,要追什么日,都是你!

三　妹　哥,给我水喝呀!

二　哥　(冲过去,拉起老三)看,为了你,咱都要死在这里,都要死在这里了!

大　哥　(被逼着坐在地上)不,我不信,我不信老天爷会骗咱,我不信老天爷会骗咱!

　　　　【音乐渐入;大哥站起来拉住二哥;

大　哥　咱从小是听着祖先的故事长大的,咱祖先为了给咱族人留住太阳,他追日头啊,追啊追,跨过了大山,跨过了大海,吃了多少苦,受了多少累,后来他死在太阳的光辉里,他的血肉化成了桃林,让继续追日的人能在桃林解渴。他为的是啥呀?不就是为了让咱全族人没有黑夜吗?不就是为了让咱族里的庄稼长的又高又壮,果儿又香又甜吗?咱不是相信有桃林的吗?咱不也想成为夸父族的勇士,拴住太阳,告慰父老乡亲完成祖先的遗愿吗?不说话了?咋了?成哑巴了?这不是鬼打墙,这是老天爷在考验咱,这肯定是老天爷在考验咱,咱还得走下去!(挣扎着将他们拉起来)起来,咱还得走下去!

二　哥　（突然冒火）哥——走下去也是死，越走下去死的越快，我不
　　　　想死，我要回去。

大　哥　（发怒的，揪住二哥）你说啥？

二　哥　（大叫）俺说，要死你自己去死，俺不想死，俺要活！

　　　　【大哥狠狠打二哥一记耳光；

大　哥　你、你、你——我骂你这无耻的混蛋！

　　　　（唱）苟活命蜷曲家中把福享，

　　　　　　　追日路上你装的什么腔？

二　哥　（接唱）男儿应有鸿鹄志，

　　　　　　　　谁不想建功名扬在四方。

大　哥　（接唱）既是建功名在四方，

　　　　　　　　为何今日你要返乡？

二　哥　（接唱）谁愿荒漠把命丧？

　　　　　　　　追日原是鬼打墙。

大　哥　（接唱）枉为男子无胆量，

　　　　　　　　贪生怕死小二郎。

二　哥　（接唱）留得青山才有望，

大　哥　取巧投机是鬼猾。

二　哥　（接唱）打骂虐待似魍魉，

大　哥　（接唱）不打不骂你更猖狂。

二人同　　从今与尔断来往，

大　哥　（接唱）一掌——打你个臭皮囊！

三　妹　哥，我渴，我渴！

　　　　【大哥欲解水袋，二哥突然停住，返身回来，走向大哥。

二　哥　（一字一句的说）水！我要水！我要活着走出沙漠，给我水！

430

大　哥　（气得全身发抖）王八蛋——

　　　　【冲上去打，两人抢水袋。三妹跪在两人中间，两人紧紧地
　　　　抓住水袋。三妹抬头看着；

三　妹　哥——别打了！快给我水喝……

　　　　【继续抢，谁也不肯放手；

大　哥　好，妹子跟谁，水就归谁，妹子，你跟谁？

三　妹　我——跟哥。

大　哥　那站到哥这边来，哥给你水喝。

二　哥　妹子，你跟谁？

三　妹　我——跟哥。

二　哥　那站到哥这边来，哥给你水喝。

三　妹　我渴极了，快给我水喝呀，求求你们了。

齐　声　（吼）你到底跟谁？

三　妹　（用尽最后一丝力气，喊道）俺谁也不跟，俺要水。（昏死
　　　　过去）

大　哥　妹子！

　　　　【将水袋塞进她的嘴里，三妹毫无反应；

齐　声　妹子！

　　　　【两人慢慢抬头，互相怨怼，开始搏斗；两人杀得难分难解。
　　　　这时发生了沙尘暴，两人倒地，狂风不停地吹。

二　哥　怎么啦？俺看不见了，哥，哥！

　　　　【大哥被吹倒在地；

大　哥　（喃喃地）咱触犯了神灵……

　　　　【大哥忽然站起来，向前走去；

二　哥　哥，哥——，你去哪？

大　哥　去赎罪,去追日!

二　哥　(大声制止)哥——,你疯了! 哥——

合　唱　行一步,步艰难,

　　　　行二步,心凄惨。

　　　　行三步,天地怜,

　　　　步步皆是坎与坷,

　　　　步步全是惊与险。

　　　　【压光。

　　　　【剧终。

432

豫剧

高岗上的爱

编剧、导演　谢飞雪
指导老师　宋　捷

2003 年

时　间　九十年代中期。

地　点　监狱外的山岗。

人　物　母亲:五十岁,家庭妇女,操劳心碎。

　　　　监狱警:五十五岁,为人父,朴实。

　　　　爷爷:近八旬,忠厚,老实。

编导的话:

　　爱的力量是无穷的。当一个年过半百的母亲,将要失去他唯一的儿子时,她选择了每日站在高高的山岗上,呼唤山下监狱中被判死刑的儿子,日复一日,从不动摇。这是一个真实的故事,很感人。我被感动了,于是我用心写了这个剧本。

　　　　【幕起:一个母亲蹒跚地爬上了山岗,在山上摆满了很多饭菜,倒上了两杯酒,举起杯。

母　　大孩儿啊! 妈妈来了,妈妈陪你来了。

　　　　【爆竹声渐起。母亲站起看着山岗下面,艰难地爬到最高处,向下俯瞰。

合　唱　山下的鞭炮是震耳欲聋响,

　　　　不绝的声音是母亲唤儿郎。

　　　　除夕夜本应当嬉笑欢畅,

　　　　可是她呀——流干了辛酸泪,

　　　　陪儿守岁站山岗。

　　　　啊……啊……啊……

母　　(边爬边往下看)大孩儿,妈来陪你守岁,陪你啊!

　　　　(艰难地爬到最高处)妈看见大孩儿的灯还亮着,大孩儿别

434

怕,有妈在啊! 孩儿不怕!

母　大孩儿! 妈给你准备了你最爱吃的饺子,还有这红烧肉,还
　　有……还有……

　　妈还带了贺岁酒,妈陪你喝,妈先喝啊!

　　【母亲呛到了,不停地咳嗽,哭了起来。

母　大孩儿啊!

　　(唱)贺岁酒伴泪强咽比黄连还苦,

　　　　一滴滴流过喉咙刺心房;

　　　　铁窗前映照着儿宽肩膀,

　　　　多么想这肩膀再撑撑娘;

　　　　儿啊儿——

　　　　吃口烧肉临刑壮胆,

　　　　吃一个素饺子来世吉祥;

　　　　莫要怕夜寂寞,

　　　　娘伴你站山岗;

　　　　再踏轮回路,

　　　　娘为你点灯照亮;

　　　　高高山岗高声唤,

　　　　声声为儿驱鬼伥;

　　　　诅咒这最后的除夕夜,

　　　　老天爷——

　　　　企盼你能为他驱散迷茫。

母　(落泪)大孩儿,妈来……

母　(不停的擦泪)不,不,俺不能让大孩儿听到俺哭的声音,不
　　能让他听到。

母　(笑着)大孩儿,你听到了吗? 这鞭炮声多响啊! 过了今晚你就又大一岁了,又大了一岁了。

（母亲抽泣。）

【一老头艰难得爬上。

母　谁? 是谁?

爷　是俺。

母　你咋来了?

爷　俺来瞅瞅俺的孙儿,咱大孩儿。

【母亲不语。

爷　哪个是大孩儿的房间啊?

母　俺不知道。

爷　我知道你都在这里唤了一年了,你咋会不知道啊!

母　你快下去吧! 八十开外了,啥腿脚? 一会下雨了,你回不去了。

爷　没事,就让俺看看吧!

母　俺就是不知道! 走,快下去。

【爷爷站在那儿不动。

母　这儿没你的事,你快下去。

【爷爷没有说话,站起来对着山岗下大喊。

爷　大孩儿! 爷爷来了。爷爷陪你来了啊。

母　你瞎折腾啥? 快给我回去。

【母上前将他拉下,尽力把他拉下山。

爷　那窗前的影子是咱家大孩儿吧?!

母　你别给我胡闹了,快回去,快回去。

爷　你放开我! 这是咱大孩儿的最后一夜,让我看大孩儿最后

　　　　一眼吧！他娘，求你啦！

　　　（唱）张家三代独苗苗，

　　　　　　独苗随着爷爷长。

　　　　　　长大一去不复返，

　　　　　　眼见长夜隔阴阳。

母　（唱）恨你张家人性丧，

　　　　　　教儿认爹不认娘。

　　　　　　可怜啊——后娘不把我儿养，

　　　　　　可恨哪——你们姓张的不还我的好儿郎。

爷　（唱）拉扯着大孩儿我拼着命养，

　　　　　　啥好，吃啥；要啥，给啥；

　　　　　　怕的是对不起大孩儿的亲爹亲娘。

母　（唱）哭孩儿夜夜泪长淌，

　　　　　　为养儿卖血做工……人世的艰辛苦备尝；

　　　　　　月月送钱遭冷面，

　　　　　　为啥不准我亲一亲儿的脸庞？

爷　（唱）怕你把他心夺去，

　　　　　　怕他随你不姓张。

母　（唱）姓张的爹哪一天把你孙孙挂心上？

　　　　　　勾一个野女人二十年从未转回乡。

　　　　　　我难见儿面盼儿长，

　　　　　　见儿面却又似隔着一堵无形的墙。

　　　　　　谁料想……儿长大竟然是深陷法网，

　　　　　　过完年儿要就身赴刑场。

爷　（唱）我作孽呀——前世的账，

我瞎了眼哪——不分邪恶与善良。

我无能啊——竟不知孙儿走上不归路，

我赔罪啊——双膝跪山岗！

【母亲愣住，无语。

【警察上。

警　大嫂！大嫂！

母　你是？

警　我是监狱的老王啊！

母　有啥看的？也就半死不活的主喽！

警　大嫂啊！这往后的路还长着呢！凡事咱都想开点，啊！

母　我知道，过了今晚，明儿我也就不会再来了。

警　今晚你受苦了啊！那是？

母　你放心，我会守到明早的。孩儿他爷爷也来了。

警　啊？爷爷也来了啊？（走到爷爷身边）我是监狱警老王，爷
　　爷你好，这些日子都是由我来看你们家大孩儿的，他很好。
　　你放心啊！

爷　您是咱张家的恩人啊！（跪下）谢谢！谢谢！

警　大爷，您快起来，快起来。（把母拉到一边）他老人家承受得
　　住吗？

母　他就是不肯下去啊！我没辙啊！

警　这天快下雨了，要不我把他带下山吧！老大爷，天快下雨
　　了，您还是快回去吧！

爷　俺大孩儿是我一手拉扯长大的，他明儿，明儿……俺得送
　　送他。

警　可您这身子行吗？

爷　俺这把老骨头了也活不长了,你们就顺顺我的心意吧!

　　【警与母看,把爷爷扶着坐下。

警　对了,我带了一封大孩儿的信。你们快瞅瞅。

爷／母　大孩儿的信!?

　　【警给两人都不敢拿,放下信下场。

　　【大停顿。两人颤抖。

合　唱　绝命书,绝命言,

　　　　真情涌动字里行间。

　　【母看信看得入神,念信。

　　【画外音起:

画外音　妈妈,今晚是除夕,从前你每次过年都会给俺包饺子吃,从前我都是和爷爷两个人过的,真不知道他今晚一个人怎么过。

　　【爷陷入幻想。

孙　子　爷爷! 我要你学狗爬。

爷　爷　好孙子,过来,爷爷爬,爷爷学狗爬啊!

孙　子　爷爷,我要坐你身上,你做我的马——驾,驾!

爷　爷　好孙子,我的乖乖。

儿　歌　爷爷变白马,背着大孩儿爬,爬到山岗岗,看绿草青哇哇。

　　【孙子消失,回到现实。

爷　爷　大孩儿,大孩儿,你别走啊,你别走啊! 爷爷还能给大孩儿爬,还能做大孩儿的马,大孩儿,爷爷爬,爷爷爬!

　　【爷爷在地上不停地学狗爬。

　　【鞭炮声响起,

　　【画外音继续:

画外音　妈妈,今天外面的鞭炮声好响,好响。在鞭炮的喧闹声中,我依然清晰地听到了您唤我的声音,一遍又一遍;妈妈我好想念小时候,每年过年你都给我包饺子吃……我太不争气了,辜负了您。您每天在山岗唤我,我都能听见,我知道你在陪我,怕我孤单,怕我寂寞……我也知道你担心我,望你原谅这不孝儿……

【雨声响起,雨一滴一滴的滴下。母亲以为是自己的泪打湿了信纸,拼命擦,一看原来是下雨了。母亲藏起信纸,打开伞。切回从前。母亲打着伞站在校门口等儿子放学。

【《鲁冰花》音乐响起。

儿　妈妈,妈妈。你怎么会来接我放学啊?爷爷呢?

妈　爷爷,在家里。今天妈妈送你回去。儿,想妈妈了吗?

儿　嗯!

妈　你最想吃啥?妈带你去吃。

儿　妈妈,我啥都不想吃,我只想见到您。

妈　妈妈亲亲!真乖。

儿　妈妈你的身体淋湿了。我帮你撑伞。(滑下)哦哟,我撑不到。

妈　好孩子,等你长大长高了,就能帮妈妈撑了啊!

儿　我现在就很高了,你看!(踮起脚)

妈　真是大孩儿了。

儿　哈哈!我是大孩儿。哈哈。

妈　我的大孩啊!小乖乖。

儿　家到了,妈妈我们进去吧!

【回到现实看见爷爷不停地在学狗爬。

母　你停下来,你还是快下去吧!

爷　你看我还能爬的,还能做大孩儿的马;大孩儿,爷爷爬给你看,你在下面看到了吗?

　　【母亲拼命拉爷爷。

母　(低声诉说)你快下去吧! 你要是再有什么三长两短,我怎么对得起你们张家的列祖列宗。

爷　不,不,不,是俺们张家对不起你,对不起你们娘俩啊! 俺要守在这儿,俺不走,俺不能走。

母　你这样被大孩儿知道会放心不下的,你快下去吧!

　　【爷爷继续爬上山顶端往下看,母亲不语呆坐着。

　　【爷爷爬到悬崖边。

爷　咋暗灯了?

母　啥? 熄灯了?

　　【两人一同爬到悬崖边。

母　大孩儿,妈妈看见你的信了。

爷　大孩儿,爷爷唤你,你听到了吗?

母　大孩儿,你别怕,妈会守着你的,妈会守着你的。

爷　(责怪自己,打自己)大孩儿,都是爷爷的错,都是爷爷不好啊!

母　爹,这咋是你的错呀! 是俺不好,是俺丢下大孩儿的。

爷　孩他妈,我知道你不容易啊,都怪我那不孝的儿子抛妻弃子;不是你的错,是我们张家家门不幸啊!

母　爹您别说了,您一个老人拉扯这孩子已经很不容易了,不干您的事儿,不怪您啊!

爷　我一想到,一想到明儿,明几他就没了,没了呀! (泣不

成声)

母　爹啊！您别再想了,您的身体也容不得您再想了啊！听俺
　　的话咱不想了,不想了。

【爷爷上气不接下气;

母　爹啊！您别再想了,您身体也容不得您再想了啊！听俺的
　　话咱不想了,不想了啊!

爷　(拔下身边一棵草)这草都黄了,在风里吹啊吹的,多孤单
　　啊！到了明年他还能活吗?

母　爹！能！等开了春,这地里的草就变绿了。
　　(唱)明晨阴阳要分开。

　　　　走一步退两步不如不走,

　　　　千层山遮不住泪双流!

母　(唱)我往哪里去呀?

爷　(唱)我往哪里走?

合　(唱)好难走好难跨人生的沟!

母　(唱)我口问心心问口,

合　(唱)成人的大孩儿我难舍难丢。

　　　　人生的沟……人生的沟……

　　　　一步错错过一步再难从头!

　　　　——天难留,地难留,

　　　　——天地难留。

【时间滴答滴答的过。慢动作表现:妈妈爷爷希望时间能
　停留。

母　(一字一顿)大——孩——儿!

爷　(一字一顿)大——孩——儿!

442

【监狱开门声响起。两人跪搓向前。

母　大孩儿！大孩儿！（爬起来）

爷　大孩儿！大孩儿！

【鞭炮声响起，盖过雨声，响彻全场。

【静场，拉幕，鲁冰花音乐响起。

【剧终。

越剧

青春无悔

编　　导　滕晓孝　陈少雷
指导老师　宋　捷

2005 年 5 月

时　间　傍晚

地　点　家中

人　物　马婷婷——女(16岁)

　　　　奶奶——女(60多岁)

　　　　张老师——男(30多岁)

　　　　王晶晶——女(16岁,班长)

　　　　李琳琳——女(16岁)

　　　　【雨声、阴风吹起,一个雷声婷婷扑倒在地。

画外音　马婷婷!(声音由远至近)(雨声起,追光。婷婷闻声慢慢

　　　　爬起)

婷　婷　谁　……(恐慌)这是什么地方? 是谁在叫我?

使　者　我是地狱使者……

　　　　【雷声。

画外音　马婷婷,根据明文规定,凡自杀者将被打入第四层地狱。你

　　　　小小年纪竟敢跳楼自杀,速速跟我去吧。

婷　婷　地狱……不……我不去地狱,我不去。

使　者　这也由不得你了! 快跟我走。

婷　婷　不,不! 我要回去……我要奶奶……奶奶!(雷声)

　　　　(伴唱)啊……啊……

　　　　青春生命不复返。

　　　　【某中学,班主任办公室;

　　　　【张老师在堆着的学生作业本中找马婷婷的作业。办公桌

　　　　显得杂乱;

　　　　【张老师翻着马婷婷的作业似乎还想找到什么;

446

【电话声响;

张老师　哦,王校长,还没有通知孩子的家长,知道……她奶奶岁数大,很难……我尽力,有情况会马上给您打电话。

【王晶晶上;

王晶晶　张老师,这是马婷婷的书包,和一件外衣。

张老师　还有别的东西么?

王晶晶　没有了。

【李琳琳上;

李琳琳　张老师,这是几张撕碎了的照片,是马婷婷的爸爸、妈妈的……

王晶晶　张老师,好多同学还是没回家。

李琳琳　大家在教室里哭。

二人同　怎么办呢?

张老师　是啊,怎么办……更要紧的是怎么和婷婷的奶奶说? 你们俩先去教室,把我的话再和同学们说,劝大家先回家。

王晶晶　我们就去。

【二人出门,突然看到远来的奶奶;

李琳琳　张老师,马婷婷奶奶来了!

【张老师忙掩藏马婷婷的书包、照片……

【马奶奶慢慢的在伴唱声中上场;

奶　奶　(唱)一路奔跑冷汗湿罗衣,

　　　　　　婷婷她到现在还未回我心似油沸;

　　　　　(白)张老师,(老师急忙上前迎)你知道婷婷在哪吗? 她到现在还没回来。

老　师　(白)奶奶,您别急,先进来坐。琳琳,快给奶奶倒杯水。

王晶晶　奶奶您坐啊。

李琳琳　奶奶您喝水。

奶　奶　谢谢,我不喝水。婷婷她……

老　师　(抢话)水总是要喝的嘛……哦,奶奶您饭吃了没有?

奶　奶　还没呢,婷婷到现在还没回来,我哪有心情吃饭啊。

　　　　【老师与奶奶对视后,老师回避奶奶的眼神,故意扯开话题;

老　师　奶奶,婷婷她爸妈没有消息吗?

奶　奶　唉!没有消息反而好,否则又要逼着我要钱,我哪有钱给他
　　　　呀?她妈也不知逃到哪里去了。婷婷她真是可怜呀!(奶
　　　　奶突然想起)婷婷她人呢?(王晶晶偷偷抹眼泪。老师使眼
　　　　色叫她别哭)

老　师　嗯……啊…………

奶　奶　怎么了?平时学校不是早放学了吗?是不是她考试没有考
　　　　好?你们不让她回家?

老　师　不……不是的。是……(晶和琳都哭了,奶奶看见)

奶　奶　你们怎么了?晶晶,你是婷婷好的朋友,你告诉我她去
　　　　哪了?

王晶晶　奶奶婷婷她……(奶奶急)

　　　　【奶奶看到琳琳手中的照片;

奶　奶　这、这是婷婷妈妈的照片,怎么撕碎了?(看到晶晶拿着的
　　　　书包)这是婷婷的书包,是我亲手为她做的书包,婷婷呢?

晶晶、琳琳　(把照片、书包递给奶奶)在医院没抢救过来,她……(哭)

奶　奶　什么??(琳把书包给奶奶。奶奶拉着晶晶问。晶大哭不
　　　　止)到底怎么了?

老　师　婷婷奶奶,有些事是难以接受,可是事情一旦发生了,就要

勇敢去面对。

奶　奶　（预感有事情发生,而且是大事）她怎么了？婷婷怎么了？

李琳琳　婷婷她下午跳楼自杀了。

奶　奶　婷婷……（晕倒）

【晶和琳上去扶奶奶。老师在旁边手忙脚乱;

老　师　奶奶,你可要坚强啊！奶奶呀……

奶　奶　（精神恍惚）这几天她一直闷闷不乐。我跟她说话,她就知
　　　　道摇头。早上她出门还是好好的,怎么……（大哭）

老　师　奶奶你听我说:

　　　　（唱）婷婷她平日里寡言少语,

　　　　　　　今早上神色恍惚双目呆痴。

　　　　　　　我本想课后交谈来开导,

　　　　　　　始料未及失足大祸阻止迟。

　　　　　　　到如今追悔莫及难慰恤,

　　　　　　　古稀年还要经受疾风恶雨!

同学俩　奶奶,你要注意身体。（把她扶椅子上坐）

奶　奶　（死死的抱着书包）

　　　　（唱）天在旋地在转如雷轰顶,

　　　　　　　老太婆我这里心似刀割;

　　　　　　　乖孙女走上了不归之路,

　　　　　　　从此后我与她阴阳相隔。

　　　　　　　可怜你青春年华招磨折,

　　　　　　　可怜你未尝过人生喜乐;

　　　　　　　婷婷你怎忍心把奶奶来舍?

　　　　　　　你怎忍让奶奶再尝苦涩。

（白）（奶奶发疯地叫）你把婷婷还给我，还给我。（婷婷上场）

老　师　奶奶你不要这样，人死不能复生，保重身体要紧。

奶　奶　这叫我怎么向她父母交代啊，还不如让我去死算了。（准备撞墙，老师拦）不要拦我。

【婷婷站在校门口看到了一切，见奶奶真要撞墙，就挡奶奶。奶奶撞空，倒地……

婷　婷　奶奶。

奶　奶　婷婷的声音，你在哪里？奶奶想你。

老　师　（环顾四周）奶奶，婷婷已经去了，你别太伤心。（忙收拾散落在地的东西）

李琳琳　是啊，奶奶，你别难过了。

婷　婷　奶奶你不要为我伤心了。

奶　奶　我的乖孙女，你在哪里？（同学和老师霎时愣住）

婷　婷　奶奶，是我自己不好，我好后悔啊！

（唱）猛然间回首人生无限酸辛，

　　　白发泪滴碎我心难止泪盈盈！

　　　奶奶呀你是我小船停泊的岸，

　　　有山样的胸怀海样的情；

　　　恨家中债主逼门忒凶狠，

　　　进学校沉重学业我困顿。

　　　奶奶呀，莫再难过莫伤心，

　　　来生再续祖孙情。

奶　奶　（白）都怪我不好，都是奶奶不好。

婷　婷　（唱）豆蔻年华花妖娆，

　　　　为什么狂风吹来尽折腰。

450

要怪就怪爸和妈,

他们为何要将我抛?

爸爸变成了大赌豪,

妈妈离家又出逃。

个个同学都是家中的宝,

我却似枯黄的一小草。

只想那黑地黑天我把楼跳,

回头生路已渺渺;

再看看青春多美好,

总会有亲情享乐把手招;

死去地狱的苦难无选择,

从此孤魂幽思飘。

奶　奶　婷婷呀,你怎么就这样想不通呢?都怪我那不争气的儿子啊,不争气啊!(老师安慰着奶奶)奶奶多想再看看你呀。

画外音　马婷婷,快与我速速上路(着急)

婷　婷　(看到晶晶和琳琳,拉着晶晶的手)晶晶,我的好同学,谢谢你平时对我的关心和帮助,以后就拜托你多去陪陪我奶奶了;你也一定要帮我转告同学,叫他们一定要珍惜生命。生命可贵啊!

晶　晶　(哭着说)我会的,我会的!

婷　婷　张老师,你也别再自责。你对我的关心已胜过了我父母,我真心地谢谢你。你是一个好老师,可我不是你的好学生。

老　师　不……婷婷,你是老师的好学生,都怪我平时只关心成绩的好坏,从不关心对学生的思想教育,要不也不会像现在这样……是老师失职了啊。

婷　婷　（白）老师，谢谢你，我要走了，你要保重了。

画外音　马婷婷，快与我走。（追光起，婷婷显身大家都看到她）

奶奶／老师／俩同学　婷婷……是婷婷。（上前围住婷婷，追光起）

婷　婷　奶奶，老师，晶晶，琳琳，我要走了，你们千万要好好的活着，
　　　　活着……

伴　唱　啊……啊……
　　　　青春生命不复返。
　　　　【全场慢慢灯暗，各自在顶点光下看着离去的婷婷……
　　　　【剧终。

豫剧

落晖无言

编　　导　张俊杰
指导老师　宋　捷

2005 年 5 月

时　间：现代

地　点：内地某市公园一隅

人　物：张大爷，六十岁；

　　　　崔大妈，五十八岁；

　　　　大　宝，三十二岁，崔大妈之子，某公司经理。

主题曲

小弦子一拉心花放，

公园里说唱甩开了腔。

昨日里唱的是封神榜，

今日里咱唱一段那张生莺莺闹西厢。

【幕启，喝彩声阵阵。张大爷也喝着彩跳着秧歌出来，不时地张望，嘴里还心不在焉地唱着戏，偶尔看看手表，有些许焦虑和担心。突然，他脸上有了一种心爱之物失而复得的喜悦，登高一望，顿时表情又沉了下来……

张大爷　咋回事，又不来了？哎！

（唱）妻早逝为养儿艰辛备尝，

　　　儿成家心里总觉空荡荡。

　　　两年前结识老崔成搭档，

　　　方知道她命比我更凄凉。

　　　喜的是相识后同舞共唱，

　　　尘封的欢和笑重飞脸庞。

　　　三天整未曾见老崔人影，

　　　我总是睡不着来饭不香。

　　　眼见得天近晚戏要散场，

　　　　不由人一阵恐来一阵慌。

【画外音。老张啊,今天结束了,还在等老崔啊?

张大爷　是啊,慢走啊!(老张看了看天,又看看表自己嘀咕起来……家里出啥事了……路上咋了……要不是病了……)(好像感觉到了)来了来了(接着张大爷跑到高处一望,果然是她)老崔大妹子,老崔大妹子!

崔大妈　张大哥! 对不起呀张大哥,这几天没来让你等着急了吧?

张大爷　(小孩似的)没急没急……就是……担心你出啥事。

崔大妈　没啥事,今天不是母亲节吗,这儿子、儿媳妇几天前就张罗,说要好好给我过个节日,昨天带我去买了一天衣服,今天又非让去啥……春晖大酒店吃饭,都吃些蝎子啊啥的我看着就想吐,还花那么多钱,我坐那儿老难受,就编了个瞎话说我不舒服,这不就跑出来了。(二人笑)

张大爷　你呀! 你儿子三十刚出头就当了经理,又是个出了名的大孝子。这是孩子们的一片孝心呐!

崔大妈　是啊!

　　　　(唱)孩子们尽孝心我心热,

　　　　　　　越孝顺来我越自责。

　　　　　　　儿少父爱雨没遮,

　　　　　　　对孩子总觉得有欠缺。

张大爷　你看看你,这该你享福了你又……

崔大妈　啥享福啊? 是受罪。(二人笑)

张大爷　大妹子呀,有件事我想问问你,要是说错了你可……可别往心里去,啊!

崔大妈　啥事啊? 你看你还吞吞吐吐,一惊一乍的,说吧说吧!

张大爷　大妹子,那当初恁家老周出事这都二十年了,你就没想着再找一个帮你照顾老周和孩子?

崔大妈　咋没想过呀。孩他爹刚出车祸的时候,我想尽了办法,命是保住了可人却成痴呆了!那两年老周天天得吃药,孩子又得上学,家里老是吃了上顿愁下顿,我就觉得呀这做女人太难了!那时候也有人给说了一个,那天晚上我把他爷俩安置好,换了件干净衣服去跟人家见个面,刚出门就听见大宝喊:"娘、娘、娘,我听话,我好好学习,我能帮你洗衣服,你别不要我呀!"他才八岁呀,我抱着他说:"孩儿啊,娘咋能不要你呀……"

张大爷　大妹子……

崔大妈　嗨!这不,咬着牙也挺过来了,现在呀只要孩子好好的,只要能跟张大哥您一块唱唱跳跳,说说心里话,就知足了。

张大爷　是啊!只要能天天跟大妹子你一块唱唱戏,说说话就知足了。唉,对了,差点忘了,下个月市群艺馆要举行一次老年人戏剧大赛,咱们夕阳红说唱团让咱俩出个节目去参加比赛。

崔大妈　(高兴地)那好啊!

张大爷　我琢磨着呀,咱不能再走老路子了,咱得想点绝招,才能吸引评委和观众,才能一举得胜啊!

崔大妈　咱呐,还得想点小青年喜欢的东西。

张大爷　对!有了有了。这年轻人不是喜欢流行歌曲吗?咱把着老的新的一调配,传统现代一黏合,这不就能让小的也喜欢,这老的也乐呵了吗!

崔大妈　就像那《大花轿》啊,《纤夫的爱》呀,《小芳》《花心》《鸳鸯歌》呀。

张大爷　对,就是那个《纤夫的爱》,咱试试?

崔大妈　试试?

张大爷　唱着说……

　　　　(唱)妹妹你坐船头,

　　　　　　哥哥在岸上走,

　　　　　　恩恩爱爱纤绳荡悠悠。

崔大妈　(唱)小妹妹我坐船头。

　　　　　　哥哥你在岸上走,

　　　　　　我俩的情我俩的爱就在那个纤绳上荡悠悠。

【大宝气上,看到妈在跟老张跳舞,气更大咳嗽了一声。二
人慌

崔大妈　大……宝。

大　宝　回家吧!

张大爷　这是……大侄子吧?

崔大妈　大宝,这是恁张大叔。(大宝不理睬张)

大　宝　回家。

张大爷　大侄呀,我跟恁妈排了个节目要代表我们夕阳红老年说唱
　　　　队到市里去比赛……

大　宝　啥比赛啊,不赛。

崔大妈　大宝。

大　宝　妈,我跟你说过多少遍了,不要到这儿来唱戏可你就是不
　　　　听。今天是母亲节,我放下公司里大事小事,就是想在酒店
　　　　给您好好的过个节日,你说你身体不舒服,我就赶紧去给您
　　　　联系医院找医生,可你倒跑这儿来,你说……

崔大妈　大宝,这两天你天天让妈去大饭店吃饭,可我看见那菜就想

457

吐,还老贵,妈坐在那儿实在难受,就是想出来散散心……

大　宝　妈,我知道你喜欢唱戏,我已经跟人家专业剧团主要演员联
　　　　系好了,明天就到咱家陪您老唱。

崔大妈　你看你花那钱干啥。妈跟恁张大叔一块儿唱唱跳跳就老高
　　　　兴,你不用……

大　宝　妈!(唱)妈妈你为咱家苦受够,

　　　　　　　　冷风穿心雨浇头。

　　　　　　　　为报娘恩把誓留,

　　　　　　　　要让娘享福永不愁。

　　　　　　　　谁知你偏不听儿话,

　　　　　　　　来公园唱戏把人丢。

　　　　　　　　外人看见怎样瞅,

　　　　　　　　让儿人前怎抬头。

张大爷　大侄子!(唱)老年人在一起娱乐消遣,

　　　　　　　　　　既解闷又能够欢乐无忧。

大　宝　(唱)要娱乐高雅艺术品位档次有,

　　　　　　　　照样欢乐度春秋。

张大爷　(唱)在这里全都是老朋好友,

　　　　　　　　才能够敞胸谈心交流。

大　宝　(唱)一提起谈心交流我气难收,

　　　　　　　　不想听你在这儿瞎胡诌。

张大爷　大侄子我没别的啥意思,我就是觉得你妈她苦了一辈子,
　　　　你们应该多想想咋让她高兴,让她快乐……

大　宝　我没想过?妈你说我这两天忙着在大酒店给您过节,不就
　　　　是想让您快乐让您老高兴吗?

458

张大爷	那是你的孝心不错,可那样她就一定高兴吗? 你想想,她要是高兴的话她还会跑这儿来吗……
大　宝	不用你来教训我,说是啥比赛,你不会是葫芦里卖的其他啥药吧?
崔大妈	大宝,你看你胡说啥呢? 张大哥你别……
张大爷	没事没事,孩子在气头上,没啥。
崔大妈	大宝你先回去吧,我待会儿就回去了。
大　宝	妈! 你说恁俩都这么大岁数了,还天天情啊爱啊,也不嫌人家……
崔大妈	你! 不就是在一块唱唱跳跳吗? 这有啥……你走吧。
大　宝	妈——你!
崔大妈	走!
大　宝	中,我走,可有句话我得说:"俺爹他虽说痴呆了,可他还没死!"
崔大妈	你!
	【崔晕,张和大宝同时上去扶;
张大爷	大妹子,这……这是孩子在气头上说错了,你别……
大　宝	妈妈,您别生气,我说错了……
崔大妈	(崔摇头)
张大爷	大妹子,是我、是我对不起你,怪我呀!
崔大妈	张大哥,咋能怪你呢? 这都是命啊……
	【这时公园里传来一首《常回家看看》舞曲。三对老人在跳着舞。崔大妈、张大爷、大宝看着三对在舞着的老人若有所思地看着前方……
	【剧终。

京剧

三个和尚

编　　导　何叶舟
指导老师　宋　捷

2007 年 5 月

时　间："三个和尚没水"吃之后。

地　点：井旁。

人　物：大师兄——始终坚持懒惰，为了金牌渴死也值得。

　　　　二师兄——犹豫不决，没有主见。

　　　　小师弟——认为金牌事小，渴死事大。

【幕起

【《三个和尚》的儿歌起。幻灯片放片头。

【面光起。

大师兄　（躺在井口，坐起来）

　　　　（数板）想当初，我独自一人对弥陀，吃苦耐劳每日下山我挑
　　　　　　　水喝。

　　　　不想又来了两个小师弟，怎能让他俩坐享其成好吃
　　　　　　懒做？

　　　　扁担交给了老二，木桶交给了老三。

　　　　老二说，抬水辛苦把他的脚皮都磨破，

　　　　老三道，他身子骨单薄瘦弱，怪我欺他年小一点不像
　　　　　　大师哥。

　　　　气得我砸了扁担砸了桶，再不挑水把那山路来奔波，

　　　　口渴懒得把话说，身脏无水泥干搓；

　　　　我懒得动懒得说，一头钻进了冷被窝。

　　　　谁想两个小师弟，跟着我学，学着我做，一招一式一
　　　　　　点也不错；

　　　　和我比拼看谁最懂好吃懒做，气得我大眼对小眼，他
　　　　　　们小眼对师哥。

谁想到菩萨保佑福星落,懒得打水破纪录;

县太爷亲手把吉尼斯懒人金牌授予我,哈哈哈

哈……

听说和尚缺水喝,送来了农夫山泉,橙汁雪碧,可口

可乐,

错——错——错——!

我们三个人争着吃争着喝,争着把供品藏进被窝。

县太爷一见上了火,这叫什么懒,哪里有绝活?

你们抢吃抢喝占便宜,比那白领、蓝领、乡下的打工

仔都勤劳得多。

撤,撤,撤,所有的供品礼物全部撤回我的办公桌。

本县倒要看一看你们是真懒还是假懒?

如若是丢了金牌,老爷我让你们没法活,没法活!

(白)阿弥陀佛!不出名,不获吉尼斯也就罢了,这得了金牌

事就闹大了!咳咳咳咳——(口干舌燥)要做好一个懒人实

属不易,不打坐,不干活倒并非难事,难就难在这不挑水。

我那两个师弟……我就守在这井旁,以防万一!

正是:由懒成名天下晓,

懒人不可再勤劳。

一懒到底不动摇,

坚决要把金牌保。

【全场光亮。小师弟拿扁担内唱上场;

小师弟　(唱)吉尼斯创辉煌把人急坏!

悔当初我犯懒招致祸灾。

不挑水水何来口渴难耐,

463

到如今我们只得悄悄地偷水来。

（白）二师兄，快走啊！（召唤二师兄）

【二师兄拎着两个木桶上场。音乐伴奏犹豫再三；

小师弟 天知地知，你知我知！

【两人鬼鬼祟祟上，绕井视察情况，几番周折三人碰面；

大师兄 你们俩在做什么！

【两人掉头就走。大师兄上前抓（身段表现拉扯场面）

大师兄 唉！你们太让我失望了！（拿起木桶和扁担扔在地上）

大师兄 （唱）由懒成名吃喝享乐一夜全来多美妙，

保金牌三人同心不许动摇。

二师兄 （唱）获金牌好处是不少，

谁知道一夜成空饥渴难熬。

小师弟 （唱）保金牌保性命哪个重要？

偷偷摸摸打水解渴也不算勤劳。

大师兄 （唱）你搞虚假，糟蹋荣誉损光耀，

全县千百双眼睛都把咱们瞧。

二师兄 （唱）如今人人都把糨糊捣，

小师弟的办法也算是高招。

小师弟 （数板）县太爷把我们的供品贪污了，

让我们得金牌，他能升官步步高。

大师兄 （唱）闪闪金牌多美好，

他升高官我们的荣誉也能更高。

二师兄 （唱）看起来出家贪欲也难了，

紧跟随大师兄莫再动摇。

小师弟 （唱）金牌金牌你们保保保，

夺金牌从头论我的功劳。

想当初懒字面前你们不开窍，

一个和尚终日勤劳把水挑。

二师兄亦步亦趋跟着跑，

两个和尚抬水也辛劳。

倘若没有我来到，

哪有懒字生心苗？

倘若没有我来到，

哪有懒人步步高？

该干的活三人都不干了，

能干的活把糨糊捣。

伟大的佛教事业耽搁了，

却引得吉尼斯金牌放光豪。

啊呀呀，保金牌，做懒人，

好似千斤的闸门压来了；

不吃不喝不干不动，

眼见得阎王向我们三人把手招，

我不能为了金牌连小命都不要——

大师兄　你，你，你！你巧言舌辩，朽木不可雕！（气极，直逼小师弟要打他，晕倒）

小师弟　眼看师兄情况危急，我怎能坐视不管！且不与他理论，打水救人要紧！（转身要去接水）

大师兄　（似见人打水，一下坐起）你，你在干什么！你给我放下！（抱着小师弟的腿）

小师弟　（愣）师兄，我就只接一点，就一点！

大师兄　不行！一点也不行！只有懒得实在，懒得彻底，懒得坚定，才能向县太爷证明我们的货真价实！懒得伟大，死得光荣！（摸着金牌）金牌，我亲爱的金牌！看着你，我就好像看到县太爷把礼物和供品一车车的送来，就好像看到咱抱着金牌站在领奖台上，到处是鲜花，到处是掌声……哈哈哈哈……（昏迷）

小师弟
二师兄　大师兄！

小师弟　哎呀呀，再这样下去要出人命啦！（见梅子树，乐）
　　　　（数板）忽见山前酸梅树，望梅止渴主意出；
　　　　　　　　摘只酸梅抬抬手，懒人我也其实名符。

二师兄　言之有理！（对大师兄）咱不打水，咱们摘只酸梅！

大师兄　（猛起）摘！谁说摘了？堂堂懒人怎么能摘！不许摘，不许摘！

小师弟　（刚要摘，停住）那大师兄，我给你唱支酸梅歌总可以吧？（刚要开口）

大师兄　不许唱，不许唱就是不许唱！又是你这小兔崽子在捣鬼！我，我打你（要打，无力）

　　　　【大师兄追着小师弟要打，二师兄在两人中间，三人绕圈，最后大师兄晕倒。

二师兄
小师弟　大师兄！

画外音　（伴唱）酸梅子酸，酸梅子酸；
　　　　　　　　酸梅子酸梅子酸溜溜，酸的牙齿只打战；
　　　　　　　　酸得眉眼皱团团，酸得口水……酸溜溜；

酸梅子酸,酸梅子酸……

【两人闻歌起舞,慢慢停下;

【蝉鸣声渐起。三人坐下,口渴难以支持。蝉鸣越来越响;

大师兄 懒,才是硬道理!(和二师兄一起原地就座)始终坚持一个字懒,就算下雨也改变不了我们钢铁一般的懒人意志。如此一来,懒人精神必将(哽咽)……发扬光大……

【一声雷响,雨声变大;

小师弟 下雨了,下雨了!哈哈下雨了,下雨了!(拿水桶接水)

二师兄 (一起接水)哈哈,水!

【二人跳起接水的舞蹈;

大师兄 懒……懒……懒……(醒来)

小师弟
二师兄 大师兄——快,快喝水!(给大师兄喝水)

【大师兄抱起木桶一饮而尽;

【大师兄醒悟到自己喝了水,抱着金牌,三人抱头痛哭;

大师兄 金牌啊,我对不起你啊,金牌……老爷!我们对不起您对我们的栽培啊老爷!

小师弟 等等,水,咱们照喝!金牌,咱们照拿!这喝水的事嘛,天知,地知,你知,我知!

【三人定格。

【《三个和尚》儿歌起。面光渐收。

【幻灯片起《三个和尚》剪辑

【剧终。

京剧

赛歌会

编　导　赵　莹
指导老师　宋　捷

2007 年 5 月

人　物：

　　　　阿　喻：景颇族男青年。

　　　　阿　凤：景颇族女青年，与阿彩双胞胎。

　　　　阿　彩：景颇族女青年，与阿凤双胞胎。

　　　　阿　旺：景颇族男青年。

　　　　阿　妈：阿彩、阿凤的母亲。

　　　　景颇族群众：青年男女若干。

　　　　【幕起；音乐起；

　　　　【定点光下阿凤在缝绣球；

　　　　【地流光照远处。阿旺站在山上；

伴　唱　（唱）青青的山绿水绕，

　　　　　　　静静的夜声寂寥；

　　　　　　　月晕似女情脉脉，

　　　　　　　星光如郎心昭昭。

阿　旺　嘿（喊）

　　　　【阿彩从竹林里探出头；

阿　彩　嘿（对喊）

　　　　【同阿彩对喊，阿凤开窗；

　　　　【音乐起（很美的）；

　　　　【阿凤绣球舞；

　　　　【阿旺站在山上向阿彩招手。阿彩害羞地捂住脸。阿旺跑
　　　　下山，在竹林里和阿彩追逐玩耍；

　　　　【定点光渐收。阿凤关上窗子，将绣球抱入怀；

　　　　阿旺和阿彩到山上（背影），两人坐下共赏天上的月亮（追光

470

打成月亮);

画外音　阿彩,明早你一定要来啊,一定要来啊!

阿　妈　阿彩,阿凤,来来来!(对屋里喊)

　　　　【阿妈上场,侧灯亮(很暗);

　　　　【阿凤从绣楼走下来,到阿妈身边;

阿　妈　来,来,来,唉?怎么又你一个人啊?阿凤呢,又跑到哪撒野
　　　　去了?真是个疯丫头。

　　　　【阿凤跑到阿妈身边;

阿　凤　哎,阿妈!您可看清楚了,我是谁!

　　　　【阿妈上下打量一番;

阿　妈　哟哟哟,看错了,看错了,怎么是你这个野丫头啊。

阿　凤　阿妈,这次出去疯玩的可不是我,是阿彩,她才是野丫头呢。

　　　　【阿妈指指阿凤;

阿　妈　阿妈生得你俩实在太像了,连我自己都分不清楚了,呵呵。

　　　　【阿凤和阿妈一起笑;

阿　妈　阿凤啊,那阿彩这是到哪里去了啊?

　　　　【阿凤想想;

阿　凤　定是和阿旺哥出去了。阿妈啊,您可不知道,阿旺每次来,
　　　　都认不出我俩谁是谁。

阿　妈　那定是你这个调皮的丫头做了鬼吧!

阿　凤　哪啊?哪啊?

　　　　【两人笑笑;

阿　妈　你这孩子,阿凤啊,明个就咱村的三月三了,到时候是不是
　　　　要带回个小伙给阿妈看看啊!

阿　凤　哎呀阿妈,您说什么啊?(阿凤不好意思地说)

471

阿　妈　唉,还害羞了,我们家的阿凤还有不好意思的时候哪。

阿　凤　阿妈。

阿　妈　好了,好了,看看阿妈给你们带来了什么?

阿　凤　绣花鞋。阿妈好漂亮的绣花鞋啊!

阿　妈　(唱)一年年看着你们日日成长,

　　　　　　绣花鞋送你们姐妹各一双;

　　　　　　花布兜彩衣裳阿妈亲手制,

　　　　　　我是欢喜在心里笑在脸庞。

阿　凤　阿妈,您的秀鞋可真漂亮,您那一双巧手可让人羡慕。

阿　妈　你这孩子,阿妈老了。你这绣活可是比阿妈年轻时还要棒哦。

阿　凤　那也是阿妈您教得好啊。

阿　妈　哈哈,好了好了,阿妈先回屋了,等阿彩回来你们也早点睡。

　　　　【阿凤点点头,扶阿妈进屋,灯灭;

阿　彩　快来抢啊,快来抢啊,不给不给,就是不给。

　　　　【阿彩拿着阿凤做的绣球,在绣楼舞弄着,一个不小心,绣球被抛到了屋外;同时阿喻走来,被抛出的绣球打中;

阿　彩　阿凤,绣球被我丢到外面去了。

　　　　【阿喻拾起绣球;

阿　喻　哎哟!

　　　　【摸着脑袋四处看,发现了砸到他的东西,刚要被他扔到一旁去,竟然发现是个绣球,四处望望,笑笑摇摇头,又看看绣球;

阿　喻　好个精美的绣球。

　　　　(唱)这绣球绝美无伦鸳鸯伴,

472

细看来金丝凤鸾线线连；

一针针拈绣出少女眷恋，

想必她金相玉质似天仙；

四处寻来四下看——

若得相见绣球牵下三生缘。

【在阿喻唱时，阿凤出屋，只顾寻地上的绣球，没有注意到阿喻。阿喻见阿凤在寻绣球，将绣球拿在手里背向阿凤；

【阿凤看到绣球刚要过去拿，又退了回去；

【慢慢地走过去，用手引起阿喻的注意；

【阿喻转过身来左右看看，又转了回去；(挑逗)

【阿凤又用手引起他的注意；

【阿喻又左右看了看，用手指自己(你在叫我吗?)

【阿凤指指绣球；

【阿喻看看自己的衣服，掸了掸尘土，并表示谢意；

【阿凤生气了，上前去抢绣球；

【阿喻就是不给她；

【几番追抢；

【阿凤跑过去，抓住绣球的同时两人面面相觑；

【绣球掉在了地上(一见钟情)；

【这时阿彩出到门外，看到了这些，笑了笑又悄悄地回去了，躲在门后看；

二人再次去看对方，看到了对方的羞涩；

阿　喻　(唱)好一个美貌女，

阿　凤　(唱)好一个男儿俊俏奇；

阿　喻　(唱)只叫人看得心好喜，

阿　凤　（唱）不由人羞怯怯动心意。

阿喻
　　　　（同唱）又恐这鲁莽中出异议，
阿凤

　　　　　　羞涩涩走向前表情谊。

　　　　【阿喻捡起绣球，还予阿凤。阿凤慢慢接过绣球。阿喻绕到
　　　　阿凤面前。阿凤不好意思地看着阿喻，转身想要回家，却被
　　　　阿喻从后面抓住了绣球；

　　　　【音乐起（优美的）阿喻阿凤二人的绣球舞。阿喻拿着绣球
　　　　慢慢走远。阿彩跑过来，对阿凤做动作（**羞羞羞**）。阿凤双
　　　　手叉腰，抬高脑袋。阿彩又羞羞她。阿凤在台上追着阿彩
　　　　嬉戏；

　　　　【造型。阿凤看向观众席；

　　　　【暗灯，追光追阿凤。阿凤看向观众席；

　　　　【阿喻笑着，一步三回头地看向来处；

画外音　阿喻哥明早你一定要来啊，我等你！

　　　　嗯，我答应你，明早一定会来！

伴　唱　（唱）青青的山绿水绕，

　　　　　　静静的夜声寂寥；

　　　　　　月晕似女情脉脉，

　　　　　　星光如郎心昭昭。

　　　　【追光收，地流渐收，音乐起。阿凤在村口等阿喻。阿旺这
　　　　时也到了；阿凤看见了阿旺，想了一想向阿旺招了招手；

阿　凤　阿旺。

阿　旺　阿彩。

　　　　【阿凤笑笑。阿旺去摘路边的野花想要给阿彩，这时阿喻来

474

了。阿旺刚要跑过去,看见阿喻拉着阿凤跑进了村,还以为阿凤是阿彩;阿旺急忙跑过来;

阿　旺　阿彩,阿彩!

【群众拥上。阿旺正巧被人群挡在了外面;

群　众　(唱)不好了不好了,认错了认错了,

　　　　　　姐姐妹妹分不清;

　　　　　　恼怒了恼怒了,热闹了热闹了,

　　　　　　好戏就要开始了

【群众用手势表示他们的唱词。阿凤和阿喻开心地看看这儿看看那儿;

【阿旺在后边一直不知所措地抓头着急;

【阿凤和阿喻冲到台前再后退回去。后面的人分别从他二人两边冲上,同一位置后退;在左右两边分开,绕成两个圈,男女对跳;

【阿旺一直看着阿凤和阿喻,可阿凤阿喻都没有发现;

【阿旺总是躲在人群里,追着他们;

【后被阿凤发现,阿凤想出了一个坏主意;

阿　凤　阿喻哥,我要到那边采些水来,你在这等我啊。

阿　喻　嗯,好的,你去吧!

群众甲　哎,阿喻,听说你的山歌唱得不错,来两句让我们听听啊,怎么样?

群　众　是啊是啊,来两句,来两句。

【阿旺一看是刚刚和阿凤在一起的人,过来想看看;阿喻看看远处,似乎看到阿凤在向他点头;

阿　喻　这,好,那我就献丑了,给大伙来两句。

[群众鼓掌欢呼；

阿　喻　（唱）要我唱来我就唱，

　　　　　　　欢歌乐舞喜洋洋；

　　　　　　　阿哥阿妹山坡望，

　　　　　　　有情人儿聚一堂。

群众乙　果真唱得不错，阿喻啊，看来今年的汇歌赛非你莫属了。

　　　　【群众鼓掌欢呼；

阿　旺　慢着，谁说非他莫属了，瞧他破锣嗓子，也能赢得了汇歌赛？
　　　　我就不信了。

群众乙　哟，是阿旺啊，人家唱得可真是不错，你听了没有啊？

阿　旺　听了，比起我，可是差远了。

群　众　哦？差远了？

阿　旺　那是。

群众丙　那你也亮几嗓子给我们听听啊。

阿　旺　亮就亮。你们听着啊！

　　　　（唱）上山砍柴要用刀，

　　　　　　　出门过河要架桥，

　　　　　　　阿旺用歌来问话，

　　　　　　　无歌你就夹尾逃。

群　众　嗯，这歌声是不错，可你这意思？

阿　旺　怎么样啊，嘿嘿。

　　　　【用挑衅的眼神看着阿喻；

阿　喻　朋友好歌声，在下佩服。

阿　旺　那是。我是谁啊，我是这村子貌美女子的唯一心中对象；

阿　喻　朋友，敢请教一番。

阿　旺　　呵,还是个不怕死的! 好啊,兄弟我今天就陪你唱两
　　　　　句。请。

　　　　　【阿喻示意阿旺先来;

阿　旺　　(唱)什么结子高又高?

　　　　　　　什么结子半中腰?

　　　　　　　什么结子成双对?

　　　　　　　什么结子棒棒敲?

阿　喻　　(唱)高粱结子高又高。

　　　　　　　玉米结子半中腰。

　　　　　　　豆角结子成双对。

　　　　　　　熟了芝麻棒棒敲。

　　　　　【群众鼓掌表示唱得好;

阿　喻　　(唱)什么有嘴不讲话?

　　　　　　　什么无嘴闹喳喳?

　　　　　　　什么有脚不走路?

　　　　　　　什么无脚走天涯?

阿　旺　　(唱)菩萨有嘴不讲话。

　　　　　　　铜锣无嘴闹喳喳。

　　　　　　　板凳有脚不走路。

阿　旺　　什么无脚走天涯?

　　　　　嗯,这个,这个……

　　　　　【阿旺实在对不出歌来了,就要和阿喻打起来了;

阿　旺　　我,我管你什么有脚无脚的,我今天就是要打你这个有脚到
　　　　　处乱跑的臭小子。

　　　　　【但结果阿旺还是被阿喻打败了,无奈地坐在地上;

阿　旺　你,你这个王八蛋。

群　众　啊?什么?

群众甲　阿旺,你怎么可以这样?对歌对不上来,打架又赢不了人
　　　　家,怎么还要张口骂人啊?

群　众　是啊,是啊。

阿　旺　他,他抢我们家的阿彩。

群　众　啊?

　　　　【阿喻很惊讶地看着他。群众故作很吃惊的样子。这时阿
　　　　彩来到村头,见阿旺坐在地上,忙跑过去,拍拍他的肩,被阿
　　　　旺甩开,又向前去拍;

阿　彩　唉,你这是怎么了?

阿　旺　怎么了?

阿　彩　啊,是啊,怎么了?

阿　旺　你问我怎么了?你说我怎么了?

阿　彩　唉,你怎么了?我怎么知道你怎么了啊?

阿　旺　我怎么了,你不知道我怎么了,我就知道我怎么了?

阿　彩　你都不知道你怎么了,我怎么知道你怎么了啊,那你到底怎
　　　　么了啊?

阿　凤　哈哈哈,阿旺你这个大傻瓜。

群　众　哈哈,大傻瓜。

阿　旺　啊?大傻瓜?

阿　凤　你呀,干嘛把我的阿喻哥非和阿彩扯到一起啊!

阿　旺　啊,阿凤,你,你的阿喻哥?

阿　凤　(唱)与阿喻结并蒂彩球牵线,

阿　彩　(唱)对阿彩你竟然蛮横连连!

478

阿　凤　（唱）三月三人人难辨彩、凤争奇斗艳，

阿　彩　（唱）将阿凤认阿彩真真痴憨……

群　众　哈哈哈……

　　　　（唱）看一看，看一看……一胎双胞，桃花绽，

　　　　　　　一对嫦娥下人间；

　　　　　　　桃花会认错、看错、吃醋、打闹我们不管，

　　　　　　　洞房中拉错鸳鸯——难办、难办、真难办

　　　　　　　……可就错上了天！

阿　彩　（同唱）谁似他痴痴呆呆憨样儿眼，

阿　凤　　　　　姐妹们心如明镜清水一潭；

阿　凤　（唱）我的阿喻……

阿　彩　（唱）我的阿旺……

阿　彩　（同唱）清清楚楚明明白白甜甜蜜蜜不用你们把心担，

阿　凤　　　　　只待那灯儿亮，火把点，

　　　　　　　　姐妹同结并蒂莲；

阿　妈　（唱）阿妈招一双好女婿，

阿彩
　　　　（同唱）景颇寨呀——喜庆欢天！
阿凤

群　众　嗨！

　　　　【音乐起。群众把阿旺推到阿喻的面前；

伴　唱

　　　　【阿凤点点头，看向阿彩；

阿　彩　好啊，你个坏丫头。

　　　　【阿凤小声地和阿喻解释；

阿　彩　你啊，何时才能分清我们姐妹哟？

479

阿　旺　我,我,嗨!

群　众　嗨!

　　　　【音乐起,群众把阿旺推到阿喻的面前,阿旺不好意思地揉
　　　　着屁股。

伴　唱　（唱）青青的山绿水绕,

　　　　　　静静的夜声寂寥;

　　　　　　月晕似女情脉脉,

　　　　　　星光如郎心昭昭。

　　　　【群众在歌声中欢快地舞蹈。

　　　　【剧终。

儿童京剧

过家家

编　　导　韩敏洁
指导老师　宋　捷

2008 年 5 月

时　间：现代

人　物：A——女,6岁。

　　　　B——女,5岁。

　　　　C——男,6岁。

A　（内白）喂——B、C出来玩儿咯！

　　【A搬着板凳上。

A　（数板）我的名字就叫A,

　　　　　　年龄算来整六岁。

　　　　　　别看我的年纪小,

　　　　　　人人都夸我长得美,长得美。

　　　　　　今天爸妈上班去,

　　　　　　B、C快点儿来排队。

　　　　　　讲故事,做游戏,

　　　　　　尽兴之后也好把家归,把家归。

　　【A上场门叫B,没人应,下场门叫C;

C　（内白）来了来了!

　　（唱）听呼唤,只叫我放下画笔来到大门外。（搬板凳上）

　　　　　问一声,为什么只有你一人来?

A　（接唱）只因B她不把门来开。

C　（接唱）既如此,那我们边等她出来边两手拍。

　　【AC两人形体动作;

AC　（同念）你拍一,我拍一,

A　（念）一个小孩开飞机。

AC　（同念）你拍二,我拍二,

482

C （念）两个小孩梳小辫儿。

AC （同念）你拍三，我拍三，

A （念）三个小孩吃饼干。

AC （同念）你拍四，我拍四，

C （念）四个小孩写大字。

AC （同念）你拍五，我拍五，

B （跑上，气喘吁吁）你们怎么不等我！

A 我都叫你半天了……

B （突然想起什么）啊，我又忘了！（跑下）

C 她怎么又这样……

B （内白）唉，你们一定等我啊！

【AC 对看一眼，等待；

B （搬板凳跑上，不好意思）呵呵……

A （装大人）你怎么总是这样忘东忘西的！

【B 不说话，朝 A 撒娇；

C （也装大人）好了好了，不要浪费时间了！（又回小孩）今天咱们玩什么？

B 老鹰捉小鸡！

【AC 摇头；

C 掷沙包！

【AB 摇头，同时转头看向 A；

A （一本正经）这个……那个……（又回小孩）过家家！

【B 使劲点头。C 摇头。AB 向 C 逼近。C 刚想跑，被 AB 扯住……

C 唉！玩，玩，玩就是了！

（唱）不能怪我太软弱，

　　　　只因她俩联起手来与我搏。

（对 AB）那就先把家家过，

　　　　一切要求由我说。

（白）我要做警察，你们……

A　好，那你就做警察爸爸。（边说边准备，转头对 B）你还是做我们的孩子！

　　【B 点头，跑到自己的位置前坐下。A 把还愣在原地的 C 推出去。

A　（对 C）快点，快点，现在你下班回来了。

　　【A 转身"进屋"，做烧饭状，等了半天 C 还没推门进来

A　（跑到 C 面前，拽着他）老公，原来你在这啊，怎么不回家呢？（拖着 C"回家"，刚到门口，突然大喊一声）停！（C 吓一跳，停在原地。A 拿鼻子在 C 身上闻了一遍，又假装拿出放大镜在 C 身上来来回回地看了一遍）

B　你在干嘛？

A　嘘！别说话！我妈妈就是这样对爸爸的。好了，你现在可以进门了！（然后很殷勤地帮 C 做这做那）老公，你先坐在这，饭马上就好了。（说完转身继续做烧饭状）

　　【C 见 B 没理他，自己在玩；

C　宝贝，爸爸回来了！

B　（抬眼看了一眼）哦！

C　宝贝，爸爸回来了！

B　哦——

C　宝贝，爸爸回来了！

B　（不耐烦地）知道了，没看见我在玩嘛!

C　你在玩什么呢?

B　不告诉你! 反正是特别好玩的!

C　让我看看!

B　不!

C　（来到 B 身边）让我看看!

B　（跑）不! 不! 就是不!

　　【BC 俩人你追我赶的身段。眼看 C 就要胜利了;

B　（大叫）妈妈! 你看爸爸!

C　（突然停住，整装，咳嗽）呃，我是警察爸爸，才不稀罕你的玩
　　具呢!

A　饭做好了，来，大家吃饭吧!（各归各座，做吃饭状）老公，今
　　天上班好玩吗?

C　（直点头，咽下嘴里的饭）你们听着!

　　（唱）人民警察最神勇，

　　　　　　保卫祖国建劳功。

　　　　　　今日遇到一歹徒，

　　　　　　我不由分说向他冲。

　　【场景转成"战场";

C　B 小心，快趴下!（对 A）你掩护我!

　　【ABC 一齐向歹徒靠近的身段。突然 A 朝 C 开枪

C　啊! 你为什么朝我开枪?

A　我又不是故意的……

C　你是叛徒!

A　我不……哼! 我就是叛徒，我就是要打你!

485

C　警察里是没有叛徒的！所以你不是警察！

A　我就是警察！我是警察叛徒！

　　【B打了A一枪；

A　（对B）你为什么要打我？

B　因为你是坏人！

A　我是警察叛徒！

B　警察叛徒也是坏人，只要是坏人我都打！

A　（看BC站在一条战线上要打她，气愤）哼！我不玩了！（走
　　至台口蹲下）

C　我们自己玩！B，我刚才中枪了，快叫救护车！

B　哦，那你撑住，我现在就叫救护车！（做打电话状）喂，120
　　吗？我是B警官！这边有人中枪了，请快点派车过来！地
　　点是莲花路210号！（对C）救护车马上就到了！（来到A
　　身边）A，你来当医生吧？（A摇头）医生不是坏人，所以我
　　不会打你了！

C　（呻吟）医生，医生怎么还不来……

A　（看看C，看看B）那，那好吧，我来当医生！嘀嘟嘀嘟嘀
　　嘟……（开车身段）

B　（对C）救护车来了！

　　【ABC赶路身段；

B　C，你一定要挺住！已经到医院了，一定要挺住啊！（对A）
　　医生，她怎么样了？

A　幸好子弹没有打中要害，经过处理已经没事了！

B　谢谢医生，谢谢医生！
　　（唱）白衣天使真正好，

486

救死扶伤本领高。

不管年长和年少，

关怀备至没得挑。

A　现在我要给你打针了……

C　打针？我不要！我讨厌打针！

A　乖！病人要听话，不打针病是不会好的……

C　不！我就是不要打针，我就是不要！我是男子汉，即使不打针病也是会好的！

B　(拦住C)你现在是警察，所以你一定要打针！

C　(边跑边说)不，我是男子汉，警察也是男子汉，所以都不用打针！

A　如果你打针我就给你吃糖！

C　给我吃糖我也不打！

B　如果你打针，那你就是好孩子！

C　我是好孩子，但就是不要打针！

A　你就打吧！

C　不打不打就是不打！

B　要打要打一定要打！

C　不打！

A　打！

C　不打！

B　打！

【ABC同时说"打"与"不打"，吵得不可开交时；

A　看！那边有个小朋友在打针，他真勇敢！（对C)才不像你呢，怕打针，羞羞羞，怕打针，羞羞羞。（AB同念第三遍）

C　我，我，我也很勇敢的！（AB不信）我……真的很勇敢的！
　　（AB还是不信）我，我……那你们也给我打针好了！（说着
　　就把袖子捋起来，把手臂伸出来）

A　你真的要打针？（C勉强点头，兴奋）噢！我可以给你打
　　针咯！

B　我也要，我也要！

AC　你要什么？

B　我也要给C打针！（推C）来，你乖乖坐在这。不要怕哦，我
　　会很轻的！

A　不可以！我才是医生，只有我可以给C打针！

B　我也要，我也要给他打针嘛！

A　我打！

B　我打！

A　算了，我比你大，让让你！我们一人打一针！

　　【B点头同意。C的脸色更难看了。ABC打针身段。

A　呀！蝴蝶！

　　（唱）蝴蝶飞舞真美丽，

　　　　　就是难分雄和雌。

　　　　　授粉专家当属你，

　　　　　它的由来你们有谁知？

C　我知道，我知道！

A　好，你说！

C　蝴蝶是花和蜜蜂变成的！花开了以后会有蜜蜂飞来。蜜蜂
　　飞起来是嗡嗡嗡的，还会蜇人呢！蜜蜂飞到花的肚子里面
　　就飞不出来了，只能爬出来，它每爬一步，花瓣就会黏在它

身上一点,直到把所有的花瓣都裹在自己身上,它才能出来,等到它出来的时候就是我们看到的蝴蝶了!

B 哇! 原来是这样! 怪不得蝴蝶那么漂亮!

A 不……

C 不过,蝴蝶是不会蜇人的! (非常得意)

A (咳嗽)NO,NO,NO。你说的是不对的!

C 我说的肯定是对的! 那你说,蝴蝶是怎么来的?

A 蝴蝶啊……蝴蝶是从毛毛虫变来的!

　　【BC 大笑。

C 蝴蝶那么漂亮,怎么可能是从毛毛虫变来的呢? 你说的肯定是错的!

B 就是就是! 蝴蝶一定不是从毛毛虫变来的!

A 我是从书上看来的。蝴蝶就是毛毛虫变的! 毛毛虫先变成蛹,蛹就是像花生一样的东西,不过我们是不能吃的,毛毛虫就在这个蛹里面像变魔术一样的变成蝴蝶,然后再从蛹里钻出来,就是我们看到的蝴蝶了!

BC 这是真的吗?

　　【A 得意地肯定地点头。

B 可我还是觉得蝴蝶是花变的! 呀! 有两只蝴蝶了!

　　【ABC 扑蝶。蝴蝶都飞走了。

B 蝴蝶都飞走了——

A C,你看你把蝴蝶都给吓跑了!

C 不是我!

A 就是你就是你……

C 不是我不是我……哼! 我是男子汉,才不跟你们女孩玩呢!

我要回家画画了,再见!

A　(抓住 C)你别走,我们的过家家还没玩完呢!

C　(将 A 甩开)我不玩了,我要回家画画了。(下,探头)

A　(对 B)走吧,C 回家了,我们也回家吧!

B　没有蝴蝶了——我不要回家,我要抓蝴蝶!

A　没有蝴蝶了,那我们玩什么呢? 要不我们玩一问一答的游戏,好不好?

C　(冲出来)好好好! 我要玩!

A　你不是不跟我们女孩玩了吗?

C　(不好意思)我,我,对了,我是说不跟你们玩过家家了,其他的还是要一起玩!

A　(想了想)那好吧! 我们今天不玩过家家了,玩别的游戏! 不过以后我们还是要一起玩过家家!

C　唔——好! 以后再玩,那到时全要听我的! 现在快玩一问一答的游戏吧!

　　【ABC 各归各座;

C　我先来我先来!

　　(唱)为什么母鸡会下蛋?

A　(唱)因为蛋会变成小鸡。

　　　　为什么狼要吃小羊?

B　(唱)因为狼也要吃东西。

　　　　为什么蝴蝶会飞走?

C　(唱)因为有风把它们吹。

　　　　为什么要打针?

A　(唱)因为要做游戏。

为什么是乌龟和兔子跑?

B　(唱)因为兔子爱歇息;

　　　　为什么天使会有翅膀?

C　(唱)为什么有魔鬼又有上帝?

A　(唱)因为有白天和黑夜里。

B　(唱)为什么有秋冬春夏?

A　(唱)因为我们比赤道低。

　　　　为什么有山和水?

B　(唱)为什么天要下雨?

C　(唱)因为我们要回家去。

　　　　为什么我们看不到自己?

A　(唱)为什么不能撒谎?

B　(唱)因为只有一个匹诺曹。

　　　　为什么要吃饭?

AC　错了错了! 是匹诺曹,是匹诺曹撒谎变成了长鼻子啦……

ABC　(唱)撒谎的鼻子长长回不去,

　　　　啦啦啦……依依依——

【问答中,光渐灭。

【剧终。

花鼓戏

赌 妻

编　　剧　陈　俊
指导老师　宋　捷

2008 年 5 月

时　间：当代。

地　点：湖南某农村。

人　物：狗伢子,喜妹子。

【幕启。舞台正中由两个三级台阶拼成的桌子,上面贴着一对五条。桌子两边分别是两个巨型色子,作为凳子。

【画外音:老鼠的"吱吱"声。两个追光代替老鼠窜动,同时把舞台主要布景扫视一番。老鼠窜进房间。狗伢子一声喊叫,起光。狗伢子拿布鞋跑上。

狗伢子　(环顾四周,搓搓身上的泥。念数板。)唉!

(念)赌鬼人家,赌鬼人家。

　　　鸡鸣而起,日落回家。

　　　一不种田,二不织麻。

　　　夫妻二人,麻将持家。

　　　想起我那堂客,活活一个扫把。

　　　结婚开始赌起,十年麻将生涯。

　　　不曾赢回别墅,输掉我这个苦心经营、费力建起、能避风雨的温暖小家。唉! 真是气不过她。(止)

　　　唉! 仔细想下,我们也是在麻坛打拼了十年的老手,只怪手气不佳,本没有捞回,家当也输了个底朝天,家里唯一值钱的就是厨房那口老锅。我硬要让她戒赌,越想越气,越气越饿,把堂客喊起来搞点东西吃。堂客、堂客唉!

喜妹子　(内答)唉! 是哪个喊我啊?

狗伢子　是我,老公类。

喜妹子	（内答）哦，买老葱啊？天亮再说咯。
狗伢子	是你丈夫。
喜妹子	（内答）什么啊？壮猪啊？
狗伢子	打牌，三缺一类。
喜妹子	（内答）三缺一啊？来了，来了。

【喜妹子出场。

喜妹子　（唱）【洗菜心】

我在卧房打瞌睡，忽听得我的牌友们叫我一声。

他叫喜妹子出房门。索得衣子郎当，郎得索，他叫喜妹子出房门。

喜妹子急忙，急忙出房门。

翻本就在这一回，真的好激动。财神菩萨显威灵。

索得衣子郎当，郎得索，财神菩萨显威灵。

（念）来了，来了。我先打色啊。（丢大色子）我坐这里。唉！人类？

狗伢子	人啊？在这里啊。
喜妹子	在那里啊？
狗伢子	喋，在这里！（落座）
喜妹子	哟，还是你这个砍脑壳的啊。我在那里睡觉你喊我出来干什么啊？
狗伢子	我饿了，你去把结婚前剩的那些米做一点粥来吃。
喜妹子	那些米早就输了。屋里十年冒开火，十年前锅里的锅巴还有，你要，就给你做碗粥。
狗伢子	你！你看，我一个温暖的小家，自从你进门赌博开始现在像什么样子。

喜妹子　何解？后悔了？那你当初就莫追我撒。现在婚也结了,后
　　　　悔迟了。

狗伢子　早晓得当初你是个赌鬼,我才懒得要你。

喜妹子　早晓得你是个小气鬼,堂客打牌你都要讲,我才懒得嫁你。

狗伢子　你!

喜妹子　再说,未必只有我赌啊？你不也是每天在赌。

狗伢子　我？我今天就戒赌。你敢讲今天戒赌不？

喜妹子　我是要赢更多的钱好盖个大别墅。

狗伢子　你做梦类!

喜妹子　好久冒摸牌哒,你是饿哒撒？来咯,打一色咯。

狗伢子　又打色啊？

喜妹子　想吃饭就打色。打撒!

　　　　【狗伢子搬一个色子丢,喜妹子也搬一个色子丢。

喜妹子　(随机出现一个数字)哦,按色子的数字,明天是到朱堂客屋
　　　　里去吃饭。

狗伢子　又到那个背时的朱堂客屋里去吃饭啊？

喜妹子　也是的啊,她屋里冒得好菜。那再丢咯。(狗伢子不乐意)
　　　　丢撒。

　　　　【狗伢子与喜妹子又丢一轮。

喜妹子　这回要得,刘老倌屋里每天都吃好的。

狗伢子　我不去类。我哪里都不得去。每次去吃饭别个都跟躲瘟神
　　　　一样的。

喜妹子　看你这个鬼样子咯。十年不洗澡别个何似不躲你咯？每次
　　　　出去吃饭,我都不好意思带你。

狗伢子　我不洗澡那还不是对你赌博的无声抗议啊？你一戒赌我就

496

洗澡。再说,你那未必是带我去吃饭啊? 每天死皮赖脸的
到牌友屋里去蹭饭。你也好意思?

喜妹子　唉! 这有什么不好意思的啊? 他们赢了我的钱,牌桌子上
我赢不回,我吃也要吃回来。老公类!

(唱)【瓜子红】

　　　　一场麻将事成双,

　　　　养老我们有保障。

　　　　不用买菜不煮饭,

　　　　只要带上嘴一张。

　　　　鸡鸭鱼肉我们样样都尝,

　　　　傻瓜的老公,得溜子老公,老公我的哥哥,

　　　　这样的好事我们怎能放。

狗伢子　堂客啊!

(接唱)输钱本是人自愿,

　　　　哪有靠牌混肚肠?

　　　　闲言碎语有人讲,

　　　　祖宗脸面全丢光。

　　　　这样的生活过得太窝囊,

　　　　好心的堂客,得溜子堂客,堂客我的妹妹,

　　　　自食其力我们夫妻开荒。

狗伢子　堂客,屋里输的精打光。冒得什么家伙可以再拿去赌哒类。

喜妹子　你就不晓得咯,厨房不是还有口锅来? 我先睡觉去,明天我
背锅去翻本哦。

【厨房发出"咚"一声。喜妹子凑拢一看,大惊。

喜妹子　(小声地、紧张地)老公,有贼。

497

狗伢子　啊！贼？我们这号穷鬼屋里也会遭贼？

喜妹子　是的,你快点去看看咯。厨房那口锅。去撒。

　　　　【喜妹子把狗伢子推到厨房,自己害怕地躲在桌子后面。狗
　　　　伢子内喊:"好大的狗胆,竟敢偷你狗爷爷的锅。哎哟!"狗
　　　　伢子被打出。

喜妹子　中刀哒类。哎呀,我的老公类,冒得你我何似活咯?（哭）

狗伢子　我冒事类,快点去看锅。

喜妹子　我的锅,喜奶奶跟你拼了!

　　　　【喜妹子冲进厨房,出。

喜妹子　（大笑）哎呀,还是不洗锅好,贼只偷走一层十年的老锅巴。
　　　　老公,你冒事吧?

狗伢子　唉!还是不洗澡好啊。刀只刮走我身上的一层泥。

喜妹子　我何解会看上你这个邋遢鬼咯?算哒,被那个砍脑壳的贼
　　　　吓这一下,我也睡不着哒。我们夫妻两个赌几盘,给我明天
　　　　翻本练下手。

狗伢子　什么啊?你还真的要拿屋里唯一值钱的锅去赌啊?

喜妹子　何解咯?不行啊?一口烂锅,有什么舍不得的咯?你想下
　　　　隔壁的刘伢子,光打麻将就赢好多钱啊！等我哒翻本,莫
　　　　讲锅哒,别墅、轿车,什么都有。来撒。

狗伢子　（自言自语,小声地）刘伢子后来的下场你何似不讲类?

喜妹子　你在讲什么哦?来撒。

狗伢子　（背弓）怕懒得,我就用刘伢子的事来教导一下你。好咯,何
　　　　似赌咯?

喜妹子　反正是假赌,我们就过下瘾,一盘一百块。

狗伢子　你硬是"蚂蚁打哈欠——好大的口气",一百块。（背弓）怕

懒得,越多我越好下手。开始咯。哪个打色咯?

喜妹子　女士优先。我先来。(打色)

【两人开始在舞台上虚拟地打麻将。摸牌用色子表示,"砣索万"用色子的点数表示。

狗伢子　＊砣。

喜妹子　啊耶!清一色类。两千块,给钱。

狗伢子　＊万。

喜妹子　哦豁!清一色的七小对。五千块,给钱。

狗伢子　＊索。

喜妹子　哈哈哈哈,你这个蠢宝,坛子里都冒出,你敢打啊?对不起,清一色的梦年轻的杠上花外加中全鸟。算下啊?我的崽呀,二十万类。给钱。哈哈哈哈哈……

狗伢子　堂客,差不多哒吧?

喜妹子　唉!才开始,从来冒赢过这么多钱。再玩,这回我们一千块钱一盘。

狗伢子　(无奈地)好。

【两人开始轮番仍色子,表示打麻将。喜妹子越战越勇,"钱"越赢越多。

喜妹子　十万……五十万……一百万……一千万……一……亿……(哭泣)我有钱哒?(大笑)春天来哒,翻身哒,有钱哒类。

【野菊花】

喜妹子　(唱)杠上花开满桌,

　　　　　麻将堆出金窝窝。

　　　　　出门坐上小轿车,

　　　　　漱口天天用燕窝。

佣人一摞伺候我，

穷鬼摇身变富婆。

怎奈我老公思想不正确，

说什么麻将哪能过生活？

我看麻将好处多，

金领冒得我赚得多。

麻将桌上燃欲火，

趁热打铁我做工作。

狗伢子　堂客……（被打断）

喜妹子　老公，你看打麻将有好多的长处，难怪刘伢子有哒麻将事都不做哒。

狗伢子　那你也准备这么打下去？你就不想下刘伢子的下场？

喜妹子　唉！他那是自作自受，赢这么多钱还要去赌，有那样好的堂客也要去离婚。后来还不是赌债逼得无路可走跳河自杀哒。活该！

狗伢子　那你还要再赌下去？

喜妹子　我不得跟他一样咯。我只要赢回本钱就不赌哒。

狗伢子　（背弓）看来刘伢子不管用。你何解讲不听咯？我们赌哒十年，哪一天你不是讲赢回本钱就不赌哒？你又哪天真的不赌咯？

喜妹子　那不是还冒赢够啊？

狗伢子　你的本钱到底是好多咯？

喜妹子　我……我还不是为了这个家啊？

狗伢子　为了这个家你就不得去赌哒。

喜妹子　那你类？不是也每天在外面赌？

狗伢子　你以为我真的在赌啊？你每天在外面跟别个赌，我就在跟别个做苦力，替你还债类！我何解不洗澡？就是看你到底什么时候才能醒悟！看来我们是讲不到一起去哒，算了，我们离婚吧。（背弓）假的。

喜妹子　离婚？你凭什么跟我离婚？我不同意。

狗伢子　冒得办法。喜妹子，我们真的冒得办法在一起过哒。我冒得钱在给你去赌，也冒得精力再去做苦力哒。我们都是三十五六的人哒，我也做累哒，我也想生个崽过几年安稳日子。（背弓）这是讲的真的。

喜妹子　那我们生啊！

狗伢子　就现在欠的这些赌债我们都还不清，哪里有钱养崽？你要是念及夫妻感情，我们就离婚吧。以后你打你的牌，我做我的工。

喜妹子　不！我死也不离婚。老公（狗伢子躲），老公（再躲）。（气话）好，离婚可以，只要你拿得出两千块钱，我就跟你离婚。

狗伢子　你！（背弓）有点不对啊？（试探地）好！我给你两千块。
【下场到厨房找钱。画外音："唉！我藏起来的钱类？"急上。

狗伢子　我的钱类？我藏在灶台里的钱类？

喜妹子　啊？灶台里……我……我不晓得。（急中生智）我们离婚，给钱撒，给钱就离婚，你不是要离婚来。（哀求）老公，我们打一色和好算哒咯。来咯。（递大色子给狗伢子）

狗伢子　你！冒想到你把我偷偷攒的那些钱都偷起去输了。这回婚是离定了。我借钱也跟你离婚。（欲出门）

喜妹子　老公。（紧张地）老公，我是故意的，不，我不是故意的。我不要钱，我们不离婚。我只是看到刘伢子像那些城里人一样,每天开小车、住洋房,吃的都是好东西,我就不服气。为什么别个麻将桌上摸两圈赚的钱比我们死做一年的钱都多?我们的房子又什么时候能盖起来?

狗伢子　堂客,钱是好东西,好多人为它死命的奋斗。但是,很多人又因为钱失去了更多宝贵的东西。正如你现在疯狂的赌钱,我们夫妻的感情越来越淡哒。

喜妹子　老公你不爱我哒啊?你忘记我们要开心的过一世吗?

狗伢子　我冒忘记。但是你每天输钱我想盖房子是不可能哒,开心的过一世就更不敢想哒。

喜妹子　我的诺言?

　　　　【收光。追光在两个人身上。雷声、雨声,《雨中漫步》音乐起。两人回到从前。他们回忆从相识到相恋的过程。两人最后站在三级台阶上。

狗伢子　以后我要发狠赚钱,盖一个大房子,我们的房子。

喜妹子　那我就给你生几个崽,开心的过一世,平平淡淡的过一世。

　　　　【甜蜜的笑声后。起光。

狗伢子　堂客,平平淡淡才是真啊?

　　　　【喜妹子从桌子上跳下来,搬椅子到台中坐下。

　　　　【狗伢子也搬了一把椅子背靠着喜妹子坐下。收光,定点起。

　　　　【画外音:"以后我要发狠赚钱,盖一个大房子,我们的房子。"

　　　　　　　　"那我就给你生几个崽,开心的过一世,平平淡淡的过一世。"

　　　　【劝夫调】

喜妹子　（唱）一言惊醒，惊醒梦中人。

　　　　　　我的夫，他劝我回头口讲干，

　　　　　　我却每日麻将度时光。

　　　　　　我每天起早贪黑勇战在牌场，

　　　　　　借口要前赴后继、不畏风险为建房。

　　　　　　结婚前的战斗激情涌心上，

　　　　　　夫妻勤劳作，旧家变模样。

狗伢子　（唱）怪我领导不力反把旧家败光，

　　　　　　埋怨我的妻，我实在太荒唐。诺言我未兑现，让妻子一

　　　　　　人扛。

喜妹子　（唱）我不能再把路走错。

狗伢子　（唱）我要发狠做事重建小窝。

夫　妻　（合唱）对！我的夫（妻），我们白手起家过生活。

喜妹子　老公，我决定以后再也不打牌哒，我同意离婚。

狗伢子　堂客，你也不爱我哒吗？真的跟我离婚？

喜妹子　我也不想，但是那两千块钱？

狗伢子　家都输光了还在乎两千块钱？再说，只要我们发狠做事还

　　　　怕赚不回来？以前是我冒得能力。我以后要发狠做事、发

　　　　狠赚钱，盖一个大房子。

喜妹子　我跟你生几个崽，开心的过一世，平平淡淡的过一世。

狗伢子　堂客！

喜妹子　老公！

　　　　【两人拥抱，喜妹子闻到狗伢子身上的异味，推开他。

喜妹子　我不嫌弃你！（又抱住）我就爱你这个臭男人。

狗伢子　堂客，我想找吴娭毑借点谷子，我们重新开始。

喜妹子　嗯！天亮我跟你一起去。

　　　　【走场牌子】

夫　妻　（合唱）夫妻一条心把赌戒。

　　　　　　　　老屋逢春唱新歌。

　　　　　　　　收拾旧家我的劲头大。

　　　　　　　　只为穷窝变富窝。

　　　　　　　　今年播种明年收，

　　　　　　　　后年买部摩托车。

　　　　　　　　老公前头坐堂客后面驮，

　　　　　　　　中间一对崽女笑呵呵。

　　　　　　　　夫妻同心勤耕作，

　　　　　　　　吃萝卜青菜也快活。

　　　　【狗伢子准备亲喜妹子，被挡住。

喜妹子　洗澡去！

狗伢子　洗澡去哦。

　　　　【喜妹子欲走又停，把桌子上贴的"麻将"撕掉。高兴地
　　　　下场。

　　　　【幕落。

　　　　【剧终。

京剧

再挂大红灯笼
（小说《妻妾成群》后传）

编　　导　孙　庹
指导老师　宋　捷

2010 年 5 月

人物：大太太毓如

二太太卓云

四太太颂莲

五太太文竹

【蓝光，微弱的一边侧光；场中间一口井，一个头发散乱的女
人从井后慢慢地站起来捂着耳朵。

颂　莲　我不跳井！我不跳井！（慢慢把捂着的手松开）

【响起昆曲的唱段。

（《思凡》色空唱：夜深沉，独自卧，

醒来时，独自坐。

有谁人孤凄似我？

似这等削发缘何？

……

从今去把钟楼佛殿远离却，

下山去寻一个年少哥哥……）

颂　莲　（惊恐地捂住耳朵，喃喃地）我不跳井，不跳！不跳。

毓　如　（拿着佛珠）罪过罪过。颂莲，今天是府上的大喜日子，你赶
紧回去！

颂　莲　（用手指比着）嘘——梅珊在唱戏，她又在唱戏了！

毓　如　（害怕地）哪里？谁！不！

颂　莲　（痴笑）呵呵呵呵——你听——（咿咿呀呀的学唱）

毓　如　你再这么疯疯癫癫的乱跑我就叫人把你绑起来！今天五姨
太进门，你别胡说八道的给我老实点，快走！快走。

【颂莲惊恐地跑下场。毓如环顾四周，心虚地，害怕地。

【红光起,鞭炮声。

管家画外音 五太太房间挂灯笼。

　　　　【舞台两边两片景片合上,缓缓打开;

　　　　【红光弱,面光起;

　　　　【新嫁来的五太太竹书坐在炕上喝茶。二太太卓云亲自提
　　　　着礼品上场。

卓　云 (敲敲门,清了清嗓子,亲热地)五妹。

文　竹 (站起来,急切地)二姐,是二姐呀,请进请进,应该是我来向
　　　　您请安才是!

卓　云 (进了门,放下东西后坐下)都一样! 捶过脚了?

文　竹 嗯,捶过了,怪难受的。

卓　云 呵,这院子里可不是谁都能捶得上的。我给你送了些西瓜
　　　　子、葵花子、南瓜子还有各种蜜饯。这儿没有好瓜子,我嗑
　　　　的瓜子都是托人从苏州买来的。(打开一个纸包,拉出一卷
　　　　丝绸来)苏州的真丝,送你裁件衣服。

文　竹 二姐,这怎么成呢! 我不能要呀!

卓　云 (笑了笑)这是什么道理? 我见你特别可心,就想起来这块
　　　　绸子,要是隔壁那只老母鸡,她掏钱我也不给,我就是这
　　　　脾气。

文　竹 那,谢谢二姐了。没想到你那么好说话,(往门外看了看,
　　　　小声的)大太太就凶得多了。

　　　　【二人同时犹豫了一下,一起说道:

卓　云 妹妹呀!

文　竹 姐姐呀!

卓　云 哟哟哟,你先说!

507

文　竹　不不不,姐姐先说!

卓　云　(装作为难地)五妹呀,二姐看你怎么脸色不好,是不是哪里
　　　　住得不习惯,二姐明儿个再送床新的被褥来。

文　竹　(叹了口气)二姐呀,我正要跟你说这事呢。

卓　云　怎么啦。

文　竹　二姐呀,(朝门外张望,轻声地)我进门这几天总是听见有女
　　　　人唱曲儿的声音,吓死我了;好像呀,好像就是从紫藤架那
　　　　里传来的,可吓死我了。

卓　云　(惊恐地)你,你听见啦! 不好了不好了! 这下可不好了!
　　　　这下可不好了。(装作惶恐紧张地。)

文　竹　(拉着她)怎么不好啦,怎么不好啦! (见卓云犹豫,着急地)
　　　　姐姐,你说呀,

　　　　你说呀姐姐。好姐姐你快说呀。

卓　云　(叹了口气,极不情愿地,低声道)这是梅珊,准是梅珊要来
　　　　害你来了! 唉! 梅珊呀,你怎么就不能安心走呢!

文　竹　梅珊,梅珊是谁,她为什么要来害我?

卓　云　(唱)原先得宠的三姨太,

　　　　　　出身戏班叫梅珊,

　　　　　　私通奸情被发现,

　　　　　　自尽投井愧无颜。

文　竹　她私通的事老爷发现的?

卓　云　是四姨太颂莲向老爷告密的。

文　竹　唉,同是姐妹又何苦呢?

卓　云　(唱)四姨太,新过门,

　　　　　　梅珊嫉妒好刁钻,

挣挂灯笼挣捶脚，

两人结下不解冤。

文　竹　（白）那四姨太……

卓　云　就是后院那个疯婆子。

　　　　（唱）梅珊死后魂不散，

　　　　　　　鬼附颂莲成疯癫。

文　竹　我与梅珊没有恩怨，她……她不会害我。

卓　云　（唱）厉鬼害人无需恩怨，

　　　　　　　新姨太、得新宠、挂灯笼，厉鬼嫉恨心不甘，

　　　　　　　唱曲就是来宣战，

　　　　　　　只怕是你难逃过这几天！

文　竹　二姐，我怕！

卓　云　哎，这厉鬼害人二姐我也无能为力啊！

文　竹　（害怕得哭了起来）姐姐，你要救救我呀！我跟她无冤无仇，
　　　　她不能来害我呀！

卓　云　（犹豫地）办法也不是没有，可是，决不能让老爷知道；老爷
　　　　最不信神鬼之事，让他知道一定怪罪我迷信生事。

文　竹　二姐放心，我绝对不告诉任何人！

卓　云　我原来请过一个道长，道长告诉我只要在初一的三更时分
　　　　在厉鬼死的地方烧纸钱元宝，念九十九遍地藏王菩萨经超
　　　　度，就能幸免。

文　竹　姐姐呀明天就是初一了，可是，我不会念经呀，这可如何是
　　　　好。（哭了起来）

卓　云　（为难地）算了算了，我好人做到底，明天我跟你一起去！

文　竹　谢谢姐姐，姐姐你就是救苦救难的菩萨呀，你救了文竹一命

文竹无以为报呀！（欲下跪）

卓　云　好妹妹,我与你有缘,我怎么会不帮你呢。明晚三更天时我
　　　　们在紫藤架下碰头便是。我得回去了。记住要纸钱元宝越
　　　　多越好!

文　竹　多谢二姐!

　　　　【景片合上。面光暗,定一起。

卓　云　哼! 蠢女人! 哈哈哈哈!

　　　　（唱）三更带你去陪葬,

　　　　　　　别怪二姐狠心肠,

　　　　　　　大姐老迈何须挂心上,

　　　　　　　卓云期盼把家当。

　　　　　　　来了你——年轻貌美如花一样,

　　　　　　　宠爱于我成渺茫。

　　　　　　　毒箭暗藏心弦上,

　　　　　　　人生谁不争短长。

　　　　　　　死后莫唱孤魂曲,

　　　　　　　与梅珊井下腥腐也成双。

　　　　（白）那个戏子活着的时候我都不怕,一个死人难道还能害
　　　　我不成? 死人不能害我,倒还帮了我。哈哈哈哈!

　　　　【定一灭。毓如从景片后出,拨弄着佛珠,走到定二下。

毓　如　（白）卓云啊卓云,螳螂捕蝉黄雀在后! 哼!

　　　　（唱）好一个菩萨脸蝎子心肠,

　　　　　　　难防身后耳附墙;

　　　　　　　原来是盘算阴谋将五妹害,

　　　　　　　我何不将计就计帮你个忙。

（白）等你害死了五妹,我便喊人来,做个人证向老爷告发于你,岂不是一箭双雕! 罪过!

【定二灭。蓝光起。景片缓缓从两边移开,露出一口枯井。景片移到井后合上。卓云与毓如背对背上场。

卓　云　这都到三更了,怎么她还是没来? 莫非……

毓　如　这都到三更了,怎么她们还没有来? 莫非……

【二人背对背撞在一起,各自吓了一跳又捂住嘴。

卓　云　大姐! 你!

毓　如　二妹啊!

【忽然响起昆曲的唱段。

夜深沉,独自卧,

醒来时,独自坐。

有谁人孤凄似我?

……

【和着唱段,颂莲上场。

颂　莲　(疯疯癫癫地)呵呵呵,你们听呀,嘘,她又在唱曲儿了。她又在唱了。

卓　云　不、不会的,她已经死了。

毓　如　梅珊已经死了。

颂　莲　(惊恐地捂着耳朵)她死啦,她是鬼,我不跳井我不要,我不要跳井。(跑下场)

【二人瘫软坐在地上。景片从两边移开。一个身着水秀披头散发的女人慢慢走了出来。

【昆曲的唱段又响起:

夜深沉,独自卧,

醒来时，独自坐。

有谁人孤凄似我？

似这等削发缘何？

……

从今去把钟楼佛殿远离却，

下山去寻一个年少哥哥……

卓　云　梅珊，梅珊，你，你，你为何不肯去阴间？我们人鬼有别，你
　　　　不要来害我们。当年告发你的不是我！你可别来害我呀！

毓　如　梅珊啊，我老太婆年纪大了，我也是为了这个家好，你怪谁
　　　　都不能怪我！我吃斋念佛，没做过亏心的事情啊！

梅　珊　（白）大姐，二姐，我做了鬼了，可是什么都明白了。

　　　　（唱）口蜜腹剑念弥陀，

卓　云　（指大姨太）念弥陀的是她……

毓　如　（指二姨太）口蜜腹剑的是她……

梅　珊　（唱）你、你、你们看一看梅姗的阴魂，听一听鬼唱歌。

卓　云　三妹，害你的可不是我啊！

梅　珊　（唱）就是你昔日告发我，

　　　　　　　推入井中不得活，

　　　　　　　井水凉凉冰刺骨，

　　　　　　　我心烈烈烧似火。

毓　如　对对对，是卓云害的你，与我无关，冤有头债有主，你饶了
　　　　我吧！

梅　珊　（唱）谁不知你兔死狐悲假惺惺，

　　　　　　　谁不知你见我生子宠幸早生嫉妒心，

　　　　　　　生怕我母凭子贵吞家产，

将我视作眼中钉。

（白）只有颂莲同情我，跟我说说心里话。可你们……

（唱）算计嫁祸害颂莲，

　　　　可怜她痴傻成疯癫。

　　　　新嫁一个五姨太，

　　　　她与你们无仇又无冤，

　　　　为何又来设陷阱，

　　　　狠心杀她计谋奸。

　　　　为报往昔恩与怨，

　　　　今日梅珊返阳间！

【毓如年事已高，见得鬼魂出现吓得浑身发抖，站起来欲逃走，力不从心，急急地喘了两口气，倒地不起，被吓死了。

【梅珊的鬼魂抽出小刀将卓云卷入水袖之中。景片开启，景片合上；再开启，文竹出，梳理好头发在井边跪下磕头。

文　竹　梅珊师姐，我给你报了仇了。文竹给你报了仇了！

（唱）梅珊师姐受我一跪，

　　　细听文竹倾心扉；

　　　你我二人师姐妹，

　　　同是孤儿形影随；

　　　同吃同学同床睡，

　　　同演戏文同苦悲……

　　　姐妹亲情多珍贵，

　　　知你被害心如山崩摧！

　　　百般无奈步你后尘做小妾，

　　　为的是查原委，为你雪冤，为你报仇吐气扬眉！

文竹杀了这人间鬼,

师姐啊——芳魂虽去心可归。

(白)姐姐,姐姐,文竹终于给你报仇了。

【颂莲从远处痴呆地上;

颂　莲　(痴笑着)我不跳井,我点灯笼。我不跳井,我不跳井,哈哈哈哈……

【文竹拿起地上的篮子中的纸钱洒向空中;

【同时,红光起,鞭炮声。

【管家高呼"六姨太又进门了,挂红灯喽!"

【光收。

【剧终。

越剧

中泽晴美

编　　导　闪　烁
指导老师　宋　捷

2010 年 5 月

人　物：女仆　中泽晴美。

哥哥　佐藤平川郎。

弟弟　佐藤平次郎。

时　间：日本幕府——镰仓幕府时期。

地　点：大阪城　贵族佐藤家。

第一幕

【幕启:起音乐;

【音效;

【定点光起;

晴　美　我脸被开水烫了,痛,我好痛,你们都不要过来;你们看见我
的脸,会吓得做梦的。

平川郎　哎呀呀,晴美的脸被开水烫了,如此说来那美貌岂不是不在
了吗?

平次郎　什么! 被开水烫了,晴美,痛吗? 就让我看你一下吧。

晴　美　你不要过来,你们谁都不许看,我的面孔皮肤已经烂光了,
我求你们都不要过来(说着慢慢地转向前方)

【起音乐;

晴　美　(唱)滚烫开水毁容面,

容颜伤惨心更惨;

中泽家世代为奴隶,

晴美落生便遭冷眼。

战乱中——父亲落得终身残，

母亲呕血病长年；

晴美抵债养父母，

耗尽青春把债还。

谁知佐藤俩公子，

看我貌美竞贪婪；

老爷判我勾引罪，

严刑毒打毁容颜。

奴隶啊，奴隶永远是下贱，

青春啊，爱情啊，它与晴美永无缘

【灯光收；

【起日本音乐。平川郎上场；

平川郎 （唱）花香鸟语二月春，

绿映山河暖人心；

见双燕，迎风穿斜柳，

弟兄祭祖去踏青。

（白）这平次郎，一大早去了哪里？平次郎，平次郎！

平次郎 （喝着酒醉醺醺的上场）哈哈哈，这酒就是好东西，

（唱）饮得我啊——看花花不像，

看己己非人；

生为望门贵家子，（站不稳欲倒）

醉眼看世……世事醺醺。

平川郎 （赶紧上前搀扶）你整天喝得七颠八倒，像什么样子！让我
如何向父亲交代？

平次郎 父亲，谁是父亲，你是父亲？

平川郎　这……我们的父亲佐藤清源将军！

　　　　【平次郎听到父亲的名字，不自觉地想立正，但是醉得站不稳；

平次郎　……嗨……佐藤清源……

平川郎　要叫父亲，

平次郎　父亲是做什么用的？

平川郎　父亲传给我们佐藤家族高贵的血统。

平次郎　佐藤——高贵的血统！因为丢了一枚戒指，他可以一次杀掉50个奴隶……你有这血统？有这胆量？

平川郎　好了，你真的醉得一塌糊涂……走，踏青去吧。

平次郎　踏青？我不去。

平川郎　唉！还要祭祖！

平次郎　祭祖不如先祭祭我们自己吧！

　　　　【两人推打时，平川郎往前方一看，无意间看见了一女子便愣住；一旁的平次郎靠在哥哥的背上，转身看见哥哥凝神往前看，并随着前方看去；

平次郎　哦呦呦（揉了揉眼睛，仿佛酒立马就醒了，并用手势描画着）好美的一个美人儿呀，

　　　　【起音乐；

　　　　【晴美从后上场，慢慢地往前走。两兄弟各自向左右分开并往后退，和晴美成交叉；

平次郎　哎呀，美，真的美，同天上的嫦娥一样美！

平川郎　是啊是啊，真是仙女下凡啊！

平次郎　哥哥　她是哪家的千金呀？

平川郎　她叫中泽晴美，是老奴隶中泽津田的女儿。

平次郎　　中泽津田那个残废的老奴怎么会有这么漂亮的女儿？哎呀这叫人看得,心里好痒痒!

平川郎　　是啊,心里好痒痒。(回过神来)好了,什么痒痒的,祭祖去!

平次郎　　祭祖不如看美人!

　　　　　【晴美下场。平川郎拉着平次郎跟着下场。灭光,收音乐。

第二幕

　　　　　【舞台上摆着扁木块,椅子和白景片,摆成日本家的形式。稍起淡淡的侧光,起音乐。晴美在房间补着衣服。这时平川郎偷偷地从一道幕上场。

平川郎　　(唱)自从见了晴美面,

　　　　　　　思恋之情日平添。

　　　　　　　只为与她见一面,

　　　　　　　匆匆上门倾心谈。

　　　　　【左看右看,轻手轻脚地走着,怕被人撞见,想上前敲门;

平川郎　　(吓得拍拍胸脯)我这主人去仆人的房间,这要是被旁人看见定要传到父亲耳边;这该怎么办,(左右看)唉,找个理由也就是了……

晴　美　　是谁在叫门?

平川郎　　(轻声道)小娘子,是我。

　　　　　【晴美开了门。

晴　美　　奴婢见过公子。(跪拜)

平川郎　　快快起来,(搀扶)以后见我不要再跪拜。

晴　美　　……只是这么晚了,公子有什么事吗?

平川郎　　(进门)哦,是母亲让我来对你说,说明早有客来访,望晴美
　　　　　早些做准备。

晴　美　　嗨! 天色已晚,公子还是早些回去吧,待在女仆的房间有碍
　　　　　公子名声……

平川郎　　哦,母亲还要我对你说……(这时两人靠近,便害羞地分开)

晴　美　　(唱)他眼含情,看得我不知是喜还是忧,

平川郎　　(唱)她羞怯样,美貌让我看不够。

晴　美　　(唱)此时只觉心颤抖,

平川郎　　(唱)此时只觉魂魄丢。

晴　美　　(唱)难道是——

平次郎　　(唱)——难道是,

晴　美　　(唱)他的眼神——

平川郎　　(唱)——她的美貌,

晴　美　　(唱)把心息漏,

平川郎　　(唱)像春光初透;

晴　美　　(唱)莫非是——

平川郎　　(唱)——莫非是,

晴　美　　(唱)这眼神之间——

平川郎　　(唱)——这美貌之间,

晴　美　　(唱)藏温柔。

平川郎　　(唱)藏温柔。

　　　　　【平次郎匆匆上场;

平次郎　　这夜深人静,我匆匆而来,就为见她一面,我的中泽晴美

520

（整装）。

【平次郎轻轻地敲了门；

晴　美　是谁？

平次郎　是我,佐藤平次郎。

平川郎　他怎么来了？这要是被父亲知道了,哎该怎么办？待我躲
　　　　上一躲,你就说我回去了。

晴　美　这如何是好呀！

平次郎　（对着门缝看猫眼）快开门啊,晴美。

晴　美　哦　来了,来了。（把平川郎四处藏躲）

平次郎　哎哟,快开门啊,我站得两腿都发软啦！

　　　　【晴美正要开门,平次郎躲到一边,等晴美开了门,平次郎偷
　　　　偷地进了房门。

晴　美　来了,来了;公子、公子在哪里？

平次郎　我在这里！

晴　美　（转头）公子,见过公子（跪拜）

平次郎　我不吃这一套！（粗鲁地拉起晴美）美呀,美得我眼睛都
　　　　花了。

晴　美　请问有什么事吗？

平次郎　哦,没、没有什么事,我就想问问你,住的可好？

平川郎　切,这平次郎就是那点坏心思。

平次郎　（一听转头）哎　谁在叫唤我呀？

晴　美　没有呀,公子听错了。公子奴婢很好,你看你还是先回
　　　　去吧。

平次郎　外面风大,我还是坐上一会儿。

平川郎　什么,你还要坐上一会儿,你这平次郎……

平次郎 不对啊,晴美,我怎么听见有人在叫唤我平次郎。

晴 美 (一边解释,一边做手势让他别说话)没有没有,奴婢没有听见,是你多想了吧。

平次郎 你没有听见? 那就是我多想了,哎呀晴美,你快坐下。

平川郎 坐什么坐,还不快走。

平次郎 不对,你房间肯定有人,我去看看!

晴 美 没有,没有 真的没有。

【平次郎一番找;平川郎藏、躲;

平次郎 奇怪怎么没有呀,是我听错了? 晴美,我今天来其实是想……(想去摸晴美的手)

晴 美 公子,你是主,我是仆,万万不可,(对着平次郎、平川郎说)奴婢只是服侍你们的女仆,这要是被老爷夫人知道,奴婢会被赶出家门,公子还是快回去吧。

平次郎 不会的,有我在,难道说这么好的姻缘,让我就此错过? 我是真的喜欢你呀!

【平川郎现身;

平川郎 平次郎,你在干什么!

平次郎 (一慌)是你,我就说听见有人在说话,你在这里做什么?

平川郎 你竟然背着父亲去同女仆私会?

平次郎 那么你呢,莫非你是公会不成?

平川郎 你……是母亲让我来吩咐她做事的!

平次郎 是父亲要我来看美人的呀!

平川郎 平次郎,你等着!

【就在两人推闹时,一条蛇向三人爬来;

平次郎 蛇!

平川郎　(对着蛇)蛇……你……你不要过来!

　　　　【晴美一下子推开平川郎、平次郎;

晴　美　快跑啊! 你们赶紧走,要是公子被咬了,要奴婢如何向夫人
　　　　交代!

　　　　【晴美迎着蛇,护着两公子;

平川郎　平次郎,你看这……(吓得发抖)

平次郎　要走你就走吧。

　　　　【晴美持棒冲向蛇,被平次郎推开;晴美又推开平次郎,但却
　　　　被蛇咬伤;平次郎持刀把蛇砍死。

平次郎　(赶紧跑过去)哎呀,这是毒蛇,它咬中你的腿……不好,这
　　　　毒攻上来了!

　　　　【平次郎不顾一切用嘴吸毒。

平川郎　平次郎,你不要命了吗!

晴　美　公子不可,不可呀!

　　　　【平次郎终于吸尽毒汁,并扯衣服,用布包好伤口。

晴　美　(唱)一条蛇儿惹风波,

　　　　　　主为奴吮毒汁——我胆惊破。

平川郎　(唱)贵族跪吮奴隶血,

　　　　　　脸面身份全堕落!

平次郎　(唱)黑血尽出惊心魄,

　　　　　　好歹救她命存活!

晴　美　(唱)感激涕零泪儿落,

　　　　　　救命大恩口难说。

平川郎　堂堂佐藤家公子,跪在奴隶脚下吮血,贵族身份丧失殆尽!
　　　　我去禀告父亲!

　　　　【灭光;

【画外音：

老　爷　晴美,忘了你是奴隶?

晴　美　不敢,晴美是下贱人。

老　爷　身为下贱胆敢勾引佐藤家公子,犯我佐藤家规,来人,
　　　　鞭刑——

　　　　【音乐起,各从左右上两个戴面具的奴隶,抽打晴美;

　　　　【音效,皮鞭响声。晴美惨叫;

　　　　【平川郎、平次郎各站舞台两侧;

平次郎　父亲,这怪不得晴美呀!

平川郎　父亲,把这女奴交给我去教训吧!

　　　　【父亲画外音：

老　爷　两个不知尊贵的逆子,快到祖宗神社跪下面壁!

平川郎　嗨!（下）

　　　　【平次郎逆反地冲向受刑的晴美,无奈,顿足下。

老　爷　将这女奴破相,开水浇下!

晴　美　不要,不要! 老爷,奴婢知错了哇!

　　　　【音效。浇水声,晴美惨叫声;

老　爷　终身罚做苦役。

第三幕

　　　　【起日本惊恐音效4。

　　　　【起定点光。中泽晴美背对观众跪在舞台中间,平川郎、平
　　　　次郎各站两边;

晴　美　我的脸被开水烫了,痛,我好痛,你们都不要过来,你们看见
　　　　我的脸,会吓得做噩梦的。

平次郎　哎呀呀,晴美的脸被开水烫了,如此说来那美貌岂不是不在
　　　　了吗?

平川郎　什么! 被开水烫了,晴美,痛吗? 就让我过去看你一下。

晴　美　你不要过来,你们谁都不许看,我的面孔皮肤已经烂光了。
　　　　我求你们都不要过来。

平川郎　平次郎,父亲说了,再与晴美来往就要受到重刑,我看我们
　　　　还是走吧。

平次郎　晴美要不是为了救我们,能遭蛇咬? 能受酷刑? 能成这样
　　　　吗? 你是良心被野狗吃掉了吗,你给我马上滚!

　　　　【平川郎下;

平次郎　晴美,你就让我过去看看你好不好?

晴　美　不要过来,公子,我是女仆,你是主,你不用对我这么好,你
　　　　也走吧!

平次郎　什么主仆,在我眼里我们都是同样的人,让我过去看看你。

晴　美　不要过来,你看见会吓坏的,到如今我红颜褪去了,怎忍心
　　　　去面对救我生命的大恩人!

平次郎　晴美,那我只有刺瞎自己的眼睛,才能去靠近你了?

晴　美　(转过半身,斜对舞台)公子啊——

　　　　(唱)你是主我是仆,

　　　　　　　主仆原有贵贱分,

　　　　　　　公子啊,我知你坦荡如湖水,

　　　　　　　我是那湖上漂浮的萍。

　　　　　　　苦役中朝朝暮暮做祈祷,

求菩萨时时保佑善良人。

【晴美始终躲闪,不让平次郎靠近和看见;

平次郎　晴美,晴美,你当真要我刺瞎自己的眼睛么——

【不顾一切扑上去,拉下晴美遮脸的手;

晴　美　不要看啊! 公子……

平次郎　晴美,你……痛么?

　　　　(唱)是我害了你啊——害你遭皮鞭,

　　　　　　害你毁容颜,

　　　　　　害你罪名恶,

　　　　　　害你永生难见天!

晴　美　(唱)求公子再莫把丑陋面貌看,

平次郎　(唱)我心中你永远是初见美容颜;

晴　美　(唱)下贱人谈什么容颜美……

平次郎　(唱)你善良之心金子般,

　　　　　　遇毒蛇你舍身来相救,

晴　美　(唱)是你为我吮出毒汁才有活命还。

平次郎　(唱)可恨哥哥来诬陷,

　　　　　　以怨报德良心偏;

　　　　　　哪知父亲更毒狠,

　　　　　　重刑毁容如塌天!

　　　　　　平次郎愿为你赎罪——

　　　　(白)晴美,让我带你走吧,带上你和你的父母离开这里;我
　　　　不让你去服什么苦役,我不要你再当什么女仆,我要娶你
　　　　为妻——

晴　美　(急制止)

（唱）公子呀，娶妻的话怎轻言……

公子为贵我下贱，

公子家富我贫寒；

远大的前程等着你，

为丑女终生拖累——

平次郎　　　（接唱）——我心甘！

富贵于我如粪土，

家族中人人称我浪荡汉；

早想挣脱这锁链，

闯世界看看天外天。

那日与你初见面，

恋情把我终身牵；

奴隶中才有这美好，

卑贱中才见真良善。

平次郎要做真正的男儿汉，

贵族、奴隶滚一边；

山崩地裂情难变，

哪怕你遇难毁容颜；

我只愿你我终老南华长相伴，

倾心相爱蜜语甜；

夫有事，妻扶持，

妻有事，夫抵肩。

生生死死在一起，

祸福同当共百年。

我们双双离开这魔窟。

携手一路向着富士山！

晴　美　公子……

【晴美依靠着平次郎。起伴唱，

伴　唱　镰仓幕府多少恨，

大和民族路不平；

青春情爱歌一曲，

闷雷滚滚动地声。

【慢慢收光；

【剧终。

京剧

武则天

编　　剧　周梦婷
指导老师　宋　捷

2013 年 5 月

时　　间　　公元 665 年,夏。

出场人物　　武则天(42 岁左右)。

陆南亭(25 岁左右)翰林院待诏。

卓叔疾(50 岁左右)内侍。

【伴唱声中幕起。

伴　　唱　　帝凰之姿压红颜,

天下谁人堪比肩?

孤影独憔情深处,

奈何浮世缱绻难。

【夜晚的御花园,隐约能听到蟋蟀的叫声。舞台后方隐约可
见高高的宫墙,前方一石桌,四石凳,桌上有酒壶,酒杯。武
则天一人独自坐在石凳上,月下独酌。

武则天　　日复一日,年复一年;又是一年季夏,这月亮,还是当年那个
月亮,然而,这人……

(吟唱)明月照不惑,

银光染青丝;

花前一杯酒,

朦胧少年时……

【隐幕缓缓拉开。陆南亭从台阶上慢慢走下。武则天抬头,
看到陆南亭,脸上一瞬间划过了一丝激动,放下酒杯。陆南
亭上,走近武则天。

陆南亭　　(吟唱)踏月南亭至——

(白)参见天后(兴奋地)

武则天　　(白)爱卿免礼。

530

（吟唱）奉诏何迟迟？

陆南亭　（吟唱）煦风怜光影，

备衣遮露滋。（双手献上披风）

【武则天为之心动，妩媚地转身，以示愿意接受披风。陆南亭略迟疑，大胆地为武则天披披风；

武则天　陆爱卿……

陆南亭　天后……

武则天　赐座。

陆南亭　谢天后。

【陆南亭坐在武则天对面。武则天看到之后，示意他自己倒酒。陆南亭立刻拿起酒杯和酒壶，倒起酒来。

武则天　爱卿不必拘礼。不知爱卿近日在翰林院待的可习惯。

陆南亭　（愣）臣新中皇榜，连连高升，擢选翰林院待诏，深知天后提携。

武则天　识才即用，国之幸；才得以展，人之幸也。

陆南亭　天后面前，南亭不过蠢材耳。

武则天　陆南亭，你可记得你在上巳节的曲江宴上，对的一副绝对？

陆南亭　（思索）臣依稀记得，不值一提。

武则天　本后乐以温故。

陆南亭　哦……当时有一花甲老者，称其有一副千古绝对，虚活一甲子，竟无人能对。那对联的上联是：乾八卦，坤八卦，八八六十四卦，卦卦乾坤已定。而臣对的下联则是：鸾九声，凤九声，九九八十一声，声声鸾凤和鸣。

武则天　当时本后也在那曲江宴上。"鸾九声，凤九声，九九八十一声，声声鸾凤和鸣……"鸾无凤不继，凤无鸾难鸣，鸾凤和鸣,天下太平。曲江宴之对又岂在平仄工整乎。

陆南亭　（激动地）多谢天后对南亭的知遇之恩！实不相瞒,南亭有一不情之请,不知天后可否答应。

武则天　讲。

陆南亭　在下想请天后为师,更上一层楼。

武则天　哦？以卿文采,还需拜师吗？何况本后谈什么文才？

陆南亭　世人少有知天后文采者。臣曾在机缘巧合之下,拜读过天后所写的《曳鼎歌》,其气势与境界……在下斗胆说一句,堪比文武圣皇帝！

武则天　（砸下杯子）大胆！陆爱卿,虽然你我已面见数次,可——不要忘了自己的身份！

陆南亭　（跪下）在下从不曾忘记！但是在下所说句句属实！天后您虽身为女子,但绝对不输给男子半分！

武则天　唉,女子无才便是德。

陆南亭　臣斗胆,以天后方才之言对之："识才即用,国之幸；才得以展,人之幸也。"

武则天　可本后是女人呐。世人都道本后身为女子干预朝政,乃牝鸡司晨,女子满腹经纶实为大忌。

陆南亭　可笑酸儒腐学,瞽目试世只知死说圣人之典,却不曾想过,天后辅政二十年,开贤路,抑豪强,倡清廉,励农田,致令太宗皇帝殡天时三百多万户的贞观,一跃而今六百万户之大唐,怕孔孟在世,也愧为须眉吧！

武则天　你真的这么认为？

陆南亭　我陆南亭得遇天后,三生有幸。

武则天　（愣）你……

陆南亭　天后若要定南亭大不敬之罪,南亭亦无话可说。这几日来
　　　　与您的见面与交谈,已使南亭不再是一个只能远观您的人
　　　　了!让南亭死而无憾!(顿一下,闭上眼)南亭要说的已经
　　　　全都说完了,静听天后发落。

武则天　(停了一会儿,突然一笑)罢了罢了。(说着起身把陆南亭扶
　　　　起来)坐吧。

【陆南亭慢慢坐回到石凳上。

武则天　你方才就不怕本后真的定罪与你吗?(喝酒)

陆南亭　南亭字字真心,以天后之明鉴,定不会与南亭计较。况且,
　　　　南亭认为,天后您是个温柔的女子,应当不会定一个老实人
　　　　的罪吧?

武则天　(停顿)温柔的……女子……(微叹气)你方才不是口口声声
　　　　说,本后不让须眉吗?

陆南亭　才略自然是不让须眉,然在南亭看来,光环虽然耀目,然天
　　　　后却不能不是个女子,而女子……静女其姝,当私之爱之。

武则天　(感慨地)陆南亭……

　　　　(唱)轻云若纱是温柔,

　　　　　　娓娓道来暖心头;

　　　　　　小小南亭性忠厚,

　　　　　　裂石之声震千秋;

　　　　　　一生难得知己有,

　　　　　　喜在眉头上心头;

　　　　　　经年宫中恶争斗,

　　　　　　岁更伴老春却忧,

　　　　　　一池春水风吹皱,

似梦只恐梦醒愁。

陆南亭　（接唱）最解红颜辛酸处，

　　　　　　　　社稷独擎纤手孤；

　　　　　　　　欲道却难道情愫，

　　　　　　　　惟愿倾听真情呼。

武则天　（接唱）共樽酒　映花相对敬良人，

陆南亭　（接唱）共饮尽　花前月下无君臣；

武则天　（接唱）共对月　劝君再饮一杯尽，

陆南亭　（接唱）共良宵　莫负美景悔此身。

　　　　【二人微醉，举杯共舞；

伴　唱　晚风轻　抚醉痴梦一双人，

　　　　虫静聆　星下私语附耳闻；

　　　　月光驻　月照长梦不愿醒，

　　　　星河散　碎作百里鹊桥尘。

　　　　【最后一个动作停在武则天和陆南亭相交的酒杯上。卓书疾匆匆忙忙的上。

卓书疾　天后，不好了。圣上风疾发作……

　　　　【卓书疾看到了武则天和陆南亭相交的酒杯。三人皆是一愣。武则天很快反应过来，把杯子放下。

武则天　放肆！本后让你守在此处，不准任何人通行！你怎么突然闯了进来！成何体统！

卓书疾　（低头跪下认罪）天后恕罪，只因奴才有要事和您商讨，迫不得已才……

武则天　（看了看书疾，觉得十分扫兴，便挥挥手）算了，陆爱卿也早些回去歇息吧。

陆南亭	（留恋地看了一眼武则天）是，臣告退。
	【陆南亭刚要下，却被武则天叫住。
武则天	（微急迫，带些许温柔）爱卿且慢。三日之后，如期在此。
陆南亭	（略带激动）谨遵懿旨！
	【陆南亭下，走之前看了一眼跪着的卓书疾，匆匆走了。卓书疾见陆南亭走远，从地上爬起来，掸掸衣服刚要说话，却遭武则天训斥。
武则天	放肆！谁让你起来的！
卓书疾	（跪下）天后饶命！奴才知错了！
	【武则天拿起杯子喝了一口，好像气消了的样子。
武则天	好了，起来说吧，出了什么事。
卓书疾	是！奴才得知，圣上竟拟诏想要废掉您！
武则天	本后早有部署，你以为本后就这么轻易被废吗？（略带杀气）你是不是觉得跟着本后时间太长了，可以换个差事做做了？
卓书疾	天后冤枉。奴才愚钝，请天后责罚！
武则天	（瞪了卓书疾一眼）起来吧。
卓书疾	多谢天后不罚之恩。（看了一眼武则天）恕奴才直言，不知刚刚那位是……
武则天	卓书疾，本后念你伺候多年，又是本后心腹，方才之事便对你网开一面。不过，不该你管的事，你休要插手！他，可不是你该管的人。
卓书疾	天后，这些日子您的位置有多危险，我相信您不会不知道。难道您还要在这节骨眼上添乱子吗？！
武则天	放肆！本后的事，还需要你来插嘴吗！给我滚下去！

卓书疾　天后,自古忠言逆耳,可身为您的奴才,必须为您着想。方才那个男人,怕是天后对他有别样的心意吧?

武则天　(拍桌子)你好大的胆子!竟敢擅自揣测本后的想法!

卓书疾　奴才不敢,奴才只是忠心为天后分忧,何况天后所想并非天意。

武则天　天意?大局在本后手中,你说天意?哼……卓书疾,今日此间所见,你若敢乱嚼舌根,本后就叫你看看,什么叫天威!(拍案)

　　　　【说完,武则天怒气冲冲地下,台上只留一个跪着的卓书疾。武则天下后,卓书疾慢慢地从地上起来,掸掸衣服;

卓书疾　天后啊天后,即使你不说我也能看得出,你对那男人分明是有喜爱之情。但你可知,这男人会成为你的弱点,成为你登上帝位的障碍。罢了,我便来做这恶人吧。(略提高声音)影卫,不要让这男人看到明天的太阳!

影　卫　(画外音)是!

卓书疾　天后,为您的大业,莫要怪我……

　　　　【卓书疾说完有些黯然地下场收光。

　　　　【时间匆匆流逝了,三天后。

　　　　【光起,依旧是武则天一人坐在石凳上,心不在焉地饮酒。

武则天　南亭,为何还不见你踪影……莫非你忘了三日之约吗……(喝酒)你可知这蓬莱多美酒,少你无蓬莱。

　　　　【音乐起,陆南亭从烟雾中隐隐出现。武则天抬起头。

武则天　(唱)恍然若梦　身随青烟入楼台,

　　　　　　琼树碧楼　太液倒映水蓬莱;

月下孤影　何人能为我解垒块，

三生石上　青衣结缘翩翩来。

陆南亭　（唱）曲江惊鸿一瞥见，

敬仰凤冠天地间；

抛真情　心对映　朗月为鉴，

蓦回首　刹那间　前尘恍然；

二人合　（唱）千言万语道不尽真情感，

与君伴不羡鸳鸯不羡仙；

今生缘相伴蛰言难撼，

柔情似水尽在执手无言；

武则天　（唱）两情长久哪怕阻隔年限？

知我意苍天有眼感君怜。

　　　　【陆南亭从后方隐去。武则天伏在石桌上。音乐结束后，蛐
　　　　蛐儿声响起。武则天从桌上抬头；

武则天　（黯然）原以为美梦成真……没想到竟是一场虚空大梦。如
　　　　今，我却是不能付出真情。南亭……我到底该怎么做……
　　　　（唱）青鸟殷勤探踪影，

风摇宫柳戏欢情；

暗生虑黛眉轻蹙，

唯恐良人殊途中。

武则天　罢了，不想了，一切随缘吧。（拿起酒杯喝了一口）不过，都
　　　　这般时候了，南亭怎么还没来……

　　　　【忽然，武则天想到了什么，脑子里出现了前晚卓书疾说的
　　　　话，猛地站起来。

武则天　（声音发抖地）卓书疾！给本后滚出来！

【卓书疾从上场门上,步子缓慢地走到武则天身旁。

卓书疾　参见天后。

武则天　说,你把陆南亭怎么样了?

卓书疾　(笑)天后的陆郎已经不在人间了。您也不用再惦记他了!

武则天　(失神地坐在石凳上)什么?!果然……是你把他杀了对不对?是你杀了他!

卓书疾　天后,我说过了,您下不去手的事,我来帮您做!

武则天　你!你竟然敢……!(十分气愤地紧紧抓住桌子,过了一会儿,慢慢放松;似伤心,又似松了一口气)呵呵,陆南亭死了……(闭上眼,又睁开)这样也好……这样……也好……(很快恢复了神色)卓书疾。

卓书疾　奴才在!

武则天　(慢悠悠地说)这次的事本后不记你罪;但是你要牢牢记住,本后的事,就连陛下也做不得主,明白吗。

卓书疾　(浑身一震,颤声)奴才……明白……

武则天　下去吧。

卓书疾　是!

　　　　【说完,卓书疾匆匆下场。武则天看着他下场的地方,露出个残忍的笑容;

武则天　(拿起酒杯喝酒,略提高声音,慢悠悠地说)影卫,本后不想再看到卓书疾。

影　卫　(画外音)……是。

武则天　(无奈地)帝位……权利……爱情……

　　　　(唱)旧窗暗纱,菱花朱纸色褪。

　　　　　　又是季夏,灿烂芳菲。

茕茕孤影,再无相偎。

　　　前日今昔,对月难遂。

　　　吾身尊为凤,

　　　真情枯成灰。

　　　独对月与影,

　　　终身长徘徊。

　　　君故心殇铸,

　　　痴儿梦难回。

　　　伤逝意更冷,

　　　此恨再难追。

　　【武则天伏在石桌上睡着了。过了一会儿,钟声响起。

　　【画外音。宫女的声音起。

画外音　天后,醒醒,该上朝了。

　　【武则天醒来,看了看四周,轻笑一声,扶着桌子站了起来。

武则天　随本后回寝宫换朝服!

　　【伴唱声中,武则天恍惚梦醒……

伴　唱　红颜误,虚名浮,河山美。

　　　咫尺朝堂里,帝凰争龙眉。

　　　年华已褪,半生不悔。

　　　真情难再,空留无字长碑。

　　【音乐起,武则天缓缓走上高台,回眸。

　　【光渐渐聚于武则天面部,收光。

　　【剧终。

京剧

乌 江

编　剧　祁　麟
指导老师　宋　捷

上戏戏曲学院戏曲导演

10 级学生与国戏导演系交流剧目

2011 年

项羽，并非君王却有《本纪》以记之。恨他的人，说他残暴、说他妇人之仁；爱他的人，说他是大性情、大豪杰，赞誉他扛鼎之力、仁义之为。而在笔者看来，项羽亦是人，有血有肉、有喜有悲、有豪纵有无奈的一个人而已，而已。

时　间：秦末，深秋；

人　物：项羽；

　　　　乌骓(卜)；

　　　　虞姬；

　　　　刘邦。

序　幕

　　　　【伴唱声中，舞台光弱起；

伴　唱　东风吹醒英雄梦，

　　　　不是安阳是乌江；

　　　　汉歌推浪击楚岸，

　　　　鬼雄从不恋黄粱……

　　　　【虞姬呼喊中上场。一束定点光投射而下；

虞　姬　大王！大王！……

　　　　【幻化为人的乌骓马，头披黑纱，站在一角；

乌　骓　大王他……

虞　姬　（哭）大王啊……

乌　骓　娘娘节哀。

虞　姬　（唱引）一笑倾心逢舞榭，

乌　骓　一生为人杰。

虞　姬　（唱引）愁染眉黛为君解，

乌　骓　死亦为鬼雄。

乌　骓　昔日安阳帐中泄露天机，逆言觐见……

虞　姬　乌骓马！这便是他，卿岂不知？

乌　骓　垓下之役，以死相保，愿其渡江东去……

虞　姬　这亦是他，卿岂不晓？

乌　骓　逐鹿中原的仁义豪杰。

虞　姬　天下却唯独难容这仁义性情么？

乌　骓　（感叹）纵横捭阖靠的是权术心机啊……

虞　姬　你……可曾后悔？

乌　骓　宁伴豪杰死疆场，

虞　姬　忍听鼓角话凄凉？

乌　骓　五年前，上将军宋义奉楚怀王之命，北上救赵，彼时大王还是副将，某曾幻化人形，私向大王泄露天机……

虞　姬　不堪回首五年前！

　　　　【光收；虞姬、乌骓下场；

一、　帐中会巫

　　　　【光起，项羽独自坐在军帐之中，面前一张台几，帐中一只青

　　　　　　铜炭炉烟气袅袅；

项　羽　　（唱）寒秋冷雨兮安阳，

　　　　　　　　瞩目远望兮秦疆；

　　　　　　　　矮檐兮垂首，

　　　　　　　　将令兮无常。

　　　　　【此时隐约传来马的嘶鸣声，

　　　　　【蓝光起，卜士上场；

　　卜　　将军击节而歌，颇有一番愁绪。

项　羽　　帐下何人？

　　卜　　军中卜士。

项　羽　　大丈夫顶天立地，岂信巫术？

　　卜　　顶天立地当知天命。

项　羽　　某之命岂天定哉？（轻蔑）想我军中竟容尔等作弄玄虚之
　　　　　辈，来人！

　　卜　　（急）将军之气，龙虎之象。日可号令天下诸侯，分邦而王天
　　　　　下。此天命也！

项　羽　　无某灭秦之志，何来天命？

　　卜　　如彼，将军何为？

项　羽　　戮秦而取关中，得报弑父之仇，定衣锦还乡。

　　卜　　将军志仅在此？

项　羽　　……唔，富贵不还乡，如锦衣夜行耳……

　　卜　　（惋惜）将军心无天下，枉我慕将军智勇。

项　羽　　天下本天下人之天下，独揽天下与暴秦何异？

　　卜　　将军心无天下，却所敌天下，望不负天命所归。

项　羽　　大战在即，岂容你如此放肆！

卜　　大战在即？上将军宋义,屯兵多日畏缩不前,军心涣散,将军何以甘心仅作裨将区区之位,在此击鼓而歌？以将军神力,当即应杀宋义,直灭暴秦,反手灭楚,斩隐敌,戮怀王,天下可图。

项　羽　呀！

　　　　(唱)心中惴惴巫言扰,

　　　　　　 虽妄语难信又怎耐心焦；

　　　　　　 鲲鹏志、戮秦愿、屈于人下终难报,

　　　　　　 信巫言诛王叛友天下所嘲。

　　　　(白)大胆小儿！大丈夫光明磊落,岂肯做小人勾当！

卜　　天将降大任于将军,将军弃之,恐友叛亲离,尸骨不全,将军哀矣！

项　羽　某不信巫言,且饶你性命,出帐去吧！

卜　　小人愿日日随将军身边,化作将军之目,以观天命！

项　羽　快快将他拖出帐去！

卜　　小人愿化作将军之目,以观天命！

项　羽　大胆！

卜　　将军！

项　羽　大胆！

卜　　将军！

项　羽　妄言军事,蛊惑本将,诛王叛友,如此奸险伎俩,杖毙庭下……

卜　　(呼)卜士不惜一死,愿为将军肱骨、胯下良驹,行犬马之力！

　　　　【卜被拖下。突然传来高昂的战马嘶鸣,项羽出帐观看；

项　羽　好一匹乌骓马！好一匹乌骓马……

545

【马嘶鸣声如卜之预言。项羽虽不信命数之说,但卜的话却正说到了项羽的痛处;

【正当此时,帐外传来嘈杂哗变的声音;

【画外音:报! 上将军宋义屯兵不前,大雨数日军中粮草断绝,将士哗变;

项　羽　战机已失,宋义畏敌,将士哗变,待某取了小儿首级! 备马抬枪!

二、 兵败垓下

【一声高亢嘹亮的马嘶鸣,乌骓上场;

【乌江的流水声渐渐淹没了马嘶鸣;

【时空突转为公元前203年的垓下,此时的项羽正被刘邦数十万汉军围困于此。项羽对这一切似乎还不知情;

乌　骓　大王,看此处还是安阳么?

项　羽　忽闻水声滔滔……

乌　骓　此是乌江!

项　羽　楚歌四面……

乌　骓　汉兵略尽楚地!

项　羽　何以至此!

乌　骓　兵败于刘邦……

项　羽　此……是何地?

乌　骓　此乃垓下……

项　羽　垓下……你，你是何人？

乌　骓　（念）大王有马号乌骓，

　　　　　　　　负箭满身犹急驰；

　　　　　　　　慷慨项王拖首后，

　　　　　　　　不知遗革裹谁尸？

　　　　　　　　我便是大王胯下踢云乌骓。

项　羽　既是乌骓，怎化的人形？

乌　骓　大王可曾忆起当年帐前之誓？

　　　　【画外音：将军如此，小人愿化作将军之目，以观天命……

项　羽　垓下……你还是来了……

　　　　【伴唱：东风吹醒英雄梦，

　　　　不是安阳是乌江；

　　　　汉歌推浪击楚岸，

　　　　鬼雄从不恋黄粱……

　　　　【乌骓隐去；

项　羽　（唱）数载遭逢一夜现，

　　　　　　　　为扬名成大业征战连年；

　　　　　　　　想昔日巫人语——应验，

　　　　　　　　悔不该鸿门宴纵虎归山；

　　　　　　　　现如今遭奸计垓下身陷，

　　　　　　　　面乌江望江东……项籍无颜……

　　　　【刘邦忽然出现在舞台一角，背对项羽；

刘　邦　项籍贤弟　别来无恙？

项　羽　奸贼！孤名岂容尔直呼！

刘　邦　成王败寇耳。

项　羽　楚地略尽困孤于此,此时前来敢是取笑于孤?

刘　邦　邦感念项王恩情,起兵反秦。邦势单力孤若无项王提携庇佑,恐难以保全。昔日鸿门若无项王仁义纵邦,恐难成今日大势。

项　羽　籍愧对亚父,竟纵尔等奸佞小人!

　　　　【项羽气愤之极冲向刘邦。舞台霎时陷入黑暗,只有一抹追光铺在项羽身上。而刘邦立于舞台后方的高处,俯视眼前发生的一切;

刘　邦　项籍贤弟。

项　羽　(茫然。二人对唱)

　　　　想旧时楚霸王风发意气,

　　　　裂王土封诸侯各自欢娱;

刘　邦　(唱)看乌江东逝水今非昔比,

　　　　　　怀天下又怎容王土分离。

项　羽　(唱)重情义惜兄弟富贵不移,

　　　　　　怎能料遭奸计举目凄凄。

刘　邦　(唱)念霸王风发意气名扬万里,

　　　　　　伴美姬卿卿我我过眼云霓。

项　羽　(唱)好一派胡言妄语,

　　　　　　掩盖你小人奸计。

刘　邦　(唱)感念你鸿门宴上宽宏心地,

　　　　　　感念你一意孤行人心背离。

项　羽　(唱)早知你心恶毒隐疾难医。

　　　　　　定不容苟延残喘活命今夕!

刘　邦　(唱)你诛怀王焚阿房斑斑劣迹,

怜生灵遭涂炭百姓颠离。

项　羽　……诛怀王……焚阿房……分天下,这、这是怀王难容于
　　　　我……

刘　邦　恐是你难容怀王。

项　羽　……这天下本不属一家!

刘　邦　天下为某一家之天下!

项　羽　泼皮手段。孤为你觊觎天下之大敌,必欲除之耳!

刘　邦　既得天下,纵用尽伎俩又奈邦何?天下为某一家,史吏亦为
　　　　所趋,想你项籍英勇仁义,力能扛鼎,恐天下史册无籍之
　　　　半字!

项　羽　好个泼皮无赖!

　　　　【项羽欲擒刘邦,一瞬间似乎手脚都没有了力气,反被刘邦
　　　　击倒在地;

　　　　【刘邦笑着隐去。

三、　霸王别姬

虞　姬　大王!

项　羽　啊……妃子……(落魄)

　　　　【虞姬缓缓而至;

虞　姬　大王!

项　羽　啊……妃子!

虞　姬　大王莫要烦忧,待贱妾为大王执盏舞剑……

项　羽　汉军十面埋藏,孤身陷垓下;料难度此难,爱姬早做打算罢。

虞　姬　(心疼)大王你……何出此言?

项　羽　汉兵略尽楚地,四面楚歌,军士无心再战。籍虽力能扛鼎,
　　　　却难挡十面埋伏,看此情形,就是你我分别之日了……

　　　　(唱)宁死战场是壮烈,

　　　　　　不堪爱姬别永诀!

　　　　(念)唯有爱姬饮酒舞剑伴孤帐内,念此深情,项籍死而无
　　　　　　怨矣。

虞　姬　(唱)寒空残星对冷月,

　　　　　　兴亡何须自伤嗟?

　　　　　　逐鹿中原踏秦阙,

　　　　　　千古流传人中杰;

　　　　　　妾蒙相救在山野,

　　　　　　刀丛枪林情相谐;

　　　　　　深爱君,性情豪爽、心口如一、奔腾澎湃男儿血……

　　　　　　深爱君,为王情专冰清玉洁,

　　　　　　一笑倾心逢舞榭,

　　　　　　不锁眉黛永无别。

项　羽　(唱)虞姬伴梦情相随,

　　　　　　乌江堆雪魂欲飞;

　　　　　　盘龙长戟浸血醉,

　　　　　　夫妻也自锦衣回;

　　　　　　一统秦疆靴下碎,

　　　　　　百里阿房化土灰;

　　　　　　纵是刀下化厉鬼,

自有青史勒玉碑。

籍末路怎能将爱姬连累……

此时我话离别百转千回。

项　羽　妃子啊！孤料想如今难脱此难,爱姬取孤佩剑去投那刘邦。

虽其难容于我,念及旧情定不会为难于你……

虞　姬　项王……

项　羽　去罢　去罢!

虞　姬　(唱)汉兵已略地,

四面楚歌声。

佩剑历百战,

出鞘响铮铮。

嘱妾随汉去,

泪涌是何情……

如此……大王　贱妾去矣。

【虞姬含泪离去;夜深寂静,帐外时而传来蛐蛐的叫声;乌骓
出现在舞台一角;

项　羽　(念)豪杰难洒英雄泪。

浅水游龙,平阳困虎,谁解其中味?

【此时,项羽却已有些释然;

乌　骓　大王。三千死士候在帐外,愿保大王……

项　羽　罢了,罢了,想孤枪挑数员汉将,方才却奈何不得区区一个
刘邦。

乌　骓　刘邦怎敌大王神勇!

项　羽　说得好!

乌　骓　只是……

项 羽　只是什么？

乌 骓　大王已死……

　　　　【项羽听到自己已经死去，并未有半点忧伤，反而发笑自嘲；

项 羽　哈哈哈哈哈哈……死了，死了……想某纵横征战，所向披
　　　　靡，竟被刘邦小儿困死在这区区垓下！

　　　　（唱）成败三尺天子剑，

　　　　　　　英雄末路泪斑斑；

　　　　　　　江东父老无颜面，

　　　　　　　乌江滚滚如剑寒。

乌 骓　这……这……这这乌江之畔尝剑寒……

　　　　【乌骓将项羽佩剑交给项羽；

项 羽　此为孤之佩剑，不是交予爱妃去投那……刘邦么？
　　　　哎呀……刘邦小儿！（歇斯底里）

四、霸王归兮

刘 邦　邦今得一物，特来还于……项王！

项 羽　刘邦小儿！本望你念及旧情……怎知你……你你你……竟
　　　　痛下杀手！

　　　　【刘邦面对项羽，言辞变得如往昔一般恳切与真诚；

刘 邦　项王又怎不知那虞姬贞烈……

项 羽　……这……

刘 邦　又怎不知这"赐剑"之意？

项　羽　……这这这……啊,这倒是孤害了爱妃啊!

刘　邦　秦时阿房,廊腰缦回,檐牙百里,珍宝无数尽化焦土,贤弟并无所惜,唯不舍此剑……

项　羽　此剑……

刘　邦　观贤弟如此,邦特留此剑赠予项王,以表你我兄弟之情。

项　羽　如此说来孤倒是明了这赠剑之意了,想你彼时便有兵戈相见之心。枉孤视汝为兄弟也!

刘　邦　项王息怒,邦此时前来并无他意,想此剑为项王爱物,虞姬为项王爱姬,特来还于项王。

项　羽　你……你……你略尽楚地、困孤垓下、逼死虞姬,某……

刘　邦　(打断)如此,邦实为冤枉。这虞姬所持利剑,可是贤弟亲手所赐!

项　羽　啊……爱妃呀。

　　　　【刘邦转身坐在项羽身旁;

刘　邦　你我共盟大业也是这深秋时日,想来日月几何……

项　羽　荏苒光阴逝,人生几蹉跎。这深秋之景倒真似往昔……

刘　邦　共举义旗,对剑盟誓,夺咸阳者王关中……历历在目,犹如昨日。

项　羽　背盟弑约、奸佞妄行,竟也记得当日之誓?

刘　邦　兄弟之友谊,手足之情深,实难忘却啊。

项　羽　好一个兄弟之谊,手足之情啊……

刘　邦　昔日并肩策马、枕戈纵饮,何等畅快,如今却是一醉难求。

项　羽　诛弟弟、断手足,已至今日,天下在握,宿敌已除,只怕夜夜笙歌,怎会难求一醉?

刘　邦　你我兄弟二人,上次欢饮竟还是在鸿门之宴,虽冷目相对,剑锋所指,亦不失酣畅淋漓。

项　羽　早知今日,籍悔当初,不该纵尔等人面豺狼!

刘　邦　项王昔日纵某,某亦未料今日情境。

项　羽　昔日鸿门之辱,想必沛公日日筹谋今日情境罢!

刘　邦　(急)邦久困不攻实非麾下无将,(阴险)想天下群雄谁堪取
　　　　项王首级?

项　羽　哈哈哈……

刘　邦　还请项王自作打算罢……

　　　　【言毕,刘邦躬身告辞,只留项羽一人;

　　　　【乌骓上;

乌　骓　(唱)逢乱世慕英雄壮怀激荡,

　　　　　　　泄天机化良驹情真衷肠;

　　　　　　　兄弟义手足情锦衣荣华梦一场,

　　　　　　　绝心机倾伎俩万岁易呼又怎奈红尘茫茫。

项　羽　(唱)力拔山兮气盖世,

　　　　　　　时不利兮骓不逝;

　　　　　　　骓不逝兮可奈何,

　　　　　　　虞兮虞兮奈若何!

　　　　【光渐收,鼓声继续。

　　　　【剧终。